Nella Beinen

Game Time – Loving the Game

AF281811

Das Buch

Fiete Ackermann ist der beliebte Kapitän der Dullerstorfer Frosty Falcons. Nach seiner gescheiterten Ehe hat er sich innerhalb des Teams, seiner Freunde und der Familie geoutet. Doch seine Schüchternheit blockiert ihn und er schafft es nicht, andere Männer anzusprechen, trotz der Hilfe seiner Wingmen innerhalb des Teams.

Als der neue Goalie Kai Müller, bei Fiete einzieht, sprühen die Funken und Fiete springt über seinen Schatten. Kai, der keinen guten Ruf in der Liga aufgrund seiner vielen Wechsel genießt, kommt jedoch mit einem eigenen Sack voller seelischer Probleme daher.

Sie einigen sich für die Zeit des Zusammenlebens auf ein 'Arrangement'. Doch was passiert, wenn Gefühle hinzukommen und was könnte die Mannschaft von ihnen halten, sollte alles ans Tageslicht gelangen?

Die Autorin

Nella Beinen stammt aus Norddeutschland und hat ein bewegtes Leben hinter sich, das sie über Essen, Spiekeroog und Bonn an den Niederrhein geführt hat.

Dort hat sie begonnen den Geschichten in ihrem Kopf Leben einzuhauchen. Ihre Protagonisten stoßen an ihre Grenzen, lernen Vertrauen zu fassen, streiten und versöhnen sich wieder

Nella Beinen

Game Time – Loving the Game

ROMAN

Bibliografische Information der Deutschen Nationalbibliothek: Die Deutsche Nationalbibliothek verzeichnet diese Publikation in der Deutschen Nationalbibliografie; detaillierte bibliografische Daten sind im Internet über dnb.dnb.de abrufbar.

Die automatisierte Analyse des Werkes, um daraus Informationen insbesondere über Muster, Trends und Korrelationen gemäß §44b UrhG („Text und Data Mining") zu gewinnen, ist untersagt.

Lektorat & Korrektorat: Daniela Seiler www.textkabinettchen.de

Cover: A+K Buchcover www.akbuchcover.de

Illustrationen: Eugene Onischenko@shutterstock.com

Maryart@depositphotos.com

Adobe Stock Jan Stopka, gomixer, Zoran Milic, stas111

Verlag: BoD · Books on Demand GmbH, Überseering 33, 22297 Hamburg, bod@bod.de

Druck: Libri Plureos GmbH, Friedensallee 273, 22763 Hamburg

ISBN: 978-3-7693-9983-7

Kapitel 1

Fiete

Ich sah mich im Trainingszentrum der Krackersner Kraken um. Hier sollten wir uns den Tag über auf das ungewöhnlichste All-Star-Game vorbereiten, das ich je gesehen oder miterlebt hatte. Trainer traten gegen Spieler an und ich gehörte zu einem der Auserwählten. Das Team der Spieler bestand aus den besten der letzten Saison.

Eine große Ehre für uns, auch wenn es um nichts ging. Dafür lief das Spiel zur Primetime auf einem der größten Privatsender. Den Aufwand war es allein dadurch wert, weil wir unsere Sportart präsentieren, die Reichweite erhöhen und ins Bewusstsein der Menschen bringen konnten. Wenn es uns den einen oder anderen Fan mehr einbrachte, umso besser. Und natürlich der Spaß, wieder auf dem Eis stehen zu können, nach der langen Sommerpause mit Trainingseinheiten, die im Fitnesscenter oder zu Hause stattfanden.

Die Vorfreude in mir wuchs, in meinem Bauch kribbelte es und ich bekam das Dauergrinsen nicht mehr aus dem Gesicht.

Ich ging den Flur weiter. Einer der Mitarbeiter hatte mich bereits auf dem Parkplatz abgefangen und mir den Weg zur Kantine erklärt. Erstaunlicherweise sah es im Gebäude der

Kraken nicht viel anders aus als bei uns in Dullerstorf. Sogar der Geruch nach Schweiß und alten Socken hing in der Luft. Das kalte Licht von Neonröhren beleuchtete die fensterlosen Flure. Überall gingen Türen mit Beschriftungen zu Trainerbüros, weiteren Abstellräumen und dem Waschmaschinenraum ab.

Mitarbeiter mit dem Aufdruck des Fernsehsenders auf ihren Pullis und Shirts liefen hektisch herum, trugen Kabel oder anderes technisches Zeugs, von dem ich nichts verstand. Von irgendwo drangen Gesprächsfetzen zu mir, aber ich verstand den Inhalt nicht. Auf weitere Spieler oder Trainer war ich noch nicht gestoßen.

Ein warmes Gefühl erfüllte mich. Hier war ich zu Hause. Dies war meine Welt, hier roch es nach Eishockey, sah es aus wie Eishockey. Die Fensterfront auf einer Seite des Flures gab den Blick auf das Trainingseis der Kraken frei, das noch vollkommen unschuldig glänzte. Wir waren nachher die ersten, die es betreten würden. Kurz blieb ich stehen, um es zu betrachten. Auf einer Seite befand sich eine Tribüne mit maximal hundert Sitzen. Ich riss mich von dem Anblick los und ging weiter.

Am Ende des Ganges stand auf einem Tisch die Schleifmaschine für die Kufen und die Metallsäge für die Schläger, an den Wänden hingen Fotos von Spielszenen der letzten Jahrzehnte. Dies war genau die Atmosphäre, die ich benötigte, um mich auf den Tag vorzubereiten.

Grinsend lugte ich in einen Raum mit Utensilien. An der Wand lehnten sehr viele Schläger in unterschiedlichen Größen, in einem Regal lagerten eine Menge Kartons, zum Teil offen. Nicht mehr lange, und die Saison begann endlich wieder. Mir konnte es gar nicht schnell genug gehen.

»Hey Fiete.«

Ertappt zuckte ich zusammen. Kein Verein sah es gerne, wenn fremde Spieler ohne Erlaubnis in Räume spickten. Ich drehte mich in die Richtung der Stimme um. Tyler Roth, der dieses ungewöhnliche All-Star-Spaß-Game, wie er es nannte, auf ganz großer Bühne mit den beiden bekanntesten Moderatoren und Komikern Deutschlands organisiert hatte, kam auf mich zu. »Schön dich zu sehen, auch wenn es in deinen Urlaub fällt.« Er streckte mir die Hand entgegen, die ich ergriff.

»Klar. Eishockey bekannter machen? Ich bin dabei. Außerdem, es sind nur noch zwei Wochen, bis die Schufterei wieder losgeht.« Ich lächelte breit und in meinem kompletten Körper begann es zu prickeln. Wenn es nach mir gegangen wäre, würde ich direkt aufs Eis gehen und loslegen.

»Stimmt. Abgesehen davon hört ihr eh nie auf. Felix hat sogar mich gezwungen, mit ihm zu trainieren, wenn seine Trainingsgruppe nicht greifbar war.« Tyler verdrehte die Augen und brachte mich damit laut zum Lachen. »Komm, ich zeig dir die Kabine, in der die Spieler sich umziehen und bringe dich dann zu Felix. Der sitzt gemütlich in der Kantine.« Er deutete den Gang entlang, aus dem er mir entgegengekommen war. Vorher warf ich einen letzten Blick durch die Fensterfront auf die Eishalle

Während wir zur Kabine liefen, fragte Tyler mich nach meinem Hotel, gut, danke, ob ich schon oft hier in Krackers gewesen war außer zu Spielen, nein, aber scheint eine nette Stadt zu sein. Dann standen wir in der Kabine.

Auch hier sah es genauso aus wie bei uns. Die Plätze zogen sich über drei Seiten, bei jedem gab es ein Fach für die persönlichen Dinge und Haken für die Trikots. Ich lud meine schwere Tasche an einem Platz in der Mitte ab und lächelte über meine eigene Verwunderung. Wie sollte es auch sonst aussehen? Die Kraken machten nichts anders als andere Teams. Trotzdem war es das erste Mal für mich, im Trainingszentrum eines anderen Profivereins zu sein. Bisher hatte ich nur für die Frosty Falcons gespielt und würde, sollte nichts dazwischenkommen, dort auch irgendwann in hoffentlich ferner Zukunft meine Karriere beenden.

Ich streckte mich. Es würde ein langer Tag werden und wir hatten gerade mal halb acht morgens. Die Spieler konnten um neun aufs Eis, die Trainer eine Stunde später. Wir hatten nicht viel Zeit auf dem Eis, aber die Zeit würde ich in vollen Zügen genießen. Es gab kaum etwas Besseres als sich kraftvoll mit den Kufen abzustoßen, Geschwindigkeit aufzunehmen und dahin zu gleiten.

Die Trainer bekamen eine halbe Stunde mehr auf dem Eis, da sie nicht mehr so trainiert waren wie wir stand als Begründung in dem Schreiben. Es sollten faire Bedingungen für beide Seiten gelten. Die Trainer setzten sich ebenfalls aus den verschiedenen Mannschaften zusammen. Vor dem Spiel würde es noch ein paar Skills-Wettbewerbe geben.

»Schon aufgeregt?«, holte Tyler mich aus den Gedanken.

»O ja. Da schauen heute bestimmt sehr viele Menschen zu.« Ich freute mich schon sehr darauf. Im Gegensatz zu Felix mochte ich nicht zu den besten Spielern der Liga gehören, trotzdem machte es Spaß, sich an anderen zu messen und die Arena war ausgekauft. Es würde garantiert wie immer bei Spielen hier in Krackers eine tolle Stimmung herrschen. »Nur noch mal für mich. Nach unseren Trainingseinheiten erhalten wir gegen Mittag ein Briefing über den weiteren Ablauf des Abends, richtig?« Es wurde live aus der Multifunktionsarena der Kraken übertragen. »Genau. Hast du die Papiere dabei?«

Ich kramte aus meiner Tasche die Einladung hervor, in der einige Dokumente enthalten waren, die ich ausgefüllt Tyler geben sollte. Lauter langweilige Rechtssachen, mit denen der Sender sich absicherte, nicht verklagt zu werden, falls einer von uns sich verletzen sollte.

»Hier.« Ich überreichte Tyler die Schriftstücke. »Du willst das wirklich jedes Jahr planen?«

In den Vorgesprächen mit Tyler hatte er das angedeutet.

»Wenn die Einschaltquoten stimmen, hat der Sender mir das bereits signalisiert. Es hilft, mit Tim und Donnie zwei sehr bekannte Gesichter an meiner Seite als Moderatoren zu haben, die durch den Abend führen.«

Ein großer Plan, den er hatte. Auf jeden Fall würden wir alle Spaß haben heute und Nicht-Eishockey-Deutschland zeigen, was so toll an unserem Sport war. Es würde zudem eine Herausforderung werden, mit einem zusammengewürfelten Team ein Spiel zu bestreiten, mit dem man bisher nur eine Stunde trainiert hatte.

»Komm, ich bring dich zu Felix.« Tyler führte mich in die Kantine, ein großer, gemütlicher Raum mit verschiedenen Sitzgruppen aus zusammengestellten Tischen. Felix, der noch alleine im Raum saß und auf sein Handy starrte, hob den Kopf, sprang auf und kam auf mich zu.

»Hey Fiete.« Er schlug mit mir ein. »Schön, dich zu sehen. Tut mir ehrlich leid, euch letzte Saison viermal geschlagen zu haben.« Er grinste. »Nicht.«

»Keine Sorge, das Imperium schlägt zurück. Dieses Jahr werdet ihr keine Chance haben. Der Rachedurst ist groß.« Ich sah ihn grimmig an, bevor wir beide lachten.

Der Geruch nach Speck kroch mir in die Nase und ich drehte mich zu ihm um. An einer Wand neben der Tür stand ein langer Tisch, auf dem ein Buffet aufgebaut war.

»Wir dachten, ihr fangt mal mit Frühstück an«, erklärte Tyler, der meinem Blick gefolgt war. »Hockeyspieler sind ein Fass ohne Boden, wenn es ums Essen geht. Zumindest ist es bei meinem so.« Er zog Felix in eine Umarmung und drückte ihm über dem Ohr einen Kuss auf seine Haare.

»Wir müssen nun mal unseren Energiespeicher ständig auffüllen«, verteidigte ich uns.

»Siehst du, nicht nur ich sag das.« Felix zeigte auf mich, grinste allerdings Tyler frech an. Sie feixten miteinander, doch in ihren Worten lag immer ein liebevoller Ton. Ich musste schnell wegsehen. Seit Jahren wünschte ich mir ebenso offen wie die beiden zu sein, mich genauso jemandem so verbunden zu fühlen, wie es bei den beiden war. Doch alles, was ich hatte, war eine verdammte Schüchternheit, die alles zunichte machte und ich es nicht mal schaffte, einen Mann anzusprechen.

Ich trat auf das Buffet zu und betrachtete die vielen Speisen darauf und vergaß sofort wieder, was ich gesehen hatte. Hinter mir foppten sich Felix und Tyler immer noch liebevoll, was mir einen Stich verpasste, gefolgt von einem sehnsuchtsvollen Ziehen in meiner Brust.

Genau das wollte ich auch. Einen Mann, mit dem ich lachen konnte, wir uns gegenseitig neckten, ernste Gespräche führen und auch streiten konnten. Seit meinem vierzehnten Lebensjahr war ich mir meiner Sexualität bewusst, wartete allerdings bis heute auf meinen ersten Kuss von einem Mann.

Ich griff nach einem Teller, packte mir allerdings nichts darauf. Auf meinem Handy war noch immer die anonyme App installiert, über die ich im Sommer mal wieder versucht hatte, andere Männer kennenzulernen. Doch jedes verdammte Mal, wenn es ernst zu werden drohte, hatte ich wortwörtlich den Schwanz eingezogen. So konnte das auch nichts werden.

Es wartete sogar noch ein Mann auf eine Antwort von mir, der mich erst gestern angeschrieben hatte. Ich traute mich schlicht nicht, ihm zu antworten.

Ich lachte trocken. Dabei wusste mein Team mittlerweile Bescheid. Felix hatte uns einen Bärendienst erwiesen. Sie wussten jedoch nicht, wie jungfräulich ich in der Hinsicht war und würden mich garantiert auf die Schippe nehmen, wenn sie es erfuhren. Der große Fiete Ackermann, Kapitän und Anführer, schaffte es nicht, Männer anzusprechen.

Mir war der Appetit vergangen, trotzdem tat ich mir etwas auf. Wenn ich den Tag durchstehen wollte, musste ich Nahrung zu mir nehmen.

Ich wandte mich halb um. Tyler und Felix sprachen leise miteinander. Felix war der erste Spieler in der DEL gewesen, der zu seiner Homosexualität stand und der bisher einzige bis auf Karl Leister, der Trainer der Kraken. Sein unfreiwilliges öffentliches Outing vor anderthalb Jahren war eine Offenbarung für mich gewesen. Einer der besten Scorer der Liga war schwul. Ich konnte trotzdem nicht über meinen Schatten springen und mit Felix sprechen, obwohl er es über die sozialen Medien ständig allen anbot, denen es ähnlich ging wie ihm damals.

Ich schaffte es nicht öffentlich aus dem Schrank zu kommen, da ich keine Aufmerksamkeit auf mich ziehen wollte.

Felix trat neben mich. »Ist alles ziemlich lecker, oder?« Tyler war auf einmal verschwunden.

»Schwer, sich zu entscheiden.« Immerhin hatte ich mir schon Rührei aufgetan.

»Kommt deine Familie auch?« Felix schaufelte sich von allem etwas auf den Teller.

»Nein, meine Ex-Frau und meine Tochter sind mit ihrem neuen Mann in den Urlaub gefahren. Sie wären gerne gekommen, aber da hatten sie schon gebucht.«

»Ach stimmt, hatte ich ganz vergessen, dass du geschieden bist. Sorry.«

»Nicht schlimm. Ist immerhin schon etwas her und wir wollten es beide. War besser für uns beide.« Ich tat mir Speck auf und wich Felix' Blick aus. »Und bei dir?«

»Meine Eltern, mein Bruder und seine Familie werden da sein. Ich habe ihnen extra Karten gesichert.«

»Das klingt nach einem Familienausflug.« Ich lächelte. Meine gute Laune stritt sich noch mit meiner Niedergeschlagenheit um die Vorherrschaft, drängte aber mit Macht an die Oberfläche. Ich wollte mir den Tag heute nicht verderben lassen. Auch nicht durch die Erinnerung an meine Scheinehe, die nach vier Jahren gescheitert war und in der ich es nur geschafft hatte, betrunken eine Tochter zu zeugen. Dafür schämte ich mich noch immer, wobei ich meine kleine Isa nicht mehr in meinem Leben missen wollte. Mit Sabrinas neuem Mann hatte sie zudem einen tollen Stiefvater erhalten.

Ich tat mir noch Obst und Gemüse auf den Teller und Felix und ich setzten uns an einen Tisch am Fenster. Er war wie die anderen mit Tassen und Kaffeekannen bestückt. Auf den Bechern prangte groß das Logo der Kraken und ich verzog das Gesicht bei deren Anblick. Ich hätte eine Tasse von uns einpacken und demonstrativ daraus trinken sollen. Unwillkürlich grinste ich bei dem Gedanken, griff zögerlich nach der Tasse und schenkte mir Kaffee ein.

»Die beißt nicht, keine Sorge.« Felix musste mein Zögern bemerkt und die richtigen Schlüsse gezogen haben.

»Wer weiß das schon?«

Tyler kam mit einem Trainer der Sharks herein, der sich ebenfalls Essen nahm und an einen anderen Tisch setzte.

»Nichts gegen euch, aber wir sollten von Anfang eine klare Linie ziehen. Mit dem Feind fraternisieren kann zur Niederlage führen, weil man sich befreundet hat«, rief Jack Lowell, der Trainer, lachend zu uns herüber, als er uns begrüßte.

Felix und mein Blick trafen sich und wir prusteten los. Ein Glück hatte ich nicht gerade in mein Brötchen gebissen. Mannschaftsübergreifend gab es zwar privat Freundschaften, doch auf dem Eis war das zweitrangig. Dann zählte nur der Sieg. Offensichtlich übertrug Jack Lowell das nun auch auf unser Event.

Karl Leister, der Head Coach der Kraken, betrat die Kantine, hob die Hand zum Gruß und setzte sich zu dem anderen Trainer.

Zwei Spieler folgten und die Kantine füllte sich nach und nach, leise Gespräche, Gelächter und Gähnen erfüllten den Raum. Im Sekundentakt kamen nun die Trainer und Spieler an. Zum Teil sogar Betreuer, die uns im Hintergrund unterstützten.

Felix unterhielt unseren gesamten Tisch. Er besaß das Talent, jeden in ein Gespräch mit einzubinden. Wir unterhielten uns über unverfängliche Dinge wie unsere Sommerurlaube, um bloß nicht aus Versehen Teaminterna preiszugeben. Aus jedem Team der Liga war mindestens ein Spieler gewählt worden, nur aus ganz wenigen zwei. Dadurch war ein toller Mix entstanden und eine Gruppenbildung wurde von vornherein ausgeschlossen.

Ich schob meinen leeren Teller von mir, schenkte mir Kaffee nach und behielt die Tür im Auge. Jedes Mal, wenn jemand den Raum betrat, beschleunigte sich mein Puls. Es kam jedoch nie die Person, auf die ich wartete. Kai Müller, ein Goalie, der erst gestern bei uns einen neuen Vertrag unterschrieben hatte.

Seine Nominierung für den heutigen Tag kam für viele überraschend. Er gehörte zwar zu den besten fünf Goalies der Liga, aber alle hatten mit Konny von den Kraken gerechnet und nicht mit Kai Müller. Wir wussten alle nicht, wieso er ausgewählt worden war.

»Hat der *Hockey-Insider* recht und Kai Müller bei euch unterschrieben?«, fragte mich Rene von den Steelers.

»Solltest du als sein Teamkollege das nicht wissen?«, entgegnete Felix und lachte.

»Hat er. Gestern Abend kam eine Nachricht im Gruppenchat«, antwortete ich Rene. Seit er bei uns saß, brannte ich darauf, ihn auszufragen, es schickte sich jedoch nicht, das so offensichtlich vor den anderen zu machen. »Ist er immer so spät dran?«

»Normal nicht. Meist ist er sogar einer der ersten in der Kabine gewesen.« Rene wirkte nachdenklich, zog sein Handy hervor und tippte darauf herum. »Wir haben noch keine offizielle Info erhalten, ihr könnt euch jedoch bestimmt vorstellen, was im Gruppenchat los ist. Aber vielleicht wollen die Vereine alles in Ruhe abwickeln. Immerhin hatte er bei uns einen Zwei-Jahres-Vertrag«, murmelte er.

»So schnell geht das. Ich werde nicht mehr wechseln, sofern sich das vermeiden lässt«, sagte einer der älteren Spieler. »Meine Frau würde mich glatt alleine umziehen lassen, damit sie die Kinder nicht aus ihrer gewohnten Umgebung reißen muss.« Einige nickten, sie kannten anscheinend dasselbe Problem. Wobei die Spielerfamilien meistens mitzogen.

Rene verstaute sein Handy wieder. »Tatsächlich hat gerade unser Kapitän im Mannschaftschat den Vereinswechsel offiziell bestätigt. Er hat noch geschlafen.« Er blickte wieder zu mir. »Kennst du Kai schon? Ist ein wirklich guter Goalie, der hart trainiert. Ich verstehe gar nicht, weshalb er schon wieder geht.«

»Nur von den Spielen gegen uns«, erwiderte ich und trank einen Kaffee.

»Ist er gar nicht so schwierig, wie gemunkelt wird?«, fragte Felix und ich dankte ihm innerlich. Ich wollte unbedingt wissen, woher sein Ruf stammte und was da auf uns zukam.

»Nö. Er ist sehr zurückhaltend, redet nicht viel. Mit Charly hat er einen ganz guten Draht, aber ansonsten haben wir nicht viel mit ihm zu tun gehabt. Er ist nur hin und wieder mit uns ausgegangen, wenn wir feiern gegangen sind.«

»Das finde ich schon merkwürdig«, wandte Felix ein. »Für das Mannschaftsgefüge ist es immer schlecht, wenn es einen oder zwei Spieler gibt, die sich außen vor halten. Trotzdem erklärt das nicht seinen Ruf.«

Na, das waren tolle Aussichten für die Zukunft. Mal sehen, wie er sich bei uns verhielt.

»Es hat funktioniert. Er war da, wenn er da sein musste.«

»Ich bin gespannt«, erwiderte ich nur. Immerhin schien er nicht auffällig oder so zu werden, sondern war nur ein Einzelgänger. Die Unterhaltung wandte sich dem kommenden Training zu und was wir in der kurzen Zeit unbedingt machen sollten.

Um nicht ständig zur Tür zu blicken, bewunderte ich die Meisterschaftsbilder an den Wänden, die die jeweiligen Mannschaften der Kraken mit dem Pokal zeigten. Eines war ganz frisch hinzugefügt worden, hatten sie doch erst letzte Saison die Meisterschaft gewonnen.

Wir hatten es in der gesamten zwanzigjährigen Vereinsgeschichte bisher nur einmal geschafft. Vorletztes Jahr und das wie die Kraken in der letzten Saison völlig überraschend.

Felix klopfte mir auf die Schulter. »Na, bewunderst du das wunderschöne Foto von uns?« Er strahlte über das ganze Gesicht und ich konnte das gut nachvollziehen.

»Dieses Jahr sind wir wieder dran.« Ich richtete mich zu meiner vollen Größe auf und drückte die Brust raus.

»Nein, nein, nach zwei Jahren Überraschungssieger muss der Größte wieder ran. Selbstverständlich gewinnen wir wieder die Meisterschaft und keiner von euch«, schaltete sich Rene ein und klopfte sich gegen die Brust. Die anderen am Tisch lachten. »Wartet nur ab. Wir sind gut aufgestellt dieses Jahr.«

»Wir auch. Haben euch euren tollen Goalie abgeluchst und dieses Jahr finden wir auch wieder unseren Schwung. Letztes Jahr mögen die Kraken eine Siegesserie gehabt haben, aber auch die wird brechen.« Ich verschränkte die Arme vor der Brust und blickte Felix herausfordernd an. Die anderen am Tisch hielten sich aus dem Schlagabtausch heraus. Ihre Vereine fanden sich meist ebenso wie wir Frosty Falcons, im Mittelfeld wieder.

»Ha, das hättet ihr wohl gerne«, erwiderte Felix und wollte noch mehr hinzufügen, wurde allerdings von Tyler unterbrochen, der laut um Aufmerksamkeit bat. Mit ihm war das Fernsehteam hereingekommen.

Ich sah zur Uhr an der Wand. Kurz nach acht und Kai Müller war noch immer nicht da. Wenn er das in der Saison ebenso durchzog, müsste ich mit ihm reden.

Ich richtete meine Aufmerksamkeit auf Tyler, der das Fernsehteam vorstellte. Sie begannen bereits jetzt mit den Aufnahmen, aus denen Sequenzen heute Abend immer wieder eingespielt werden würden. Es war eines der Dinge, mit denen wir uns einverstanden erklären mussten, was auch bedeutete, auf unseren Wortschatz zu achten. Fluchende Eishockeyspieler waren bestimmt nicht gerne gesehen. Es schränkte ein, wenn einer von uns sich mal Luft machen wollte und ich mochte das nicht, doch das nahmen wir billigend in Kauf.

Kaum waren die Filmcrew und Tyler fertig, kam endlich mit Sonnenbrille auf der Nase und einem schwarzen Fischerhut mit aufgedruckten, grellrosa Flamingos auf dem Kopf, Kai Müller. Er war groß, fast zwei Meter. Wenn er in voller Montur im Tor stand, gab es nicht mehr viele Möglichkeiten, an ihm vorbeizukommen.

Er blieb in der Tür stehen, sah sich um und kam auf uns zu. »Ich bin dann wohl heute euer Goalie«, verkündete er und nahm seine Brille ab. Rene und er nickten sich freundlich zu, wechselten ein paar kurze Worte zu dem Wechsel und damit war das Thema zwischen ihnen erledigt. Warum und wieso ließ Kai nicht durchblicken. Anschließend begrüßte er uns und stellte sich hinter den einzigen leeren Stuhl am Tisch.

»Ist hier noch frei?«

»Klar. Viel Zeit zum Frühstücken hast aber nicht mehr. In fünfzehn Minuten müssen wir uns umziehen fürs Training«, erwiderte Felix. Ich hielt mich zurück, musterte Kai nur. Niemand anderes sprach ihn an.

»Nicht schlimm. Ich habe bereits unterwegs gegessen.« Er setzte sich und alle nahmen wieder die unterbrochenen Gespräche auf. Nur ich entzog mich den Unterhaltungen, beobachtete weiter Kai, der sich einen Becher nahm und die Kaffeekanne aufdrehte. Schon beim ersten Geruch von Kaffee verzog er die Nase. »Habt ihr auch Tee? Vorzugsweise Schwarzen?«, wandte er sich an Felix.

»Klar.« Felix stand auf, kam mit einer weiteren Kanne und einer Teeauswahl zurück. »Schau mal, ob du Schwarzen Tee findest. Der mit der Minze drauf ist auf jeden Fall Pfefferminze.«

»Danke.« Kai durchwühlte die Päckchen im Korb, bis er das Gewünschte fand und den Beutel in den Becher hängte. Während er das Wasser in die Tasse kippte, begegnete sein Blick meinem.

Er setzte die Kanne ab, lehnte sich im Stuhl zurück, holte sein Handy hervor und tippte darauf herum. Danach legte er es neben der Tasse ab. Ein Timer tickte darauf. »Du bist dann wohl mein neuer Kapitän.« Er verschränkte die Arme vor der Brust und schien mich mit seinem Blick zu durchbohren.

Ich zog die Augenbrauen nach oben. Auf diese Art und Weise fand er keine Freunde in unserem Team. So wie er da saß, wirkte er sehr abweisend auf mich. Da kam wahrscheinlich einiges an Teamarbeit auf mich zu, um Kai zu integrieren. Allein schon die kurzen Worte, die er und Rene miteinander gewechselten hatten, klangen vollkommen distanziert. Dennoch freute ich mich auf die Herausforderung. Mit Kai im Tor hatten wir in diesem Jahr tatsächlich wieder die Chance, ganz oben anzugreifen.

»Schätze schon. Zumindest haben das der Buschfunk und der *Hockey-Insider* verkündet.«

»Freue mich auf das erste Training in zwei Wochen.« Ein ganz kurzes Lächeln huschte über seine Lippen, bevor er wieder sein unnahbares Gesicht aufsetzte. Allerdings klang das nicht abweisend, sondern tatsächlich ehrlich.

»Du könntest, sofern es passt, ab Montag auch in einer unserer Trainingsgruppen mitmischen und ein paar Spieler kennenlernen«, schlug ich ihm vor, wie ich es mit jedem neuen Spieler tat. So hätten wir bereits Zeit, unseren neuen Goalie kennenzulernen und herauszufinden, was noch an den Gerüchten dran war oder ob er nur ein Einzelgänger war. Viele Marotten von Goalies wurden akzeptiert und als seltsam abgetan, ohne weiter darüber zu nachzudenken. Rene könnte so ein Spieler sein. Ich hatte leider noch keine Zeit, andere ehemalige Teamgefährten, mit denen ich auch Kontakt hatte, anzuschreiben.

Er nickte. »Mal sehen. Kommt drauf an, wann ich nach Dullerstorf fahre und das Hotelzimmer beziehe. Danke jedenfalls für das Angebot.«

»Wie gesagt, du bist herzlich willkommen.«

»Gut zu wissen.« Kai stand auf und holte sich eine Kleinigkeit zu essen. Als Tyler kurz darauf mit den letzten Teilnehmern am Turnier die Kantine betrat, bat er uns Spieler, uns bald für das erste Eistraining fertigzumachen.

Es war immer ein besonderer Moment, wenn man das erste Mal in der neuen Saison das Eis betrat, obwohl es heute auf dem Trainingseis der Kraken war. Trotzdem begann das Kribbeln wieder im ganzen Körper und in mir drängte sich alles danach, sofort das Eis zu betreten.

Tief inhalierte ich den Geruch des Eises und der Kälte. Noch stand ich alleine an der Bande in der Eishalle, alle anderen waren noch in der Kabine und hielt einen Moment inne, wollte den ersten Schritt auf das Eis zelebrieren, trotz meiner inneren Unruhe so schnell wie möglich dahinzugleiten.

»Noch einer, dem einer abgeht, sobald er kurz davor ist, das Eis zu betreten«, ertönte eine Stimme mit russischem

Einschlag hinter mir. Ich drehte mich um, Stanislav Kuznetsow von den Kraken kam auf mich zu.

»Bitte was?« Ich starrte ihn an. Felix folgte ihm auf Schlittschuhen. Es sah immer unelegant aus, wenn wir auf Kufen außerhalb des Eises unterwegs waren. Wie zu groß geratene Pinguine.

»Er meint mich damit. Du hast eben genauso ehrfürchtig auf das Eis geschaut, wie ich es immer mache. Stanni behauptet, dass das Eis meine einzige Geliebte ist und Ty sie mit mir teilen muss.« Er lachte herzhaft und boxte Stanni gegen den Oberarm. »Was machst du überhaupt hier? Du darfst gar nicht da sein laut den Versicherungsunterlagen, die wir ausfüllen mussten.«

Stanislav zuckte mit den Schultern. »Morgenstund hat Gold im Mund.« Felix verdrehte die Augen. »Außerdem wurde ich von den Frauen hinaus komplementiert, damit ich die Kinder zu ihren Freunden bringen kann und sie in Ruhe kochen können.«

»Ach ja, Kind Nummer drei hat Geburtstag, oder?«

Stanislav sah Felix aus zusammengekniffenen Augen an. »Genau, Valentina.« Schnaubend nahm Stanislav auf der Tribüne Platz. »So langsam solltest du meine Kinder mit Namen kennen und sie nicht nur Kind eins, zwei, drei oder vier nennen.«

»Schon gut«, erwiderte Felix und stupste Stanislav freundschaftlich gegen die Brust.

Ich wandte mich wieder dem Eis zu, setzte den ersten Fuß darauf. Es war wie nach Hause kommen. Sofort begrüßte mich das Eis, ließ meine Kufen sanft darüber gleiten und ich hätte meine Freude hinausjubeln können. So lange musste ich darauf verzichten, mich abzustoßen, Geschwindigkeit aufzunehmen, mich mit anderen zu messen. Mein

Puls beschleunigte sich vor Freude. Ich drehte ein paar Kreise und Achten. Fuhr rückwärts und schnappte mir einen der Pucks, die Felix aus einem Eimer auf das Eis gekippt hatte.

Dann betrat er das Eis und führte sich auf wie ein Pferd auf der Weide, das nach einigen Regentagen wieder raus durfte. Na gut, er vollführte vor Freude keine Bocksprünge, allerdings kam es dem schon sehr nahe. Lachend nahm ich es mit ihm auf und wir umkreisten uns, spielten uns gegenseitig einen Puck zu.

Nach einer Minute begannen wir in Geschwindigkeitsdrills gegeneinander anzutreten. Felix war verdammt schnell und schlug mich, wie es schien, ohne Mühe. Stanislav feuerte ihn an und gab Ratschläge, wie er seine Füße besser setzen konnte, um noch schneller zu werden. Ich verlor immer mehr den Anschluss. Da machten sich die paar Jahre Altersunterschied bemerkbar. Hieß, ich musste diese Saison noch härter trainieren, um mit dem Jungvolk mitzuhalten. Mit meinen dreiunddreißig Jahren gehörte ich zum alten Eisen unter den Eishockeyspielern.

Wir hörten erst auf, als die nächsten Spieler das Eis betraten. Unter ihnen Kai. Ab da ließ ich ihn nicht mehr aus den Augen. Warum hatte er bei uns unterschrieben? Er war doch erst ein Jahr bei den Domhauer Steelers gewesen und schien bei den Seriensiegern aus dem Süden einen super Job abgeliefert zu haben. Es war jedoch nicht nur das. Aus irgendeinem Grund wurde ich magisch von ihm angezogen und musste mich davon abhalten, mich nur in seiner Nähe aufzuhalten.

»Okay, alle da?«, rief Sven von den Schrosener Pinguinen und unterbrach meine Gedanken. Ich wandte den Blick von Kai ab. Sven war mit Abstand der Älteste von uns mit seinen sechsunddreißig Jahren. Er sah sich um und wir hielten alle in einem Halbkreis vor ihm an. Einige knieten sich hin.

»Wir sollten einen Kapitän wählen und jemanden, der das Training leitet«, schlug er vor.

»Du bist doch schon dabei«, warf Kai ein, der ganz hinten stand.

»Genau«, stimmten mehrere ein.

»Wenn ihr das wollt?« Sven blickte sich um und überall wurde genickt. »Gut, dann übernehme ich das. Natürlich erst mal warm machen, aber was haltet ihr davon, wenn wir danach just for fun spielen, um uns kennenzulernen?« Zustimmendes Nicken von allen zwanzig Männern. »Dann los.«

Wir dehnten uns, machten unsere jeweiligen Übungen. Ich glitt zu Kai, stellte mich neben ihn.

»Warum hast du die Steelers verlassen?«, schoss aus mir heraus. Ich konnte mich nicht bremsen, dabei erwartete ich nicht mal eine Antwort.

Er warf mir einen Blick zu. »Ich rede nicht über Teaminterna mit Außenstehenden. Auch nicht, wenn ich in einem Verein überhaupt nicht mehr spiele.«

Ich umfuhr ihn, übte dabei mein Stickhandling, während Kai sich mit mir drehte. »Laut den Videos und Fotos wirkt es, als ob du dich dort wohlgefühlt hast.« Vielleicht konnte ich hintenrum mehr erfahren, um meine Neugierde zu befriedigen. Im Grunde genommen war es nichts Neues, wenn ein Spieler vor Vertragserfüllung wechselte. Nur bei Kai war es nun mal das eine Mal zu viel gewesen. Es wäre schon interessant zu wissen, woran es ihm gemangelt hatte bei den einzelnen Vereinen. Sollte er seine Form halten können und sogar noch besser werden mit wachsender Erfahrung, wäre es schön, ihn halten zu können.

»Stalkst du mich etwa?« Er klang amüsiert, fiel mehrfach auf die Knie und stand wieder auf.

»Ich will nur wissen, wer mein neuer Teamkollege ist. Du bist in den letzten fünf Jahren dreimal gewechselt. Da macht man sich seine Gedanken. Wirst du bei uns auch nur ein Jahr bleiben? Warum bist du von den Vereinen so schnell wieder weg? Woher stammt sein Ruf? Du weißt schon all das Zeug.«

»Was hältst du davon, wenn wir uns auf heute konzentrieren?«, beantwortete er meine Fragen mit einer Gegenfrage.

»Was müssen wir machen, damit du bleibst, solltest du in unser Team passen?« Ich blieb vor ihm stehen, sah auf ihn hinab. Er stand auf und war damit einige Zentimeter größer als ich.

»Quatschst du immer so viel?«

»Antwortest du ständig mit einer Gegenfrage?« Wir sahen uns an, seine bernsteinfarbenen Augen hielten meinen Blick fest, seine Miene undurchdringbar. Das Geschnatter der anderen Spieler verblasste zu einem leisen Hintergrundrauschen.

»Es gibt Dinge, die ich nicht preisgeben werde«, sagte er ruhig, aber bestimmt. »Manchmal scheint es zu passen, bis etwas passiert. Mehr bekommst du nicht aus mir raus.« Er ließ sich wieder auf die Knie fallen und erhob sich in einem Zug. »Zu deiner zweiten Frage, wir werden es herausfinden. Auf jeden Fall freue ich mich auf das Training, euch kennenzulernen und auf die Spiele.« Er reckte die Arme in die Höhe, zog die Schultern nacheinander hoch.

Es juckte mich in den Fingern, ihn zu reizen, bis ich seine Geduldsschwelle erreicht hatte, in der Hoffnung, dann mehr aus ihm herauszubekommen. Erneut umkreiste ich ihn. Kai sank erneut auf den Boden und machte Dehnübungen, die eher danach aussahen, als ob er langsamen Sex hätte und seinen Schwanz unablässig ins Eis stieß. Ich schauderte bei der Vorstellung und schüttelte den Kopf, um das Bild wieder aus dem Kopf zu bekommen. Was war nur los mit mir? Ich entfernte mich und übte Schüsse aufs leere Tor.

»Na los, was hast du noch über mich herausgefunden?«, fragte Kai, als ich wieder in seine Nähe glitt. Mittlerweile hatte er mit seinen Trockensexübungen aufgehört.

Verdammt, Fiete Ackermann, hör endlich auf Kai mit Sex in Verbindung zu bringen.

Ich nahm das Kreiseln um Kai wieder auf, wobei er sich erneut mit mir auf der Stelle drehte.

»Gelernter Friseur, meistens unter den Top fünf Goalies der Liga, dreißig Jahre alt, wir sind bereits dein sechster Verein, Single, wolltest schon immer Goalie werden«, ratterte ich herunter. »Habe ich etwas vergessen?«

Kai schüttelte kaum merklich den Kopf und sah zu Boden. Seine Schultern vibrierten ganz leicht. Lachte er etwa über mich? »Nein, das war recht gut zusammengefasst.« Er sah wieder auf. »Hast du meinen Eintrag auswendig gelernt?«

»Im *Hockey-Insider* steht so einiges, auch wenn ich das Klatschblatt nicht mag.«

»Ah, aber du vertraust dem Gossip.«

»Warum Friseurausbildung?« Ich ignorierte seinen Einwurf.

Kai zuckte mit den Schultern. »Sollte es mit dem Eishockey nicht klappen, wollten meine Eltern mich abgesichert wissen. Dachte, das ist die Ausbildung mit dem geringsten Aufwand. Ich konnte doch nicht ahnen, wie aufwendig es ist, zu lernen, anderen die Haare zu schneiden, oder wie viele unterschiedliche Haartypen es gibt. Allein schon das

Anmischen der Farben. Wenn ich gewusst hätte, wie Chemie- und Biologielastig die Ausbildung ist, hätte ich einen anderen Beruf gelernt.«

Ich grinste. »Keine Ausbildung ist einfach.«

»Immerhin könnte ich dir für heute Abend einen vernünftigen Haarschnitt verpassen.«

Überrascht hob ich eine Augenbraue. »Was stimmt mit meinen Haaren nicht?« Ich fasste zu meinem Zopf, der hinten aus dem Helm hervorlugte und bis zum Mittelrücken fiel. Als Friseurmuffel ließ ich mir meistens nur die Spitzen schneiden und hatte das letzte Mal mit Sicherheit vor einem dreiviertel Jahr dort einen Termin gehabt.

»Die hängen nur runter. Wir könnten dir einen Man Bun mit Undercut verpassen. Viel zeitgemäßer.« Er zog seine Handschuhe aus. »Dazu könntest du dir einen Drei-Tage-Bart stehen lassen.« Kai deutete alles bei sich an. Mit kritischem Blick beäugte er mich, fuhr einmal im Kreis um mich. »Vielleicht die Haare etwas kürzen. Die Spitzen sind ausgedünnt und ich wette, Spliss ist bei dir ein Thema.«

»Wir haben gar nicht die Zeit, um das zu machen.«

»Nach dem Training haben wir eine Stunde. Die reicht mir und meinen Friseurkoffer habe ich im Auto.«

Ich runzelte die Stirn. »Warum das?«

Wieder Schulterzucken. »Ich habe alle meine Sachen dabei. Von hier aus fahre ich direkt weiter.«

»Wohin?«

Erneutes Schulterzucken. »Mal sehen. Vielleicht noch ein paar Tage Urlaub oder zu meinen Eltern. Eventuell auch nach Dullerstorf.« Er grinste mich frech an. »Neugierde befriedigt, oder willst du noch mehr wissen?«

Die letzte Frage überging ich und an meine Haare wollte ich ihn auch nicht lassen, so sehr mich selbst mittlerweile die viel zu langen Haare störten. Stattdessen konzentrierte ich mich auf das Wesentliche.

»Dann kannst du also zu einer unserer Trainingsgruppen stoßen und einen Teil der Mannschaft kennenlernen.« Wenn wir uns schon mit einem herumziehenden Goalie herumschlagen mussten, konnten wir wenigstens die Zeit nutzen und uns an ihn gewöhnen. Vielleicht fand ich auch heraus, weshalb er ständig in einem anderen Verein spielte. Jedes Team wäre froh, ihn halten zu können, denn im Tor hatte er wirklich etwas drauf. So sehr es mir widerstrebte, das zuzugeben.

»Wie gesagt, mal sehen.«

Ein lauter Pfiff von Sven ertönte. »Lasst uns loslegen.«

Kapitel 2

Kai

*W*ir hatten die letzte Essenspause in der Arena, bevor die Live-Übertragung begann. Einige hatten sich nach draußen auf die vor den Blicken von Außenstehenden geschützte Terrasse gesetzt, um dort die Sonne zu genießen, bevor wir uns den Rest des Tages in der Arena mit künstlichem Licht aufhielten. Ich liebte absolut jeden Teil daran, denn dort gab es Eis, ich hatte ein Tor hinter mir und genügend Leute würden versuchen, die Scheibe ins Netz zu bringen. Und ich war verdammt gut darin, sie aufzuhalten.

Während ich trank, beobachtete ich Fiete. Er war also mein neuer Kapitän. Warmherzig schien er mir gegenüber nicht eingestellt zu sein und sich nicht zu freuen, einen der besten Goalies der Liga nun in seinem Team zu haben. Das Training war einer Inquisition sehr nahegekommen.

Einer der Produktionsleiter klatschte in die Hände, holte mich aus meinen Gedanken und stand auf. »Okay, Leute, kommt zum Ende. Ihr habt noch eine Stunde, bevor die Übertragung losgeht. Auf einen tollen Abend.«

Tyler, der an einem anderen Tisch bei Felix Amsel saß, sprang ebenfalls auf und erklärte noch mal den genauen Ablauf. Leise seufzte ich. Als ob uns dieser nicht bereits den ganzen Tag über eingebläut wurde. Langsam sollte es auch der Letzte begriffen haben.

Es würde mit den unterschiedlichsten Skills beginnen. Gegen die Trainer rückwärtsfahren, vorwärts und rückwärts um Hütchen herum mit Stock und Scheibe, Penalties schießen, Zeitfahren mit Hindernissen. Aus jeder Mannschaft traten immer drei Spieler gegeneinander an. Am Ende folgte ein Spiel, das pro Drittel nur zehn Minuten dauerte. Das würde im drei gegen drei plus Goalie Modus ausgetragen werden.

Zu jeder Ausführung nickte ich, versuchte mich mental trotz der Geräusche von Tellergeklapper und dem zustimmenden Gemurmel auf den Abend einzustellen, meinen Goalie-Space zu finden. Nur weil das Ganze hier ein Spaßprojekt war, nahm ich es trotzdem ernst. Es war eine gute Trainingseinheit für zwischendurch. Außerdem wollte ich mir vor laufender Kamera keine Blöße geben.

Doch es fiel mir schwer. Immer wieder fand mein Blick den von Fiete Ackermann. Es amüsierte mich, wie er, mein neuer Teamkapitän versuchte, mich zu einzuschätzen. Ich unterdrückte ein Lächeln. Den ganzen Tag über schwirrte er in meiner Nähe herum. Wie ein Hund, der sich in einen Knochen verbiss, stellte er in unterschiedlichen Varianten ständig die Frage, warum ich zu ihnen gewechselt war.

Der Produktionsleiter kam zum Ende und ich klatschte brav mit den anderen mit. Felix machte den Platz für den Produktionsleiter frei, kam zu uns an den Tisch und setzte sich.

»Also Männer, ihr kennt unsere Mission für heute. Den Trainern zeigen, dass sie keine Chance gegen uns haben«, rief er durch den Raum und hob die Faust. Demonstrativ guckte er zu den Trainern hinüber, die laut lachten.

»Pass lieber auf«, antwortete ihm Karl Leister. »Wir mögen älter als ihr sein, aber wir trainieren euch und kennen ganz genau eure Schwächen.«

So ging es noch weiter hin und her. Das Aufpushen begann bereits jetzt und ich ließ mich von der Stimmung anstecken. Trank Wasser und hörte zu. Fast fühlte es sich so an, als ob ich dazu gehören würde und es war ein tolles Gefühl.

Unter dem Tisch trat mir jemand gegen das Schienbein. »Hey, was soll das?«, grummelte ich und blickte zu meinem Gegenüber. Natürlich Fiete.

»Bist du alleine oder hast du eine Freundin, die mitkommt? Ich könnte Bryans Freundin Bescheid geben, die kümmert sich häufig um die Freundinnen oder Frauen der neuen Spieler.«

Aha, der neueste Versuch, Informationen aus mir herauszubekommen. »Ich bin alleine.«

Er nickte nur, öffnete den Mund und schloss ihn wieder. »Gab es denn jemanden?« Er konnte die Frage doch nicht zurückhalten.

»Nein.« Das kam heftiger heraus, als ich wollte und Fiete merkte auf. »Es gab und gibt keine Person.« Niemals würde er von mir erfahren, wie schwer es war, sich in seinen heterosexuellen Mannschaftskollegen zu verlieben, mit dem man unterwegs ein Zimmer teilen musste und die Liebe nicht erwidert wurde. Obwohl er es oft stillschweigend hingenommen hatte, wenn ich ihm nachts im Schlaf unbewusst zu sehr auf die Pelle rückte, wir kuschelnd aufwachten und ich mich morgens wortreich entschuldigte.

»Okay, verstanden«, entgegnete Fiete. Er stellte keine weitere Frage, wofür ich ihm sehr dankbar war. So langsam reichte mir die Inquisition seinerseits. Zumindest für heute.

Er trank einen Schluck Wasser und wandte sich einem anderen Gesprächspartner zu. Seine Haare fasste er mit einem Haargummi zusammen. Es juckte mir in den Fingern, ihm eine ordentliche Frisur zu verpassen. Obwohl ich den Beruf nur ergriffen hatte, um meine Eltern zufriedenzustellen, mochte ich ihn überraschenderweise. Aber bis auf meine Eltern und hin und wieder einer Frau oder Freundin eines Mannschaftskameraden hatte ich schon lange niemanden frisiert. Ich hätte wirklich Lust darauf.

»Was scannt dein Gehirn so? Haben Goalies wirklich einen Röntgenblick und können durch Haut und Fleisch gucken und Gedanken lesen?«, fragte Felix und lachte.

Ich zuckte zusammen und riss meinen Blick von Fiete los. Irritiert schüttelte ich den Kopf, da ich ihn erstaunlicherweise mochte, obwohl ich ihn überhaupt nicht kannte. Hoffentlich machte ich nicht wieder denselben Fehler und verliebte mich Hals über Kopf in einen Teamkameraden.

»Du hast eine sehr krude Vorstellung, Felix Amsel«, erwiderte ich, er lachte nur lauter. Die Gespräche verstummten am Tisch und alle sahen zu mir. Sollten sie nur, mir machte das nichts aus. »Das war mein Friseurblick. In Gedanken habe ich Fiete eine Frisur verpasst.« Ein Lächeln schlich sich auf meine Lippen. Sollte ich Fiete jemals zu greifen bekommen, würde ich ihn frisieren. In meinem Kopf hatte sich bereits heute Morgen die perfekte Frisur für ihn abgezeichnet, als ich ihn mit Felix Amsel am Tisch entdeckt hatte.

Sie würde zu ihm passen, seinen Charakter unterstreichen und ihn noch attraktiver machen. Fiete sah gut aus, hatte breite Schultern, einen geraden Oberkörper und schmale Hüften. Dazu die brünetten Haare, die an den Seiten grau wurden und die braunen Augen, in denen der Kampfgeist aufblitzte. Er kämpfte für sein Team und das gefiel mir.

»Nix da. Hier werden keine Haare geschnitten«, sagte Fiete bestimmt und griff nach seinem Zopf.

»Wer spricht denn von jetzt?« Ich grinste, lehnte mich zurück und verschränkte die Hände vor der Brust. Mehrere grinsten am Tisch.

»Nun ja, ein ordentlicher Schnitt könnte dir schon stehen«, erwiderte Felix vorsichtig und duckte sich weg, als Fiete ihm einen Klaps gegen die Schulter geben wollte.

»Können wir weniger über meine Haare sprechen und mehr über den heutigen Abend?« Er drehte sich zum Trainertisch um, wandte sich kurz darauf wieder uns zu. »Wir brauchen eine Taktik«, flüsterte er.

»Wir haben eine«, erwiderte Sven, unser Kapitän. »Wir spielen sie müde und versenken dabei die Pucks.«

»Tja, mit Karl als Verteidiger auf dem Eis wird das schwer. Der ist fit«, warf Felix ein und sah zu seinem Coach. »Aber ich könnte Emil und Patrick überreden, ihn abzulenken. Die haben Plätze neben meiner Familie und die sind in Sichtweite vom Eis aus.« Er grinste diebisch und rieb sich die Hände.

»Nein, wir spielen fair, ansonsten wäre es langweilig«, entgegnete Rene.

»Was sagt denn der Goalie?«, fragte Fiete.

Ich zuckte mit den Schultern. »Ist doch relativ einfach, oder? Haltet die Pucks von mir fern, die Sicht frei und verteidigt gut.«

»Felix? Kannst du mal kommen?«, rief Tyler durch den Raum und Felix sprang sofort auf und verschwand.

»Das kriegen wir hin«, erwiderte Fiete. »Der Goalie wird doch immer geschützt.«

Wärme durchströmte mich bei seinen Worten. Trotz seiner vielen Fragen war ich nicht irgendwer für ihn und es gab mir Hoffnung, irgendwann vielleicht ein Teammitglied zu sein.

»Du hast bei den Frosty Falcons unterschrieben?« Ein Spieler der Pinguine setzte sich neben mich an den Tisch, stellte einen Teller mit Essen vor sich ab.

»Du scheinst einer der wenigen zu sein, der es noch nicht mitbekommen hat.« Ich schob meinen Teller beiseite. »Ja. Deren Starting Goalie ist in den wohlverdienten Ruhestand gegangen und sie suchten jemand Neues mit Erfahrung.«

»Aber bist du nicht erst seit letztem Jahr bei den Steelers? Warum gehst du dort schon wieder?«

So langsam nervte die Frage. Ich hörte sie heute zum gefühlt hundertsten Mal. Ich sah in die Runde, die Kantine platzte aus allen Nähten und ich stand auf.

»So, für jeden, der es noch nicht gehört hat«, rief ich über die Gespräche von allen im Raum. Das Gemurmel verstummte nach und nach. Alle blickten zu mir. Inklusive der Männer mit den Kameras auf den Schultern, die unauffällig zwischen uns herumliefen und filmten. »Ich hatte die Chance, zu den Frosty Falcons zu wechseln und habe die Gelegenheit ergriffen. Dadurch wohne ich wieder näher bei meiner Familie. Ich habe mich nicht im Schlechten von den Steelers getrennt, lebt damit.« Ich sah insbesondere zu Fiete Ackermann, der eine Augenbraue gehoben hatte. »Wenn sich Chancen ergeben, sollte man sie ergreifen.«

Ich setzte mich, senkte den Kopf und wünschte mich in eine ruhige Ecke, in der ich mich vorbereiten konnte.

»Du hättest mir sagen können, dass du nicht drüber reden willst«, flüsterte der Spieler mir zu. Na toll, jetzt war er eingeschnappt.

»Sorry, aber die Frage verfolgt mich. War nichts gegen dich.« Ich schob den Stuhl nach hinten, nahm meinen Teller und stellte ihn zu dem schmutzigen Geschirr. Ohne den anderen viel Aufmerksamkeit zu schenken, verließ ich die Kantine und kehrte in die Umkleidekabine zurück. Ich ließ mich auf meinen Platz fallen, lehnte mich gegen die Rückwand, an der einer der fleißigen Betreuer das Trikot für heute Abend aufgehängt hatte.

Ich schloss die Augen, atmete wie beim Yoga bewusst ein und wieder aus. Langsam und tief. Leerte meinen Kopf, in dem ich verschiedene Schubladen öffnete und meine Gedanken dort einsortierte, die ich nicht brauchen konnte.

Es zählte einzig und allein das Eis. Das Netz hinter mir und der Puck vor mir. Meine Verteidiger, die mir halfen, das Tor sauber zu halten.

Ich atmete noch bewusster, kam ganz in mir an, sperrte die Geräusche aus, die aus der Kantine durch die Flure bis hierher hallten. Genauso wie die Zuschauer aus der Arena, die sich langsam füllte.

Da war er. Mein Goalie-Space, in dem alles möglich war. Hier fing ich die Scheiben, die mit hundertachtzig Sachen auf mich zuflogen, mit Leichtigkeit auf, überwand meine Angst zu versagen und wurde zu dem überragenden Goalie, den die Welt noch nie gesehen hatte. Keine Selbstzweifel, keine Fragen der Herkunft oder Kollegen, die einem misstrauten.

Ein Knacken neben mir störte meine Konzentration, holte mich von meinem virtuellen Eis, auf dem ich das Spiel meines Lebens absolvierte.

Jemand atmete auf einmal mit mir in meinem Takt. Garantiert Fiete Ackermann. Wer sonst hatte heute so viel Interesse an mir gezeigt? Ich lächelte, konzentrierte mich wieder auf mich und schob auch diesen Gedanken in eine Schublade.

Mit jedem Atemzug wurde ich größer, mächtiger, selbstbewusster, umschloss das Gefühl, ließ es wachsen und bewahrte es in mir auf. Dann öffnete ich die Augen.

»Mach das nie wieder«, sagte ich, ohne zur Seite zu sehen. »Das stört meine Konzentration.«

»Okay«, antwortete Fiete nur. Ein zartes Schmunzeln legte sich auf meine Lippen. Ich hatte mich nicht geirrt. Er rückte wortlos von mir ab. Sie alle kannten Goalies und ihre unterschiedlichsten Vorbereitungsmechanismen. Meine war eine Art Meditation.

»Hörst du das?«, startete ich das erste Mal von mir aus ein Gespräch. Jetzt war ich der selbstbewusste Goalie, der alles hinbekam. »Da draußen werden sie bereits eingeheizt.« »Ja. Ich bin gespannt, wie der Abend läuft. Ob wir wohl viele Spenden zusammenbekommen?« Fiete dehnte sich, reckte die Arme in die Höhe und die Beine von sich.

»Hoffentlich. Unser Nachwuchs kann das gebrauchen. Wir sollten das für verschiedene Sportarten durchführen. Vielleicht sogar kombinieren.« Ich sah zu Fiete, der lächelte.

»Stell das Tyler vor. Der wird vor lauter Freude aus dem Häuschen sein. Nächstes Jahr werfen wir gegen die Basketballer Körbe auf dem Eis.« Wir lächelten beide bei dieser Vorstellung und Stille senkte sich über die Kabine, nur durchbrochen von der lauter werdenden Geräuschkulisse in der Multifunktionshalle. Fiete räusperte sich. »Ich hab mir was überlegt. Solltest du nicht im Hotel wohnen wollen, bis das Appartement für dich fertig ist, kannst du mein Gästezimmer bekommen. Ich könnte dich mitnehmen, dir die Stadt zeigen und so.«

War das Hoffnung, die in seinem Gesicht schimmerte? Oder ein neuerlicher Versuch, sich von mir meine Geschichte zu erschleichen?

»Woher kommt das so plötzlich?« Ich verschränkte die Arme vor der Brust. »Wir kennen uns gar nicht. Vielleicht bin ich ein Kleptomane, der deswegen ständig das Team wechseln muss.«

Fiete zuckte mit den Schultern. »Du wirst unser neuer Starting Goalie, der will gehegt und gepflegt werden. Außerdem machen wir das öfter mit neuen Teamkameraden, sofern sie noch kein neues Zuhause haben.«

»Wer hat denn schon alles in das Bett in deinem Gästezimmer gepupst?«, fragte ich lachend.

Nun grinste Fiete breit. »Das verrate ich doch nicht.«

Ich ließ es dabei bewenden. »Was bekommst du als Gegenleistung? Ich werde deswegen nicht automatisch an einer der Trainingsgruppen teilnehmen.«

»Du hast einen persönlichen Stadtführer? Ich könnte dich kennenlernen. Wir könnten dir eine eigene Wohnung suchen.«

Und mir auf den Zahn fühlen. Ich sah auf den Boden zwischen meinen Füßen. Zudem wäre eine eigene Wohnung eine absolut schlechte Idee, obwohl ich mich danach sehnte, endlich ein richtiges Zuhause zu haben. Bisher hatte ich noch nie eine eigene Bude, immer nur die bereitgestellten Appartements der Vereine. Meistens möbliert. Eine eigene Wohnung würde etwas Dauerhaftes bedeuten, dabei konnte ich nicht mal abschätzen, wie lange dieses Team mich akzeptieren würde. Bisher hatte es meistens ein halbes Jahr gedauert, bis ich der Aussätzige war, mit dem keiner sich mehr ein Zimmer teilen wollte. Ich unterdrückte ein Seufzen. Dabei wollte ich doch nur Eishockey spielen, nicht mehr und nicht weniger. Dasselbe wie alle anderen auch. Ich schluckte die Niedergeschlagenheit runter, wollte mich nicht runterziehen lassen.

Ich blickte zu Fiete, der mich aufmerksam musterte. Er wartete auf eine Antwort. Garantiert überlegte er sich gerade eine neue Strategie, wie er mich ausquetschen konnte.

»Gib mir noch ein paar Minuten.« Ich fuhr mir über den Nacken. War es so gut in seiner Nähe zu sein? Was, wenn ich irgendwann auch in ihm mehr sah als nur meinen Teamkapitän? Mehr wollte, als ihn nur zu mögen?

»So schwer eine Entscheidung zu treffen? Es geht nur um ein Zimmer auf Zeit, kein Haus, das du kaufen sollst.« Fiete klang amüsiert und es zuckte um seine Mundwinkel. Er hatte das elendige Potenzial dafür, mich in ihn zu verlieben. Er war genau der Typ Mensch, das Herz am rechten Fleck, nachdem was ich über ihn gelesen hatte.

»Schon klar.« Ich sollte es annehmen. Er wollte mich in die Mannschaft integrieren. Es war immer gut, wenn der Kapitän dem Neuen den Rücken stärkte. »In Ordnung. Aber wir müssen mir keine Wohnung suchen.« Ich hielt ihm meine Hand hin. »Was zahle ich dir an Untermiete?«

»Das handeln wir noch aus.« Er schlug lächelnd ein. Ein fester und warmer Händedruck. Seine Hände fühlten sich überraschend zart auf meiner Haut an. »Bloß nicht sesshaft werden, wie? Nicht mal deinen Eltern zuliebe?«

Ich zuckte mit den Schultern. »Meine Eltern führen nicht mein Leben. Es ist schön, sie öfter sehen zu können, war aber nicht Ausschlaggebend. Ihr spielt gut, ich will dazu beitragen, die nächste Meisterschaft zu gewinnen.«

»Da wärst du bei den Steelers besser aufgehoben.«

»Mag sein. Aber ist es nicht spannender, es mit einer Überraschungsmannschaft zu schaffen?«

»Sollten wir das in der kommenden Saison schaffen, ziehst du dann weiter? Oder andersherum, wenn wir es nicht sofort hinbekommen?«

Ich zuckte mit den Schultern. Sollte er doch glauben, was er wollte. Erst mal musste ich schauen, wie ich es in diesem Team zurechtkam. Dabei wollte ich nichts mehr, als endlich dazu zu gehören. Einen Mann finden, den ich lieben durfte und nach Auswärtsspielen in ein dauerhaftes Heim zurückkehren. Das war doch nicht zu viel verlangt vom Leben. Nur dafür musste das Team Vertrauen in mich haben.

Fiete blickte mich immer noch aufmerksam an.

»Es kommt, wie es kommt. Ich werde jetzt keine Aussage tätigen. In einem Jahr kann so viel passieren.«

»Bloß nicht festlegen, sondern lieber mit Plattitüden antworten.«

Ich erwiderte nichts darauf. »Gib mir deine Adresse. Meine Handynummer hast du bereits ergaunert, damit du mich im Teamchat hinzufügen kannst. Vielleicht komme ich doch schon morgen oder erst in ein paar Tagen. Mal sehen, ob ich meinen Eltern noch einen Besuch abstatte oder was auch immer mache.«

Erneut musterte Fiete mich prüfend. »Darf ich dir einen Tipp geben? Unser Team macht vieles gemeinsam, grenze dich in Zukunft nicht aus, indem du ständig deine Eltern oder Müdigkeit oder was auch immer vorschiebst. Das ein oder andere Mal solltest du dich uns anschließen.«

Ich runzelte die Stirn. Was war das denn jetzt für eine Scheiße? Er gab mir bereits Tipps, obwohl ich noch nicht mal offiziell im Verein angekommen war und er mich überhaupt nicht kannte? In mir brodelte es und ich war drauf und dran, ihm eine gepfefferte Antwort zu geben.

Atmen, Kai, einfach weiteratmen. Du bist der unbesiegbare Goalie, der große, starke Mann, der das Tor komplett ausfüllt. Du lässt keine Scheibe durch. Lässt dich nicht durch Fietes Aussagen aus dem Konzept bringen.

»Ich werde es mir zu Herzen nehmen.« Ich schenkte ihm ein nichtssagendes Lächeln und wandte mich ab.

Als hätten sie auf den perfekten Zeitpunkt gewartet, betraten Spieler die Umkleide, was mir sehr recht war. Ich schloss erneut die Augen und suchte meinen Goalie-Space. Aber nun spukten mir meine Eltern im Kopf herum, die Videos meines neuen Teams gesellten sich dazu.

Meine Mutter hatte mir vorhin geschrieben. Sie hatten Plätze im Publikum bekommen und waren stolz auf mich. Die seltene Frage meiner Mutter, ob ich Zeit hätte, sie ein paar Tage zu besuchen, konnte und mochte ich nicht ignorieren. Würden sie öfter fragen, wäre ich bestimmt häufiger bei ihnen. Käme mir dann nicht wie ein Eindringling in ihrem persönlichen Bereich vor. Vor allem, nachdem ich keine Rückzugsmöglichkeit bei ihnen mehr hatte und die Frage nach einem weiteren Kind nach meinem Auszug im Raum stand.

Ich würde mich nicht so oft alleine und einsam fühlen, sondern irgendwo zugehörig.

»Noch eine halbe Stunde, dann seid ihr dran. Macht euch fertig.« Felix. Und ich hörte noch weitere Stimmen. Mit Sicherheit hatten sie die Fernsehmenschen im Schlepptau.

Ich meditierte weitere fünf Minuten, verschob negative Gedanken in Schubladen und pushte mich mit positiven.

Mit lautem Jubel und Applaus wurden wir auf dem Eis begrüßt. Drehten unsere Kreise und winkten allen zu. Die Spielfläche war kleiner als normal, da ein Bereich für die Moderation gebraucht wurde. Aber das würde das spätere Spiel nur schneller machen. Mir war es recht.

Wir klatschten mit dem Trainerteam ab. Als Kapitän unserer zusammengewürfelten Mannschaft stellte sich Sven den Kommentatoren, die ihn mit Fragen zum Tag bombardierten. Ihm gegenüber stand der Trainer der Wanheimer Tigers.

Nach dem Vorgeplänkel, einigen Bildern vom Training, begannen die ersten Wettkämpfe. Erstaunlicherweise schlugen die Trainer sich sehr gut gegen die Spieler.

Die Trainer holten sich den Punkt beim Rückwärtsfahren und beim Penaltyschießen. Nach sechs Runden ließ ich leider einmal die Scheibe durch, während mein alter Goalietrainer aus Schrosener Zeiten alles hielt. Er nickte mir grinsend zu.

Beim Stickhandling waren wir Spieler vorne. Das Publikum feuerte jedoch vor allem die Trainer an, was wir Spieler natürlich nicht persönlich nahmen. Es waren einige namhafte Trainer dabei, die früher auch in der Nationalmannschaft gespielt hatten wie Karl Leister. Spätestens im Spiel, dessen waren sich alle einig, würden wir die Trainer schlagen.

Zwischendurch gab es immer wieder Live-Musikacts. Die angesagtesten Musiker der deutschen Pop- und Rockszene durften ihre Lieder schmettern. Fiete schienen sie zu gefallen, denn er wippte im Takt mit und seine Lippen bewegten sich. Es war schlicht nicht meine Musik.

Was diese Lippen alles mit meinem Körper anstellen könnten. Ob sie sich wohl zart anfühlten? War Fiete ein guter Küsser?

Energisch schüttelte ich den Kopf. Bloß nicht darüber nachdenken. Ich biss mir auf die Lippe, bis es schmerzte und ich den metallischen Geschmack von Blut im Mund hatte. Dann zog ich meine Goalie-Maske hinunter.

Seit ich sie als Junge das erste Mal aufgesetzt hatte, wirkte sie wie ein Schutz vor der Welt für mich. So sperrte ich jeden und alles aus, heute wie damals als kleines Kind, wenn ich mir die Augen zugehalten und geglaubt hatte, dadurch unsichtbar zu sein.

Nach dem Schlagerkönig von Deutschland, der in seinen vollen Tourplan diesen Stopp mit eingebaut und die Arena zum Kochen gebracht hatte, kam es endlich zum Höhepunkt des Abends. Das Spiel.

Es tröstete mich über die lausige Musik hinweg. Aber die schien nur ich so grottig zu finden. Alle feierten ihn ab, tanzten und sangen lauthals mit.

»Magst du keinen Schlager?«, fragte Fiete, als er neben mir zum Stehen kam.

»Ich kenne bessere Musik.«

»Klar, aber zum Feiern ist der gut.« Fiete schlug mir auf meine Polsterung und fuhr weiter. Drehte sich mitten in der Fahrt und grinste mich an. »Na los, Cutter, ab ins Tor.«

Cutter? Ich hob die Augenbrauen, rieb mit der Zunge über meine aufgebissene Lippe, die zu bluten aufgehört hatte.

»Wir müssen reden«, erwiderte ich laut und glitt vor mein Tor. Schweiß rann mir mittlerweile den Nacken hinunter. Den ganzen Abend die fünfundzwanzig Kilo Ausrüstung zu tragen, war kein Zuckerschlecken.

Wir gewannen haushoch, punktemäßig entschieden allerdings die Trainer den Abend für sich. Felix, der Spaßvogel, schlug vor, in Zukunft die Trainer unsere Spiele bestreiten zu lassen.

Das erste Benefiz-All-Star-Game in Deutschland war auf jeden Fall ein großer Erfolg. Die Zuschauer saßen nicht nur in einer ausverkauften Arena, sondern zahlreich vor den Fernsehern, wie uns mitgeteilt wurde.

Spaß hatte es jedenfalls gemacht. Unter großem Jubel wurden wir verabschiedet. Konfetti regnete vom Arenadach auf uns hinunter und der Deutsche Eishockey Bund freute sich über jede Menge Spenden, die dem Nachwuchs zu Gute kamen.

Tyler Roth strahlte über das ganze Gesicht. Er stellte einige der kleinen Projekte vor, die der DEB mit dem Geld umsetzen wollte. War im Vorfeld schon mit einem Kamerateam unterwegs gewesen und hatte Bildmaterial vom Training der U-Nationalmannschaften, der Ausrüstung, die alle paar Monate neu gekauft werden musste und vieles mehr gesammelt.

Nachdem die Übertragung beendet war, standen wir den Fans für Selfies und Autogramme zur Verfügung. Es dauerte bis spät in die Nacht, bis wir unter die Duschen kamen.

»Was ist jetzt mit dir? Fährst du zu deinen Eltern oder kommst du direkt zu mir?«

»Ich fahr dir morgen hinterher, beziehe das Zimmer und übermorgen oder so besuche ich meine Eltern.« Ich war viel zu neugierig darauf, zu erfahren, wie Fiete wohnte.

»Alles klar.« Wir machten einen Zeitpunkt aus, an dem wir uns hier trafen und losfahren wollten.

Ich seufzte. Das konnte etwas werden, ein Center und ein Goalie unter einem Dach.

Kapitel 3

Fiete

*K*ai und ich trafen am folgenden Nachmittag bei mir ein. Ich fuhr in die Tiefgarage des Wohnhauses, während Kai mit seinem alten Schlachtschiff von einem Mercedes Kombi vor dem Haus einen Parkplatz fand. Dieses Auto war garantiert älter als wir beiden zusammen, aber es hatte unheimlich viel Platz, vor allem mit umgeklappten Rücksitzen. Bevor wir losgefahren waren, hatte ich die alte Möhre umrundet und Kai angeboten, bei mir mitzufahren, aus Angst, es würde mitten auf der Autobahn auseinanderbrechen.

»Wollen wir direkt ein paar Sachen mit hochnehmen?« Ich deutete auf sein vollgepacktes Auto, als ich zurück bei ihm vor dem Haus war. Er runzelte die Stirn, öffnete den Kofferraum und reichte mir eine große Reisetasche und einen Koffer. Er selbst nahm einen weiteren Koffer und jede Menge Stofftaschen heraus. Irgendwo in dem Chaos machte ich seine Hockeyausrüstung aus.

»Das ist erst mal das Wichtigste.«

Wir betraten das Mehrfamilienhaus in einer der besten Gegenden von Dullerstorf und fuhren mit dem Fahrstuhl in die vierte Etage. Ich hatte ein großes Loft gekauft mit drei Zimmern. Ein Gästezimmer, eines für meine Tochter und eines für mich. Dazu ein Wohnzimmer an das sich die Küche anschloss, die mit Glasschiebetüren abgetrennt werden konnte.

Bereits als ich die Wohnungstür öffnete, hörte ich das laute und fröhliche Gezwitscher meiner Federbällchen aus dem Wohnzimmer. Irritiert sah Kai sich um.

»Sag mir nicht, du hast so einen Kasten, der dich jedes Mal mit Vogelgezwitscher begrüßt.«

Ich grinste. »Keinen Kasten, echte Vögel.«

Kais Augenbrauen hoben sich, er stellte den Koffer ab und fuhr sich durch den Nacken. Dabei kräuselte sich die Wurzel seiner Nase.

»Hast du etwa ein Problem mit Vögeln?«

»Nein, überhaupt nicht, solange sie draußen sind und mir nicht auf den Kopf scheißen.«

»Keine Sorge, das machen sie nur bei Menschen, die sie nicht mögen.« Ich durchquerte den rechteckigen Flur, von dem die einzelnen Türen zum Wohnzimmer, dem Bad und den drei Schlafzimmern abgingen. Erhellt wurde er nur durch die Bewegungslampe an der Decke. »Hier ist dein Zimmer.« Mit Schwung öffnete ich die Tür zum Gästezimmer. Viel war nicht drin. Ein Doppelbett, Schrank und eine Kommode, auf der ein großer Fernseher stand. Dafür war das Zimmer nicht klein und hatte einen eigenen Zugang zum Balkon, der sich um das gesamte Haus erstreckte.

Kai betrat das Zimmer, sah sich um und stellte seine Taschen auf dem Boden ab.

»Schön groß.« Er setzte sich auf die Matratze und federte mehrmals auf und ab, bevor er sich quer über das Bett legte. Sein T-Shirt rutschte hoch und entblößte ein Stück seines Bauches. Ich starrte auf den Streifen Haut, auf dem vom

Bauchnabel aus der Glücksstreifen entlanglief und sich in seiner Hose verlor. »Liegt sich gut.«

Ich räusperte mich, Hitze kroch mir den Nacken hinauf und ich zwang mich, meinen Blick zu heben. Trotzdem konnte ich die Neugierde nicht verbannen, wie seine Haut sich wohl anfühlte. Sicherheitshalber schob ich die Hände in die Hosentaschen.

»Dann wirst du wenigstens nicht um deinen Schönheitsschlaf gebracht. Willst du den Rest der Wohnung sehen?«

Er nickte und stand auf, folgte mir. Ich zeigte auf meine Schlafzimmertür, das Badezimmer, das wir uns teilen mussten und ging ins Wohnzimmer.

»Es gibt wenige Regeln in diesem Haus, aber eine lautet: Die Wohnzimmertür zum Flur und die zur Küche sind immer zu schließen und es werden im Raum selbst nur die Fenster mit dem Volierendraht davor geöffnet.« Ich zeigte auf die Betreffenden. Kai nickte nur, sah zu der Ecke, in der ich für meine Vögel aus Holz eine Ecke eingerichtet hatte.

Sie konnten klettern, knabbern, Äste ragten in den Raum, Hängeleitern hingen von der Decke und auf Holzbrettern, die an der Wand angebracht waren, hatte ich Spielplätze angelegt. Auf dem Boden der gesamten Ecke war Holz ausgelegt mit einer Begrenzung, auf dem Korkgranulat lag, das mindestens ein Mal die Woche getauscht werden musste. Meine Wellensittiche konnten überall im Wohnzimmer herumfliegen, es gab keinen Käfig, in den sie nachts eingesperrt wurden. Vor allem landeten sie gerne auf meinem Klavier und tapsten darauf herum.

»Das sind viele Vögel«, stellte Kai fest und klang nicht begeistert. »Warum hast du sieben Stück?«

»Damit sie in einem Schwarm zusammenleben können.« Ich wandte mich ihm zu. »Willst du lieber ins Hotel?«

Er schüttelte den Kopf, ließ allerdings die Vögel nicht aus den Augen.

Drei flogen über uns hinüber, landeten auf den Plissees, die ich am Fenster angebracht hatte, und zwitscherten fröhlich. Zwei andere fraßen und zwei putzten sich ausgiebig. Alles beobachtet von Kai.

»Die greifen aber nicht an, oder?«

Die Frage brachte mich zum Lachen. »Das sind Wellis, keine Krähen. Wir sind hier nicht im Film *Die Vögel*.«

Kai sah mich an. »Du hast aber gesehen, was die Sperlinge dort anrichten, oder? Sperlinge. Du weißt schon, kleine niedliche Vögel.«

Nun lachte ich laut los und ich handelte mir einen bösen Blick von ihm ein. Ich riss mich zusammen. Es war nicht fair, seine augenscheinliche Angst vor kleinen, süßen und fliegenden Flattermännern nicht ernst zu nehmen.

»Wenn du dich vor ihnen fürchtest, fahre ich mit dir ins Hotel. Das ist nichts Schlimmes und vollkommen valide.«

»Nein, natürlich nicht. Ich habe nur nicht damit gerechnet, hier auf welche zu treffen.«

Ich ging zum Sofa, das gegenüber von der Vogelecke stand. Als ich das Loft gekauft hatte, waren Wohnzimmer und Küche miteinander verbunden gewesen. Ich wollte allerdings die Küche vom Wohnzimmer separieren, damit ich in Ruhe kochen konnte, ohne auf die Vögel acht zu geben und auch keinen Kot in der Nähe meiner Lebensmittel zu haben. Also hatte ich, um die Schiebetüren anbringen zu können, auf einer Seite jeweils ein Stück Wand eingezogen. Auf der Seite des Sofas groß genug, um einen Fernseher aufzuhängen und eine Kommode darunter zu stellen.

»Spielst du das auch oder ist das nur eine Attrappe?« Kai trat an das Klavier heran, das neben der Küchentür stand, hob die Klappe über den Tasten an und klimperte darauf herum.

»Wie du hörst, ist es echt.«

Kai versuchte sich an einer Melodie, traf allerdings ständig die falschen Tasten. Es tat mir in den Ohren weh.

»Was zum Henker spielst du da?« Ich stand auf und ging zu ihm. Meine Vögel hingegen zwitscherten freudig mit. Einer kam zum Klavier geflogen und lief darauf herum, während er dabei fleißig mit seinem Kopf wippte. »Sogar Micki findet dein Geklimpere nicht gut.«

»Hey, das ist der Flohwalzer.«

Ich sah ihn nur an, stellte mich dicht neben ihn, legte ohne nachzudenken meine Hand auf seine. Noch nie war ich außerhalb des Eises einem Mann so nah und mein Herz raste. Kai zuckte nicht einmal zusammen oder zog seine Hand zurück. Warm lag sie unter meiner. Es kostete mich allen Mut, nicht zur Seite zu springen, sondern stehen zu bleiben und es durchzuziehen.

Ich räusperte mich. »Der Flohwalzer geht so.« Dann drückte ich die richtigen Tasten und die Melodie erklang.

»Was spielst du denn so?«, fragte Kai, als der letzte Ton verklungen war.

»Normalerweise nur für mich und die Wellis.« Dies war keine Antwort auf seine Frage, aber das Klavierspielen war etwas ganz Persönliches nur für mich.

»Schade, ich wollte dich gerade fragen, ob du mir was vorspielst.«

Wir standen noch immer nah beieinander, Kais Hand lag weiterhin unter meiner. Ich hätte mich nur leicht vorbeugen müssen, um ihn zu küssen. Er wandte sich mir zu. Mein Blick blieb an seinen Lippen haften. Seine Oberlippe war dünner als seine Unterlippe. Für einen Moment verharrten wir so, sahen uns in die Augen und ein Lächeln bildete sich auf Kais Gesicht.

Dann fuhr er mit der Zungenspitze zwischen seinen Lippen hindurch und das brach den Bann. Ich entließ den angestauten Atem aus meinen Lungen. Ruckartig, als läge sie auf einer heißen Herdplatte, zog ich meine Hand zurück und trat von ihm fort. Micki flog meckernd davon, wahrscheinlich erschreckt durch meine hektische Bewegung.

Ich fuhr mir durch die Haare, wickelte eine Strähne um meinen Finger.

Tu einfach so, als ob das nicht passiert wäre. Reden und so.

»Wir sollten dein restliches Zeug aus dem Auto holen.« Ich drehte mich fort, eilte aus dem Wohnzimmer.

»Fiete, warte.« An der Wohnungstür holte Kai mich ein und packte mich am Oberarm. »Ich hab alles oben, was ich erst mal brauche. Ich hätte viel lieber einen Tee.«

»Ich habe keinen Tee. Nur Kaffee. Geht das auch?«

Er hob seine Augenbrauen. »Nein, für mich nicht.«

»Oh.« *Sehr gut, Fiete, das mit der Konversation bekommst du außerordentlich gut hin.*

»Dann sollten wir den aus deinem Auto holen? Du hast bestimmt noch Reste. Oder stehen die in der alten Wohnung und kommen nach?«

Er ließ mich los, schob die Hände in die Hosentaschen.

»Stehen in der alten Wohnung und werden dort bleiben. Alles, was ich besitze, ist in meinem Auto. Die Dosen, in denen ich die Teesorten aufbewahre, gehörten ebenfalls zur Einrichtung. Also freut sich mein Nachmieter darüber.«

Ich riss die Augen auf. »Das ist ein Scherz, oder? Du veräppelst mich. Du hast keine Möbel, Töpfe, Geschirr, Besteck oder sonst so Sachen, die jeder Mensch zum Leben braucht?«

Kai schüttelte den Kopf. »Nein, ich bin Minimalist. Habe immer möblierte und fertig eingerichtete Wohnungen von den Vereinen gestellt bekommen. Und je weniger man hat, desto schneller geht das Einpacken.«

»Keine Bücher? Keine CDs, DVDs, alte Kindheitserinnerungen?«

Wieder schüttelte er todernst den Kopf. Mir fiel nichts darauf ein. Noch nie hatte ich einen Menschen erlebt, dessen komplettes Hab und Gut in ein Auto passte. Erneut nagte die Frage in meinem Hinterkopf, wie lange Kai es bei uns aushalten würde und wie sehr ich mich auf ihn verlassen konnte. Er könnte jederzeit von heute auf morgen seine Sachen packen und verschwinden, trotz seines Vertrages bei uns. Immerhin hatte er bei den Steelers auch einen Zweijahresvertrag unterschrieben und diesen nach nur einem Jahr aufgelöst.

»Ich sollte dich Nomade und nicht Cutter nennen.« Lohnte es sich überhaupt, sich an einen neuen Goalie zu gewöhnen, seine Eigenarten kennenzulernen, wenn er nur auf dem Sprung war?

»Cutter ist eh der mieseste Spitzname, der mir jemals verpasst wurde. Ich bin doch kein Serienmörder, der mit einem Messer durch die Gegend läuft und die Leute aufschlitzt.«

»Das will ich schwer hoffen, das Te—«, mitten im Satz wurde ich abrupt unterbrochen, als einer meiner Wellensittiche aus der offenen Wohnzimmertür geflogen kam und direkt auf Kais dunkelbraunen, sehr kurzen Haaren landete. Er rutschte mit einem Fuß etwas weg, denn nirgends konnte er sich festkrallen.

»Au«, rief er aus, hob die Hand, um sich im Reflex auf den Kopf zu schlagen, aber ich reagierte blitzschnell, hielt ihn in der Bewegung auf.

»Das ist nur Fressdachs. Du hast die Tür offengelassen.« Ich hielt meine Hand neben seinen Kopf. »Na komm her, Dicker, du hast hier nichts zu suchen.« Der neugierigste meiner Vögel, der vor nichts Angst zu haben schien, kletterte auf meinen Handrücken und verteilte seine Liebesbisse. »Du spekulierst ja nur auf Hirse«, schäkerte ich mit ihm, während ich ihn zurück ins Wohnzimmer brachte.

»Tut mir leid, das wollte ich nicht. Da muss ich mich dran gewöhnen.« Kai war mir zurück in den Raum gefolgt.

»Am besten schnell.« Ich hielt meine Hand mit Fressdachs an einen Ast und er kletterte darauf. »Was kann ich dir sonst anbieten? Wasser?«

»Alkohol?«

»Jetzt schon?«

»Es ist halb fünf. Nach vier Uhr und irgendwo auf der Welt ist eh immer vier Uhr.«

Ich verdrehte die Augen. »Was für abgedroschene Sprüche. Setz dich.« Er folgte meiner Aufforderung und ich holte eine Flasche Rotwein aus der Kommode und aus der Küche zwei Gläser.

»Ah, der Herr wird immer feiner.«

»Ich trink den auch alleine.«

»Rotwein ist gut.« Er grinste, während ich die Flasche entkorkte. »Darf ich endlich deine Haare in Form bringen?«

»Ich muss echt ein scheußlicher Anblick für dich sein. Wie konntest du nur zusagen, bei mir zu übernachten, bis du in dein Appartement kannst?« Wobei ich so gerne seine Nähe wieder spüren wollte, den angenehmen Schauer, der einem über den Rücken läuft.

Verdammt, Fiete, reiß dich zusammen. Dies ist dein Goalie, ein zurzeit noch fremder Mann. Nur um in die Nähe eines Mannes zu kommen, solltest du nicht solche Dinge ausnutzen.

Kai sah mich unschuldig an. »Ich habe drauf spekuliert, deine Haare unter meine Finger zu bekommen. Außerdem hat dein unglaublicher Charme mir gegenüber mich dazu verleitet.«

Ich schenkte ein und reichte ihm eines der Gläser.

»Wenn es dich glücklich macht, dann mach. Solange du mir nicht wie dir den Kopf rasierst.«

»Würde mir nicht im Traum einfallen, aber wir könnten …« Er tippte sich gegen das Kinn. »Dreh dich um.«

Stirnrunzelnd tat ich ihm den Gefallen. Er zog mir das Haarband heraus und kämmte mit den Fingern durch die Haare. Selbst diese kleine Berührung, noch nicht mal auf meiner Haut, löste eine Gänsehaut aus. Wie sehr konnte ein Mensch sich nach Berührung verzehren? Ich: Ja!

»Ich bin immer noch für einen Undercut mit Man Bun. Das würde dir stehen.« Er strich die Haare beiseite, berührte dabei hauchzart meinen Hals und mir lief der nächste Schauer den Rücken hinunter. »O wow, was verbirgt sich denn da?« Mit den Fingerspitzen fuhr er das Ende meines Tattoos nach, was ein Kribbeln an der Stelle verursachte und mich die Augen schließen ließ. Mist, was hatte er mich gefragt? Ich drückte meine kurzen Fingernägel in meine Hand, um durch den Schmerz wieder zur Besinnung zu kommen.

»Ein Wellensittich, der über meinen Rücken fliegt.«

»Darf ich es sehen?«

»Warum hast du es gestern nicht schon gesehen?« Ich drehte mich halb zu ihm um. »Wir waren gemeinsam in einer Umkleide?«, fragte ich und zog mir mein Shirt über den Kopf.

»Ich vermeide grundsätzlich, meine Teamkameraden anzusehen, wenn sie nackt sind.«

Ich musste mich beherrschen, um ihn nicht mit offenem Mund anzustarren. »Wie bekommst du das in einem Raum voller nackter Männer hin?«

»Dir ist nicht aufgefallen, dass ich nur mit dem Gesicht zu meinem Platz gewandt bin? Erst unter die Dusche gehe, wenn alle fort sind oder zu Hause?«

Ich blickte ihn nachdenklich an. Das Bild von ihm gestern Abend nach dem Event trat mir vor Augen. Es stimmte. Er hatte den Kopf gesenkt gehalten, war nah vor seinem Platz gestanden mit dem Rücken zu uns, ohne sich umzusehen. Seine Schultern waren nach vorne gekippt gewesen und es hatte gewirkt, als ob dieser Bär von einem Mann sich unsichtbar machen wollte.

Irgendwas schien ihn tief geprägt und zum Nomaden und Einzelgänger gemacht zu haben. Ich biss mir auf die Lippen, um auf keinen Fall zu fragen, was ihm passiert war. Ich würde sowieso nur eine Gegenfrage erhalten, wie jedes Mal, wenn er nicht antworten wollte. Zumindest kam es mir so vor.

»Kann ich dein Tattoo nun bewundern?«

»Klar.« Ich schüttelte mich innerlich. In Sekundenschnelle schaffte er es, mich aus dem Konzept zu bringen. Hoffentlich merkte er das nicht. »Er ist mitten im Flug von der Seite. Einer meiner ersten Wellis, die sich mit mir den Wohnraum geteilt haben. Leider ist er bereits gestorben.« Ich zog mein T-Shirt aus, fasste meine Haare zusammen und zog sie über die Schulter. Drehte mich um, sodass Kai meinen Rücken bewundern konnte.

»Darf ich ihn anfassen?«

»Äh, ja.« Kurz erstarrte ich.

Sanft strich er die Konturen der Flügel und Federn nach. Eine Gänsehaut bildete sich auf meinem Körper, die ihm bestimmt nicht entging. Mein Puls hatte sich zudem entschieden, schneller zu arbeiten und Hitze stieg in mir auf.

Fuck, Fuck, Fuck. Warum reagierte ich nur so direkt auf ihn? *Goalie, Fiete, Goalie. Du solltest auf die tausend anderen Männer da draußen so reagieren!*

»Das ist ein kleines Kunstwerk. Du liebst diese Flattermänner wirklich.«

»Jupps.« Was ich stattdessen sagen wollte: Hör endlich auf mich so zu berühren, aber mach bloß weiter, denn allein diese Berührung schien die Lust in meiner Leistengegend anzufeuern. Fuck! Ich sollte mich endlich überwinden und den Mut aufbringen, mir jemanden aus diesen ganzen Apps zu suchen. »Fertig?«

»Klar.« Ich setzte mich normal auf die Couch, räusperte mich mal wieder und griff nach meinem Weinglas. »Auf eine gute Wohngemeinschaft.«

Er nahm sein Glas und stieß mit mir an. »Kriegen wir hin.« Wir tranken einen Schluck.

»Darf ich endlich an deine Haare?«

»Du kannst es echt nicht abwarten.«

Kai grinste mich frech an. »Was soll ich sagen? Neben dem Eishockey macht mir das am meisten Freude.« Er stellte sein Glas ab. »Magst du schon deine Haare waschen? Ich hole meinen Koffer aus dem Auto. Wenn du keinen Stuhl hast, hol einen ins Bad und bring bloß den Wein mit. Das dauert jetzt etwas.« Kritisch blickte er meine Haare an. »Definitiv Spliss. Wie lange warst du nicht mehr Friseur? Ein Jahr?«

»Letztes Jahr September?«

Er seufzte tief. »Hast du ein Glück, mich als Goalie zu bekommen. Du bist unser Kapitän, unser Aushängeschild, da musst du gut aussehen.« Er stand auf und ging aus dem

Wohnzimmer, schloss hinter sich die Tür. Ich atmete auf und zog mir mein Shirt über den Kopf.

Worauf hatte ich mich nur eingelassen? Ich sank in die Polster, beobachtete Fressdachs, wie er in einem Futternapf die Körner aussortierte, die er nicht mochte und durch die Gegend schmetterte.

Kapitel 4

Kai

ch trank einen Schluck Wein, während ich langsam um Fiete herumging. Noch war ich nicht zufrieden.

»Die Haare sollten kürzer sein. Knapp über die Schultern.« Ich blieb vor Fiete stehen, tippte mit einem Finger gegen meine Lippen, bevor ich einen weiteren Schluck Rotwein trank.

Fiete sah mich mit großen Augen an. »Hast du mal auf den Boden geguckt, wie viel schon ab ist? Bald habe ich keine mehr auf dem Kopf.«

Ich schmunzelte und griff ihm in die Haare. »Du hast genügend. Falls es dich beruhigt, sie wachsen sogar nach.« Ich stellte das Glas wieder auf dem großen und breiten Doppelwaschbecken ab, nahm die Schere zur Hand und arbeitete weiter.

»Für einen Friseur bist ziemlich ruhig«, sagte Fiete nach ein oder zwei Minuten.

»Man muss nicht immer quatschen. Ich mag die Ruhe genauso gerne.« Konnte ihm schlecht mitteilen, wie sehr ich mich vorhin auf dem Sofa schon zusammenreißen musste, um ihm keine Küsse auf den Nacken und Rücken aufzudrücken. Er gehörte nun mal zu den Männern, bei denen ich schwach werden konnte und mein selbstauferlegtes Verbot, mich nicht mehr in einen Teamkameraden zu verlieben, könnte gefährlich ins Wanken geraten. »Wenn du die Ruhe nicht aushältst, können wir auch gerne Musik oder einen Podcast hören. Ich mag *Eis und Leben* ganz gerne.«

»Nein, schon gut. Ich kriege das hin.«

Es war ein absoluter Fehler, bei ihm vorübergehend einzuziehen, bis ich mein renoviertes Appartement bekam. Mit jeder Minute, die ich mit ihm verbrachte, wollte ich mehr von ihm, nicht nur ansehen oder Haare schneiden. Er reizte mich, würde es wahrscheinlich sogar schaffen, mir Dinge über mich zu entlocken, die ich lieber für mich behielt. Deswegen sagte ich besser erst gar nichts.

Ich schnitt eine Stufe in die Haare, damit der Dutt leichter fiel.

»Also gut, du willst Unterhaltung. Welche Lieder spielst du auf dem Klavier?« Fuck, jetzt redete ich doch. Was hatte der Kerl nur an sich? »Klassik? Beethoven und son Zeugs?«

»Früher ja. Mein Vater liebt klassische Stücke und jeder seiner Schüler muss sie spielen, könnte schließlich ein zukünftiger Konzertpianist drunter sein. Aber mittlerweile meistens nur noch Rock und Pop.«

»Dein Vater hat dir das Klavierspielen beigebracht?« Shit, selbst ich hörte den sehnsüchtigen Ton gepaart mit ein klein wenig Neid heraus. Ich wandte mich ab. Legte die Schere auf den Waschtisch und nahm mein Glas in die Hand.

Fiete drehte sich zu mir um, musterte mich im Spiegel. Unsere Blicke begegneten sich und ich konnte die Neugierde herauslesen. Ich wartete auf eine Frage, die bisher jedes Mal kam, wenn er mich so ansah. Sofort senkte ich den Blick, beobachtete ein kleines Insekt, das zwischen den Haaren auf dem Boden herumkrabbelte.

»Er ist Musiklehrer an der hiesigen Musikschule.«

Erstaunt blickte ich auf. »Warum bist du dann nicht Musiker geworden?«

»Sind wir fertig?«

Aha, er hatte das Spiel, eine Frage mit einer Gegenfrage auszuweichen also ebenso drauf wie ich. Was auch immer er für sich behalten wollte, ich würde nicht nachfragen. Schmunzelnd nickte ich. »Ja.«

Er stand auf, stellte sich neben mich und sah in den Spiegel. Ich holte meinen großen Runden aus dem Koffer und hielt ihn hinter ihm hoch. »Gefällt es dir?« Langsam schwenkte ich den Spiegel. Hoffentlich hatte ich es nicht versaut. Er war gar nicht glücklich gewesen, als immer mehr Haar auf dem Boden gelandet war.

»Das sieht tatsächlich sehr gut aus. Danke dir.« Sein Blick fand erneut meinen im Spiegel. Ich musste mich davon abhalten, meine Hand auf seine Schulter zu legen, biss mir auf die Unterlippe und drehte mich von ihm weg.

»Dann müssen wir das nur noch alle paar Wochen beibehalten. Wo finde ich einen Besen?«

»Ich mach das schon. Räum deine Sachen in Ruhe weg.«

Ich nickte nur. Trank mein Glas leer. Der Wein wärmte mich, schickte Hitzewellen durch meinen Körper. Die kamen definitiv nicht von Fiete oder dessen Hintern in seiner kurzen Hose, der so perfekt zur Geltung gebracht wurde. Schon gar nicht von dem Tattoo auf dem Rücken, das ich in vollem Umfang entdecken wollte. Vorzugsweise mit meiner Zunge und den Lippen. Es war sehr filigran gestochen.

Fiete verschwand aus dem Badezimmer, nahm einen Teil der Hitze mit sich.

Als wir fertig aufgeräumt hatten, fanden wir uns auf dem Sofa wieder. Fiete füllte unsere Gläser erneut auf.

»Ich habe nichts zu essen hier. Muss morgen erst einkaufen. Wollen wir Pizza bestellen und einen Film gucken?«

»Ich kann auch in mein Zimmer. Wir müssen nicht die ganze Zeit aufeinanderhängen.« Ich befand mich vollkommen im Zwiespalt, unbedingt in Fietes Nähe sein und ihr gleichzeitig entkommen zu wollen.

»Quatsch. Dein erster Abend hier. Wenn du morgen zu deinen Eltern fährst, bin ich sowieso wieder alleine.«

Ich freute mich über seinen selbstverständlichen Ton und nahm das als gutes Vorzeichen.

Wir bestellten das Essen, leerten die Flasche und einigten uns auf einen Film. Uns verband derselbe Filmgeschmack und so dauerte es nicht lange, bis Brad Pitt in *Moneyball* über den Bildschirm flackerte. Unsere Pizza kam und wir aßen schweigend. Tranken noch mehr Rotwein.

»Ich schaue den Film zum, ich weiß nicht wievielten Mal und immer stachelt er mich dazu an, es besser zu machen als die Baseballer da. Wenn ich noch weniger Pucks durchlasse, gewinnt die Mannschaft mehr Spiele und ich kann endlich den Pokal in die Höhe recken.« Ich klang leicht beschwipst.

»Das ist so …« Fiete bekam einen verträumten Blick, lehnte sich gegen die Rückenlehne und ließ den Kopf in den Nacken sinken. »Unbeschreiblich. Du stehst da, reckst den Pokal in die Höhe und all der Schweiß, der Schmerz und die Mühe waren es wert. Es ist einfach geil. Besser als …« Er stoppte auf einmal und sein verträumter Gesichtsausdruck verschwand und machte einem traurigen Platz. Abrupt setzte er sich auf, trank sein Glas in einem Rutsch leer und schenkte sich nach.

Ich runzelte die Stirn. »Besser als was?«

Im Fernsehen saß Brad Pitt mit seiner Tochter in einem Musikgeschäft. Sie spielte ihm etwas auf einer Gitarre vor.

Fietes Vögeln schien es zu gefallen, denn sie zwitscherten leise mit. Als das Lied stoppte, fiepten sie, als wären sie enttäuscht.

Die Stille zwischen uns zog sich hin. Es war nicht diese angenehme, in der man miteinander schweigen konnte, sondern eine, die jedes Mal entstand, wenn einer etwas Unangenehmes sagen wollte und nicht konnte. Was war ihm durch den Kopf gegangen? Eine Antwort bekam ich bestimmt nicht mehr und nachhaken wollte ich nicht. Er wollte offensichtlich nicht darüber reden.

»Dieses Jahr holen wir den Pokal erneut.« Irgendwas musste ich allerdings sagen, um den Bann zu brechen. »Ich will das auch endlich erleben und nicht immer zusehen.«

Fiete hob seine Augenbrauen. »Ist das jetzt der wahre Grund, weshalb du zu uns gewechselt bist? Weil wir ihn bereits gewonnen haben? Haben die Steelers sogar mehrfach, auch wenn das bereits drei oder vier Jahre her ist.«

Er gab nicht auf, fast schon bewunderte ich seine Hartnäckigkeit, obwohl es langsam nervte.

»Du klingst wie eine kaputte Schallplatte.«

Fiete grinste und die Traurigkeit war aus seinen Zügen gewichen. »Ich mach uns eine weitere Flasche auf.« Er holte eine aus dem Schrank, entkorkte sie und schenkte mir nach. Wir sahen wieder zum Film. Tranken und leerten die dritte Flasche. Der Alkohol stieg mir in den Kopf und ich musste dringend Wasser trinken.

»Wenn du willst und es kein Problem für deine Eltern ist, können sie auch hierherkommen. Sie wollen bestimmt sehen, wie und wo ihr Sohn untergekommen ist«, schlug Fiete vor, seine Stimme nicht mehr so fest, sondern eher lallend. Ich lehnte mich schräg gegen die Rückwand der Couch, rückte ihm dadurch näher.

»Das sind nicht meine Eltern, nur meine Pflegeeltern. Ich war ein Langzeitpflegekind.« Fuck! Deswegen sollte ich keinen Alkohol trinken, ich redete dann zu viel. Jetzt waren die Worte allerdings raus und ich konnte sie nicht zurücknehmen. Ich schlug mir die Hände vors Gesicht und wollte verschwinden, meine Goalie-Maske herunterziehen und mich dahinter verstecken. Leider lag sie nicht in greifbarer Nähe. Es wäre wahrscheinlich auch ziemlich merkwürdig, sie hier auf dem Sofa zu tragen.

»Oh, das tut mir leid.«

Ich nahm meine Hände herunter. »Wieso? Du hast doch gar nichts damit zu tun. Meinen leiblichen Eltern sollte es leidtun, weil ich ihnen überhaupt weggenommen werden musste.« Ich hob meine Beine auf das Sofa und legte mich bequem auf die unglaublich breite und gemütliche Couch, nur um den Anschein zu erregen, es würde mir nichts ausmachen, über meine Kindheit zu reden. Das altbekannte bohrende Gefühl im Magen ignorierte ich, das immer dann kam, wenn ich ein Stück meiner Kindheit preisgab.

Sonst sprach ich nie darüber, weder in Interviews noch mit einem Teamkollegen. Keiner wusste es bis auf die vielen Psychologen, die ich seit meiner Kindheit aufsuchte und meine ehemaligen Klassenkameraden. Seit ich Eishockey spielte, begleitete mich ständig meine Patientenakte, die ich dem jeweiligen Teampsychologen vorlegte.

»Ich weiß nicht. Es ist so traurig für dich.« Er sah mich an, doch das erwartete Mitleid stand nicht in seinen Augen. Nur sehr viel Wärme und Mitgefühl. Er streckte einen Arm auf dem Sofa aus und berührte sacht mit dem Daumen meine Schläfe. Streichelte sanft darüber.

»Meine Pflegeeltern sind meine Eltern. Mit zwölf habe ich entschieden, dass meine Erzeuger mir gestohlen bleiben können und wollte sie nie mehr sehen.« Mehr wollte ich nicht dazu sagen. Fiete musste nicht wissen, wie sehr mein Vater mir bei jedem Treffen psychisch zugesetzt hatte, wie lange ich deswegen noch aus Angst vor ihm ins Bett gemacht hatte. Gott sei Dank konnte ich mich nicht mehr an seine Schläge erinnern, weswegen ich mit drei Jahren aus der Familie genommen worden war.

»Das …« Er brach ab, schien zu überlegen, was er sagen sollte. Ich ruckelte mich zurecht, kam ihm erneut näher, sein Daumen streichelte unablässig über meine Schläfe und ich genoss es. »Wie gesagt, lad sie ein, wenn du willst.«

Keiner von uns sah mehr auf den Fernseher. Wir hielten uns an unseren Blicken fest. Seiner warm, fast zärtlich, die Mundwinkel zu einem zarten Lächeln nach oben gebogen. Die Lippen blau vom Rotwein.

»Danke dir. Ich denke drüber nach.« Ich riss mich von ihm los und sah wieder zum Fernseher. Brad Pitt hatte das Gespräch mit den Red Sox. Fietes Sittiche waren irgendwann verstummt. Ich drehte mich zu ihnen, einige vergruben ihre Schnäbel im Rückengefieder und sie sahen niedlich aus. Wie kleine Federbällchen, die man an sich drücken wollte zum Kuscheln und vor den Unwägbarkeiten des Lebens unbedingt beschützen wollte.

»Warum rasierst du dir die Haare?« Fiete schaltete die Stehlampe an, da es dunkel geworden war und rutschte noch näher zu mir. Mit einem fragenden Blick hielt er seine ausgestreckte Hand über meinen Kopf, den ich mit einem Nicken bejahte. Sanft streichelte er mir darüber. Vielleicht schmiegte ich mich auch in die Berührung.

»Weil das Waschen dadurch viel schneller geht.«

Fiete zog die Augenbrauen hoch, kicherte dann. »Und das von einem Friseur.«

»Hey!« Ich richtete mich auf, um ihm scherzhaft gegen den Arm zu boxen. Doch statt ihn traf ich die Rückwand der Couch, rutschte ab und landete halb auf ihm.

»Nicht so stürmisch, Goalie.« Fiete lachte laut, was ein leises Fiepen bei den Vögeln auslöste.

»Das nennst du stürmisch? Was sagst du dazu?« Ich entriss ihm meine Hand, hockte mich auf alle Viere und krabbelte auf seinen Schoß, seine Beine zwischen meinen Knien eingeklemmt. Sein Lachen erstarb, seine Augen wurden größer, trotzdem blickten sie mich neugierig an. »Was sagst du jetzt?«

»Frisst du mich auf?«

Ich beugte mich zu ihm hinab. Er roch nach Wein, frisch gewaschenen Haaren und einem herben Duft, den ich nicht einordnen konnte.

»Willst du gefressen werden?«, flüsterte ich ihm ins Ohr und knabberte daran.

Verdammt, was machte ich hier? Das war Fiete, mein Mannschaftskapitän und nicht irgendein Fremder, der mich nicht kannte und für eine schnelle Nummer zu haben war. Außerdem hatte ich erst den Vertrag unterschrieben und konnte nicht schon wieder gehen.

»Ja«, antwortete er rau und schluckte schwer. Sein Adamsapfel hüpfte auf und ab.

Verdammt, Fiete, sei nicht so sexy. Mach es mir nicht so schwer!

Ich wollte mich von ihm lösen, allem Einhalt gebieten, doch konnte ich mich nicht abhalten. Fiete reckte sich mir entgegen, forderte mich heraus. Mutig leckte ich über seinen Hals, fühlte der Bewegung mit meinen Lippen nach, als ich sie zart daraufsetzte und mich mit Schmetterlingsküssen nach oben arbeitete. Mein Herz schlug dabei eine Menge Purzelbäume.

Wie lange schon war ich einem Mann nicht mehr so nahegekommen? Charly hatte meine Gedanken beherrscht und ich wollte niemand anderen als ihn. Auch jetzt erschien er vor meinem inneren Auge, lächelte mir zu. Er wollte mich jedoch nicht. Fiete hingegen streckte sich mir entgegen.

Die rote Warnlampe in meinem Kopf verblasste, meine innere Stimme verstummte. Es zählte nur der Moment, nur die Möglichkeit, hier jemanden zu haben, der sich mir nicht entzog und die Nähe zuließ, nach der ich mich verzehrte.

Kurz vor seinen Lippen stoppte ich, sah ein letztes Mal in seine Augen, die weder angewidert noch wütend funkelten. Bevor ich dazu kam, weiter darüber nachzudenken, umfasste Fiete meinen Kopf und überbrückte die wenigen Zentimeter seinerseits. Er küsste mich erst sanft, dann immer fordernder. Das Blut rauschte nach unten, ließ meine Körpermitte vor Freude kribbeln.

Mein neuer Teamkapitän war nicht so hetero, wie ich angenommen hatte. Hatte ich ihn und seine Nähe beim Klavierspielen vorhin doch richtig gelesen.

Seine Hände strichen über mein Shirt und ich verfluchte mich innerlich, wollte seine Haut auf meiner spüren. Er stoppte vor dem Hosenbund, fummelte am Gürtel herum.

»Verdammt«, entfuhr es mir keuchend, als ich mich von ihm löste. »Dieses elendige Ding klem—«

»Fuck.« Mit entsetztem Gesichtsausdruck versuchte Fiete unter mir hervor zu robben, schubste mich beiseite, als er es nicht schaffte. »Es tut mir leid. Ich hätte das nicht … Mist verdammter. Was hab ich getan?« Er rutschte bis zum Rand des Sofas, kauerte sich am Ende zusammen.

»Hey, Fiete.« Ich wollte ihm nachrücken, nach ihm fassen, er zog jedoch seine Knie näher an sich. Er sah zutiefst erschrocken aus, seine Augen weit aufgerissen.

»Es tut mir leid. Ich wollte doch nur …« Er brach mitten im Satz ab, murmelte leise vor sich hin, die Hände auf dem Kopf verschränkt, das Gesicht hinter den Knien verborgen.

Ich hockte mich neben ihn. Was sollte ich jetzt sagen oder machen? Er musste doch beruhigt werden. Noch nie war ich in solch einer Situation gewesen. Vorsichtig legte ich ihm eine Hand auf die Schulter.

»Fiete, sieh mich an.« Ich drückte leicht zu, das Gemurmel hörte auf. Langsam hob er seinen Kopf. Angst und Entsetzen standen in sein Gesicht geschrieben. Vor mir saß derselbe Mann, der mich gestern unglaublich gelöchert hatte, der so selbstbewusst wirkte und mit beiden Beinen im Leben zu stehen schien. Trotzdem war er jetzt völlig verunsichert, in sich gekehrt und wirkte wie ein Teenager, der zum ersten Mal mit jemandem intim geworden war. »Was wolltest du?« Ich rückte näher, ließ ihn dabei aber nicht los.

Er biss sich auf die Lippen, schien mit sich zu ringen. Falten bildeten sich auf seiner Stirn, seine Nasenwurzel kräuselte sich.

»Wissen …« Er schluckte, schloss die Augen. Im Schein der Lampe konnte ich seine stark pulsierende Halsader sehen. Dies war alles andere als leicht für ihn.

»Du musst nichts sagen, was du nicht willst.« Erneut drückte ich seine Schulter.

Fiete öffnete die Augen, in denen ich dieselbe Hilflosigkeit lesen konnte, die ich gerade empfand. »Ich wollte endlich wissen, wie es ist, einen Mann zu küssen.« Den Satz stieß er in einem Atemzug hervor.

Ich öffnete den Mund, schloss ihn wieder. Was sollte ich darauf sagen? Eben noch dachte ich, er hätte bereits Erfahrung. Eiskalt erwischte er mich damit und ich wurde schlagartig nüchterner. Er sehnte sich so verzweifelt danach, jemanden zu küssen, wie ich irgendwo dazu gehören wollte, körperliche Nähe brauchte.

»Es tut mir leid.« Fiete barg sein Gesicht auf seinen Knien.

»Lass uns knutschen. Es muss nie jemand erfahren.« Was zum Henker tat ich hier? Wir hätten sehr viel weniger trinken sollen, dann wäre das hier wahrscheinlich nie geschehen. Ich wäre nie in Versuchung geraten und könnte vernünftige Entscheidungen treffen und würde mich nicht einfach so diesem Mann überlassen, um ihm zu helfen.

Fiete sah auf. Sein Gesicht lag halb im Schatten und halb im Schein der Lampe und des Fernsehers.

»Aber … wir sind Teamkollegen. Wäre das nicht merkwürdig? Wenn das rauskommen würde, was wäre in der Kabine los?«

Das musste er mir nicht erzählen. Bei mir reichte ein nächtliches Kuscheln mit den Teamkameraden und niemand wollte mehr etwas mit mir zu tun haben. Bis auf Charly.

»Kollegen haben ständig und andauernd etwas miteinander.« Ich sagte es leichthin, wollte ihm eine Ruhe vermitteln, die nicht im Geringsten in mir herrschte. In mir stritt sich die Vernunft mit dem Verlangen. Der Spieler, der Angst hatte, sich sofort wieder einen neuen Verein suchen zu müssen, sobald sein neuer Kapitän wieder zur Besinnung kam, mit dem Menschen Kai, der das ausleben wollte. »Wenn wir uns nichts anmerken lassen, warum nicht? Es bleibt eine einmalige Sache und abgesehen davon habe ich nur vorgeschlagen zu knutschen, nicht übereinander herzufallen.«

»Ich glaube nicht, dass ich das kann.«

Ich zog meine Hand zurück, nickte verstehend und rückte von ihm ab.

»Bist du …?« Er schluckte, konnte anscheinend das Wort nicht aussprechen.

»Schwul?«

Fiete nickte.

»Ja. Es wissen allerdings nur meine Pflegeeltern und die Männer, mit denen ich etwas hatte. Die meisten selbst nicht out.« Ich beobachtete ihn bei meiner Erklärung. Dennoch schien er sich nicht zu entspannen. »Wir tun einfach so, als ob das nie passiert wäre.«

Ich stand auf, nahm unsere Gläser und brachte sie in die Küche, die ebenso geräumig wie das Wohnzimmer war. Ich atmete an der Spüle tief durch, stützte mich kurz ab. Durch das Fenster konnte ich in das Nachbarhaus gucken. Die Räume uns direkt gegenüber waren hell erleuchtet. In einem Raum standen sich zwei Menschen gegenüber, gestikulierten wild miteinander. Ich sah rasch weg, blieb mit dem Blick am Kühlschrank hängen. Künstlerische Werke von Fietes Tochter, die meistens aus sehr vielen Strichen und wenig Erkennbarem bestanden.

Ein weiteres Mal holte ich tief Luft, wappnete mich, Fiete gleich wieder gegenüberzustehen. Langsam durchströmte mich die Erleichterung, nicht weiter gegangen zu sein. Mein Kopf klärte sich und ich ging zurück.

»Schlaf gut, Fiete.« Ich blieb am Sofa stehen, betrachtete ihn, während er immer noch wie ein verlorenes Päckchen in der Ecke hockte.

»Danke«, murmelte er, sah mich nicht an, sondern starrte vor sich her. »Du auch.«

Kapitel 5

Fiete

*W*arum nur? Weshalb habe ich das gemacht? Was für eine Nuss kann man sein? Er ist mein verdammter Goalie! Wir kennen uns überhaupt nicht. Wie konnte das nur so schnell ausarten?

Die Fragen rotierten in meinem Kopf, ließen sich nicht abstellen in meinem vom Alkohol umnebelten Gehirn. Einer der Vögel fiepte leise, als die Badezimmertür beim Öffnen quietschte.

So tun, als ob nichts gewesen war? Wie sollte ich das hinbekommen? Dieser Kuss war der Wahnsinn gewesen. Zum ersten Mal fühlte es sich richtig an, jemanden zu küssen. Eine flache Brust auf meiner zu haben, einen muskulösen, langen Körper an meinem zu spüren.

Ich löschte das Licht der Stehlampe und schaltete den Fernseher aus. Kai rumorte im Bad, dann quietschte die Badezimmertür erneut und Stille legte sich über die Wohnung.

Alleine mit meinen Vögeln saß ich zusammengesunken auf dem Sofa. Ich sollte auch ins Bett gehen, wenigstens etwas Schlaf bekommen, bevor ich morgen früh rausmusste, um meine Laufrunde mit Bryan und Noah zu drehen.

Schwerfällig erhob ich mich, schwankte leicht. Der Wein knallte mehr rein als gedacht. Im Bad putzte ich mir die

Zähne. Im Spiegel sah mir ein verändertes Gesicht entgegen. Die neue Frisur gefiel mir. Ich löste das Haarband und meine Haare fielen weich bis knapp über die Schultern.

Dann fuhr ich mir mit dem Finger über die Lippen. Noch immer hallte der Kuss nach. Die zarten, kaum fühlbaren Schmetterlingsküsse auf meinem Adamsapfel.

Ich wollte mehr, brauchte mehr. Als ob eine fest verschlossene Tür geöffnet, gar aufgebrochen worden war, strömte das Verlangen durch mich. Die Tür, die ich seit Jahren mit Gummi abgedichtet, mit Silikon nachgeholfen hatte, an der mindestens fünf Türschlösser angebracht worden waren, war durch nur einen Kuss mit Macht und einer Leichtigkeit aufgerissen worden, die ich ihr nicht zugetraut hatte.

Ich wollte mehr von der Hitze in meinem Körper, der Lust, die durch mich hindurch gerauscht war, ohne mir zwanghaft etwas vorstellen zu müssen, damit ich überhaupt in Wallung kam.

Wir tun einfach so, als ob nichts passiert wäre. Die Worte hallten in mir nach. Wie sollte das funktionieren, wenn der Raum der Sehnsüchte nun weit offenstand? Ich mich auch dank des Alkohols zum ersten Mal getraut hatte, einen Mann zu küssen, ihm nah zu sein.

Ich stützte mich mit den Händen am Waschbecken ab, das grelle Licht der Deckenlampe spiegelte sich auf dem weißen Waschtisch. Entschlossen stieß ich mich ab, verließ das Badezimmer und ging auf Kais Zimmer zu. Vor der Tür blieb ich stehen und horchte. Leises Schnarchen drang zu mir. Ich kaute auf meiner Lippe herum, kratzte meinen frisch rasierten Undercut. Der Mut verließ mich. Er war immer noch ein Teamkollege. Mit hängendem Kopf drehte ich mich um und ging in mein Schlafzimmer.

Dort zog ich mich bis auf meine Unterhose aus, doch bevor ich mich hinlegte, drängte alles in mir erneut in Richtung des Gästezimmers. Auf halbem Wege hielt ich inne.

Jetzt Kai zu stören, wäre nicht fair, oder? Scheiße, Mann, ich konnte das nicht tun. Also zurück ins Schlafzimmer.

Als ich endlich im Bett lag, wälzte ich mich hin und her, verhedderte mich im Bettbezug, in dem ich im Sommer immer ohne Bettdecke schlief.

Nachdem ich mich befreit hatte, stand ich erneut auf, ging zu Kais Tür und klopfte leise. Das Schnarchen verstummte nicht, mein Puls raste und mein Magen war sich noch nicht sicher, was er machen sollte. Er schwankte zwischen verknoten, kribbeln und den Inhalt loswerden.

Es passierte nichts. Kai sägte nur weiter Wälder ab. Ich suchte meinen Mut zusammen, drückte leise die Türklinke hinunter und betrat das Schlafzimmer, übertrat damit eine Schwelle, die man auch gut als übergriffig bezeichnen konnte. Weder hatte ich die Erlaubnis, das Zimmer zu betreten, noch hatte ich Kai eine Chance gegeben, überhaupt zu reagieren.

Aber wenn ich es jetzt nicht machte, würde ich wahrscheinlich nie wieder so tollkühn sein und mich erneut in meine Schüchternheit flüchten.

Kai hatte die Jalousien offengelassen. Durch das Fenster schien der Mond und die Sterne am Himmel waren zu sehen. Als meine Augen sich an das Dämmerlicht gewöhnt hatten, ging ich weiter auf das Bett zu.

Kai lag auf dem Bauch auf der Decke, genau in der Mitte, alle Gliedmaßen von sich gestreckt. Bekleidet war er nur in einer Boxershorts und einem hochgerutschten T-Shirt.

Ich streckte meine Hand nach ihm aus, zog sie wieder zurück. Dann atmete ich durch. Mein Herz schlug wild in meiner Brust, hatte sich von jedwedem Rhythmus verabschiedet. Meine Handflächen waren feucht und alles in mir schrie: Lauf weg. Lass es, das bringt nur unnötig Unruhe in dein Leben.

Eine flüsternde Stimme in meinem Kopf hielt allerdings dagegen. Vorsichtig rüttelte ich an Kais Schulter.

Er schnaubte, schmatzte und drehte sich auf die Seite. Schlief unbeirrt weiter. Nur das Schnarchen hatte aufgehört.

»Kai«, hauchte ich und schüttelte ihn erneut sehr sanft. »Wach auf.«

Ein Grummeln ertönte. »Spiel fängt nich' an.«

»Kai, ich bins, Fiete. Kein Spiel.« Dieses Mal klopfte ich ihm auf seine Schulter.

»Was'n?« Ein tiefes Brummen entkam Kai und er drehte sich auf den Rücken. Ich richtete mich auf, sah auf die dunkle Gestalt hinunter. »Brennt es?« Er klang müde.

»Bist du wach oder redest du im Schlaf?«

»Was willst du, Fiete? Es ist mitten in der Nacht.«

»Sorry dafür. Auch für mein Eindringen.« Ich setzte mich auf die Bettkante, ein Bein angewinkelt auf dem Bett. »Kannst du … also wäre es möglich …?« Ich räusperte mich.

»Komm zum Punkt, damit wir endlich schlafen können.« Er setzte sich auf, lehnte sich gegen das Kopfteil des Bettes, fuhr sich mit beiden Händen übers Gesicht. Die Decke und das Kissen raschelten unter ihm.

»Ich will mehr«, platzte ich heraus. Mein Herz hämmerte in meiner Brust. So angreifbar wie jetzt hatte ich mich selten gefühlt. »Wir haben zwei Wochen, bis das Training startet. In der Zeit, also wenn du möchtest …«

»Bist du schwul?«, unterbrach Kai mein Gestammel und gähnte herzhaft. Ich nickte.

»Ja«, fügte ich an.

»Warst du schon mal mit einem Mann zusammen?«

»Nein.«

»Du willst mich als Versuchskaninchen? Verstehe ich dein Gestotter richtig? Willst dich an mir ausprobieren, nur weil ich zufälligerweise auch schwul bin?«

»Ich würde es nicht so ausdrücken, sondern eher dich bitten, mich an die Hand zu nehmen.« Mein Herz sank mir in die Hose und ich ließ die Schultern hängen.

Er schnaubte. »Fiete, das ist überhaupt und ganz gar keine gute Idee. Such dir jemand anderen. Es gibt Apps, die dafür da sind. Du bist ein verdammter Profi-Eishockey-Spieler. Da gibt es genügend Männer, die sich dir sofort an den Hals werfen werden.«

»Das funktioniert nicht.«

»Ist ganz einfach. Ich zeig dir morgen, wie es geht.« Ironie troff aus Kais Stimme und mein Kopf sank auf mein Knie.

»Ich …« Ich konnte ihm doch schlecht erzählen, wie es war, wenn ich einem Mann gegenüberstand, den ich attraktiv fand. Kein einziges Wort verließ meinen Mund und ich stammelte mir einen zurecht.

»Fiete, lass uns schlafen.« Erneut raschelte das Bettzeug, als Kai sich hinlegte.

»Bitte. Hilf mir.« Mein Tonfall klang erbärmlich, weinerlich und flehend und ich wäre am liebsten vor Scham im Boden versunken. Dabei war ich der gottverdammte Teamkapitän eines Profi-Eishockey-Teams.

Kai seufzte, drehte sich auf die Seite und stieß dabei gegen mich.

»Warum sollten wir das machen? Es würde uns beiden nicht weiterhelfen. Außerdem kennen wir uns gerade mal knapp achtundvierzig Stunden. Nein, Fiete. Such dir jemand anderen dafür.«

Enttäuschung durchflutete mich. Da hatte ich es endlich mal geschafft, all meinen Mut zusammen zu nehmen und einen Mann um mehr gebeten, da bekam ich eine abgrundtief zerstörende Klatsche. Ich würde nie erfahren, wie es sein würde, mit einem Mann zu schlafen.

»Ich … ich kann das nicht«, flüsterte ich in die Dämmerung und Hitze stieg mir den Nacken hinauf.

»Warum nicht? Du installierst eine App auf dem Handy, legst einen Nickname an und lässt erst ma–«

»Nein, nicht das«, unterbrach ich ihn. »So weit war ich auch schon. Aber sobald es, na ja, ernst wird, ziehe ich mich zurück. Ich …«, kurz stoppte ich, schlug die Hände vor mein Gesicht, »kann das nicht.« Meine Stimme klang dumpf durch die Finger.

»Was kannst du nicht? Dich mit den Männern treffen, weil du Angst hast, einer outet dich öffentlich oder …«

»Scheiße Mann, Kai, ich habe Schiss davor, überhaupt mit jemandem zu reden, der mir gefällt. Ich bin absolut und total schüchtern. Aus irgendeinem Grund funktioniere ich nicht mehr, wenn ich einen Mann interessant finde.« Erschrocken hielt ich inne. »Das kam jetzt falsch raus. Entschuldige.«

»Obwohl du mit mir reden kannst, findest du mich trotzdem attraktiv? Das will ich doch schwer hoffen, denn du willst immerhin deine ersten Erfahrungen mit mir teilen.« Die Ironie hatte ich verdient.

»Entschuldige. Es ist alles so verwirrend. Keine Ahnung, was bei dir anders ist.«

»Schon gut. Was wolltest du noch sagen?«, fragte er in versöhnlichem Ton und ich sammelte das bisschen Mut zusammen, das noch übrig war.

»Ich stehe vor den Männern, öffne den Mund und nichts passiert. Im besten Fall bin ich nicht zur Salzsäule erstarrt.« Nun war es offiziell, ich war am absoluten Tiefpunkt meines Liebeslebens angekommen. Ich vertraute mich einem Goalie an, den ich kaum kannte, mit dem ich vorher im Wohnzimmer herumgemacht hatte, weil der Alkohol mich mutig gemacht und den ich um mehr gebeten hatte.

Stille breitete sich zwischen uns aus und ich war kurz davor, aufzustehen. »Vergiss es. Eine wirklich miese Idee von mir. Du hast recht.« Ich stand auf.

»Du willst das innerhalb der nächsten zwei Wochen machen? Was ist mit deiner Trainingsgruppe? Kommst du damit klar? Was ist mit später, wenn wir ins Training einsteigen? Es liegt auf der Hand, wer von uns beiden den Verein verlassen muss, sollte das Experiment schiefgehen.«

Stocksteif stand ich da, als Kai sprach. Drehte mich zu ihm um.

»Du würdest es machen?« Ich wagte kaum zu atmen, mein Puls beschleunigte sich.

»Das habe ich nicht gesagt. Nur gefragt, ob du überhaupt damit klarkommen würdest, sollte auch nur entfernt etwas mit uns laufen.«

»Ich schaff das schon.« Vor lauter Aufregung wurden meine Hände feucht. »Es ist nicht mehr als Sex, oder? Wie du vorhin sagtest, andere bekommen das auch hin.«

Er schwieg. Lange. Dafür herrschte in mir ein riesiger Aufruhr. Angst, Freude und auch Scham, überhaupt so weit gegangen zu sein, kämpften in mir um die Vorherrschaft.

Wohin war nur der immer coole Eishockeyspieler und Kapitän der Frosty Falcons verschwunden? Wieso musste er sich ständig dann verstecken, wenn es um Sex und sein Liebesleben ging?

»Geht alles ein bisschen schnell, oder?« Kais Ansprache riss mich aus meinem Gefühlschaos. »Gestern erst kennengelernt und in der zweiten Nacht bittest du mich, dein Sexperiment zu sein?«

»Es tut mir leid, du hast recht.« Ich erwachte aus meiner Starre und ging zur Tür. Ernüchterung schwappte durch meinen Körper. Gepaart mit Enttäuschung und einer kleinen Prise Erleichterung. »Schieb es auf den Alkohol, der hat mir endlich den Mut gegeben, überhaupt mal jemanden anzusprechen.«

»Warte.«

Ich blieb stehen, drehte mich jedoch nicht um. »Schon gut, vergiss es.«

Hinter mir raschelte es, dann hörte ich seine nackten Füße auf dem Boden. Arme umschlangen mich von hinten, sein Atem streifte meinen Nacken. Schlagartig kribbelte es überall vor Freude, einem Mann so nah zu sein.

»Wir schlafen jetzt erst einmal, du nimmst dir den morgigen Tag Zeit, darüber nachzudenken. Bei Tageslicht sieht vieles oft anders aus, und wenn du es immer noch willst, stehe ich bereit, Kapitän.«

Nickend drehte ich mich um, erst zögernd, dann mutiger fuhr ich mit den Fingerspitzen über seine Wange, ertastete mehr, als dass ich etwas erkannte. Bartstoppeln kitzelten über meine Haut.

»Es ist völlig absurd, ich weiß.« Ich war bei seinen Lippen angekommen und er hauchte kleine Küsse auf meine Finger. »Aber dieser Kuss hat ein Verlangen in mir ausgelöst, das ich noch nie gefühlt habe und ich möchte es erneut spüren. Wobei es mir gleichzeitig Angst gemacht hat.«

»Es ist schwer, ein jahrelang antrainiertes Verhalten abzulegen.«

»Ja, ist es. Wobei die Mannschaft über mich Bescheid weiß und ständig versucht, mich zu einem Date zu bewegen. Es liegt nicht daran.« Hitze kroch mir erneut den Nacken hinauf. »Also sie wissen nichts von meiner Schüchternheit.«

»Okay, ich werde den Mund halten.« Kai strich über meinen Rücken. »Wenn du es morgen Abend immer noch willst und damit auch vor der Mannschaft umgehen kannst, bin ich dabei. Solltest du dich mir gegenüber wie ein Arsch benehmen vor den anderen, weil du dir nichts anmerken lassen willst, bin ich raus. Komm bloß nicht auf die Idee, mich absägen zu wollen.«

»Nein, das werde ich nicht.« Ich drängte mich näher an ihn, mein nackter Oberkörper lag an seinem. Es raubte mir den Atem, ihm so nahe zu sein. Keine großen weiblichen Brüste im Weg zu haben, die mich nie interessiert hatten, sondern eine flache Männerbrust.

»Haben schon andere gesagt. Beweise es.« Damit ließ er mich los, trat zurück und legte sich ins Bett. »Jetzt verlass endlich dieses Zimmer und lass mich schlafen. Wann beginnt die Trainingsgruppe morgen?«

Trotz der Wärme im Raum fröstelte ich unvermutet. »Was ist mit deinen Eltern?«

»Wenn dein Angebot ernst gemeint ist, lade ich sie hierher ein. Meine Mutter will wissen, wo ich jetzt wohne. Oder, wie ich es für mich übersetzt habe: Passt der Mitbewohner.«

»Gut. Um halb neun geht es los. Erst ein Lauf zum Trainingscenter und dort absolvieren wir ein Krafttraining, um danach wieder nach Hause zu laufen.« Langsam fand ich meine Sicherheit wieder. Über Dinge zu reden, in denen ich mich auskannte, war so viel einfacher und weniger beängstigend.

»Okay. Bis morgen früh.«

Kapitel 6

Kai

Keine Ahnung, was letzte Nacht in mich gefahren war. Aber da hatte plötzlich dieser verletzliche Fiete vor mir gestanden, derjenige, der einen Tag vorher noch der selbstbewusste, mir auf den Zahn fühlende Kapitän gewesen war. Es musste ihn unglaublich viel Überwindung gekostet haben, zu mir zu kommen und mir seine Bitte vorzutragen.

Ich seufzte, wischte mir übers Gesicht und pulte den Schlaf aus meinen Augen. Hinter meiner Stirn klopfte es.

Hoffentlich würde Fiete heute Abend absagen. Er hatte mir gestern Abend so leidgetan, wie er da auf der Bettkante wie ein Häufchen Elend gesessen hatte. Sich hinter seinen Händen versteckt hatte. Wieso nur musste mir das passieren, der so süchtig nach Kuscheln, Umarmungen und Löffelchenstellung war? Zudem war da irgendeine Verbindung zwischen uns, die uns vom ersten Augenblick an angezogen hatte. Schon bei früheren Spielen gegen ihn konnte ich selten die Augen von ihm lassen. Nur in der letzten Saison gab es jemand Wichtigeren für mich.

Müde erhob ich meinen schweren Körper aus dem Bett, ging ins Wohnzimmer und wollte so gerne einen schwarzen Wachmacher Tee trinken. Fiete sprach mit seinen Vögeln und sah zu mir, als ich die Tür hinter mir schloss. Wie konnte er nur jetzt schon so munter sein? Nichts war ihm anzumerken von gestern und meine Hoffnung stieg, er hätte es alles im Alkoholrausch bereits vergessen.

»Morgen.« Es klang eher wie ein Brummen, denn ein Gruß.

»Guten Morgen. Gut geschlafen?« Er lächelte mich an, während auf seiner Schulter zwei Vögel saßen und an irgendwelchen Körnerkolben knabberten, die er sich mit einer Sicherheitsnadel an seinem T-Shirt festgemacht hatte. Drei hockten auf seiner Hand und dem Handgelenk und fraßen dort ebenfalls. Allein die Vorstellung, diese kleinen Krallen könnten irgendwo über mich laufen, ließen mich schaudern. Ich hielt gebührenden Abstand von Fiete.

»Hast du keine Angst, irgendwann aufgefressen zu werden?«

»Wellis sind keine Fleischfresser. Wir sind also in Sicherheit. Willst du auch mal?« Er hielt mir die Hand mit den Vögeln entgegen. Mechanisch wich ich zurück.

»Der auf dem Kopf hat mir gereicht.«

Fiete grinste nur.

»Wo sind die anderen beiden?«

»In der Ecke beim Fressen.« Er nickte in die Richtung der Tiere. »Sie sind noch scheu. Vielleicht fassen sie irgendwann Vertrauen und kommen auch.«

Der Fiete von gestern Abend und letzter Nacht war definitiv verschwunden. Hier stand wieder der selbstbewusste, mitten im Leben stehende Mann, den ich kennengelernt hatte. Als ob nie etwas gewesen wäre.

Verdammt! Einerseits betete ich um eine Absage von Fiete, andererseits kribbelte es bei dem Gedanken daran, mit ihm intimer zu werden.

»Ich gehe mal nach was zu trinken in der Küche suchen«, sagte ich, deutete zur Küche und verschwand hinter der Glastür. Kurz sah ich zu Fiete, der sich voll auf seine Vögel konzentrierte, mit ihnen sprach und dabei lächelte. Energisch schüttelte ich den Kopf. Ich war zum Eishockeyspielen hier. Nicht mehr und weniger. Jetzt lachte Fiete leise über irgendetwas und schimpfte spielerisch mit seinen Wellensittichen.

Kreizkruzefix, wie sollte ich zu diesem Mann Nein sagen? Er war liebevoll, sanft und zugleich fordernd. Ich wollte mit ihm seine Sexualität erkunden, so falsch es auch war. Vielleicht würde ich so über Charly hinwegkommen.

Ich griff nach meinem Handy, öffnete Charlys Instagram Account. Er stand mit seiner Schwester irgendwo in Kanada an einem großen See mit hohen Bergen im Hintergrund und hielt einen Fisch in die Kamera. Dieser Mistkerl sah so unglaublich sexy aus, hatte sein bezauberndstes Lächeln aufgesetzt und es versetzte mir einen Stich. Er sollte meinetwegen so lächeln und nicht, weil er einen Fisch aus irgendeinem See geangelt hatte.

Seufzend wandte ich mich dem Schrank neben der Tür zu. Dort fand ich nur Vogelfutter, Minispritzen und genügend anderen Kram für Fietes Vögel. Diese Flattermänner hatten ihre ganz eigene Apotheke und Vitaminpräparate. Dieser Schrank war auf jeden Fall tabu für mich, den würde ich nie wieder anfassen. Was machte er nur mit den Spritzen? Ich hoffte nicht, das jemals herausfinden zu müssen.

Hinter mir öffnete sich die Tür und schob sich wieder zu.

»Brauchst du eine Kleinigkeit im Magen?«, fragte Fiete, während er sich von den Körnern befreite und sie in einer Kiste im Vogelschrank verstaute.

»Banane oder so? Ansonsten kotze ich beim Laufen.«

Fiete brach in Lachen aus. »Ich halte auch deine Haare aus dem Gesicht fern. Versprochen.«

»Ha ha ha, nicht witzig.«

»Ich notiere, du bist morgens ein Brummbär. Alles klar.« Er holte aus dem hohen Apothekerschrank zwei Bananen hervor, bevor er sich eine Tasse von der Anrichte nahm und einen Kaffee einschenkte. »Milch hätte ich noch im Angebot.« Er öffnete den Kühlschrank und deutete auf die Glasflasche in der Tür.

»Besser als gar nichts. Habt ihr hier einen ordentlichen Teeladen?« Ich nahm die Banane und die Milch. Fiete reichte mir ein Glas. Er lehnte sich an den Schrank und aß.

»Bestimmt.« Sein Gesichtsausdruck wurde ernst. Er hatte es nicht vergessen und mein Magen verknotete sich. »Wegen letzter Nacht, also ...«

Er sah so süß aus, wie er vor mir stand, mit der Banane in der Hand, in der anderen seine Tasse Kaffee und knallrot wurde. Er schien sogar kleiner zu werden. Seine Schultern sackten nach unten und er blickte auf den Boden. Schob die Körnerkrümel mit seinen nackten Füßen hin und her.

»Ja?«

»Es tut mir leid. Ich stand neben mir. Der Alkohol und, na ja, nachdem was auf dem Sofa geschehen ist ...«

»Wurdest du mutiger?«, beendete ich seinen Satz, als er nichts mehr sagte. »Du möchtest nicht mehr? Wir vergessen alles und fertig?« Ich konnte nicht sagen, ob ich erleichtert oder enttäuscht war. Zudem konnte der Kerl wirklich gut küssen und ich hätte es gerne wieder getan. *Fuck, sei nicht so oberflächlich.*

Ich holte tief Luft. So war es besser. Für uns, für unser Spiel, für unser Team. Garantiert. Was ich alles aus dem Frauenfußball mitbekommen hatte, wollte ich nicht in der

Mannschaft haben. Auch wenn es mehr positive als negative Beispiele gab.

»Ich wollte mich nur entschuldigen. Ich hätte nicht in dein Zimmer kommen und dich wecken sollen.«

Ich sog die Luft ein. Hieß das etwa? »Du denkst immer noch darüber nach?«

»Willst du nicht mehr?« Fiete hob den Kopf, blickte mich aus einer Mischung aus Traurigkeit und Enttäuschung an.

Erneut rang ich mit mir. Es wäre besser, Nein zu sagen. Dann schob sich Charly mit dem glitschigen Fisch vor mein inneres Auge und das überwog alle Argumente dagegen.

»Fiete, denk gut drüber nach. Wir können danach nicht mehr zurück. Wenn das Team es herausbekommt, könnten wir alles durcheinanderbringen. Bist du dir auch wirklich sicher, es verheimlichen zu können?«

»Warum hast du es angeboten, wenn du es gar nicht möchtest?« Seine Stimme hob sich, vielleicht klang sogar ein wenig Wut heraus.

»Wie kommst du darauf?«

»Weil du ständig darauf hinweist, was es für uns beide bedeutet, wenn wir miteinander ins Bett gehen.«

Okay, er war wütend, aber verstand er es denn wirklich nicht? Langsam ballte sich auch in mir Wut zusammen.

»Verdammt, Fiete, da hängt unser Job dran«, antwortete ich nun ebenso barsch, stellte das Glas mit Milch auf dem Tisch ab und biss wütend von meiner Banane ab.

»Warum hast du es denn überhaupt angeboten?« Kaffee schwappte aus seiner Tasse auf den Boden, als er sie zu heftig schwenkte.

Ich schluckte meine Banane hinunter, in mir kochte es, mein Kopf pochte und ich hatte keine Lust auf eine Diskussion um acht Uhr morgens.

»Weil du scheiße heiß und mein Typ bist. Weil du mir leidgetan hast und weil ich so vielleicht endgültig über den Arsch hinwegkomme.« Ich drehte mich um. »Fuck, das wollte ich nicht sagen.«

»Welcher Arsch?«

Ich biss mir auf die Innenwange. Mein Magen zog sich schmerzhaft zusammen.

Irgendwann kommt der Richtige für dich. Ich bin es leider nicht.

Charly musste irgendwann mein Interesse an ihm bemerkt haben, dabei hatte ich alles versucht, um es zu verstecken. Bin noch seltener als sowieso schon mit dem Team losgezogen, wenn er mit von der Partie war, was er immer gewesen war, achtete darauf, ihn nie zu lange anzusehen. Ich erarbeitete mir den Ruf eines Einzelgängers innerhalb der Mannschaft. Gut, das war ich immer, weil die meisten nach einiger Zeit nichts mehr mit mir zu tun haben wollten und ich ab einem bestimmten Punkt ständig neue Zimmerpartner hatte.

Doch bei den Steelers war es anders gewesen. Sie respektierten mein Spiel, hörten sich meine Meinung an, wenn ich mich mal äußerte und taten sie nicht ab. Hätte ich mich nicht unglücklich in Charly verliebt, wäre ich noch dort.

»Egal«, sagte ich abweisend.

»Das ist doch das perfekte Arrangement und wir müssen uns noch nicht mal Ausreden ausdenken, weshalb wer zu wem geht, weil du schon hier wohnst.«

»Vorübergehend.« Arrangement. Ich spuckte das Wort in meinen Gedanken aus. Na toll. Ich wollte endlich wieder eine echte Beziehung mit langweiligen Kuschelabenden vor dem Fernseher, kitschigen Abendessen bei Kerzenschein, gemeinsamem Kochen und jemandem, dem ich vertrauen konnte. Aber alles, was mir blieb, war ein Arrangement.

»Warte, ist das der Grund, weshalb du zu uns gekommen bist? Ist es jemand aus deinem alten Team?«

Wortlos nahm ich mein Glas Milch und ging die Banane essend in mein Zimmer. Bald kamen meine neuen Teamkollegen. Bis dahin musste ich präsentabel sein.

Doch ich hatte die Rechnung ohne Fiete gemacht. Kaum stand ich neben meinem Bett, den Rest der Banane kauend, klopfte es an meiner Tür.

»Kann ich reinkommen, Kai?«

Ich öffnete die Tür. »Wir müssen das Bett verschieben. Ich habe nicht genügend Platz für meine Dehnübungen.«

»Es tut mir leid mit dem anderen. Das wird hier nicht passieren. Versprochen.«

»Hilfst du mir bei dem Bett oder stehst du nur rum?« Ich ging herum, holte den Nachttisch auf der Wandseite hervor, damit ich das Bett an die Wand schieben konnte.

»Okay.« Mehr sagte Fiete nicht und drängte mich nicht.

Gemeinsam schoben wir das Möbelstück Richtung Wand und ich hatte Platz.

»Du kannst mir vertrauen, Kai. Alles, was wir sagen, bleibt unter uns.«

Ich sah ihn nur mit meinem strengen Stör-den-Goalie-nicht-Blick an, den jeder Torhüter draufhatte. Fiete erkannte ihn sofort und verschwand aus dem Zimmer. Dankbar atmete ich durch. Ich brauchte jetzt einige Minuten für mich, um wieder klarzukommen.

Ich sah mich um, fluchte laut, da meine Yogamatte noch im Auto lag, ebenso mein Stock und Fanghandschuh. Als Ersatz nahm ich meine Decke und machte mich warm. Nach fünfzehn Minuten begann ich meine Meditation, räumte meinen Kopf auf und richtete eine Fiete-Schublade ein. Dort schob ich alles seit gestern Abend hinein.

Wie konnte ich mich nur so verplappern? Ich Nulpe. Dieses Mal konnte ich es nicht auf den Alkohol schieben. Aber vielleicht auf die Kopfschmerzen.

Die Meditation brachte mich dieses Mal nicht in meinen Goalie-Space, sorgte nicht für Ruhe im Kopf und half auch nicht, für Ordnung darin zu sorgen.

Stattdessen spukten Fiete und Charly, der olle Kanadier, darin herum. Fiete mit seiner bescheuerten Bitte des Sexperimentes. Aber vielleicht half es mir tatsächlich über Charly hinweg.

Ich gab das Meditieren auf und griff zu meinem Handy, wählte die Nummer meiner Eltern.

»Hallo Kai. Bist du gut angekommen?«

Ich lächelte. Erst gestern hatte ich ihr ein Video von meinem Zimmer geschickt.

»Ja. Fiete meinte, es wäre kein Problem, wenn ihr herkommen und es euch ansehen wollt. Ich würde mich gerne die verbleibenden zwei Wochen einer Trainingsgruppe anschließen.«

»Natürlich, mach das. Lern die neuen Teamkameraden kennen und bereite dich auf die neue Saison vor. Papa hat Dauerkarten für uns gekauft. Jetzt, da wir nur noch eine halbe Stunde fahren.«

»Mama, das Geld hättet ihr euch sparen können. Ich hätte euch Karten besorgt«, sagte ich lauter als gewollt. Trotzdem freute ich mich darüber. Sie hatten mich immer unterstützt, jeden Kampf mit dem Jugendamt aufgenommen, wenn es um mein Eishockey gegangen war. Sogar, als es um die allererste Vereinsmitgliedschaft ging. Die Betreuerin vom Amt hätte mich lieber in einen Fußballverein gesteckt. Das wäre billiger, meinte sie. Daraufhin hatten meine Eltern alles selbst ohne Unterstützung gezahlt. Trotzdem kam ich mir immer noch wie ein Eindringling bei ihnen vor. Ihr Heim bedeutete für mich zwar Sicherheit, Eltern, aber ich war nur ihr Pflegekind gewesen und Adoption stand nie im Raum. Dabei liebte ich sie, als wären sie meine leiblichen Eltern.

»So können wir deinen Verein direkt unterstützen. Wann passt es dir denn? Wir kommen gerne vorbei.«

»Wann ihr wollt. Ich laufe nicht weg.«

Sie lachte am anderen Ende. »Ich rede mit Papa und melde mich. Brauchst du was? Sollen wir dir ein paar Dinge mitbringen?«

»Nein, und wenn, melde ich mich noch einmal.«

Am anderen Ende entstand Stille. Ich hörte sie nur atmen, bis sie schließlich weitersprach. »Kai, du kannst mit uns reden. Was auch immer in Domhau bei den Steelers oder außerhalb passiert ist. Wir stehen zu dir.«

Ich sah zur Decke, die makellos weiß gestrichen war. Nicht ein Streifen war zu sehen. Ein Kloß bildete sich in meinem Hals. Natürlich konnte ich das. Als ich endlich den Mut aufgebracht hatte, mit ihnen über meinen leiblichen Vater zu sprechen und seine Taten bei jedem Treffen, waren sie für mich da gewesen. Hatten für jedwede Hilfe gesorgt und gekämpft, die ich benötigte. Leider hatte meine leibliche Mutter unter seinem Einfluss gestanden und der Kontakt war vollständig abgebrochen.

Ich schluckte den größer werdenden Kloß hinunter. Wollte ihr nicht von meinem gebrochenen Herzen erzählen. Garantiert würde sie mir ihren Standard-Vortrag halten, meine Zeit würde noch kommen und ich sollte die Hoffnung nicht aufgeben und mich einen Tag lang meinem Liebeskummer hingeben.

»Ich weiß, Mama. Danke dir.«

»Also gut, spätestens heute Abend bekommst du eine

Nachricht von uns. Ich freue mich so sehr, dich öfter sehen zu können.«

»Ich mich auch.«

Wir verabschiedeten uns und ich legte auf. Es ging mir etwas besser. Manchmal reichte es, ihre Stimme zu hören, das Wissen, sie waren für mich da. Auch jetzt noch, Jahre nachdem die Pflegschaft mit der Volljährigkeit zu Ende gegangen war. Und trotzdem konnte ich das Gefühl nicht abschütteln, mich ihnen aufzudrängen.

Mein Handy piepte. Ich griff danach. Eine Nachricht meiner Mutter. Lächelnd öffnete ich sie.

Plane Zeit für meine Haare ein.

Ich schickte ihr umgehend einen Daumen-Hoch-Emoji. Sie wollte doch nur in Ruhe mit mir reden. Gerade als ich erneut versuchte, zu meditieren, klingelte es an der Tür.

Fiete klopfte bei mir. »Bist du bereit?«

»Ja.« Immer noch müde erhob ich mich. Im Flur streckte Fiete mir eine Flasche Wasser entgegen, die ich dankbar entgegennahm. Dann gingen wir nach unten.

Dort warteten in Trainingskleidung Bryan und Noah. Ich kannte sie nur flüchtig aus Spielen gegen sie.

»Woah, da war einer beim Friseur«, riefen die beiden erstaunt aus, als sie Fiete erblickten. Der deutete nur grinsend auf mich.

»Hey, unser neuer Goalie und du bist Friseur?«

»Jupps. Die volle Zeit inklusive Abschlussprüfung durchgezogen und nebenbei Hockey gespielt.« Sie hatten mich also nicht gegoogelt, was ich gar nicht so schlecht fand.

»Wie cool. Ich weiß schon, was wir dienstagabends machen werden. Ich bin Bryan.« Er hielt mir seine Hand hin, die ich ergriff. Ich sollte meinen Friseurkoffer im Trainings-center verstauen.

»Kai, hi.«

»Wohnst du jetzt bei Cap und seinen Vögeln?« Mit dem Kopf deutete Bryan nach oben.

»Fiete hat mir vorübergehend das Gästezimmer zur Verfügung gestellt.«

Noah stellte sich neben Bryan. »Ich bin Noah. Zuständig dafür, erst gar keinen Puck in deine Richtung zu lassen.«

»Ich werde dich beim Wort nehmen.«

»Du hast unseren Cap echt gut hinbekommen.« Noah deutete auf Fiete, der grinste. »Kannst dir gar nicht vorstellen, wie lange wir auf ihn eingeredet haben, damit er endlich mal zum Friseur geht. Wie hast du das angestellt?«

»Stellt ihm keine Fragen, er beantwortet alle mit einer Gegenfrage«, mischte Fiete sich ein und lachte. Er wirkte normal, ob das so blieb, wenn wir tatsächlich mehr machten? Ich hoffte es schwer. Bei einem weiteren Wechsel galt ich endgültig als schwieriger Goalie, was ich überhaupt nicht war.

»Kommt auf die Frage und den Fragesteller an«, erwiderte ich ironisch.

»Ich sehe schon, ihr habt euch angefreundet.« Bryan griente. »Verrat uns dein Geheimnis. Wie hast du es angestellt, dass er sich die Haare schneiden ließ.«

»Nix da, ich sag gar nichts, sonst lässt er mich womöglich nicht mehr ran.«

Fiete warf mir einen schiefen Blick zu, den ich grinsend erwiderte.

»Wollen wir dann mal trainieren?«, fragte ich.

Kapitel 7

Fiete

*K*ai blieb zurückhaltend und ruhig während des Trainings. Antwortete, sobald Bryan und Noah ihn etwas fragten, von sich aus allerdings, stellte er keine Fragen. Stattdessen wirkte er wie jemand, der sich jedes Wort und jeden Schritt ganz genau überlegte. Wie eine Katze auf dem Sprung und ich brannte darauf, ihn genauer kennenzulernen.

»Wieso gibst du ihnen vernünftige Antworten und ich bekomme nur Gegenfragen?« Mit den Händen in die Hüften gestemmt, blieb ich schwitzend vor ihm stehen. Kai vollführte Klimmzüge und seine Muskeln spannten sich unter der Anstrengung an. Obwohl ich es nicht wollte, starrte ich fasziniert darauf und hätte so gerne darüber gestreichelt, das Spiel seiner Muskeln unter meiner Hand ertastet.

Kai ließ die Stange los und kam vor mir auf die Füße.

»Du hast schon gesehen, dass ich nicht sprechen konnte, oder?«, fragte er leicht atemlos. Schweißtropfen liefen ihm die Schläfen und Wangen hinab.

»Wir sind sowieso gleich fertig. Also?«

»Vielleicht stellen sie die richtigen Fragen.« Er griff nach seiner Flasche Wasser und trank einen Schluck. Dabei hüpfte sein Adamsapfel auf und ab und die Erinnerung an gestern

Abend, als er meinen geküsst hatte, ploppte unvermittelt auf. Ich streckte meine Hand aus, konnte sie auf halber Strecke stoppen, bevor sie ihn berührte.

Hektisch blickte ich mich um, ob jemand es mitbekommen hatte.

Verdammt, Fiete, mach nur weiter so und sie merken es schneller, als mir lieb ist.

Ich sollte dringend an meiner Selbstkontrolle arbeiten und wäre am liebsten in dem berühmt berüchtigten Loch verschwunden, das nie zur Stelle war, wenn ich es brauchte.

Kai setzte die Flasche erneut an und trank. Seine warmen und weichen Lippen fühlten sich plötzlich so präsent auf meiner Haut an, als wären sie noch immer dort. Strichen sanft darüber.

Kai grinste, als wüsste er, was in meinem Kopf abging. Ich biss mir auf die Lippen, mein Blut rauschte in rasender Geschwindigkeit nach unten. Gleichzeitig stieg mir Hitze den Nacken hinauf. Abrupt wandte ich mich um. Noah und Bryan stiegen von den Hantelbänken und griffen nach ihren Handtüchern.

»Sind wir fertig? Wir könnten nach dem Lauf noch in eine Bäckerei gehen und frühstücken.« Hektisch griff ich nach meiner eigenen Flasche Wasser und trank hastig.

»So stinkend und schwitzend?«, fragte Noah.

»Kaffee und Brötchen rausholen und draußen hinsetzen? Ich lade euch ein.« Ich drehte die Flasche.

»Außerdem hat der Mann bis auf Bananen nichts zu Hause. Ich habe Hunger. Vor allem nach dem Training«, mischte Kai sich an. Zum ersten Mal sprach er von sich aus.

»Weißt du, Cap, es gibt so Gebäude, da stehen Namen drüber, die jeder kennt. Wenn man reingeht, o Wunder, kann man dort einkaufen«, meinte Bryan.

»Stell dir nur vor, da gibt es auch Lebensmittel. Wenn du möchtest, zeigen wir dir das gerne«, beendete Noah den kleinen Vortrag und alle drei brachen in Gelächter aus.

Ich warf ihnen nur einen bösen Blick zu.

»Wollen wir dann? Damit ich heute diese merkwürdigen Gebäude aufsuchen kann, von denen ihr redet. Außerdem müssen wir zu einem sehr viel seltsameren Haus gehen. Da gibt es angeblich nur Tee.«

Kai grinste nur. »Ich gehe auch alleine. Bin schon groß.«

»Du bist Teetrinker?«, fragte Noah an Kai gewandt.

»Nur Tee, keinen Kaffee.«

»Dann geh zu *Beiers Teeladen*. Meine Frau holt sich dort auch immer ihren Tee.«

»Danke dir.«

»Los, lasst uns zurücklaufen.« Ich stand auf und verließ den Kraftraum, gefolgt von den anderen, die sich weiter über Läden in der Stadt unterhielten.

Nach einer Stunde mit dem eingelegten Stopp bei der Bäckerei kamen wir bei meinem Wohnhaus an. Die Jungs verabschiedeten sich hier von uns liefen weiter.

»Lass uns duschen und danach gehen wir einkaufen.«

»Das ist mal ein brauchbarer Vorschlag.«

Eine weitere Stunde später saßen wir in einem kleinen Café an einem Tisch in einer Ecke. Vor Kai stand ein Tee, ich hatte mir einen Kaffee besorgt. Dazu hatte jeder belegte Brötchen vor sich stehen. Das Frühstück in der Bäckerei hatte nicht gereicht, um satt zu werden.

»Ich will es, wenn du noch dabei bist«, sagte ich leise und stierte auf meinen Teller. Mein Herz klopfte schneller,

90

nachdem ich es ausgesprochen hatte und natürlich stieg mir die Hitze wieder in den Kopf. »Ich kann verstehen, wenn du einen Rückzieher machen willst. Aber ich will endlich Sex haben in meinem Leben.«

Kai legte das angebissene Brötchen zurück auf seinen Teller.

»Sex ist aber nicht alles. Außerdem hattest du bereits welchen, ansonsten hättest du keine Tochter, oder?«

»Wenn du es nicht willst, dann sag es einfach.« Ich sah ihn an, unsicher, was mich erwartete. Ablehnung? Oder sogar Hohn, weil ich noch nie mit einem Mann zusammen war und es nicht schaffte? Wo fand ich überhaupt den Mut, ihn zu fragen? Dazu jetzt wieder sein Meinungsumschwung, er diskutierte erneut mit mir drüber. Ich hätte ihn niemals fragen sollen. Jetzt eiern wir um das Thema herum und treffen keine Entscheidung.

Ihn umgab schon wieder trotz seiner barschen Art etwas Verletzliches und ich fühlte mich seit dem Event zu ihm hingezogen und verstand es nicht. Verstand mich nicht mehr.

»Mit einer Frau ist es etwas anderes. Es fühlte sich die paar Male völlig falsch an«, antwortete ich endlich.

Trotz meines Hungers war ich nicht in der Lage zu essen und schob den Teller mit dem angebissenen Brötchen von mir. Zum ersten Mal war zum Greifen nahe, was ich mir schon so lange vorstellte. »Ich habe genug von Pornos und Kopfkino.« Die Hitze nahm zu, breitete sich auf meine Ohren aus, als ich es aussprach.

Seine Augen funkelten belustigt. »Sag nicht, du tust dir den Scheiß an. Das hat doch überhaupt nichts mit der Realität zu tun.«

»Was bleibt mir denn anderes übrig?«

»Schon mal daran gedacht, in einen Club zu gehen? Da braucht man nicht reden, es ist schnell und anonym. Es gibt Darkrooms, da braucht man sich nicht mal ansehen.«

Ich seufzte. »In Clubs traue ich mich nicht. Warst du schon in einem?«

»Klar, mehrere Male.« Er trank einen Schluck Tee. »Es kommt doch immer darauf an, was du willst. Zu einer Beziehung gehört zwar Sex dazu, ist jedoch meiner Meinung nach nicht das Wichtigste. Was schnelles Anonymes bringt dir kurzfristigen Spaß, aber das mit jemanden zu teilen, den man liebt, ist so viel mehr. Gemeinsam aufwachen, kuscheln, den Alltag miteinander verbringen. Sich streiten, Grenzen festlegen und wieder versöhnen. Das ist so viel besser. Willst du nicht lieber nach jemandem suchen, mit dem du zusammen sein kannst und mit dem du deine Erfahrungen sammelst?«

Das Eiern hatte ein Ende und Kai eine Entscheidung getroffen. »Du willst es also nicht. Du redest schon wieder dagegen an.« Enttäuschung breitete sich in mir aus und ich senkte den Kopf.

»Vielleicht will ich auch nur meine Wünsche auf dich übertragen«, sagte er leise und traurig. Abrupt hob ich den Kopf. Das klang heute Morgen noch anders. Da wollte er den Arsch vergessen. Jetzt klang es eher nach dem dringenden Wunsch, ihn zurückhaben zu wollen. Hatte ihn doch eine gescheiterte Beziehung aus Domhau vertrieben?

»Es tut mir leid. Ich habe nur an mich gedacht, nicht an dich. Geht es um den Arsch? Willst du ihn zurück? Hattet ihr was festes?«

»Nein, hatten wir nicht. Es hat nicht … Ist egal.« Kai trank einen Schluck und wandte sich halb ab.

»Er mag nicht der …«

»Komm mir jetzt bloß nicht mit dem miesen Spruch: Irgendwann kommt der Richtige für dich um die Ecke«, unterbrach er mich und stellte die Tasse mit einem leisen Klirren auf den Tisch.

»Ach Kai.« Ich rückte näher an ihn heran. Mitgefühl für ihn löste die Enttäuschung ab. Wenn er mal seine Maske von dem coolen Goalie, dem nichts etwas anhaben konnte, fallen ließ, entblößte sich mir ein verletzlicher Mensch. Gestern Abend hatte er auf cool getan, als er über seine Eltern gesprochen hatte, dabei hatten seine Hände kaum merklich gezittert, genauso wie seine Lippen.

»Wir lassen meine Schnapsidee fallen.«

»Oder du hattest heute Morgen recht und es hilft uns beiden.« Er legte eine Hand auf meine, die auf der Bank zwischen uns lag. »Aber ich werde nicht sofort mit dir schlafen. Wir werden uns erst kennenlernen, rummachen und solche Dinge. Den finalen Schritt werden wir machen, wenn du so weit bist.«

Ich setzte an, um zu widersprechen, aber er hob den Zeigefinger.

»Ah ah, lass mich aussprechen. Du magst vielleicht denken, so weit zu sein, das zeigt sich jedoch erst, wenn wir dabei sind.«

»Okay. Du bist derjenige mit Erfahrung.« Und ich eine zweiunddreißigjährige Jungfrau in Sachen Männersex, die gerade mal, wenn überhaupt, zwanzig Mal in ihrem Leben mit einer Frau geschlafen hatte. Das auch nur mit ein und derselben und es dann noch geschafft hatte, betrunken ein Kind zu zeugen.

Kai musterte mich. »Ist es wirklich so schlimm mit deiner Schüchternheit? Du wirkst so selbstbewusst, bist Kapitän einer Profi-Eishockey-Mannschaft.«

Erneut kroch mir die Hitze hoch. »Sobald es um Eishockey geht, für das Team da zu sein, euch zu verteidigen, bin ich das. Da kenne ich mich aus. Auch gegenüber meiner Familie, meinen Freunden, kein Problem. Sobald es darum geht, jemanden anzusprechen, bin ich lost. Total schüchtern und kann nicht mehr reden.« Ich barg mein Gesicht in den Händen und senkte den Kopf. »Wie gesagt, ich habe es wirklich mit diesen Dating-Apps probiert, doch sobald es ernst wurde, einen Rückzieher gemacht und mich nicht mehr getraut und je älter ich wurde, desto schwieriger wurde es.«

»Was ist bei mir anders?«

Ich nahm die Hände runter, blickte Kai direkt an, der mir gegenübersaß. »Ich … keine Ahnung. Ich weiß es nicht.« *Vielleicht, weil du manchmal genauso verloren wirkst wie ich.* Das traute ich mich allerdings nicht laut auszusprechen. »Obwohl ich dich nicht kenne, fühlt es sich anders an. Mal ehrlich, wer will schon mit einer zweiunddreißigjährigen Jungfrau ins Bett? Es wird mit jedem Jahr schwieriger.«

Kai griff nach meiner Hand und drückte sie. »Das hätte sein können. Oder du hättest Glück gehabt. Das weiß man nicht.«

Ich holte tief Luft, griff nach meinem mittlerweile kalten Kaffee und trank einen Schluck.

»Deine Frage befriedigend beantwortet?«

»Bist du bei Frauen auch schüchtern gewesen? Immerhin warst du verheiratet und hast sogar eine Tochter.«

»Tatsächlich wurde ich immer angesprochen.« Ich musste an ein Auswärtsspiel in der letzten Saison denken. »Noah und Bryan bieten sich ständig als meine Wingmen an. Im letzten Jahr, bei einem Spiel gegen die Wanheimer Tigers, saßen wir abends noch in der Hotelbar und gönnten uns ein Bier. Bryan kam mit einem der Gäste ins Gespräch. Schwul und Single. Sie hätten mir geholfen, wenn ich gewollt hätte. Machen sie ständig, ich bin jedoch gut im Ausreden finden.«

»Immerhin wollen sie dir helfen. Das ist doch gut.«

»Klar. Aber sie wissen nicht, dass ich noch nie mit einem Mann geschlafen habe. Sie glauben mittlerweile, ich bin nichts für nur eine Nacht.«

»Dann lassen wir sie in dem Glauben.« Kai aß den Rest seines Brötchens. »Setz dich nicht unter Druck. Du bist schüchtern, das ist etwas völlig Normales.«

»Danke dir.« Noch am Samstag hatte ich ihn für ungehobelt und einen Vagabunden gehalten, nun offenbarte sich mir hier eine sensible Seele, die zuhören konnte. Ich begann tatsächlich, unseren neuen Goalie zu mögen.

»Seit gestern Nacht haben wir nur über das Thema gesprochen. Wir vergessen es jetzt und sprechen über andere Dinge.«

Ich lächelte. Kai hatte so recht. In den letzten Stunden hatte ich kaum über etwas anderes nachgedacht, weil ich nicht fassen konnte, vielleicht endlich das zu bekommen, was ich mir so sehr wünschte.

»Wann lerne ich deine Tochter kennen?«

»Das dauert noch so etwa drei Wochen. Sie ist am Samstag mit Sabrina und ihrem Stiefvater in den Urlaub geflogen.«

»Oh, schade. Aber natürlich gut für sie.« Kai schenkte sich den letzten Tee aus seiner Kanne in die Tasse. »Ich werde sie garantiert noch treffen.«

Während er seinen Tee austrank, fragte er mich nach meiner Tochter aus und mit viel Begeisterung erzählte ich ihm Geschichten von ihr. Er lachte sehr herzlich, als ich ihm die Anekdote wiedergab, wie sie versucht hatte, mit meinen Wellensittichen zu sprechen, ihre Antworten allerdings nicht verstand und sich darüber weinend beschwerte.

Schmunzelnd musterte ich Kai immer wieder, vor allem wenn er lachte. Ein völlig unerwarteter Ton, den ich sehr mochte und viel öfter bei ihm hören wollte. Irgendwann ermahnte Kai uns, endlich aufzubrechen und einzukaufen, da wir ansonsten heute wieder nichts in den Kühlschrank bekamen. Dabei hätte ich stundenlang weiter mit ihm so sitzen und reden können.

Das Einkaufen zog sich hin. Wer hätte gedacht, wie wählerisch dieser Mann sein konnte, dem es bei seinem Äußeren nur auf Schnelligkeit ankam. Allein in der Obst- und Gemüseabteilung verbrachten wir mindestens fünfzehn Minuten, wenn nicht sogar länger. Alles wurde genauestens unter die Lupe genommen, bevor es im Einkaufswagen landete.

»Auch angeditschtes Gemüse hat seine Daseinsberechtigung und schmeckt genauso wie das perfekte, welches du herausgesucht hast. Das weißt du schon, oder?«, fragte ich ihn, als er bei einem Bund Möhren jede einzelne untersuchte.

»Es hält länger«, antwortete er nur.

»Bin der festen Überzeugung, das ist Unfug.« Ich griff nach einem Bund Möhren, ohne es vorher einer Kontrolle unterzogen zu haben und legte es in den Wagen. »Das nehmen wir jetzt mit. Leg deines beiseite. Das Möhrengrün bekommen die Wellis.« Ich ging weiter zu den Kräutern und packte drei Basilikumpflanzen in den Wagen.

»Was willst du mit so viel Basilikum? Das vergeht uns doch.«

»Für die Vögel. Du glaubst nicht, wie schnell sie die weggefuttert haben.«

»Dein Ernst?«

»Ja. Genauso, wie du alles erst fünfmal untersuchen musst.« Langsam stieg mein Genervtheitspegel an. Das Zusammenleben schien kompliziert zu werden, wenn es so weiterging. Wir gingen weiter, zwischendurch hielt ich an, griff nach den Produkten, die ich immer einkaufte und legte sie in den Wagen.

Kritisch beäugt von Kai, der sich sichtbar schwertat, nichts zu sagen. Er biss auf seiner Lippe herum. Seine Hand zuckte zur Müslipackung, die ich zuletzt reingelegt hatte.

»Was?« Das kam ziemlich barsch heraus. Eine Frau, die an uns vorbeikam, schob ihren Einkaufswagen schnell vorbei und warf uns dabei einen amüsierten Blick zu.

»Willst du wirklich das fertig gepackte Müsli einpacken?«, platzte er heraus. »Das ist voller Zucker. Wir sollten das einzeln kaufen und selbst mischen. Viel besser.«

Ich verschränkte die Arme vor der Brust. »Gehörst du der Zuckerpolizei an?« Die Ironie troff aus meinen Worten. Er reckte das Kinn in die Höhe.

»Nein, aber darauf bedacht, Höchstleistungen aus meinem Körper zu holen und da spielt die Ernährung eine wichtige Rolle, wie ich dir sicherlich nicht sagen muss.«

»Sagt der Kerl, der vorhin und gestern Abend jede Menge leere Kalorien in sich gestopft hat.«

»Schon klar, aber wir sollten ab morgen auf unser Essen achten. Durch Ernährung können wir viel steuern.«

Ich schloss die Augen, atmete tief ein. Meiner bescheidenen Meinung nach machte das bisschen mehr Zucker in einer fertigen Mischung nichts aus, aber bitte, wenn er es wünschte. Grob packte ich die Müslipackung und legte sie unsanft zurück ins Regal.

»Dann stell uns etwas zusammen, Cutter. Ich gehe weiter und hole Joghurt, Quark und so«, pfefferte ich ihm entgegen.

»Autsch, ich bin wieder Cutter«, murmelte er. Ich ignorierte es, schob den Wagen weiter, hielt aber nach ein paar Schritten an.

»Ach, lieber hol ich es noch nicht. Am Ende müssen wir das alles wieder auspacken, weil es dem Herrn nicht gut genug ist.«

»Sorry.« Er wirkte tatsächlich zerknirscht, was mir im Augenblick völlig egal war. Ich wollte nur schnell einkaufen und wieder nach Hause, so wie immer. In der Regel wurden wir sowieso hauptsächlich im Trainingscenter bekocht und die achteten sehr auf unsere Ernährung.

Mein neuer Mitbewohner schien jedoch völlig anderer Meinung zu sein und zelebrierte das Einkaufen. Nachdem er minutenlang vor dem Regal auf und ab gegangen war, packte er ein paar Packungen einzelner Müslisorten in den Wagen. »Ich verspreche auch, das selbst zu mischen. Du hast nichts damit zu tun.«

»Hoffentlich«, grummelte ich in meinen nicht vorhandenen Bart. Den Vorschlag von Kai, mir einen Drei-Tage-Bart stehen zu lassen, verwarf ich rein aus Trotz.

Den gesamten Einkauf über ging es weiter wie beim Obst und Müsli. Noch nie in meinem Leben hatte ich so viel Zeit in einem Supermarkt verbracht. Nicht mal mit einem Kleinkind, mit dem ich ewig diskutieren musste, weil es unbedingt alles brauchte, was es interessant fand.

Zu meinem völligen Entsetzen ging es im Teeladen so weiter wie im Supermarkt. Kai ließ sich verschiedene Sorten zeigen, roch daran, wurde ausführlich beraten und durfte sogar einige verkosten.

»Willst du auch mal probieren?«, fragte er mich zu Beginn, nahm aber anscheinend meine gegrummelte Absage zum Anlass, nicht mehr nachzufragen und mich lieber zu ignorieren. Am Ende kaufte er vier verschiedene Teesorten, Teefilter und Porzellandosen, in denen er den Tee aufbewahren wollte.

»In welcher Kanne willst du denn deine Tees zubereiten? Ich habe nämlich keine«, sagte ich mürrisch auf dem Weg zum Auto. Wir hatten fast den gesamten Nachmittag mit Einkaufen zugebracht. Mein Magen verlangte nach dem kargen Essen heute nach Nahrung und ich hatte nicht mal ansatzweise die Anzahl an Kalorien zu mir genommen, die ich im Training verbrannt hatte.

»Direkt in der Tasse.« Er lächelte zufrieden und seine Augen strahlten. Der Anblick entschädigte mich fast ein wenig für das Einkaufsdebakel. Wie schaffte der Kerl das nur? »Was hältst du davon, wenn ich gleich was koche und du dich von mir erholst? Dich um deine Vögel kümmerst oder was auch immer du sonst so machst.«

Wir waren beim Auto angekommen und stiegen ein.

»In Ordnung«, antwortete ich, noch leicht brummig, aber nicht mehr so schlimm wie vorher. Stattdessen freute ich mich über sein Entgegenkommen.

Durch die Glastür beobachtete ich Kai vom Sofa aus, wie er in der Küche werkelte. Ständig öffnete er Schubladen und Schranktüren auf der Suche nach Messern, Schneidebrettern und vielem anderen. Dabei versuchte ich einige Artikel über Wechsel und Vertragsverlängerungen in der NHL zu lesen. Doch sie konnten mich nicht so fesseln wie sonst. Die Küche schien auf einmal so viel interessanter zu sein.

Die Vögel boten leider keine Ablenkung, da sie Siesta hielten. Ich seufzte. Bis auf das Klappern aus der Küche war es still im Wohnzimmer. Zu still. Das bot meinen Gedanken Spielraum, den ich nicht brauchte. Was war nur an Kai, was meine komplette Schüchternheit in Rauch aufgehen ließ?

Ich warf das Handy zur Seite, stand auf und tigerte durch das Wohnzimmer. Blieb bei jedem Wellensittich stehen und betrachtete den Vogel ein paar Minuten. Sie öffneten eines der Lider und sahen zu mir, schlossen es wieder, als ich keine Anstalten machte, sie zu stören.

In was hatte ich mich nur hineinmanövriert? Wieso hatte ich es so weit kommen lassen?

Ich ging in mein Zimmer, räumte die schmutzige Wäsche in den Wäschekorb, legte meine Hockeyausrüstung ordentlich hin und strich darüber. Starrte auf meine Klarinette, die zusammengebaut in ihrem Ständer stand und verstaubte. Kurzentschlossen griff ich nach ihr, blies sie durch, ohne einen Ton zu erzeugen. Würde ich sie jetzt spielen, hätte ich garantiert sofort Kai hier stehen. Ich nahm das Reinigungstuch, setzte mich aufs Bett und reinigte sie.

Noch konnte ich alles abblasen. Das wäre wahrscheinlich am besten. Aber würde ich jemals wieder den Mut finden, jemanden anzusprechen? Dabei konnte ich es gar nicht abwarten, bis Kai und ich endlich anfingen.

»Scheiße!« Ich legte die Klarinette beiseite, griff mir einen Handschuh und warf ihn gegen die Wand. »Warum kann das beschissene Leben nicht mal einfach sein?« Ich musste mich ganz dringend ablenken, um meine kreisenden Gedanken loszuwerden. Ich baute die Klarinette zusammen und verstaute sie im Koffer.

Ich tigerte zurück ins Wohnzimmer. Die Wellis schliefen noch immer. Ich öffnete ein Fenster und der Lärm von der Straße drang leise nach oben.

Mein Blick fiel auf das Klavier. Wäre ich alleine … Musik half mir immer, da musste ich mich auf den Rhythmus des Liedes konzentrieren, auf die Schönheit des Klangs und konnte mich fallen lassen.

Ich zog meinen Hocker hervor und setzte mich ans Klavier. Langsam klappte ich den Deckel auf und spielte die Tonleiter zum Warm werden auf und ab. In Gedanken durchkramte ich mein Gehirn nach Stücken, die ich ohne Noten spielen konnte. Die Tasten fühlten sich unter meinen Fingern vertraut an. Die kannte ich, musste sie nicht ausprobieren. Bei ihnen wusste ich, wie sie tickten, wann ich welche drücken musste, um diesen einen Klang hervorzurufen.

Natürlich kam Mickie sofort angeflogen und landete auf dem Klavier. Er lief hin und her, zwitscherte und wippte mit dem Kopf. Ich schmunzelte über den kleinen grünen Flattermann. Auf einmal wusste ich, was ich spielen sollte. Sein Lieblingslied. *The Sound of Silence* von *Simon & Garfunkel*.

Ich schlug die ersten Noten an, um in das Stück hinein zu kommen, dann begann ich von vorne und summte leise den Text mit.

Die anderen Vögel fielen in den Gesang von Mickie mit ein und zu acht boten wir ein kleines Privatkonzert.

Mit einem Mal verblasste die Erinnerung an das fordernde Gespräch im Café, der enervierende Einkauf und mein Gedankenkarussell kamen zum Stillstand. Was zählte, war nur noch die Musik, die mich trug. Langsam schloss ich die Augen, fand die Tasten für dieses Lied auch ohne hinsehen zu müssen.

Die letzten Takte verklangen und ich lächelte, als sie in mir nachschwangen, die Hände noch auf den Tasten liegend. Das typische empörende Fiepen der Wellensittiche erklang, nachdem die Musik verstummt war.

»Das war wunderschön.«

Ich zuckte zusammen, als ich Kais Stimme hörte und aus meinem Musiktran gerissen wurde. Mist, natürlich konnte er mich in der Küche hören.

Langsam öffnete ich die Augen und blickte zu ihm. Er stand in der halb aufgeschobenen Glastür, ein Geschirrhandtuch über die Schulter gehängt und die Hände in die Hosentasche geschoben.

»Normalerweise gebe ich für niemanden Konzerte«, erwiderte ich scharf, als ich mich wieder gefangen hatte. Wie hatte ich mich nur so gehen lassen können? Ich spielte nie, wenn ich nicht alleine war.

»Nur für deine Vögel?« Er lächelte. »Spielst du noch ein Lied?«

»Musst du nicht kochen?«

»Du antwortest auch mit Gegenfragen.« Triumphierend zeigte er mit dem Finger auf mich. »Ich muss warten, bis die Nudeln gar sind. Gibt einen schnellen und einfachen Gemüse-Auflauf.«

Plötzlich schob sich eine Erinnerung von mir als kleiner Junge vor mein inneres Auge. Kais Anwesenheit, seine Frage hatte etwas tief in mir aufgerührt.

Ich saß auf einer Bühne am Klavier, ganz alleine, vor mir erstreckte sich der große Saal, der bis auf den letzten Platz mit Eltern und weiteren Familienangehörigen und Freunden besetzt war. Mein Vater nickte mir von unten zu und lächelte.

Ich hasste ihn in diesem Moment aus tiefster Seele. Es war mein dreizehnter Geburtstag und statt mit meinen Freunden zu feiern, musste ich als erster dieses Konzert eröffnen. Wochenlang hatte ich geweint, ihn angefleht, wenigstens mit zwei oder drei anderen ein gemeinsames Stück spielen zu dürfen, doch er hatte sich geweigert.

Dazu musste ich noch das schwierigste Stück spielen, das ich bis dahin eingeübt hatte. Im Mittelteil stolperte ich regelmäßig, kam mit dem Stakkato nicht zurecht und musste es trotzdem hier auf der Bühne vorspielen.

Ein dicker Kloß schnürte mir die Kehle zu und meine Finger zitterten. Wenn ich nicht fehlerfrei spielte, würde mein Vater mir garantiert wieder alle Fehler nach dem Konzert vorwerfen. Langsam begann ich das Klavier zu hassen, dabei liebte ich es normalerweise. Das Spielen beruhigte mich. Aber nur, wenn ich es für mich tat und nicht im Mittelpunkt stand vor so vielen Menschen.

Ich schluckte erneut, vermied den Blick über den Bühnenrand hinaus und begann zu spielen, verhaspelte mich, musste von vorne beginnen. Ich wagte es nicht, zu meinem Vater zu sehen. Der sonst so liebevolle Mann kannte kein Erbarmen, wenn es um seine heiß geliebten Konzerte und seine Musik ging.

Mit Wucht klappte ich den Deckel wieder auf die Tastatur und stand abrupt auf.

»Wie gesagt, ich gebe keine Konzerte.« Dann setzte ich mich auf die Couch und griff nach der Fernbedienung.

Enttäuschung huschte über Kais Gesicht. »Schade.«

Ohne darauf einzugehen, schaltete ich den Fernseher an und zappte durch das Programm. Aber es war Montagnachmittag, es lief überhaupt nichts.

»Kannst du das anlassen?« Kai zog hinter sich die Tür zu und trat weiter in den Raum.

»Das ist Trash TV.« Ungläubig starrte ich ihn an.

»Aber die Kommentare von Guido sind immer so lustig.«

»Langsam stelle ich mein Angebot, dich vorübergehend in meinem Gästezimmer schlafen zu lassen, infrage.«

Kai lachte nur, sah abwechselnd zwischen Fernseher und Küche hin und her. Dazwischen grinste er ständig über die Kommentare. Manchmal stimmte er zu. Er wirkte hier überhaupt nicht so zurückhaltend wie am Vormittag beim Training oder beim All-Star-Game. Diesen lockeren Kai Müller mochte ich.

»O Shit, die Nudeln.« Er hetzte in die Küche.

»Etwaige Verschmutzungen machst du selbst weg«, rief ich ihm hinterher.

»Nichts schmutzig.«

Er ließ die Tür offenstehen und ich die Sendung an. Erzählte ihm, was passierte, gab die Kommentare weiter, während er die Nudeln abgoss. Mehr konnte ich nicht erkennen, bis er eine Auflaufform in den Ofen schob.

»Hat sie etwa immer noch nichts?«, fragte er, als er sich neben mir auf die Couch hockte, ein Fuß auf der Sitzfläche vor sich abgestützt und die Hände über dem Knie gefaltet.

»Werbung.«

»Das ist der Nachteil an diesen Sendungen. Lass uns Werbung raten.«

Ungläubig sah ich ihn an, machte allerdings mit und hatte überraschenderweise Spaß daran, wobei ich keine einzige erkannte.

Kapitel 8

Kai

a m Abend hockten wir gemütlich im Wohnzimmer, Fiete sah sich einen Film auf Netflix an, ich scrollte durch den *Hockey-Insider* und las die verpassten Artikel der letzten Tage. Ich liebte das Gossip-Portal, außer es ging um mich und hatte selbst schon anonym harmlose Informationen weitergegeben.

Mein altes Team hatte einen neuen Goalie gefunden. So schnell wurde man ersetzt, aber ich freute mich. Es war nicht selbstverständlich, mich vorschnell aus dem Vertrag zu lassen. Mein Agent hatte mit Engelszungen auf die Verantwortlichen der Steelers eingeredet.

Ich sah zu Fiete, der sich auf seinen Film konzentrierte. Eine Falte bildete sich zwischen seinen Augen, die Zungenspitze lugte zwischen seinen Lippen hervor. Er sah dabei absolut niedlich aus.

Meine Gedanken wanderten weiter zur Mannschaft. Wenn ich mit Fiete bei Auswärtsspielen in einem Zimmer schlafen könnte, wäre es wahrscheinlich nicht so schlimm. Ich könnte es ihm erklären.

Oder auch sein lassen. Was würde Fiete von einem Goalie halten, der nachts im Bett zu ihm herübergerobbt kam, um seinem Bedürfnis nach Nähe nachzugeben, auch wenn das unbewusst im Schlaf geschah?

Ich wandte mich erneut meinem Handy und den Artikeln zu. Die Wanheimer Tigers hatten sich vom Erzrivalen Krackersner Kraken den zweitbesten Center Oliver Lamer geholt. Das würde bestimmt ein witziges Aufeinandertreffen der beiden Kontrahenten werden beim nächsten Mal. Die Pfiffe der Fans konnte ich mir bildlich vorstellen. Aber wenn man dem Buschfunk in der Liga Glauben schenken konnte, hatte es wohl Spannungen zwischen Oliver Lamer und Felix Amsel nach dessen Outing gegeben.

»Möchtest du kuscheln?«

»Was?« Die Frage riss mich aus meinen Gedanken und ich blickte von dem aktuellen Artikel auf. Der angeblich so schüchterne Fiete schien das nicht mehr zu sein, sobald er eine Schwelle überschritten hatte. Damit hatte er mich überrumpelt. Ich ließ die Hand mit dem Handy sinken.

»Was liest du?« Fiete deutete auf mein Smartphone. »Ein E-Book? Gehört das zu dem Minimalismus, von dem du gestern gesprochen hast?«

Grinsend zeigte ich ihm das Display.

Er hob seine Augenbrauen. »Die Arschlöcher haben Felix Amsel geoutet. Die solltest du nicht unterstützen.«

»Das war scheiße, gebe ich zu. Aber die haben immer die besten Infos.«

Fiete schnaubte nur. »Deswegen überfliegt man nur die Überschriften im Newsfeed und geht dann wieder raus.« Er setzte sich auf. »Also, was ist, willst du … kuscheln? Ich dachte nur …« Er sah mich bittend an. Aha, da kam seine Schüchternheit doch durch. »Vergiss meine Frage.« Nun klang Enttäuschung durch und er wandte sich wieder dem Fernseher zu.

»Ich …«

»Dachte, du möchtest das gerne«, unterbrach er mich und ich hob die Augenbrauen. »Du gibst mir was, ich gebe dir was. Da du beim Frühstück erwähnt hast, dass das bei einer Beziehung für dich dazu gehört, schätze ich mal, du machst das gerne.« Fiete zuckte mit den Schultern. »Wir führen zwar keine romantische Beziehung, aber wenn du trotzdem möchtest …«

»Das klingt, als ob du einen Kaufvertrag für ein Auto abschließen würdest. Total romantisch.« Ich hielt inne. »Nicht.«

Das brachte Fiete zum Lachen. »Ich mein ja nur. Vielleicht habe ich es auch falsch interpretiert.«

Wärme breitete sich in mir aus. Das letzte Mal, als jemand mir angeboten hatte zu kuscheln, war schon Jahre her. Zwar bot Fiete es mir nur aufgrund unseres Arrangements an, das überging ich jedoch großzügig.

»Warum nicht?«, sagte ich so cool wie möglich, klang dabei allerdings so erfreut wie ein Kind an Weihnachten, das sein absolutes Wunschgeschenk auspackte.

Ich ruckte näher an Fiete heran. »Rutsch mal vor.« Er tat, wie ihm geheißen und ich setzte mich hinter ihn, daraufhin schob er sich zwischen meine Beine und schmiegte sich an mich. Sein Kopf ruhte an meiner Schulter, seine Haare kitzelten meine Wange und es fühlte sich so richtig an.

Er passte genau zu mir. Das Lächeln auf meinen Lippen konnte ich nicht unterdrücken, als ich meine Arme um ihn legte. Viel zu sehr genoss ich die körperliche Nähe eines anderen Menschen, Fietes Wärme, die durch den Stoff unserer Kleidung zu mir drang.

»Ist das so in Ordnung?« Ich musste das fragen.

»Klar. Ich wusste nicht, wie schön es sein kann, wenn ich selbst mal derjenige bin, der bekuschelt wird.« Er winkelte ein Bein an, schob dabei einen Fuß unter mein Knie. »Es ist wirklich toll.«

Ich schloss die Augen. Genau das hätte ich gerne mit Charly gehabt. Für einen Moment erlaubte ich mir, Fiete in Gedanken mit Charly auszutauschen. Der Körperbau war zwar ein anderer, Charly war kleiner als Fiete und hatte einen breiteren Oberkörper, aber für mich reichte das.

In meiner Vorstellung führte ich ein fiktives Gespräch mit Charly über das Training, die kommende Saison, was wir irgendwann noch einmal machen wollten, wenn wir unsere aktiven Karrieren beendet hatten. Fallschirmspringen zum Beispiel. Vielleicht mal auf einen Berg klettern. Alles Dinge, die ich mir zurzeit nicht zugestand, um jedwedem Verletzungsrisiko aus dem Weg zu gehen.

Ich seufzte leise und wohlig, als Fiete begann, über meine Unterarme zu streicheln. Vergrub meine Nase in seinen Haaren und sog den Geruch nach Zitrusshampoo ein.

»Denkst du an ihn?«, fragte Fiete leise und zerstörte damit meinen Traum.

»Guckst du nicht einen Film?«

»Also ja. Erzähl mir von ihm.«

»Damit du weißt, wer er ist? Auf keinen Fall befriedige ich deine Neugier.«

Er drehte sich in meinen Armen und betrachtete mich neugierig. »Nein, nicht deswegen. Einfach nur, damit du reden kannst. Ich weiß, wie es ist, wenn man mit jemandem sprechen will, es aber nicht kann, ohne sich zu verraten. So ging es mir jahrelang, bis ich endlich nach Felix' Outing den Mut im letzten Jahr hatte und es dem Team gesagt habe.«

Mit dem Fingernagel fuhr er an meinen Bartstoppeln entlang. Ich hasste meinen Bartwuchs, der nur für den Playoff-Bart und den Movember gut war.

»Das wollte ich schon immer mal machen.« Mit großen Augen und einem breiten Lächeln machte er weiter. Sehr sanft und zärtlich, was mir das Herz aufgehen ließ.

»Bartstoppeln anfassen? Du hast selbst welche.«

»Das ist etwas ganz anderes.« Diese Kleinigkeiten schienen ihm sehr viel zu bedeuten. Sollte er doch über meine Stoppeln streichen, so oft er mochte, wenn es ihn glücklich machte.

»Er ist meistens gut drauf, hat für jeden ein Lächeln übrig und ein offenes Ohr«, begann ich leise. Fiete hielt inne, suchte meinen Blick, schenkte mir Aufmerksamkeit.

Ich blickte an die Decke, ignorierte, wie schmerzhaft die Stiche in meinem Herzen wurden, wenn ich über Charly sprach. In Tagträumen zu verfallen, sich vorzustellen, was wir miteinander teilen könnten, war so viel anders als mit jemandem über ihn zu reden.

Fuck, ich sehnte mich so sehr nach Charly, nach unseren Gesprächen abends im Bett vor einem Auswärtsspiel. Vor allem redete Charly und ich hörte ihm zu, wenn er mit viel Wärme und Humor über seine Familie in Kanada sprach. Von seiner Schwester, die zurzeit studierte und in der Frauen-Fußballmannschaft des Colleges spielte, und seinem Bruder, der zudem sein Agent war, oder seinen Eltern, die viel gearbeitet hatten, um ihren Kindern ihre Hobbys und Ausbildungen zu ermöglichen.

»Das klingt nach einem tollen Kerl.«

Ich nickte, schluckte den sich bildenden Kloß im Hals hinunter, konnte dennoch nicht verhindern, wie sich Tränen in meinen Augen sammelten.

»Aber leider nicht für mich.« Mehrfach blinzelte ich schnell hintereinander. Fiete strich mir sanft über die Wange, sagte nichts weiter, sondern ließ mir den Moment. Draußen dämmerte es bereits und die Vögel hatten sich auf ihre Schlafplätze zurückgezogen.

Ich sah zu ihnen. Fiete stoppte den Film und schaltete die Stehlampe an, danach kuschelte er sich wieder mit dem Rücken an meine Brust. Die Wellensittiche fiepten alle leise nacheinander.

»Hörst du das Schnabelknirschen? Das machen sie immer beim Einschlafen und mit den Fieptönen orten sie sich, sagen den anderen Bescheid, ich bin hier, so wissen sie, wo sich welcher Vogel im Schwarm befindet.«

Das trieb mir erneut die Tränen in die Augen. Sogar die ollen Wellensittiche wussten genau, wohin sie gehörten. Ich hatte nicht mal Kontakt zu meinen leiblichen Eltern.

Was ich auch nicht wollte.

Aber nicht mal meine Pflegeeltern hatten mich jemals gefragt, ob ich adoptiert werden wollte, um komplett zu ihnen zu gehören.

Diese Kuschelei machte mich wehmütig und Fiete half nicht, darüber hinweg zu kommen, so verständnisvoll, wie er mir zuhörte. Scheiß Charly, scheiß Eltern. Er führte sich auf wie ein richtiger Freund, dem ich wichtig war und nicht wie jemand, der ein Sexperiment durchführte, um auch diese Seite an sich kennenzulernen.

»Ward ihr gut befreundet, du und der Freund?«, fragte Fiete völlig aus dem Nichts.

»Ich glaube schon.«

Fiete lachte leise. »Du musst doch wissen, ob ihr Freunde seid oder nicht.«

Ich schluckte. Ein Kloß bildete sich in meinem Hals. »Zwischendurch hat er mich dazu erkoren, mich mitgeschleppt, wann immer es möglich war. Das ist Freundschaft, oder?«

»Du musst doch wissen, was das ist. Hast du noch nie welche gehabt?« Fiete löste sich von mir, drehte sich erneut und sah mich mit großen Augen an. »Hast du noch nie Freunde gehabt?«

Der Kloß in meinem Hals wurde größer. »Seit meiner Schulzeit nicht mehr. Nur …« Ich stockte. »Nur lose Bekanntschaften.«

Fietes Blick wurde weicher. Er griff nach meiner Hand und drückte sie. Ich gab ihm keine Chance, was zu sagen, sondern sprach direkt weiter. »Ich bin zu oft umgezogen in meinem Leben. Freundschaften brauchen Zeit und ich …« Erneut brach ich ab. Mochte Fiete nicht gestehen, wie sehr ich mich von den anderen abgekapselt hatte, vor allem in den letzten Jahren. Spätestens, wenn niemand mehr mit mir zu tun haben wollte, war alles in die Brüche gegangen. Es tat zu weh, ständig wieder alleine dazustehen. Da blieb ich lieber von Anfang an alleine.

Fiete fragte nicht weiter, streichelte mit seinem Daumen über meinen Handrücken und löste durch diese sachte Berührung einen Schauer aus. In diesem Moment konnte ich mir so gut vorstellen, wie es sein könnte, einen festen Freund zu haben, nicht nur einen besten. Der mir zuhörte, nicht über mich urteilte und verurteilte, sondern da war. Dem ich dasselbe geben konnte, sollte er es benötigen.

Das musste auch eindeutig der Grund sein, weshalb ich gerade so offen Fiete gegenüber war. Diese ganze wohltuende Situation, diese Nähe, nicht nur körperlich.

»Manchmal lächelt er verträumt und sieht glücklich, aber auch sehnsüchtig dabei aus. Ergibt das Sinn?«

»Natürlich.« Fiete strich zärtlich über meine Lippen und ich hauchte einen Kuss auf seine Fingerspitzen. »Weiß er von deinen Gefühlen?«

Ich nickte.

Irgendwann kommt der Richtige für dich. Ich bin es leider nicht.

Er wusste es definitiv. Ansonsten wären das doch nicht seine Worte für mich zum Abschied gewesen. Er hatte es mir ins Ohr geflüstert, sein Atem hatte mein Ohrläppchen und Nacken dabei gestreift und mir hatte es eine Gänsehaut beschert.

In dem Moment war mein Herz in tausend kleine Einzelstücke zerbrochen. Hätte er nur den Mund gehalten. Ich hätte die Illusion aufrechterhalten können, wir könnten Freunde bleiben.

Unwillkürlich erschauderte ich bei der Erinnerung.

»Obwohl er es wusste, hatte er sich mir gegenüber nie anders verhalten. Keinen Abstand gesucht oder so.«

»Guter Mann. So gehört sich das. Keiner kann etwas für das, was er fühlt und schon gar nicht beeinflussen, in wen er sich verliebt.«

Das stimmte, trotzdem hatte ich mir ein anderes Ergebnis gewünscht. Obwohl ich auch dort nicht gewusst hätte, wie es hätte laufen sollen, mit einem Teamkameraden eine Beziehung zu führen.

»Was ist mit dir?«, fragte ich, um von mir abzulenken. Streichelte Fiete über den Rücken. Der kuschelte seinen Kopf in meine Halsbeuge.

»Vor ein paar Jahren mal. Der ehemalige Nachbar, der sich früher um meine Wellis gekümmert hat, wenn ich unterwegs war. Er ist damals hier weg, weil er zu seiner Freundin in eine andere Stadt gezogen ist. Seitdem Niemand ernsthaftes mehr. Nur mal eine Anziehung, mehr war nicht.«

»Wir sind schon zwei traurige Gestalten.« Ich lachte trocken auf. Die Vögel piepten überrascht. »Sorry, Birdies, wollte euch nicht erschrecken.«

Fiete lachte leise an meiner Seite und kitzelte mich mit seinem Atem.

»Du freundest dich noch mit ihnen an. Bevor du in deine Wohnung umziehst, hast du einen auf deiner Hand sitzen.«

»Bestimmt nicht.«

»Um was wollen wir wetten?«

»Ein Essen im teuersten Restaurant der Stadt.«

»Deal.« Er küsste mich auf den Hals, zog seinen Kopf zurück und sah mich fragend an. Ich überbrückte die wenigen Zentimeter zwischen uns und küsste ihn auf den Mund. Aus einem Kuss wurden mehrere, entstand eine ausgiebige Knutscherei wie bei zwei Teenagern.

Wir gingen nicht weiter, auch wenn sich sein steifer Schwanz gegen mich drückte, mir erging es nicht anders. Trotzdem genoss ich es, mit ihm hier zu liegen, unsere Hände sachte auf Erkundungstour zu schicken und die kleinen Rangeleien, die wir beim Küssen mit den Zungen ausfochten. Manchmal sogar lachend abbrachen. Garantiert hatten wir beide morgen Bartbrand.

»Worüber lächelst du?«, fragte Fiete und unterbrach einen weiteren Kuss.

»Über Bartbrand und was die Kollegen sagen werden.«

»Das wir beide die falsche Rasiercreme haben.« Er küsste meine Nasenspitze oder wollte es wahrscheinlich, denn er rutschte ab und seine Lippen trafen meinen Nasenflügel. Wir lachten beide.

»Das mag ich, dein Lachen. Das lässt du viel zu selten hören.« Fiete lächelte.

»Kannst es zu deiner Lebensaufgabe machen, mich dazu zu bringen.«

»Eine Herausforderung. Ich bin Profisportler und kann keiner widerstehen, das weißt du, oder?«

»Ich bin gespannt, wie du es anstellen wirst. Und jetzt küss mich.« Ich zog ihn zu mir heran und wir knutschten weiter. Meinetwegen brauchten wir so schnell nicht wieder aufhören.

Kapitel 9

Fiete

*E*in Schrecken durchfuhr mich, als einer meiner Wellensittiche laut piepte. Die Stehlampe brannte noch und durch das Fenster schienen die ersten Strahlen der Sonne herein.

Weshalb lag ich überhaupt im Wohnzimmer?

Hinter mir räkelte sich jemand, Arme hielten mich fest umschlungen, drückten mich an sich. Atem kitzelte mich im Nacken und Lippen streiften die empfindliche Haut. Ein Kribbeln überzog meinen Körper, gefolgt von Gänsehaut. Wohlig atmete ich tief ein, genoss es, gehalten und liebkost zu werden. So könnte ich jeden Morgen aufwachen.

Unwillkürlich lächelte ich und die Puzzlestücke reihten sich in die richtige Reihenfolge ein. Kai und ich waren gestern Abend beim Reden nach unserer ausgiebigen Knutschrunde in Löffelchenstellung eingeschlafen.

Ich reckte mich etwas. Streckte die Beine aus und stieß dabei mit dem Hintern gegen Kais Morgenlatte. Sofort hielt ich inne. Sachte drückte Kai sein Becken an mich.

So ungewohnt, so gewollt und so überfordernd.

Der nächste Vogel gab einen lauten Ton von sich. Leises Rascheln breitete sich in der folgenden Stille aus der Ecke der Wellensittiche aus. Sie begannen mit ihrer Morgentoilette und putzten ihr Gefieder.

Kai grummelte hinter mir. Sachte bewegte ich meinen Arsch. Wie fühlte sich das wohl ohne die ganzen Stoffschichten zwischen uns an? Wir waren beide noch in Jeans und T-Shirt gekleidet.

Ein weiterer Kuss traf mich im Nacken, dieses Mal kratzte es sachte. So wunderschön, dieses Erlebnis. Ich wollte mehr, drehte meinen Kopf leicht hin und her und seufzte leise. Kai lachte hinter mir, küsste mich wieder.

Seine Hand fuhr über den Stoff nach unten, fand meinen ebenfalls erigierten Schwanz und streichelte trotz der Stofflagen darüber.

Zischend sog ich Luft ein, eine Welle der Lust strömte durch meinen Körper und ich blieb still liegen. Es war so anders als mit Sabrina. Es brauchte keine Vorstellung, kein krampfhaftes Vortäuschen, bis man endlich erregt war. Alles funktionierte von alleine. Das war so ungewohnt und so wundervoll.

»Nicht aufhören«, flüsterte Kai mit rauer Stimme. Sein Atem streifte mein Ohr, bevor er daran knabberte. Er rieb sich an mir, stöhnte leise. »Darf ich?« Seine Hand ruhte am Knopf meiner Hose.

Ich nickte nur, war nicht in der Lage zu sprechen, da ich zu aufgedreht, zu erwartungsfroh war auf das, was da kommen mochte.

Kai öffnete die Hose, ich hob mein Becken an und er schob die Jeans von meinem Hintern, drückte mein steifes Glied durch den dünnen Stoff der Boxershorts.

»Fuck«, entfuhr es mir.

»Noch nicht. Damit warten wir.« Er hatte einen amüsierten und gleichwohl erregten Ton in der Stimme. Ich drehte mich auf den Rücken, Kai lag noch auf der Seite, und wollte ihm in die Augen sehen. Umfasste sein Gesicht mit einer Hand, bevor er seine Lippen auf meine legte, dabei über meinen Schwanz strich. Es prickelte im ganzen Körper.

Trotzdem konnte ich mich nicht fallen lassen. Wollte ihm so unbedingt etwas zurückgeben. Nur wie? Ich traute mich nicht aus Angst, alles falsch zu machen. Genauso wie beim ersten Mal mit Sabrina. Vollkommen überfordert lag ich damals da, wohin sollte ich fassen? Was streicheln? Irgendwann nahm sie meine Hand und führte sie zu einer Brust, zeigte mir, was sie mochte.

Himmel, wie konnten sie mich nur zum Kapitän einer Profi-Eishockeymannschaft ernennen, wenn ich nicht einmal die einfachste Sache wie Sex oder jetzt Vorspiel auf die Reihe bekam?

»Hey, nicht nachdenken.« Kai stupste mit dem Finger liebevoll gegen meine Nasenspitze. »Genieße es.«

»Aber was ist mit dir?«

Kai lächelte. »Ich komme voll auf meine Kosten. Mach einfach, was sich gut anfühlt für dich und habe bloß keine Scheu.«

»Können …« Ich räusperte mich. Herrgottnocheins, ich klang wie ein Siebzehnjähriger bei seinem ersten Mal und nicht wie ein Mann, der bereits mit einer Frau geschlafen hatte. »Können wir uns ausziehen?«

Grinsend zog Kai sich sein T-Shirt aus. »Unbedingt.« Er warf es auf den Boden, seine Hose und Boxershorts folgten. Nackt hockte er nun aufgerichtet auf den Knien, meine Hüfte zwischen sich. Sein steifes Glied ragte von ihm ab. Ich setzte mich auf, zog mir ebenfalls mein Shirt aus.

In dem Moment schien es den Vögeln hell genug zu sein und sie flogen zwitschernd ihre ersten Runden.

Kai zog den Kopf ein und schützte ihn mit den Armen, als einer nah an ihm vorbei flog. So sehr ich versuchte, nicht zu lachen, es gelang mir nicht.

»Wir ziehen um«, sagte er bestimmt, stand auf und hielt mir seine Hand hin. Ich ließ mich von ihm hochziehen und er führte mich ins Gästezimmer. Dort entledigte er mich der Boxershorts.

Stumm betrachtete ich Kai, als er rückwärts zum Bett ging. Regelmäßig befand ich mich mit einer Menge nackter Männer in einem Raum. Doch noch nie stand einer mit steifem Schwanz vor mir, hat mich auffordernd und mit Lust in den Augen angesehen. Jetzt oder nie. Er war bereit für mich und das jagte mir einen wohligen Schauer über den Rücken, Hitze flutete meinen Körper bei der Vorstellung, was in dem Bett hinter Kai gleich passieren könnte.

Zögernd trat ich vor Kai, der abwartend dastand, und legte ihm meine Hand auf die Brust. Darunter klopfte sein Herz schnell. Erstaunt suchte ich seinen Blick.

»Guck nicht so, daran bist du schuld.« Er umfasste meine Hüften, zog mich eng an sich. Unsere nackten Schwänze trafen aufeinander und spülten eine erneute Welle der Lust und Erregung durch mich. Mein Blut fing an zu kochen, als Kai begann, meine Arschbacken zu kneten.

»Holy Moly«, brachte ich atemlos hervor.

»Gut, oder?« Er ließ mich los, legte sich aufs Bett und hielt mir die Hand entgegen. Sofort sank ich neben ihn. Er legte sich auf mich und stütze sich mit den Unterarmen auf der Matratze auf.

Ich biss mir fest auf die Lippe. Das träumte ich nicht, oder? Kai lag tatsächlich nackt neben mir und schien mich genauso zu wollen wie ich ihn. Ich rollte uns auf die Seite, sah zwischen uns.

»Darf ich?«

»Du darfst alles, bis ich Stopp sage.«

Ich umfasste seinen Schwanz, der in meiner Faust leicht pulsierte.

»Fester«, bat Kai. Ich kam dem Wunsch nach und er keuchte auf. Mit dem Daumen fuhr ich über die Eichel, fing an, ihn langsam zu pumpen. Er fühlte sich so samt, so weich, gleichzeitig so hart und so verdammt geil an.

Kai half mit und stieß in meine Faust, die Augen geschlossen, der Mund leicht geöffnet, dazu die geröteten Wangen. Er sah so wunderschön aus, völlig losgelöst von dieser Erde. Ich hätte ihn ewig anschauen können. Doch dann küsste er mich gierig, saugte an meiner Zunge, den Lippen.

»Darf ich?«, fragte er rau. Ich ließ ihn los und er umfasste uns beide, rieb auf und ab. »Genieße es«, flüsterte er mir ins Ohr, drückte mir einen Kuss darauf. Laut stöhnte ich, bog mich ihm entgegen.

In mir löste sich ein Knoten, ließ eine Welle von Emotionen frei, die ich nicht greifen konnte und ich hatte das Gefühl zu fliegen. Zum ersten Mal ließ ich los, begann die Kontrolle ein Stückchen abzugeben und nicht ständig darauf zu achten, was ich sagte, tat oder wie ich klang.

»Shit, shit, shit.« Ich war kurz davor, atmete immer hektischer.

»Lass los, ich bin da«, sagte Kai leise, bevor er selbst laut stöhnte. Seine Hand wurde schneller, fordernder, fester. Sein Glied an meinem heiß und pulsierend. Schweiß bildete sich auf meiner und seiner Haut.

Meine Eier kribbelten. Kais Hand immer noch unnachgiebig uns wichsend. Die ersten Lusttropfen perlten auf unseren Gliedern, die er verrieb.

In mir brodelte es und einen klaren Gedanken zu fassen, gab ich auf. Es zählte allein, was gerade zwischen Kai und mir lief.

Meine Eier zogen sich zusammen, ich konnte nichts mehr aufhalten und kam laut stöhnend, spritzte auf meinen Bauch, die Brust und auch Kai ab. Der pumpte weiter durch meinen Orgasmus hindurch, bis er selbst kam.

Sein Keuchen wurde von der Matratze erstickt, als er seinen Kopf neben meinem bettete. Ich streichelte ihm über den Rücken, die Schultern, die Brust, das Gesicht.

Es war geschehen. Das erste Mal. Ich schwebte, fühlte mich leicht und locker. Ein Lächeln breitete sich auf meinen Lippen aus, das sich in ein Lachen verwandelte.

»Alles gut?«, fragte Kai, der sich wieder auf seine Unterarme aufstützte und mich musterte.

»O ja. Ich habe nie gewusst, wie es sein kann, wenn man nicht seine Fantasie zurate ziehen muss. Sich nur vorstellen kann, wie es mit einem Mann sein würde.«

»Sex ohne Anziehung ist scheiße. War da wirklich gar nichts zwischen dir und deiner Frau?«

»Freundschaft, nicht mehr. Sehr selten, vor allem, wenn ich getrunken habe, wollte ich Sex. Am Anfang habe ich ein paar Mal mit ihr geschlafen, damit ich mich nicht verrate, sie hat jedoch schnell herausgefunden, dass ich schwul bin.« Ich bedeckte mein Gesicht mit den Händen. »Jetzt hat es sich zum ersten Mal richtig angefühlt.«

»Hey, du darfst dich freuen. Über alles.« Kai schob meine Hände beiseite und küsste mich zärtlich. Schließlich griff er zum Nachttisch, holte eine Packung Taschentücher und machte uns sauber. »Was hältst du von Kuscheln hinterher?« Kai sah mich fast schüchtern an. Ich breitete meine Arme aus.

»Wir haben noch über zwei Stunden Zeit, bis die Jungs uns abholen. Das reicht für Kuscheln und Frühstück.«

Kai legte sich halb auf mich, einen Arm um meinen Brustkorb gelegt.

»Vielen Dank.« Ich küsste ihn auf die Stirn.

»Wir haben beide etwas davon, oder?«

Ich nickte und wir verfielen in Schweigen. Nach seinen Atemgeräuschen dachte ich schon, er wäre wieder eingeschlafen, als er plötzlich zu reden begann.

»Genau das hier war der Grund, weshalb ich bei den anderen Teams weg bin.«

»Kuscheln? Hast du deine Mannschaftskameraden bekuschelt und die mochten das nicht?«, rutschte mir amüsiert heraus.

»Genau.« So schlicht die Antwort, so ernst klang sie. Ich runzelte die Stirn. Innerhalb der Liga wurde viel gequatscht, zwar nicht über Teaminterna, aber oft kam trotzdem das ein oder andere ans Tageslicht. Nicht alles landete Gott sei Dank beim *Hockey-Insider*. Hierüber hatte ich allerdings noch nichts gehört.

»Das musst du mir näher erklären«, bat ich ihn, tippte mit den Fingerspitzen einen Weg über seinen Oberarm.

»Ich brauche anscheinend körperliche Nähe und bin nachts, sobald es bei Auswärtsspielen nur ein Doppelbett gab, unbewusst an den Teamkollegen gerutscht, mit dem ich mir ein Zimmer teilen musste.« Er stockte zwischendrin.

»Das war für die meisten ein Problem.« Männer konnten solche Arschlöcher sein, wenn sie Angst hatten, ein anderer würde sie anmachen. Wut auf die anderen keimte in mir auf.

Er nickte. »Ich wollte es doch nicht. In einem ehemaligen Team wurde mir sogar vorgeworfen, ich will sie verführen. Niemand wollte mehr mit mir in einem Zimmer schlafen und den Zuschlag für ein Einzelzimmer konnte ich auf Dauer nicht aufbringen. Also habe ich auf dem Boden geschlafen.« Der Klang seiner Stimme wurde immer trauriger, je länger er redete.

Es tat mir in der Seele weh. Es gab Menschen, die brauchten körperlichen Kontakt, Nähe. Aber diese maskuline Welt des Eishockeysports ließ das nicht zu. Zurzeit änderte es sich etwas, auch dank Felix Amsel. Es reichte nur noch nicht, um sensible Menschen wie Kai vor Ausgrenzung und Gewalt, wenn nicht physische, dann zumindest psychische, zu bewahren. Selbstverständlich würde er sich wahrscheinlich niemals als sensibel bezeichnen und ich musste lächeln.

»Manchmal bin ich aufgewacht, weil der Teamkollege mir morgens eine Ohrfeige verpasst oder mich in die Seite geboxt hat. Ich konnte erklären, so viel ich wollte, sie haben mir nicht geglaubt.«

»Ach, Kai, es tut mir so leid.« Ich drückte ihn näher an mich heran. »Sie haben dir nicht zugehört und nach einer Lösung gesucht, sondern dich immer direkt gebeten zu gehen. Deswegen deine vielen Wechsel.« Ich verdrehte die Augen und verkniff es mir, die Stimmung aufzuhellen mit einem elendigen Spruch über Goalies und ihre Eigenheiten. Es war garantiert nicht das, was Kai zurzeit brauchte. Er benötigte endlich jemanden, der ihm zuhörte und ihn ernst nahm.

»Manchmal bin ich auch freiwillig vor der Erfüllung meines Vertrages gegangen, weil es weniger demütigend ist, als gebeten zu werden zu gehen.« In seiner Stimmte klang so viel Schmerz und Traurigkeit raus, es zerriss mir das Herz.

»Die Kapitäne hätten was sagen und machen müssen, gerade sie, die für jeden in der Mannschaft zuständig sind, nicht nur für diejenigen, die in die *Norm* passen. Hätten sie dir zugehört, es sich in Ruhe erklären lassen, wäre es garantiert nicht so schlimm geworden.« Ich schnaubte. »Oder die Trainer hätten eingreifen müssen. Aber nein, alle hatten nur Angst, du würdest was von ihnen wollen, was sie nicht geben konnten.« Ich konnte den Sarkasmus im letzten Teil nicht mehr zurückhalten. Es brodelte in mir und ich fragte mich, wer zu den Arschlöchern gehörte, die Kai wehgetan hatten. Der schwieg.

»Hast du mit dem namenlosen Mann, an den du dein Herz verloren hast, auch das Zimmer geteilt?«

»Ja.« Kai bewegte sich, rutschte weiter hinunter und barg sein Gesicht an meiner Brust. »Er hat nie etwas gesagt und es zugelassen.« Er seufzte schwer. »Zum ersten Mal war ich akzeptiert in einem Team, auch wenn ich dort als Einzelgänger galt.«

Renes Aussage beim Frühstück des All-Star-Games kam mir den Sinn. Er ist dieses Mal nicht wegen des Teams, sondern wegen der Gefühle für einen der Spieler gewechselt. Kai wollte gehen, weil er es wahrscheinlich nicht mehr in der Nähe des Mannes ausgehalten hatte, von dem er sich so viel mehr wünschte.

Ich biss ich mir auf die Lippe, um nichts zu sagen. Er schien nicht weiter drüber reden zu wollen und ich wollte ihm nichts aufzwingen.

Dieser große Goalie, der so knallhart sein konnte, war im Grunde genommen ein sehr sensibler Teddybär und in mir wuchs der Wunsch, ihn vor weiteren Verletzungen zu beschützen.

»Wir teilen uns ein Zimmer«, sagte ich bestimmt. »Sollte jemand das infrage stellen, werde ich meine Kapitänskarte ausspielen. Ich will schließlich unseren neuen Goalie halten und nicht wieder vergraulen.«

Kai schob den Kopf in den Nacken, sah mich hoffnungsvoll an. »Wirklich?«

Es tat mir in der Seele weh, wie Kai mich gerade ansah. Er sollte nicht erst hoffen müssen, mit jemandem auf einem Zimmer zu schlafen, der keine Probleme mit seinem Bedürfnis nach körperlicher Nähe hatte. Vor allem, wenn er nachts im Schlaf überhaupt keine Kontrolle darüber hatte.

»Klar. Wir zeigen den anderen Teams schon, was ihnen an dir verloren gegangen ist.« Ich streichelte über seine Stoppelhaare auf dem Kopf, was sich erstaunlich weich anfühlte.

»Vielleicht bin ich hier tatsächlich mal länger als nur ein oder zwei Jahre und verliere meinen Ruf als schwieriger Goalie.«

Darüber musste ich lachen.

»Was?«

»Ihr Goalies seid nun mal ein Schlag für sich. Seltsam und werdet trotzdem umhegt und gepflegt, sogar in euren Marotten noch unterstützt. Ein Trainer würde es nie wagen, euch in der Öffentlichkeit anzugreifen, während wir Spieler im Interview kritisiert werden.«

»Wir sind halt die wichtigsten Player auf dem Eis. Die müssen nun mal gepflegt werden, solange sie noch einigermaßen in die Norm passen.«

»Sogar so Kuschelbären wie du.« Ich drückte ihn an mich und einen Kuss auf seine Stirn. »Danke, dass du es mir erzählt hast und entschuldige bitte meine anfängliche Skepsis dir gegenüber.«

Kai zuckte mit den Schultern. »Du wolltest wissen, wen ihr in die Mannschaft bekommt. Wäre schlimm, wenn du als Kapitän da nicht wie eine Glucke gegenüber den anderen agieren würdest.« Er richtete sich auf, bog seinen Rücken dabei durch und ich bewunderte wieder einmal, wie beweglich Goalies waren. Das wurde ständig unterschätzt durch ihre Ausrüstung. »Fakt ist doch, dass ein Spieler ein funktionierendes Team über die Klippe springen lassen kann, wenn er nicht mit der Mannschaft klickt. Genauso wie wir einen Trainer loswerden können, in dem wir absichtlich verlieren und uns auflehnen.«

»Beides habe ich Gott sei Dank noch nicht erlebt und werde es hoffentlich auch nicht.«

»Wir haben es in der Hand.«

Stille breitete sich aus, aber nicht diese Unangenehme, in der ich jedes Mal das Gefühl hatte, etwas sagen zu müssen, sondern diese Angenehme, die mehr sagte als tausend Worte. Für den Augenblick war alles gesagt und ich genoss es. Aus dem Wohnzimmer drang das Zwitschern der Vögel zu uns.

»Duschen und frühstücken?«, fragte Kai nach einigen weiteren Minuten. Die Sonne war endgültig aufgegangen und erhellte den Raum. »Scheint ein schöner Tag zu werden. Wir könnten auf dem Balkon essen.«

»Und während du das Müsli mixt, kümmere ich mich mal um das Futter und frisches Wasser für die Federbällchen.«

»Sag jetzt nicht, du nennst deine Vögel so.«

»Natürlich. Hast du gesehen, wie sie aufgeplustert aussehen?«

Kai schnaubte und erhob sich. »Komm, lass uns duschen gehen.« Er hielt mir eine Hand hin, die ich ergriff.

»Gemeinsam?«, fragte ich.

»Warum nicht? Groß genug ist die Dusche.«

Kapitel 10

Kai

»**W**ann kommen deine Eltern noch mal?«, rief mir Fiete aus dem Wohnzimmer zu, als er den Staubsauger ausstellte.

»Sie wollten um zehn Uhr da sein.«

»Das ist schon gleich.« Fiete erschien hinter mir, gab mir einen Klaps auf den Arsch.

»Den magst du wirklich.« Ich warf meine schmutzige Wäsche in den Wäschekorb und hievte meine große Reisetasche auf das Bett. Die musste unbedingt ausgeräumt werden. So langsam nervte es mich, meine Klamotten jeden Morgen rauszusuchen.

»Kann nichts dafür, der lädt einen dazu ein.« Fiete hielt inne. »Tut mir leid.« Er sah alles andere als schuldbewusst aus, stattdessen blitzte es spitzbübisch in seinen Augen.

Seit Dienstagabend und Mittwochmorgen hatten wir bei jeder Gelegenheit miteinander rumgemacht und uns näher kennengelernt, besser als ich es mit Charly jemals hatte. Bei Fiete öffnete ich mich, was ich mich bei Charly nie getraut hatte, aus Angst meine Gefühle für ihn zu verraten.

»Fiete, da ist noch was, worüber ich mit dir sprechen möchte.« Ich sank auf das Bett.

»Okay.« Er zog das kurze Wort in die Länge und verschränkte die Arme vor der Brust. Ich sah zu ihm auf. Unsicherheit stand ihm ins Gesicht geschrieben.

»Wenn wir den Teamkollegen zusammen sind, solltest du dich nicht selbst bei jedem Satz unterbrechen oder stocken, sobald du mit mir redest. Das fällt irgendwann auf.«

Er seufzte. »Ich weiß, bin noch auf der Suche, wie ich mit der Situation umgehe.«

»Verhalte dich einfach wie immer und überlege dir bei mir vorher, was du sagen willst.« Ich biss mir auf die Lippen. »Ansonsten ist das hier ab morgen vorbei.«

Fietes Augen wurden groß. »Du willst das beenden? Das … das geht nicht.« Schnell wie ein Blitz hockte er sich vor mich. »Bitte, bisher war ich noch nie in der Situation, aber ich werde lernen, damit umzugehen.«

Tief holte ich Luft. »Wir fliegen auf. Vor allem in Augenblicken wie gestern Abend bei Bryan.«

»Claire hat mich eiskalt erwischt.«

Spöttisch sah ich ihn an. »Weil es so ungewöhnlich ist, wenn du gefragt wirst, ob du jemanden gefunden hast?«

»Kai, bitte.« Sanft strich er über meine Oberschenkel. »Ich möchte das nicht beenden. Es ist wirklich schön und ich bekomme das in den Griff.«

»Hoffentlich. Ich habe keine Lust, innerhalb des Teams alles durcheinanderzubringen und die Saison hat noch nicht mal begonnen.« Wenn ich ganz ehrlich zu mir war, wollte ich das mit Fiete auch nicht beenden. Es war wie Schokolade, von der ich einmal gekostet hatte und nun nicht mehr genug bekommen konnte. Ich mochte es, ungehemmt kuscheln zu können, ihn zu berühren, sobald wir alleine waren.

»Wir kriegen das hin. Ich bin ab morgen wieder der nervige Cap, der alle antreibt.«

Ich schmunzelte. »Das bist du jetzt schon. Lass einfach das Stottern weg, wenn du mit mir redest und behandle mich wie alle anderen auch.« Ich deutete auf meine Tasche. »Ich räume die eben aus.«

»Für das Frühstück ist alles fertig?«

»Ja, ich mach gleich nur noch das Rührei.« Ich blickte auf meine Armbanduhr. »Wir haben eine Stunde, bis sie kommen. Kümmer dich um deine Vögel.«

Fiete stand auf und blieb im Türrahmen stehen. »Tut mir leid. Ist nicht so einfach, wie ich gedacht habe. Dabei müsste ich nur so agieren wie zu meinen ungeouteten Zeiten.«

»Das war etwas anderes. Da ging es allein um dich. Nun hast du dein Geheimnis immer vor deiner Nase.«

Im Grunde schufen wir uns ein Gefängnis, in dem wir nur in Fietes Wohnung Freigang bekamen und uns entfalten konnten.

Die Teamkollegen kamen mit Fietes Homosexualität klar, überlegten sogar, mit ihm in einen Club zu gehen, damit er endlich mal jemanden kennenlernte und sich nicht nur auf Isa und Eishockey konzentrierte. Doch wie kämen sie mit einer Beziehung zweier Teamkameraden klar? Nicht nur das, auch die Trainer und Verantwortlichen mussten damit einverstanden sein.

Moment, Beziehung?

Nein, nein, das hatten wir nicht. Nicht nach einer Woche. Wir hatten hier ein Sexperiment. Fiete probierte sich aus, tankte Selbstbewusstsein, um in der Datingwelt endlich klarzukommen. In ein paar Wochen wäre ein Club bestimmt eine gute Idee, damit Fiete endlich bekam, was er sich so sehnlichst wünschte.

Ich seufzte leise, ignorierte die Enttäuschung, die bei meinem letzten Gedanken in meinem Körper wuchs. Charly war immer eine Wunschvorstellung gewesen, aber was hätte ich dafür gegeben, mit ihm das zu haben, was ich innerhalb dieser vier Wände mit Fiete hatte.

Fiete kam zurück und stupste mich an. »Hey, alles klar? Du siehst mich zwar an, wirkst allerdings meilenweit weg. Ist es wieder der Spieler, über den wir nicht reden?«

Ich zwang mich zu einem Lächeln. »So ungefähr.«

»Du willst nicht drüber sprechen?«

»Nein.« Ich stand auf, öffnete die Tasche und holte die Klamotten heraus.

»Gut, ich lass dich mal machen.« Er verließ endgültig mein Zimmer.

Fünfzehn Minuten später stand ich am Herd in der Küche und rührte das Rührei in der Pfanne um und legte den Küchenfreund beiseite. Fiete stellte sich neben mich und ich blickte an ihm hinunter.

»Dein Arsch ist auch nicht zu verachten.«

»Ja? Meinst du?« Fiete drehte mir seine Kehrseite zu und wackelte herum.

»Manchmal bist du echt ein …«

»… süßer Kerl?«, unterbrach er mich grinsend. »Ich weiß.«

»Als du gestern bei Bryan und Claire rot wurdest, hast du schon sehr süß ausgesehen.«

Wie konnte dieser selbstbewusste Mann, der hier in der Küche hemmungslos mit mir flirtete, nur bei anderen angeblich so schüchtern sein? Ich konnte mir das zurzeit überhaupt nicht vorstellen.

»Und uns fast verraten. Mann, ich hätte dich nicht ansehen sollen.«

»Wir haben drüber gesprochen und machen es ab jetzt besser. Okay?« Ich zog ihn zu mir und konnte nicht anders, als ihn zu küssen. Fiete nahm alles gierig an, sog wie ein trockener Schwamm jedes Fitzelchen auf, das er bekommen konnte.

»Hast recht.« Er löste sich aus meiner Umarmung und blickte auf den Tisch, der neben der Terrassentür an der Wand zum Fenster stand. »Whoa, was hast du da für ein Frühstück aufgefahren? Machst du das auch, wenn meine Eltern zu Besuch kommen?«

So viel war es gar nicht. Nur ein wenig Rührei, eine Gemüse- und Obstplatte und etwas Aufschnitt mit frischen Brötchen, Honig und Marmelade.

»Kommt drauf an, ob ich dann noch hier bin.«

Huschte da etwa ein enttäuschter Ausdruck über sein Gesicht? Musste ich mir eingebildet haben, denn im nächsten Moment grinste er wieder.

»Schade, dass es heute regnet. Ansonsten hätten wir mit deinen Eltern draußen sitzen können.« Er klaute sich ein Stück Paprika von der Gemüseplatte und ging ins Wohnzimmer. Ich räumte schnell die Küche auf, füllte das fertige Rührei in eine Schüssel und stellte es abgedeckt auf den Tisch. Nebenbei brühte ich eine Kanne Tee auf und platzierte sie neben der Kaffeekanne.

Als alles fertig war, beobachtete ich durch die offene Schiebetür Fiete, wie er wieder mit seinen Vögeln sprach. Das tat er dauernd und gerne. Ständig hockte mindestens einer der Vögel auf seiner Schulter, seinem Arm oder einer Hand, wenn wir nicht auf dem Sofa saßen. Jedes Mal, wenn er mich dabei entdeckte, versuchte er, mir das ebenfalls schmackhaft zu machen. Aber noch wehrte ich mich standhaft.

Es war ein Bild der Gegensätze. Der große Kerl mit den kleinen Piepmätzen auf sich, die ohne Probleme in seine

Hand passten und keine Angst hatten, von ihm zerdrückt zu werden.

Einem Impuls folgend zog ich mein Handy hervor und machte ein Foto von der Szenerie. Ein Vogel war soeben auf seiner Hand gelandet, einer tippelte auf seiner Schulter herum. Er hatte ihm den Kopf zugedreht und schäkerte leise mit ihm. Der Flattermann stieß immer wieder mit seinem Schnabel gegen seine Nasenspitze. Die würde ich ab jetzt nur küssen, wenn er sie vorher gewaschen hatte. Zusätzlich machte ich ein kurzes Video, noch hatte er mich nicht entdeckt. Dann schickte ich ihm beides zu und ging ins Wohnzimmer.

»Was lächelst du so?«, fragte er, die Vögel flogen von ihm fort zu den anderen.

»Wir sollten aufhören, uns ständig zu fragen, warum wir lächeln oder lachen oder sonstige Dinge machen.« Niemals würde ich zugeben, wie sehr mir das Bild von ihm versunken in sein merkwürdiges Gespräch mit den Vögeln gefallen hatte. Das befeuerte nur sein Ego, das mit jedem Tag, den wir miteinander verbrachten, größer wurde.

Er kam auf mich zu, zog dabei sein Handy aus der Tasche und fand das Foto und das Video. »Ah, deswegen hast du so gelächelt. Das wird direkt mein neues Profilbild.« Noch während er auf dem Bildschirm herumtippte, klingelte es an der Tür. Schnell steckte er sein Handy fort und strahlte mich an. »Der große Moment ist gekommen, ich lerne deine Eltern kennen. Wohoo!« Er wedelte mit den Händen in der Luft herum.

»Jetzt tu nicht so, als ob wir eine Beziehung hätten.« Der Satz blieb mir fast im Hals stecken und mein Magen zog sich zusammen. Verdammt, was war das für ein Scheiß, in den wir uns sehenden Auges hineinmanövriert hatten?

Wir warteten im Flur auf meine Eltern, die mit dem Fahrstuhl nach oben kamen. Sobald sich die Türen öffneten, kam meine Mutter strahlend auf mich zu.

»Sieh dich an, Kai, du siehst so gut aus. Erholt und bereit für die nächste Saison.« Sie schloss mich in ihre Arme und gab mir einen Kuss auf die Wange. Dann begrüßte ich meinen Vater und stellte sie Fiete vor.

»Danke dir, dass wir kommen durften«, sagte meine Mutter an Fiete gewandt und holte aus ihrer Handtasche ein eingepacktes Päckchen hervor. »Für dich, als kleines Dankeschön. So findet Kai viel schneller Anschluss, als wenn er sich in einem Hotelzimmer verkriecht.«

»Aber Frau Borgmann, das hätte doch nicht sein müssen.« Fiete lief rot an und ich grinste ihn frech an. Anschluss fand ich definitiv durch ihn. »Wollen wir reingehen?« Fiete zeigte einladend mit der Hand in seine Wohnung. Als erstes musste ich meinen Eltern mein Zimmer zeigen, wobei ich die letzten Nächte bei Fiete im Bett verbracht hatte.

Bei den Vögeln war meine Mutter ganz begeistert und sie stellte Fiete eine Menge Fragen zu ihnen, die dieser leidenschaftlich beantwortete.

»Komm, wir gehen schon mal einen Kaffee und Tee trinken.« Mein Vater sah sich um und ich führte ihn in die Küche. »Du hast dir wieder viel Mühe gegeben.« Er setzte sich und ich schenkte ihm einen Kaffee ein. Ich goss mir selbst ein und versenkte dabei ein Stück Kandis in dem Heißgetränk, das knisternd zu Boden sank. »Dir geht's gut, oder?«

»Ja, hab ich doch gesagt.«

»Okay. Wenn nicht, du kannst immer mit uns reden oder mit deinem …« Er ließ den Rest des Satzes in der Luft hängen, weil Fiete und meine Mutter die Küche betraten.

»… sind wirklich süße Knäuel«, schwärmte meine Mutter. »Bodo, seit Kai ausgezogen ist, rede ich davon, dass wir uns ein Haustier anschaffen sollten. Wie wäre es mit Wellensittichen? In meinem Büro ist genügend Platz und ich hätte sie den ganzen Tag um mich.«

Ich riss die Augen auf. »Dann komme ich nicht mehr zu Besuch.« Wo sollte ich dann schlafen? Der Raum war nicht riesig, aber es war immer mein Rückzugsort gewesen, mein kleines Reich, in dem ich mich entfalten konnte. In dem meine Eltern ein halbes Jahr nach meinem ersten Profi-Vertrag daraus das Büro meiner Mutter gemacht hatten, war er verloren gewesen. Ich bekam ein Schlafsofa reingestellt. Jetzt die Idee mit den Vögeln. Dafür musste das Sofa rausgenommen werden, sollte sie wirklich Wellensittiche bei sich einziehen lassen.

Mein altes Kinderzimmer entfernte sich immer mehr von mir. Ich könnte gar nicht mehr in mein altes Heim für mehrere Nächte zurückkehren, hatte nichts Eigenes dort.

Ich zwang mich zu einem Lächeln und schob meine aufkeimende Enttäuschung in eine der hinteren Schubladen. Es war der Lauf des Lebens, trotzdem kam es mir so vor, als würde ich immer mehr aus dem Leben meiner Eltern gestrichen werden.

»Was? Aber warum das denn?«, fragte meine Mutter erstaunt und setzte sich neben meinen Vater.

»Weil Kai sich lieber von denen fernhält.« Fiete lachte und boxte gegen meinen Oberarm. »Hält harte, sausende Pucks auf, aber hat Angst vor einem Vogel, der ihm nicht mal was antun könnte.«

»Die können beißen, das tut bestimmt weh. Hast du gesehen, wie spitz die Schnäbel sind? Nee, ich bleib lieber von denen fern.«

Meine Mutter gluckste. »Mein Sohn wohnt mit Vögeln zusammen, vor denen er Angst hat.«

Ich verzog das Gesicht. »Lacht ihr nur. Ich werde immerhin nicht von ihnen gebissen.« Mein Vater hob sich die Tasse vor den Mund, doch in seinen Augen blitzte es amüsiert. Seufzend sank ich auf meinen Stuhl und trank einen Schluck Tee. Noch schmeckte er leicht bitter, aber sobald ich mich dem Tassenboden näherte, wurde er durch den Kandis süßer.

»Fiete, willst du nicht dein Geschenk auspacken?«, fragte meine Mutter.

»Natürlich.« Er sprang auf und holte es. Nachdem er das Papier entfernt hatte, hielt er ein Spielzeug zum Knabbern für seine Wellensittiche in den Händen. »Ach, wie cool. Vielen Dank dafür. Das können die immer gut gebrauchen.« Er betrachtete das Hängegebömsel aus bunten Pappen und Holz und drehte es vor sich.

»Jetzt erzählt, wie lief die erste Trainingswoche, bist du gut reingekommen? Ward ihr schon auf dem Eis oder kommt das erst mit dem offiziellen Trainingsbeginn?« Mein Vater kam auf die ihm wichtigen Punkte.

Ich schmunzelte, erzählte ihm dann alles unterbrochen von Fiete, der uns aufforderte, endlich mit dem Essen zu beginnen.

»Können wir uns das Trainingszentrum mal ansehen?«, fragte mein Vater, als ich geendet hatte.

»Bestimmt. Ich ruf schnell mal an und frage nach. Aber in den Shop Bereich können wir auf jeden Fall und von dort kommen wir auch zum Trainingseis.« Fiete holte sein Handy hervor und ging ins Wohnzimmer.

»Du scheinst dich wohlzufühlen. Ich habe dich bei noch keiner Mannschaft innerhalb der ersten Tage entspannter erlebt.« Meine Mutter legte ihr fast aufgegessenes Brötchen auf den Teller, griff nach meiner Hand und drückte sie. »Ich freue mich so für dich.«

Wärme breitete sich in mir aus. Es waren diese Augenblicke, in denen ich mich ihnen doch zugehörig fühlte und nicht wie ein Eindringling.

»Wir können hinter die Kulissen sehen. Sie bekommen also den kompletten Mief mit.« Fiete grinste, als er zurück in die Küche kam.

»Jetzt hören wir als erstes mit dem Sie auf. Wir sind Bodo und Rabea.«

»Vielen Dank.« Fiete lächelte und wirkte tatsächlich wie jemand, der in den Familienkreis des festen Freundes aufgenommen worden war. Er setzte sich, strahlte und war bis zum Ende des Frühstücks unglaublich aufmerksam.

»Was hast du denn schon alles gesehen von deiner neuen Stadt?«, fragte meine Mutter.

»Noch nicht viel. Ehrlich gesagt, nur das Trainingszentrum und die Einkaufsläden.«

»Nicht dein Ernst. Was hast du denn sonst gemacht?«

Ich zuckte mit den Schultern, biss vom Brötchen ab und kaute.

Mit Fiete geknutscht, gekuschelt und uns gegenseitig einen runtergeholt.

Fiete überzog mal wieder eine leichte Röte. Er schien denselben Gedanken wie ich zu haben.

»Sachen ausgepackt, Zimmer umgestellt, einen Abend bei Bryan, einem Teamkollegen, verbracht und auf dem Balkon gesessen.«

Meine Mutter wandte sich an Fiete. »Es regnet zwar, können wir trotzdem ein wenig draußen unternehmen? Die Stadt erkunden?« Sehr subtil wollte meine Mutter mich mal wieder auf mein Stubenhockerdasein hinweisen. Sie gab die Hoffnung nicht auf, ich würde, sobald ich rauskam, Leute kennenlernen und Freunde finden, eventuell sogar auf diese Weise sesshaft werden.

»Also erst Trainingscenter, dann Sightseeing«, fasste mein Vater zusammen. »Und zwischendurch essen.«

Ich grinste. Er konnte sehr unleidlich werden, wenn er Hunger bekam.

Eine halbe Stunde später kamen wir am Trainingszentrum mit dem Fanshop an, an dem ein kleines Café angeschlossen war. Fiete übernahm die Führung, zeigte erst den öffentlichen Bereich, der für jeden zugänglich war. Allerdings war zurzeit nichts los.

»Nächste Woche geht es wieder los. Wir dürfen aufs Eis.« Seine Augen strahlten, sein ganzer Körper schien vor Freude zu vibrieren und er wirkte in diesem Moment so unglaublich schön.

»Du siehst aus wie Kai früher, wenn es zum Eishockey ging, ganz egal ob Training oder Spiel.« Meine Mutter blickte liebevoll zu mir. Erneut schämte ich mich für meine ständig aufkommenden Gefühle, nicht zu ihnen zu gehören und das nur, weil ich mir wünschte, denselben Nachnamen wie sie zu führen, ein Heim zu haben, zu dem ich jederzeit kommen und übernachten konnte, ohne meine Sachen aus der Kindheit in Kartons verpackt auf dem Dachboden zu haben. »Das Eis war seit seinem ersten Schritt sein Element.«

»Auch wenn er am Anfang sehr viel auf die Nase gefallen ist«, fügte mein Vater an und mir stieg Hitze in Wangen und Ohren. »Aber es gibt da diese Verbindung zwischen dem

Eis und Kai, die wir von Anfang gespürt haben, nicht wahr, Rabea?«

»Ja. Aus irgendeinem Grund hat es ihm Sicherheit gegeben.«

»Okay, das reicht jetzt. Wollen wir weitergehen?« Wenn sie anfingen, vor Fiete Geschichten aus meiner Kindheit zu erzählen, würde ich im Boden versinken. Es gab nicht so viele Gute davon.

Sie hatten jedoch recht. Das Eis hatte mich vom ersten Moment an willkommen geheißen, mich nie im Stich gelassen. Schon beim Betreten wusste ich sofort, ob es ein guter oder ein schlechter Tag werden würde. Die Rohre wurden meine Freunde, sie grenzten damals einen Bereich ein, für den ich ganz alleine verantwortlich war, den ich beherrschen konnte und der mir Selbstvertrauen einflößte.

Fiete musterte mich, ich schüttelte sachte den Kopf und ein schiefes Grinsen erschien auf seinem Gesicht. Er würde keine Geschichten aus meiner Kindheit hören.

»Kommt, wir gehen in den Mief.« Fiete zeigte auf eine versteckte Tür neben dem Shop und leitete uns in einen durch Neonröhren erleuchteten Flur. Vor ein paar Tagen wurde ich vom Sportdirektor hier durchgeführt, trotzdem fühlte sich noch alles fremd an.

»Hallo Frau Müller, Herr Müller, es ist schön, auch mal die Eltern der Spieler kennenzulernen.« Holger Mathissen, unser Geschäftsführer, bei dem ich in der letzten Woche meinen Vertrag unterschrieben hatte, kam auf uns zu. »Sehen Sie sich in Ruhe um.« Er schüttelte meiner Mutter als Erstes die Hand.

»Vielen Dank für die Möglichkeit. Man möchte doch immer wissen, wo die Kinder landen.« Meine Mutter lächelte und korrigierte Holger Mathissen wegen des Nachnamens nicht, wofür ich ihr dankbar war. Das hätte nur wieder einen Rattenschwanz an Erklärungen nach sich gezogen, die ich nicht wollte. Nicht eine einzige Mannschaft wusste etwas aus meiner Kindheit. Fiete war da definitiv eine große Ausnahme.

»Hallo Kai. Nochmal, herzlich willkommen im Team. Ich freue mich, dass du nun zu uns gehörst.« Auch Fiete begrüßte er, danach verabschiedete er sich von uns, um seiner Arbeit nachzugehen.

Fiete führte uns in die Kantine. Ein weiß gestrichener Raum mit Eckbänken an der Fensterfront und Tischen davor. Genügend Platz für alle, dazu gab es einen langen Buffettisch wie in allen Kantinen, die ich bisher betreten hatte.

»Der wichtigste Raum in dieser Einrichtung, wie ich finde. Hier wird mein Magen befüllt.« Er lachte. »Natürlich nach der Eisfläche.«

Ich schüttelte lächelnd den Kopf. Er aß definitiv gerne, egal welche Mahlzeit, vor allem, wenn er sie nicht selbst herstellen musste.

Es ging weiter. In den Fluren deutete er auf mehrere Türen, die im Moment geschlossen waren. Dort befanden sich die Büros unserer Trainer. Die der Waschküche stand weit offen. Er betrat den Raum.

»Moin Egon!«, rief er erfreut aus.

»Moin Cap!«, wurde er ebenso enthusiastisch begrüßt. »Wem machst du denn hier alles schmackhaft?«

Ich betrat ebenfalls den großen Raum, in dem die Hitze sich staute. Es liefen eine Waschmaschine und ein Trockner, während der Mann namens Egon an einem Tisch in der Mitte stand und Trikots nach Farben sortierte.

»Darf ich vorstellen? Kai Müller, unser neuer Goalie und seine Eltern.«

Egon kam auf mich zu, hielt mir die Hand hin. »Ich bin einer eurer Betreuer. Wenn du irgendwelche Wünsche hast, Kufen geschliffen haben willst, einen besonderen Proteinriegel haben möchtest oder was auch immer, komm zu mir. Nur beim Essen musst du dich an die Köchin wenden. In die Küche darf ich nur, wenn ich für jemanden eine Kleinigkeit holen soll.«

»Danke dir. Ich werde es mir merken.«

»Wir sind da, wenn du Hilfe brauchst oder ein offenes Ohr.«

Ich nickte dankbar. Stellte dann meine Eltern vor, die ebenso freundlich wie ich begrüßt wurden.

»Deinen Platz habe ich bereits vorbereitet. Wir haben dieses Jahr nicht so viele Änderungen, schau dir mal an, ob er für dich passt. Ansonsten müssten wir noch mal neu sortieren. Es soll unserem neuen Goalie an nichts fehlen.« Er klopfte mir auf die Schultern.

»Dankeschön.« Ich biss mir auf die Lippen. Noch bemutterten sie mich. Ob das hielt? Obwohl dieses Mal die Vorzeichen andere waren. Fiete wusste Bescheid, hatte mir versprochen, sich ein Zimmer mit mir zu teilen.

»Dann werden wir gleich mal schauen gehen. Mach's gut, Egon.« Fiete legte mir eine Hand auf den unteren Rücken. Ich mochte die Geste sehr. Mit sanftem Druck dirigierte er mich aus dem Raum und ich grinste. Er ließ sie dort liegen, sie rutschte sogar noch einen Hauch tiefer, hielt über meinem Arsch an. Er war sich dessen garantiert nicht bewusst, ansonsten hätte er sie weggezogen. Zu Hause machte er es mittlerweile häufig, wenn er sich neben mich stellte.

Meine Eltern gingen vor uns, bekamen es nicht mit. Sicherheitshalber stieß ich Fiete mit meinem Ellenbogen an und deutete auf seinen Arm.

»Oh«, murmelte er nur, zog seine Hand zurück. »Sorry.«

Ich schüttelte den Kopf, vermisste aber sofort die Wärme, die von dort ausgegangen war. Er drängte sich höflich an meinen Eltern vorbei und führte uns in den Umkleideraum. Davor standen die Schleifmaschine und die Säge für die Schläger. Mit den Fingerspitzen strich ich über die Maschinen, begrüßte sie stumm.

»Et voilá, unsere Kabine. Stinkt im Moment nicht so schlimm, wurde nämlich frisch gestrichen.« Er stellte sich in die Mitte und drehte sich einmal im Kreis. »Dort vorne geht es zu den Duschen und dein Platz ist«, Fiete ging zur Wand, in der hohe Fenster Tageslicht hineinließen, »hier. Hier war bisher Ryan. Er steht traditionell immer dem Starting Goalie zu.« Mit beiden Armen zeigte er wie ein Fluglotse in die Ecke. »Es ist mir als Kapitän eine Ehre, dich zu deinem Platz zu geleiten.« Er kam auf mich zu, legte mir einen Arm um meine Schultern und führte mich dorthin. Am oberen Fach, in dem wir unsere Schlüssel, Handys, kleine Taschen, Schmuck, also alles, was wir während des Trainings nicht brauchten, hineinlegen konnten, klebte ein Schild mit meinem Namen.

»Der liegt perfekt am Tageslicht und ich kann hier meine Meditation durchführen, ohne rechts und links jemanden neben mir zu haben.«

»Ich verspreche auch, jeden daran zu hindern, dich dabei zu stören.«

»Viel Glück.« Wobei sie es nie wagen würden, den Goalie bei seinen Vorbereitungen zu unterbrechen. Es gab welche, die sich auf die Toilette zurückzogen, um sich auf ein Spiel oder Training vorzubereiten und niemand würde sie dort aufsuchen, geschweige denn sich erleichtern in der Zeit. Der einzig zulässige Grund, einen Goalie bei seiner mentalen Vorbereitung zu stören, war ein Feueralarm.

»Ah, wunderbar.« Mein Vater kam zu mir, die Tasche meiner Mutter in der Hand und zauberte ein Kuscheltier hervor. Es war das Maskottchen der Frosty Falcons, ein Falke mit stahlblauem Trikot des Vereins. »Dann kann ich dir deinen Glücksbringer direkt dort hinstellen.«

»Das hättet ihr nicht machen müssen«, widersprach ich halbherzig, freute mich innerlich wie ein kleines Kind zu Weihnachten, dem sein größter Wunsch erfüllt wurde, als ich ihn entgegennahm.

»Doch, das mussten wir. Die anderen Male haben wir es nicht getan. Dieses Mal soll er dir ganz viel Glück bringen. Trikots haben wir auch schon bestellt, jetzt, da wir Dauerkarteninhaber sind.«

Meine Lippen zitterten. Sie waren da, standen hinter mir und unterstützen mich. Trotzdem stellte ich sie immer infrage, nur weil ich ihr Pflegekind gewesen war und sie mich nie adoptiert hatten.

Ich atmete tief durch, schluckte den entstehenden Kloß im Hals hinunter. Diese Gesten zeigten mir mal wieder ein ganz anderes Bild. Wieso nur verließ mich nie das Gefühl, nicht richtig als ihr Sohn zu gelten? Weshalb kam ich mir ständig wie ein Eindringling vor?

Ein Dekoband zierte den Hals des Falken, an dem ein Zettel hing. Ich hielt ihn fest und las laut vor: »Lieber Kai, viel Glück und Spaß bei den Falcons.

Vielen Dank.« Entgegen meiner normalen Gewohnheit umarmte ich meine Eltern. Lächelnd stellte ich meinen neuen Falken in das Fach.

»Haben wir alles gesehen?«, fragte mein Vater und durchbrach die rührselige Stimmung, die soeben aufgekommen war. Dies war Fietes Stichwort, der sich die letzten Minuten zurückgehalten hatte.

»Ich zeige euch noch die Trainingsräume und dann sind wir hier durch. Was haltet ihr danach von der Nordsee? Ihr könntet zwar jederzeit dorthin, aber wir haben hier einen Leuchtturm mit einer tollen Aussichtsplattform.«

»Nordsee geht immer«, sagte meine Mutter und hakte sich bei Fiete unter, während wir die restlichen Räume besichtigten. Sie fragte ihn mal wieder über Wellensittiche und die artgerechte Haltung und Anzahl aus. Hoffentlich schafften sie sich keine Vögel an.

Kapitel 11

Fiete

Wir stiegen auf dem kleinen Parkplatz am Ende der Straße aus dem Auto. Der Leuchtturm ragte vor uns auf. Eine steife Brise wehte uns um die Ohren, doch der Regen hatte aufgehört, auch wenn die dunklen Wolken bedrohlich über uns hingen. Ich atmete tief die frische Luft ein. Obwohl ich hier aufgewachsen war, konnte ich nie genug von der See bekommen.

»Gibt es einen Fahrstuhl?«, fragte Kai, der den Turm entlang nach oben blickte und die Augen zusammenkniff.

Ich lachte. »Du bist Profi-Sportler, das sollte ein Kinderspiel für dich sein.«

Nun sah er mit hochgezogenen Augenbrauen zu mir. »Nur weil ich trainiert bin, muss ich nicht gerne Treppen steigen. Das ist außerdem etwas ganz anderes«, belehrte er mich und ich lachte lauter. Er schnaubte und drehte sich zu seinen Eltern um. »Wollt ihr darauf?«

»Auf jeden Fall.« Rabea hakte sich bei ihm unter und gemeinsam gingen sie auf den Eingang zu. Bodo und ich folgten ihr.

»Sie muss nur von Ferne einen Leuchtturm entdecken und unbedingt hin«, erklärte Bodo.

»Wie oft fahrt ihr die Küste ab?«

»Nie.« Bodo kratzte sich am Hinterkopf. »Ich sollte weniger arbeiten, aber irgendwas ist immer.«

»Was machst du denn?« Kai hatte mir nichts über seine Eltern erzählt.

»Ich habe eine Firma für Klimatechnik und Rabea macht die Buchhaltung, schreibt Angebote, kümmert sich um die Terminierung und all das Gedöns.«

»Ach cool. Da hätte Kai doch bei euch die Ausbildung machen können.«

Bodo lachte. »Hätte er, aber er dachte, er macht es sich einfach. Außerdem ist er mit sechzehn nach Wanheim in die Jugendmannschaft gewechselt. Das hätte nicht funktioniert.«

Da klingelte etwas, das ich bei meiner ganzen Recherche über Kai im Vorfeld vergessen hatte. In welchem Team er groß geworden war. Die Jugendabteilung in Wanheim gehörte zu einer der besten neben Domhau. Ein wenig beneidete ich ihn, obwohl ich mich in Dullerstorf immer wohl und aufgehoben gefühlt hatte. Ich wollte auch nirgends anders spielen.

Wir kamen am Leuchtturm an. Kai hielt uns die Eingangstür auf, zahlte für uns alle den Zugang zur Plattform und wir drehten unsere Kreise, um nach oben zu kommen.

»Wow, das ist ein toller Anblick. Wie weit weg das Meer jedes Mal ist«, murmelte Kai neben mir ehrfürchtig, als wir am Geländer mit dem Gitter standen. Seine Eltern befanden sich einen halben Meter neben uns und unterhielten sich leise.

»Nicht wahr? So sehr ich das Meer mag, ich komme viel zu selten her.«

Kai sah zu mir. »Wir sollten jeden Tag nach dem Training herkommen und am Deich spazieren gehen.«

»Das halten wir nie durch.«

»Herausforderung angenommen.«

Ich lachte. »Das nimmt langsam überhand.«

»Du willst mich regelmäßig zum Lachen bringen, ich werde uns jeden Tag nach dem Training zum Deich fahren.« Kai hielt mir die Hand hin, sah mich ernst an.

»Deal.« Ich schlug ein. Länger als nötig blieben wir so stehen. Zart strich ich mit dem Daumen über seine warme Haut, wollte ihn an mich ziehen und küssen. Mehr von ihm haben als nur seine verdammte Hand. Wie schön wäre es, das überall und jederzeit machen zu können, nicht nur in unserer Wohnung. Wollte ihm diesen namenlosen Spieler aus dem Gehirn pusten und meinen dort einsetzen.

Ich wollte Kai, mit allem, was dazu gehörte.

»Kai«, ertönte da die Stimme seiner Mutter, die weitergegangen war und ich ließ ihn abrupt los. »Schau dir an, in welch schöne Stadt du gezogen bist. Dullerstorf sieht so wundervoll aus von hier oben.«

Er ging zu ihr, verschwand aus meinem Blickwinkel und ich blieb allein zurück.

Ich schüttelte den Kopf und schluckte, starrte auf die Hand, auf der ich noch immer Kais Wärme spürte. Mist verdammter. Das durfte ich nicht mal denken. Es war nur ein Arrangement, da sollte nie mehr draus werden. Das sollte ich mir schleunigst aus dem Kopf schlagen. Nicht mehr lange und Kai zog in seine eigene Wohnung.

Ich lehnte mich gegen den Gitterzaun, der die gesamte Plattform umgab, damit niemand herunterfiel und sah aufs Meer hinaus. Weit draußen musste ein heftiger Regenschauer hinabgehen, da die Wolken das Wasser berührten.

Leise seufzte ich, was vom Wind geschluckt wurde. Was war nur los mit mir? Ich wurde unvorsichtig und das konnte gefährlich werden. Es musste nur die falsche Person bemerken und die Klatschbasen im Verein hätten ein gefundenes Fressen. Ich wollte mir gar nicht ausmalen, was geschehen könnte.

Eine Strähne, die sich aus meinem Bun gelöst hatte, wehte mir ins Gesicht und ich strich sie zurück.

»Hey, kommst du zu uns?«

Ich zuckte vor Schreck zusammen und drehte mich um. Kai war lautlos an mich herangetreten. Sehr nah, sein Atem streifte mein Gesicht. Ich bräuchte mich nur vorbeugen und meine Lippen auf seine legen, doch er trat zurück.

»Wo warst du denn? Mit einem Schiff auf hoher See? Da musst du leider warten, das Wasser ist weit weg.«

»Egal«, wimmelte ich ihn ab. »Hast du die Wohnung gesehen?«

»Nein, ist die zu sehen?«

»Ja, ich zeig sie dir.« Gemeinsam gingen wir zu seinen Eltern und ich deutete auf ein Gebäude, das in einer Reihe von anderen in selber Höhe stand.

»Jetzt erkenne ich es auch«, sagte Kai erfreut. Er holte sein Handy hervor und schoss ein Foto davon. »Wenn wir so nah am Deich wohnen, können wir regelmäßig hier morgens laufen gehen.«

»Mal sehen«, antwortete ich nur vage. »Dort vorne ist die Arena, in der wir unsere Heimspiele haben.« Ich zeigte weiter nach rechts zu einem ovalen Gebäude mit einem weißen Kuppeldach. »Und wenn du noch ein Stück weiter gehst«, ich rückte näher an Kai heran, mein Arm musste mittlerweile mitten in seinem Blickfeld erscheinen, »siehst du ein großes quadratisches Flachdachgebäude. Das ist …«

»Unser Trainingszentrum«, unterbrach er mich grinsend. Rabea und Bodo entdeckten es ebenfalls. Auch davon schoss er Fotos. Während seine Eltern sich weiterhin begeistert über Dullerstorf unterhielten, öffnete Kai den Teamchat, in den ich ihn die Tage schon hinzugefügt hatte und sendete dort die eben geschossenen Fotos. Dann tippte er eine Nachricht:

> *Auf eine erfolgreiche Zeit. Freue mich schon auf das Training und die Spiele mit euch. Euer neuer Goalie Kai*

»Liest du immer über die Schulter bei anderen mit?« Belustigt sah Kai mich an.

»Nein, aber das ist der Teamchat. Das lese ich eh.«

Die ersten Antworten trudelten ein, in denen Kai von allen begrüßt wurde. Auf einmal blinkte die Benachrichtigung über eine eingehende Nachricht von einem Charly auf. Sofort drückte er auf den Knopf am Rand seines Handys, um das Display zu sperren, rutschte allerdings ab und es gelang ihm nicht.

Ich trat zwei Schritte beiseite, er wollte eindeutig nicht, dass ich das las. Trotzdem ratterte es in mir. Ich kannte nur einen Charly flüchtig und gegen den hatte ich bereits mehrfach gespielt. Ich biss mir auf die Lippen, bevor ich was sagte, was ich lieber nicht sollte.

Er räusperte sich. »Wollen wir noch auf dem Deich spazieren gehen?«, schlug Kai vor, klang dabei aber eher abwesend, während er auf seinen mittlerweile schwarzen Bildschirm starrte. »Wir sollten auch bald nach Hause, wenn ich dir die Haare schneiden soll, Mama.«

Rabea antwortete Kai, doch ich bekam die Antwort nicht mit. Charly … der Name geisterte in meinem Kopf herum

Charly Beastley, war er der Spieler, welcher? O Shit. Einer der heißesten Typen der Liga, gepaart mit dem beschriebenen Wesen von Kai. Da war ihm wahrscheinlich gar nichts anders übrig geblieben, als sich zu verlieben. Wie konnte ich gegen Charly anstinken?

Ich stockte mitten in der Bewegung, als ich mich umdrehen wollte und hielt den Atem an. Was war nur heute los mit mir? Ich musste gegen nichts und niemanden anstinken.

»Wollen wir los?«, fragte ich und schien mitten in eine Diskussion zwischen Kai und seiner Mutter zu platzen. Sie wuschelte in ihren Haaren herum. Kai widersprach ihr vehement. Bodo hingegen ging langsam Richtung Treppe.

»Ja, gute Idee. Du kannst dir das mit den kurzen Haaren noch mal überlegen. Sie werden dir nicht stehen.« Kai sah Rabea kopfschüttelnd an.

»Das Gute an Haaren ist, sie können nachwachsen. Sollte mir das also nicht gefallen, lasse ich sie wieder wachsen.«

Kai schnaubte nur. Das tat er ziemlich oft, wenn er seine Meinung unterdrückte. Es dauerte bestimmt nicht lange, dann platzte es doch heraus.

»Wollen wir jetzt noch am Kai spazieren gehen?«, fragte ich, als wir auf dem Parkplatz standen. »Es gibt nach zehn Minuten Fußweg eine kleine Fischbude.«

»Da bin ich dabei«, fiel Bodo sofort begeistert ein, während Rabea und Kai die Augen verdrehten und dieselben sachten Wiegebewegungen mit dem Kopf ausführten.

Ich grinste, sie mochten nicht seine leiblichen Eltern sein, er hatte trotzdem einiges von ihnen übernommen.

»Lasst uns den Mann füttern gehen.« Rabea hakte sich wieder bei Kai ein und begann ein leises Gespräch mit ihm.

Zu gern hätte ich dort Maus gespielt. Erst vorhin beim Frühstück, als Kai mit seinem Vater gesprochen hatte, hatten sie ihr Gespräch mitten im Satz abgebrochen, als ich dazu gekommen war. Jetzt flüsterte er mit seiner Mutter. Das weckte meine Neugier, worüber sie mit ihm sprachen.

Meine Gedanken wanderten weiter zu der mysteriösen Nachricht von Charly. Was hatte er Kai wohl geschrieben? Hatten sie die ganze Zeit Kontakt gehabt? Ließ Charly Kai nicht los oder folterte Kai sich selbst, in dem er weiterhin mit Charly schrieb? Falls er derjenige war, in den Kai sich verliebt hatte. Wurden da ständig Wunden aufgerissen, die auf diese Weise nie die Chance bekamen, zu heilen?

Mir zog sich das Herz zusammen, sollte es so sein. Kai hatte Glück verdient, dieser Charly gehörte offensichtlich nicht dazu. Er sollte Kai in Ruhe lassen und nicht ständig Salz in die Wunde streuen.

»Ach, es ist so herrlich hier, trotz des Wetters«, sagte Bodo und holte mich aus meinen Gedanken.

»Immerhin regnet es nicht.«

»Wir sollten wirklich öfter herkommen. Jetzt haben wir die perfekte Ausrede.«

Ich lachte. »Aber ob Kai das auch so sieht?«

»Rabea wird bestimmt mindestens einmal im Monat erscheinen, um sich die Haare schneiden zu lassen.«

»Ein Friseur in der Familie ist sehr praktisch.« Ich fuhr unter meinen Zopf über die rasierten Haare, was ich seit einigen Tagen ständig machte. Ich mochte, wie die kurzen Stoppeln sich mit meiner Handfläche bewegten. »Kai hat mir übrigens angedroht, sich in Zukunft auch regelmäßig um meine Haare zu kümmern, nachdem er mich zu dieser Frisur überredet hat.«

»Das klingt ganz nach meinem Sohn.« Bodo lächelte stolz.

»Er hat was Besonderes an sich«, rutschte mir träumerisch raus. Bodo warf mir einen prüfenden Seitenblick zu.

Bewusst sah ich nach vorne, fuhr mir mit der Zunge über die Lippen.

»Allerdings.«

Wir kamen an der Fischbude hinter dem Deich an, die an einem Parkplatz lag. Sie war stadtbekannt und das ganze Jahr über geöffnet. Der Geruch nach frischem Fisch wehte uns schon auf dem Deich entgegen.

Nachdem wir ein paar Minuten warten mussten, setzten wir uns auf eine Bank, sahen aufs Wattenmeer hinaus und aßen unsere Brötchen.

»O mei, sind die gut«, sagte Kai im Brustton der Überzeugung nach seinem ersten Bissen.

»Nur weil du die letzten Jahre im Süden herumgetingelt bist, heißt das nicht, dass du auch deren Dialekt übernehmen musst«, sagte Rabea lachend.

»Kreizkruzefix - himmelherrgott - sakramt - mileckstamarsch, du Pfannakuacha, du windiga!«, fluchte Kai und brachte uns zum Lachen. Dabei spuckte ich mein Essen aus und musste mich nach vorne beugen.

»Ich kann nur Flüche, Mama. Ansonsten bin ich beim Hochdeutschen geblieben.«

»Die klingen aber auch gut«, warf ich ein, als ich mich beruhigt hatte. »Heb sie dir alle für die Spiele auf.«

»Alles klar. Wir besiegen also in Zukunft unsere Gegner mit bayrischen Flüchen.« Er nickte zustimmend und biss von seinem Brötchen ab.

»Ist nicht so anstrengend«, stimmte ich ihm zu. Mit unseren angebissenen Brötchen stießen wir an. Unterhielten uns über Belanglosigkeiten und blieben nach dem Essen noch sitzen.

»Wenn du noch deine Haare geschnitten haben willst, sollten wir los«, unterbrach Kai die Stille, die sich breitmachte.

»Schon gut, Kai.« Rabea tätschelte seinen Oberschenkel. »Fängt sowieso zu nieseln an.«

Ich fuhr mit ihnen trotz der schwindenden Zeit durch die Stadt, zeigte ihnen historische Bauten, wie das Theater oder den ältesten Stadtteil, der aus Einbahnstraßen bestand. Zum Teil hatten die Häuser sogar die Bombenangriffe im Krieg überstanden. Doch wir stiegen nirgendwo aus. Aus dem Nieselregen war ein ausgewachsener Regenguss geworden.

Wieder zu Hause suchte ich meine Wellensittichbücher heraus, die ich Rabea mitgeben wollte, damit sie sich einen Einblick verschaffen konnte. Kai und sie zogen sich sofort ins Badezimmer zurück. Die am Leuchtturm begonnene Diskussion setzten sie dort fort.

Als ich dazu kam, die Bücher in der Hand, schienen sie sich geeinigt zu haben. Bodo hatte sich mit einem Kaffee in die Küche zurückgezogen, meinte, er könnte die Ruhe mal gebrauchen und las dort online Zeitung.

»Okay, du bekommst es kürzer, aber nicht wie gewünscht. Lass mich machen, ich verspreche dir, es wird dir gefallen.« Er kämmte mit den Fingern durch die nassen schulterlangen Haare. »Strähnchen würden auch gut aussehen, dafür habe ich jedoch nichts hier. Das müsstest du bei deinem Friseur machen lassen. Aber nur das Oberhaar.« Er umrundete seine Mutter, die auf einem Stuhl in der Mitte des Raumes saß.

Ich lehnte mich gegen den Waschtisch, sah fasziniert zu, wie Kais Gesicht sich immer mehr aufhellte und er vor sich hinmurmelte.

»Okay, so machen wir das.« Er blieb vor seiner Mutter stehen, sein Blick starr auf ihren Kopf gerichtet. Er stellte sich wieder hinter sie, griff sich eine Schere und begann. »Kann ich deinen Klavierstuhl haben?«, fragte er an mich gewandt.

»Natürlich. Ich hole ihn.« Es war ein rollbarer Stuhl mit runder Sitzfläche ohne Lehne, der höhenverstellbar war. Auf eine klassische Klavierbank hatte ich verzichtet, da ich sie nicht mochte.

Mit dem Stuhl kehrte ich zurück. Kai stellte ihn auf sich ein und begann sein Werk. Haare fielen büschelweise auf den Boden. Dabei unterhielten Rabea und ich uns wieder über die Haltung von Wellensittichen. Kai hingegen ging ruhig seiner Arbeit nach, ein zufriedenes Lächeln auf den Lippen. Es ließ ihn sanfter aussehen als sein konzentrierter, immer wachsamer Gesichtsausdruck, den er sonst trug.

»Der Kopf fühlt sich leichter an«, sagte Rabea auf einmal.

»Ist auch einiges runtergekommen.« Kai legte die Schere beiseite und durchkämmte die Haare von unten. Er hatte ihr einen Bob geschnitten. »Muss mal eben föhnen, um zu sehen, wie sie trocken fallen.«

»Wow, Kai, das sieht toll aus«, rief Rabea aus, als sie in den Spiegel sah, während Kai die Haare trocknete.

»Nur noch ein klein bisschen durchstufen. Ist der Pony so gut?«

»Ja. Du hast mal wieder gezaubert. Gut, dass ich nicht auf die ganz kurzen Haare bestanden habe.«

Er beendete sein Werk und stellte sich hinter seine Mutter, nahm ihr den Umhang ab und föhnte den Nacken frei.

»Ja, das sieht wirklich gut aus. Sie fallen richtig schön und frech.« Er lächelte Rabea im Spiegel zu.

In diesem Moment wirkte Rabea wie seine Mutter, nicht nur wie die Pflegemutter, sondern die Frau, die ihn zur Welt gebracht hatte. Sie sahen sich überhaupt nicht ähnlich und doch herrschte zwischen ihnen eine Verbindung, die tiefer ging. In Kais Augen stand so viel Liebe für diese Frau und sie erwiderte es. Sie strahlten eine Nähe aus, die es so in einer Familie öfter geben sollte.

Plötzlich kam ich mir völlig fehl am Platz vor. Unwillkürlich trat ich einige Schritte von ihnen weg, stieß gegen die Duschwand und unterdrückte einen überraschten Aufschrei. Ich wollte ihren Augenblick nicht zerstören, nur durch meine Anwesenheit oder Ungeschicktheit.

»Komm, wir zeigen es Bodo.« Rabea stand auf und zog Kai mit in die Küche. Ich wollte ihnen folgen, unterließ es jedoch. Sie hatten noch keinen Moment alleine als Familie, ständig war ich dabei gewesen. Dafür holte ich jetzt einen Besen und Staubsauger und räumte im Badezimmer auf. Nur an Kais Utensilien ging ich nicht heran. Nachher machte ich eine Schere kaputt oder mir fiel sein Föhn herunter. Den Zorn wollte ich nicht auf mich ziehen.

»Fiete? Wo bist du?«, rief Kai, als ich den Stecker für den Staubsauger einsteckte. »Was machst du? Das hätte ich gleich gemacht.«

»Schon gut. Ich wollte euch nur mal etwas Zeit zu dritt geben.«

»Quatsch, ist doch vollkommen in Ordnung. Komm mit.« Kai nahm mir den Staubsauger aus der Hand und zog mich mit. »Außerdem wollen sie gleich los.«

Der Aufbruch verzögerte sich, wir saßen ewig in der Küche zusammen und unterhielten uns, bestellten Essen, weil es so spät wurde, bis sie sich aufrafften, um nach Hause zu fahren. Der Regen plätscherte gegen die Fenster und es war dunkel geworden. Die Wellensittiche hatten sich längst auf ihre Schlafplätze zurückgezogen.

Als wir endlich aufstanden, stellte Rabea sich vor meine Federbällchen, wünschte ihnen leise eine gute Nacht und folgte uns in den Flur.

»Ganz viel Spaß ab Montag beim Training.« Rabea umarmte Kai. »Und vielen Dank für die Bücher. Ich hoffe, du bekommst sie bald zurück.« Sie schloss auch mich in die Arme. »Vielen Dank, was du für unseren Sohn machst«, flüsterte sie mir zu.

Bodo umarmte Kai ebenfalls und gab mir die Hand. Dann machten sie sich auf den Weg.

»Wollen wir auch?«, fragte Kai und gähnte. Er wirkte erschöpft, gleichzeitig schien ihm der Besuch Kraft gegeben zu haben. Noch nie hatte er so viel gelacht. Bei seinen Eltern taute er auf, überlegte sich nicht dreimal, was er sagen sollte oder antwortete nicht mit einer Gegenfrage.

Hoffentlich bekam er das irgendwann in der Mannschaft auch hin. Ich mochte diesen losgelösten Kai, der die letzten Tage ebenfalls durchkam, wenn wir zu zweit waren.

Er ging in sein Zimmer, ließ die Tür offen, schaltete das Deckenlicht an und setzte sich auf sein Bett. Mit einem zweifelnden Gesichtsausdruck wischte er sich mehrfach über seine Oberschenkel, holte tief Luft. Dann fischte er sein Handy aus der Hosentasche und starrte es einige Sekunden lang an, bevor er sich bewegte und darauf herumtippte.

Er kniff die Lippen zusammen und seine Fingerknöchel wurden weiß. Ich musste mich zurückhalten, um ihm das elendige Handy nicht aus der Hand zu reißen und diesen Charly anzurufen. Er sollte wissen, was er Kai antat. Was sollte Kai sich sonst auf seinem Handy jetzt ansehen, als die Nachricht von diesem Charly?

Ich ballte die Fäuste zusammen, zwang mich, den Blick abzuwenden und ging ins Bad.

Als ich Minuten später herauskam, saß Kai noch an derselben Stelle und stierte unverwandt auf sein Handy, doch sein Gesichtsausdruck hatte sich verändert. Eine Mischung aus Freude und Schmerz.

Es juckte mich in den Fingern zu ihm zu gehen und ihn in den Arm zu nehmen, ich traute mich jedoch nicht. Vielleicht wollte er lieber alleine bleiben. Ich schaffte es nicht, in mein Zimmer zu gehen, blieb stattdessen stehen, beobachtete ihn weiter.

Als er aufblickte, entdeckte er mich und ich lächelte ihm entschuldigend zu. Für einige Sekunden hielten wir den Blick, dann stand er auf und schloss die Tür.

Die heutige Nacht verbrachte ich wohl alleine, was mir gar nicht gefiel. Mit Kai das Bett zu teilen, mit ihm einzuschlafen, war zu einem Highlight am Abend für mich geworden. Seufzend ging ich in mein Zimmer, schloss ebenfalls die Tür und tastete mich barfuß im Dunkeln vor bis zu meinem Bett. Legte mich unter die Decke und drehte mich auf die Seite.

Ich horchte auf alles, was von außerhalb meines Zimmers zu mir drang, doch es blieb still. Nur hin und wieder hörte ich ein vorbeifahrendes Auto.

Kai kam nicht. Er fehlte mir nach dieser Woche, in der wir jede Nacht zusammenverbracht hatten. Ich vermisste seinen ruhigen Atem, die Schwere seiner Hand, die immer auf meinem Bauch oder Rücken ruhte, während er schlief. Selten kuschelten wir, weil es nach einiger Zeit zu warm wurde. Trotzdem wachten wir morgens aneinandergeschmiegt auf. Kai war definitiv ein Kuschelbär.

Ich drehte mich auf den Rücken, legte einen Arm über die Augen und versuchte, so in den Schlaf zu finden.

Irgendwann öffnete sich doch leise die Tür.

»Schläfst du schon?«, flüsterte Kai. Mein Herz vollführte einen Freudenhüpfer.

»Nein, komm rein.« Er schloss Tür und schlich zu meinem Bett. Sein Handy als Taschenlampe vor sich haltend.

»Uns kann hier keiner erwischen.« Belustigt sah ich an dem Licht vorbei.

Kai schnaubte, legte sich auf mein Bett und schaltete die Lampe aus. Er rutschte mit unter meinen Bettbezug und zog mich an sich. Ebenso wie ich hatte er nur eine Unterhose an.

»Egal.« Seine Stimme klang belegt. Ich drehte mich zu ihm, streichelte ihm über die Wange und küsste ihn. Seine Lippen waren feucht und schmeckten salzig.

»Alles in Ordnung?«

Er nickte nur. »Wollte nicht alleine sein. Du hast doch nichts dagegen?«

»Nein.« Wie gerne hätte ich ihn gefragt, ob die Nachricht von Charly schuld an seinen Tränen war.

»Willst du drüber reden?«, wagte ich einen weiteren Versuch.

»Kann ich dir einen blasen?«

»Was?« Es klang wie ein Quietschen und nicht wie eine Frage und ich räusperte mich. Er hatte mich jedoch eiskalt erwischt.

»Na, den nächsten Schritt gehen. Ich will dir einen blasen, deinen Schwanz lutschen, dir einen Blowjob verpassen. Mehr Synonyme fallen mir gerade nicht dafür ein.«

»Nein«, antwortete ich ihm, obwohl ich innerlich Ja schrie. »Nicht so. Nicht, wenn du in Gedanken bei wem ganz anderem bist.«

Er lachte hart, ließ mich los und rollte auf den Rücken.

»Auf einmal kümmert es dich? Hast du nicht das Arrangement vorgeschlagen?«

»Schon, aber ich werde nichts machen, wenn du so drauf bist. Keine Ahnung, was passiert ist, du wirst es jedoch nicht vergessen, nur weil du mir einen Blowjob verpasst.« So gerne ich endlich einen von einem Mann haben wollte, das musste warten.

»Wieso musst du ständig über alles reden?«, presste er hervor. Bis auf die Kontur seines Körpers konnte ich in der Dunkelheit nichts erkennen, scheute mich jedoch, das Licht anzumachen. Ich wollte nicht wissen, wie er aussah, wenn er geweint hatte.

»Weil es hilft.«

»Du klingst wie meine Psychologen.«

»Gehst du zu welchen?«, rutschte mir die Frage heraus, ehe ich darüber nachdenken konnte.

»Ja, verdammt. Jetzt weißt du es«, rief er wütend. »Euer Goalie ist ein beschissenes Wrack, das nicht nur mentale Unterstützung benötigt. Seit meiner Kindheit.« Er setzte sich auf. »War eine miese Idee zu kommen. Ich gehe in mein Bett.« Er stand auf und ich verfolgte in der Dunkelheit seine Silhouette, als er zur Tür ging.

»Kai, warte. So war das doch nicht gemeint.« Ich setzte mich auf. Mein Bettlaken rutschte herunter und ich schob es ungeduldig beiseite. »Du bist kein Wrack.«

»Woher willst du das wissen oder kannst du auf wundersame Weise wie ein Superheld in mich hineinsehen?« Er riss die Tür auf und schlug sie hinter sich zu. Ich zuckte zusammen.

Völlig überrumpelt lag ich im Bett. Wie konnte innerhalb kürzester Zeit aus einem Kuschelbären ein wütender Kai werden?

In mir selbst ballte sich die Wut wie ein Feuerball und loderte auf. Ich ging die letzten Minuten durch. Stand auf und lief Kai hinterher. Klopfte dieses Mal wenigstens erst an, bevor ich die Tür aufriss. Das Nachttischlämpchen brannte und ich blinzelte kurz. Kai saß am Rand des Bettes, die Ellenbogen auf den Knien abgestützt, den Kopf in seinen Händen verborgen.

»So nicht, mein Freund. Du machst mich nicht an und rennst dann weg, weil dir die Antworten nicht passen!«

»Lass mich in Ruhe, Fiete. Ich habe jetzt keinen Nerv auf deinen Kapitäns-Scheiß, bei dem du alles ausdiskutieren musst.«

»Das hat nichts mit dem Team zu tun, sondern einzig mit uns beiden hier privat.«

Er sah auf, ihm liefen Tränen über die Wangen und weichten mein Herz auf. Meine Wut verrauchte ebenso schnell, wie sie sich aufgebaut hatte. Ich atmete tief durch, setzte mich neben ihn.

»Er will mich nicht, wünscht mir aber alles Gute«, brach es aus ihm heraus. Tränen tropften auf den Boden, bildeten Minipfützen auf dem Laminat. Einzeln, einsam, genauso wie der Mann, der neben mir saß.

»Charly?«, fragte ich nur und er nickte.

»Warum lässt er mich nicht in Ruhe, sondern erinnert mich daran, was ich nicht haben kann?«

»Vielleicht bist du ihm nicht so egal, wie er immer vorgegeben hat.« Vorsichtig legte ich ihm einen Arm um seine Schultern.

»Wie soll ich ihn je vergessen, wenn er mich nicht in Ruhe lässt?«

»Dann schreib ihm das. Sag ihm, du möchtest keinen Kontakt mehr. Sei ehrlich zu ihm.«

»Es sind doch schon so viele Wochen vergangen seit Saisonende. Ich dachte wirklich, es wäre besser geworden.« Kai beruhigte sich, schniefte nur noch und strich mit dem Handrücken unter seiner Nase entlang. Ich besorgte ihm Taschentücher aus dem Bad, die er entgegennahm und sich schnäuzte.

»Liebe, verliebt sein, entlieben lässt sich nun mal nicht wie Licht an- und wieder ausschalten. Das ist ein Prozess, den wir nicht steuern können.«

Mit zitternden Händen suchte Kai nach seinem Handy auf dem Bett, bis er es unter dem Kissen fand. Er öffnete den Chat mit Charly.

»Wehe, du sagst irgendwem was davon«, sagte er, seine Wangen waren leicht gerötet, aber sein Blick unerbittlich.

»Niemandem. Alles was wir hier sagen oder machen, bleibt in dieser Wohnung.«

Kai tippte auf dem Display herum. Dieses Mal sah ich woandershin, rutschte sogar einige Zentimeter von ihm ab.

»Abgeschickt.« Er legte sein Handy auf den Nachttisch. »Es tut mir leid. Ich wollte nicht …« Er unterbrach sich selbst.

»Schon gut. Liebeskummer ist scheiße.«

Er nickte nur. »Wegen des Wracks, also, ich bin natürlich keines und im Moment nicht in Therapie. Früher …«

»Du musst dich nicht rechtfertigen. Ich habe null Ahnung von dem, was du erlebt hast. Es steht mir nicht zu, mir auch nur ansatzweise ein Urteil darüber zu bilden.« Ich ließ mich nach hinten fallen, meine Finger strichen seinen Rücken entlang. »Du kommst mir eher wie jemand vor, der ziemlich genau weiß, was er will. Die Welt still beobachtet und manchmal seinen Kommentar dazu gibt.« Eine Gänsehaut bildete sich auf seiner Haut.

»Na ja, ich bin gut darin, anderen das vorzuspielen.« Kai drehte sich zu mir um, legte sich ebenfalls hin. Unsere Beine hingen über die Bettkante. Ich zog meine an, robbte noch etwas weiter aufs Bett, bis ich ganz drauf lag. Kai machte es mir nach, bis wir auf der Seite lagen und uns ansahen.

»Vielleicht spielst du es nicht nur, sondern bist es sogar?« Ich schob meine Hände unter meinen Kopf.

»Erzähle bitte wirklich niemanden von dem, was wir miteinander bereden.« Sein Blick wurde bittend, hatte etwas Flehendes an sich.

»Ehrenwort.« Ich hob meine Hand zum Schwur. Er schloss die Augen, holte tief Luft. »Weißt du, im Grunde genommen spielen wir doch alle nur unsere Rollen. Ich bin Kapitän und frage mich jeden Tag, den ich mit dem Team verbringe, ob ich das Richtige sage oder tue. Ich habe solchen Schiss vor dem Tag, an dem die anderen dahinterkommen, dass ich keinen blassen Schimmer davon habe, was ich mache. Es passiert alles aus dem Bauch heraus.«

Kai sah mich mit großen Augen an. »Du scheinst ein guter Kapitän zu sein. Zumindest das, was ich bisher mitbekommen habe.«

»Obwohl ich mit meinem Kapitäns-Scheiß um die Ecke komme und ständig reden will?« Ich grinste ihn frech an, was er mit einem Lächeln erwiderte.

»Trotz dessen. Das ist verdammt wichtig. Wir müssen uns nicht alle mögen und beste Freunde werden, aber wir sollten uns respektieren und vertrauen. Dafür ist ein guter Kapitän da, er hat ein Gespür für seine Teamkollegen und spricht offen an, was los ist. Nichts anderes machst du.«

»Danke dir.« Ich rutschte hin und her, um die Decke unter mir zu glätten. »In der Schule war ich kein klassischer Leader, sondern habe mich zurückgehalten. Gott, ich war so schüchtern, hätten die Lehrer mich nicht aufgefordert, meinen Beitrag zu leisten, ich hätte nie den Mund aufgemacht.«

Ich lächelte bei der Erinnerung. Mindestens einmal in der Woche wurde ich von meinem Klassenlehrer darauf angesprochen. »Erst als ich im Verein die Jugendmannschaften durchlaufen habe, kam das Selbstbewusstsein, als immer mehr Trainer mir sagten, was ich draufhabe. Ich selbst gemerkt habe, dass ich besser als die meisten anderen bin.«

Die beiden Matratzen, über die wir lagen, gaben nach, als Kai näher an mich heranrückte. Ich streckte einen Arm aus und er schmiegte sich an mich. Hitze strömte von seinem Körper auf meinen über und es würde bestimmt nicht lange dauern, bis wir beide aneinanderklebten. Doch das war mir egal. Ich wollte Kai jetzt genau das geben, was er brauchte. Wenn das körperliche Nähe war, bekam er sie.

»Sport ist gut für so was. Er hat mir unter anderem die Stärke gegeben, meinen leiblichen Eltern zu sagen, dass ich sie nicht mehr sehen will. Meine Mutter, also die biologische, hätte ich gerne weiter gesehen, aber sie stand oder steht, ich weiß es nicht zu sehr unter der Fuchtel meines Erzeugers. Sie hörte auf das, was er sagte, ordnete sich immer unter. Ist garantiert noch so.«

»Das tut mir leid.« Ich drückte ihm einen Kuss auf die Schläfe.

»Ist nicht zu ändern.« Er klang wehmütig und mir fiel nichts ein, was ich darauf hätte antworten können. So verfielen wir in Schweigen. Nach einigen Minuten hörte ich ihn ruhig atmen. Lächelnd schloss ich die Augen.

Kapitel 12

Kai

Der erste offizielle Tag in einer neuen Mannschaft war immer aufregend für mich. Die Musterung durch die Teamkameraden empfand ich als Be- und manchmal Verurteilung. Allzu oft wurde man in eine Schublade gesteckt und nicht mehr rausgeholt.

Dieses Mal war es zum Glück etwas anders. Einige hatten mich bereits kennengelernt und mit mir trainiert. Auch dank Fiete und seiner Hartnäckigkeit. Meine früheren Kapitäne hatten es mir ebenfalls angeboten, doch ich hatte jedes Mal abgelehnt und sie hatten nicht wie Fiete nachgefragt. Jetzt würde ich den Rest kennenlernen, freute mich darauf, war jedoch auch ziemlich aufgeregt.

Fiete und ich fuhren allerdings nicht zum Trainingszentrum, sondern zum nahe gelegenen Krankenhaus, in dem wir heute die typischen Gesundheitschecks zu Beginn jeder Saison absolvierten. Ich hasste das Prozedere, es war dennoch nicht zu umgehen. Ohne Check kein Training und schon gar kein Spiel.

Fiete parkte und wandte sich mir zu. »Wir treffen uns alle im Wartezimmer. Du wirst also gleich die komplette Mannschaft kennenlernen.«

»Na, immerhin weiß ich, wer sie alle sind. Jeder von euch wollte schon eine Scheibe hinter mir im Netz versenken.« Ich lächelte schief.

»Einige von uns haben es auch geschafft.« Fiete lachte, wurde dann allerdings wieder ernst. »Hey, das wird gut laufen. Dieses Mal beginnt alles anders.« Er nahm meine Hand und drückte sie.

»Na, komm, sonst denken sie, ich verstecke mich im Auto des Kapitäns.«

Wir stiegen aus und marschierten durch die Eingangshalle des Krankenhauses. Die sahen alle gleich aus. Groß, einschüchternd und wie ein Labyrinth. In einen der vielen Flure führte Fiete mich. Uns kamen Schwestern und Ärzte entgegen, die uns freundlich grüßten, auf Stühlen am Rand saßen Patienten. Wir passierten zwei automatische Türen, die Menschen wurden weniger, bis Fiete im Türrahmen einer offenen Tür stehen blieb. In dem Raum saßen und standen meine neuen Teamkollegen. Sie lachten, foppten sich, die Stimmung war aufgeheizt, laut, wie immer, wenn ein Haufen Eishockeyspieler zum Beginn der Saison zusammenkam. Dies fühlte sich vertraut an und nahm mir einen Teil meiner Aufregung.

»Cap«, riefen einige, kamen auf ihn zu und hoben die Hand zum Faustgruß, was er erwiderte. Ich blieb hinter ihm, als er das Wartezimmer betrat, beobachtete meine neuen Teamkollegen. Einige jüngere Spieler hielten sich zurück, schüchtern und ehrfürchtig sahen sie zu Fiete. Ich schmunzelte. Wahrscheinlich waren sie das erste Mal dabei und wussten nicht so recht, wie sie sich verhalten sollten. Garantiert würde ein Teil von ihnen nach der Trainingsphase alle wieder ins Vertragsteam der Frosty Falcon zurückkehren, durften sich allerdings in den nächsten Wochen beweisen.

»Hey Kai, komm her, ich stell dich vor«, rief Noah mir zu, der mich entdeckt hatte. Mit einem mulmigen Gefühl im Bauch drängte ich mich an Fiete vorbei, der mir im Vorbeigehen auf die Schulter klopfte.

Noah begann mit den beiden weiteren Goalies, arbeitete sich über die Verteidiger vor, bis er bei den Stürmern ankam. Allen schüttelte ich die Hand, keiner von ihnen wirkte ablehnend, ganz im Gegenteil. Sie freuten sich darauf, mit mir zu trainieren und zu spielen.

»Die Herren Ackermann, Gulp und Ryja dürfen mit mir kommen.« Eine Krankenschwester stand in der Tür und brachte alle im Raum kurzfristig zum Schweigen. Fiete warf mir einen aufmunternden Blick zu.

»Hier, die kennste schon.« Noah trat mit mir zu Bryan und Kevin, die mit mir einschlugen. Froh, ein paar bekanntere Gesichter zu sehen, blieb ich bei ihnen.

Sie unterhielten sich, während ich mich setzte und nur zuhörte. Versuchte zu ergründen, wer neben Fiete im Team den Ton angab, wer der Clown war und allen Streiche spielte.

Einer der Goalies setzte sich zu mir. Er gehörte zu den Jüngeren, die, wenn überhaupt, die zwanzig gerade überschritten hatten.

Er druckste etwas herum, sprach mit mir über das Wetter, wie es mir gehen und hier gefallen würde. Nach fünf Minuten wurde es mir zu bunt und ich unterbrach ihn.

»Elias, du hast dich doch nicht neben mich gesetzt, um über Belanglosigkeiten zu reden. Was möchtest du wissen?«

Er fasste sich an den Kopf, biss sich auf die Unterlippe.

»Könntest du mit mir trainieren? Also nach dem offiziellen Training?«

»Oh, ähm, klar. Wenn es passt.« Ich wurde noch nie von jüngeren Spielern gefragt, ob ich ihnen helfen könnte und es löste eine ziemliche Freude in mir aus. Ich grinste breit. Zugleich gehörte ich damit wohl langsam zu den Senioren in einem Team.

Elias atmete durch. »Danke schön.«

»Dafür nicht.«

»Als nächstes bitte die Herren Müller, Rastedt und Myers.«

Ich lächelte Elias zu und folgte dann der Krankenschwester. Sie wies uns jeweils drei Zimmern zu und als ich es betrat, erwartete mich dort bereits eine ihrer Kolleginnen.

»Dann wollen wir Ihnen mal Blut abnehmen.« Die Pflegekraft zeigte auf die Liege. Ich setzte mich und die Prozedur war innerhalb von zwei Minuten erledigt.

»Ah, Herr Müller, unser neuer Goalie.« Eine Ärztin kam herein, schüttelte mir die Hand. »Bitte ziehen Sie sich bis auf die Unterhose aus, wir werden mit der Anamnese beginnen und Sie dann auf Herz und Lunge prüfen. Außerdem möchte ich Ihre Gelenke, Bänder, Sehnen und Muskeln testen. Der Lactattest kommt zum Schluss. Fangen wir doch mit der Verletzungshistorie an.« Sie öffnete auf dem Bildschirm ein Fenster und während ich mich aus meinen Klamotten schälte, zählte ich Verletzungen auf.

Viel gab es nicht, ich zählte meine Brüche und Verstauchungen auf, die ich mir im Laufe der Jahre zugezogen hatte. Meist betraf es die Finger. Um eine Gehirnerschütterung war ich bisher herumgekommen, das konnte auch gerne so bleiben.

Die Ärztin notierte sich alles und die Untersuchungen begannen. Sie unterhielt sich dabei mit mir über die kommende Saison und wusste alles über die Dullerstorfer Frosty Falcons. Eine lebende Enzyklopädie untersuchte mich. Beeindruckt stellte ich ihr eine Menge Fragen. Ich hatte zwar auch einiges über die Frosty Falcons gelesen, doch über sie lernte ich mehr über den Verein und die Fankultur als über die Website.

»Ich hoffe, Sie bleiben länger hier«, sagte sie, als sie nach einer halben Stunde mit allem durch war.

»Es ist geplant. Zumindest für die nächsten drei Jahre.« So lange lief mein aktueller Vertrag. Ich hätte auch nichts dagegen, wenn ich ihn nicht nur erfüllen würde, sondern dieser sich verlängerte.

»Das wäre gut. Wir können einen guten Goalie gebrauchen, wenn wir wieder Meister werden wollen.« Sie lächelte mir zu. »Wir sind hier erst mal fertig. Schwester Raya führt sie zum Lactattest.«

Ich nickte, freute mich jedoch überhaupt nicht darauf. Das war der schlimmste Teil der Untersuchungen am Anfang jeder Saisonvorbereitung. Du strampelst ohne Ende, überall hängen Kabel an dir herum und wenn du schon völlig am Ende bist, wirst du dazu angetrieben, noch schneller auf dem Ergometer zu treten.

Seufzend folgte ich der Krankenschwester in einen weiteren Raum, in dem ich auf Jared Myers, einen Stürmer, und Christian Rastedt, einen Verteidiger, traf.

»Auf geht's zum Strampeln«, sagte Christian, setzte sich auf eines der Ergometer und wurde verkabelt. Jared und ich schlossen uns an und die Quälerei begann. Vor allem die Maske über Mund und Nase störte mich und ich musste kontinuierlich den Drang unterdrücken, sie von mir zu reißen. Die Ärztin neben mir schien zufrieden mit meinen Werten zu sein, immer wieder nickte sie zustimmend. Der Schweiß lief an mir herunter.

Sie feuerte uns an, als wir nachließen und noch einmal alles geben sollten.

»Das reicht. Sie können aufhören.« Sie tippte auf dem Bildschirm herum und ließ das Ergometer auslaufen. Mir taten die Beine weh und ich atmete schwer. Als erstes nahm ich mir die Maske ab, eine Schwester entkabelte mich. Jared, Christian und ich keuchten im Chor.

Sie sahen so verschwitzt aus, wie ich mich fühlte. Gierig tranken wir das Wasser und wurden danach ins Wartezimmer zurückgeführt.

»Hey Kai, kennst du schon Matteo und Roman? Das sind unsere Assistenzkapitäne.« Fiete winkte mich zu sich.

»Wir haben uns vorhin kennengelernt.«

Roman, ein Tscheche, der vor vier Jahren in der NHL gespielt hatte, zählte zu den besten Verteidigern in diesem Team. Ich war gespannt darauf, mit ihm zu spielen.

Ich setzte mich auf einen Stuhl ihnen gegenüber, ließ meinen Blick durch den Raum schweifen. Fiete besprach sich leise mit seinen beiden Assistenzkapitänen. Andere aus dem Team saßen ebenfalls grüppchenweise beisammen und unterhielten sich über den Sommer.

Ich kam mir überflüssig vor, nicht dazu gehörig, ein durchaus bekanntes Gefühl, das ich schwer abschütteln konnte. Nur musste ich mich einbringen, mit der Mannschaft mitgehen und mich nicht mehr raushalten, wenn ich es dieses Mal anders haben wollte. Das hatte aber Zeit bis morgen.

Ich stand auf und ging in die Eingangshalle. Vorhin im Reinkommen hatte ich einen Getränkeautomaten gesehen.

»Alles gut?«, erklang auf einmal Fietes Stimme hinter mir. Ich schrak zusammen.

»Kreizkruzefix, bist du verrückt? Ich hätte einen Herzinfarkt erleiden können.«

»Ich bin mir sicher, dir wäre hier schnell geholfen worden«, antwortete er grinsend.

»Ist das neuerdings deine neue Lieblingsfrage?« Ich steckte Kleingeld in den Schlitz, drückte die Nummer für Wasser, das mit einem Rumpeln ins Ausgabefach fiel.

»Ah, du willst mal wieder nicht darüber reden, wie es dir wirklich geht.« Er lehnte sich gegen den Automaten. »Gut, ich beantworte die Frage für dich.«

Ich zog die Augenbrauen hoch und schraubte das Wasser auf.

»Du bist dir unsicher, wie das Team dich aufnimmt, hast Angst, dein Ruf als anstrengender und komplizierter Goalie eilt dir voraus und sie akzeptieren dich nicht. Stellst dir die Frage, ob du hier auch als der Einzelgänger angesehen wirst, wie in den anderen Mannschaften.« Er tippte sich mit dem Zeigefinger gegen die Lippen, legte die Stirn in Falten. »Habe ich etwas vergessen?«

Wann hatte der Kerl mich so gut kennengelernt? Wir redeten eindeutig zu viel miteinander. Trotzdem breitete sich in meinem Bauch Wärme aus. Zumindest einer interessierte sich für mich und das war ein schönes Gefühl.

»Hast du dir heute schon vor Angst in die Hose gemacht?«

»Autsch, das war fies, Cutter. Der ging unter die Gürtellinie.« Dann grinste er. Das verschwand allerdings so schnell, wie es gekommen war und er wurde wieder ernst. »Ich lag also richtig. Hör zu, vergiss, was du bisher erlebt hast. Lass dich auf uns ein und du wirst dazu gehören.«

»Ich werde es versuchen.«

Sein Blick wurde weich. »Wir schaffen das, Kai. Vertrau mir.«

Das mit dem Vertrauen war so eine Sache, die ich schon vor langer Zeit verloren hatte. Aber auf eine krude Art und Weise schien ich das trotzdem bei Fiete zu machen. Er wusste mittlerweile eine Menge Dinge von mir, die ich bisher keinem erzählt hatte.

Fiete sah sich um, bevor er sich wieder mir zuwandte. »Hat er sich noch einmal gemeldet?«

Ich seufzte. Seit gestern Vormittag hatte er mich das bereits zigmal gefragt.

»Keine Ahnung, ich habe ihn mittlerweile blockiert. Ich werde also gar nicht wissen, ob er sich meldet. Können wir bitte nicht darüber reden, wenn andere uns hören könnten?«

»In Ordnung.«

»Hey Cap, du sollst zum Arzt kommen«, rief in dem Moment Noah und wir gingen zurück.

»Also, Kai, was ist dein Ding vor einem Spiel?«, fragte Jared, als ich in den Raum kam.

»Ich bereite mich gerne in einer Art Meditation vor und mag es nicht, währenddessen angesprochen zu werden.« Ich erwähnte lieber nicht das Ding mit den Schubladen in meinem Kopf. Am Ende hielten sie mich alle für verrückt. Wobei Goalies eh den Stempel der Seltsamen haben.

»Auch vor dem Training oder nur vor einem Spiel?«, hakte er nach, was mich lächeln ließ.

»Nur vor einem Spiel.«

»Irgendwelche Wünsche an die Verteidiger?«, fragte nun Roman.

»Versperrt mir nicht die Sicht auf die Scheibe und haltet sie am besten in unserer Angriffszone. Aber Noah hat mir bereits versprochen, das zu tun.«

Die Spieler lachten und boxten ihn spielerisch gegen den Oberkörper.

»Hey, lasst das«, beschwerte er sich und verzog das Gesicht. »Dieser Körper muss in Topzustand bleiben und nicht von dreckigen Fingern angefasst werden.« Er schnippte sich einen imaginären Fussel von der Schulter.

»Was machst du in deiner Freizeit?«, wandte sich nun Kevin an mich.

Ich zuckte mit den Schultern. »Ich schneide gerne anderen die Haare, Fernsehen schauen, nichts Besonderes.« Ich setzte mich auf einen Stuhl.

»Du bist Friseur?« Roman nahm neben mir Platz. »Habe dich noch nicht gegoogelt.«

»Jupps.« Es war mir auch vollkommen recht, wenn sie sich nicht von irgendwelchen Internetbeiträgen beeinflussen ließen, sondern mich so kennenlernten.

»Er hat Fiete die Frisur verpasst«, mischte sich Bryan von der anderen Seite ein. Sie wurde bereits am Anfang von allen bewundert.

»Wie sieht's aus, könntest du mir auch die Haare schneiden?«

»Klar. Morgen nach dem Training?« Es war ein Anfang, mich zu integrieren und wenn es nur übers Haareschneiden lief, umso besser und ich freute mich darüber.

»Kann ich mich einreihen? Wer Fiete dazu bekommt, sich eine Frisur verpassen zu lassen, hat was drauf. Das sieht zudem gut aus«, meldete sich nun einer der rechten Flügelspieler.

»Klar. Aber ich denke nicht, dass ich morgen genügend Kraft für euch alle haben werde. Oder sind hier die ersten Tage Training keine Hölle?«

Gelächter erscholl. »Glaube, das ist überall dasselbe«, rief Kevin über den Lärm. »Grundlagen schaffen für die lange Saison«, näselte er und schien jemanden nachzuahmen.

»Für dich gibt es morgen gerne auch ein paar Extrarunden«, vernahm ich da eine tiefe Stimme. Kevin lief rot an und das Gelächter erstarb. Sebastian Meyer, unser Trainer, ein Mittfünfziger, der einen kleinen Bauch angesetzt hatte und ein ehemaliger deutscher Eishockeyspieler war, stand in der Tür und grinste breit. »Ich habe eure Ergebnisse gesehen und bin sehr stolz auf euch. Ihr habt eure Trainingspläne eingehalten. Wir haben super Lactatwerte, auf denen wir aufbauen können.«

Der Coach kam auf mich zu. »Herzlich willkommen im Team, Kai.« Ich stand auf und nahm die mir dargereichte Hand. Sein Griff war fest, während er mir zuzwinkerte.

»Danke, Coach. Ich freue mich schon drauf.«

»Die Hölle wartet auf dich. Und meine Haare darfst du bei Gelegenheit auch schneiden.«

Hitze stieg in mir auf. Er musste einige Zeit an der Tür gestanden und uns belauscht haben.

»Alles klar, Coach.« Ich betrachtete ihn. »Aber ich denke, die sind erst in drei Wochen dran.« Er hatte einen Kurzhaar-schnitt, nichts Besonderes. »Wir könnten auch …«

»Keine Versuche.« Er hob mahnend den Zeigefinger.

»Meine Haare bleiben so kurz wie jetzt.«

Ich nickte, dennoch wäre er nicht der Erste, den ich nach einiger Bearbeitungszeit umstimmen konnte.

»Hör auf, auf meinen Kopf zu schauen«, sagte er.

»Natürlich.« Ich setzte mich wieder. Die nächsten wurden aufgerufen und Fiete kam zurück.

»Hallo Coach«, begrüßte er Sebastian. Sie sprachen einige Worte miteinander. Da erscholl mein Name und ich wurde wieder in den Untersuchungsraum geführt, in dem mich die erste Ärztin erwartete.

»Ihre Werte sind vollkommen in Ordnung. Sie könnten besser sein, liegen allerdings auch nicht unter dem Schnitt. Darauf können Sie gut aufbauen.«

»Ich habe nach dem Trainingsplan der Steelers trainiert. Zumindest den größten Teil.«

»Ich nehme an, im nächsten Jahr werden wir hier bessere Werte sehen. Sie haben erst unterschrieben, die Athletiktrainer konnten sich noch kein Bild von Ihnen machen.«

Ich nickte und sah auf den Ausdruck, den die Ärztin in der Hand hielt, konnte jedoch nichts daraus erlesen.

»Die Vertragsverhandlungen haben sich leider ziemlich hingezogen. Ansonsten hätte es vielleicht anders ausgesehen.«

»Jetzt sind Sie hier und das zählt. Auf eine gute Saison.« Sie reichte mir die Hand, wir verabschiedeten uns und ich ging zurück zu den anderen.

»Wie sieht's aus? Gehen wir noch gemeinsam essen?«, fragte Matteo in die Runde, von der er zustimmendes Nicken erhielt. Vorschläge wurden durch den Raum gerufen, wohin wir gehen konnten. Am Ende einigten sie sich auf ein italienisches Restaurant.

Fiete stellte sich neben mich. »Du kommst doch mit, oder?«

»Ich weiß nicht.«

Fiete hob die Augenbrauen.

»Natürlich.«

Nun lächelte er. »Wunderbar.«

Kapitel 13

Fiete

»**U**nd?«, fragte ich Kai. »Bist du froh, nun doch mitbekommen zu sein? Du hast dich mit Elias und Jason gut verstanden.«

Ich schloss die Wohnungstür hinter uns. Wir hatten länger als geplant im Restaurant gesessen und nun war es fast Mitternacht. Ich war müde, dennoch glücklich und froh über die ersten Stunden mit dem Team. Es war wirklich schön gewesen, wieder als komplette Mannschaft zusammen zu sitzen, sich über die vergangenen Wochen auszutauschen und die jungen Spieler kennenzulernen.

»Jason wird bestimmt als zweiter Goalie mit in die Mannschaft aufgenommen. Elias ist noch zu jung und unerfahren, auch wenn ich seine Spielweise noch nicht kenne«, erwiderte er, statt mir eine Antwort zu geben. Ich legte meine Schlüssel in die oberste Schublade meines Schuhschranks, der direkt neben der Garderobe an der Tür stand. Dann ging ich auf Kai zu, der sich die Schuhe auszog und drückte ihn mit meinem kompletten Körper gegen die Wand.

»Jetzt gib schon zu, dass es dir gefallen hat.«

Seine Augen funkelten. »Wie weit gehst du, um eine Antwort von mir zu erhalten?«

»Willst du es wirklich austesten?« Nach einer Woche nur Handjobs war ich definitiv für den nächsten Schritt bereit. Meine Hände öffneten den Gürtel seiner Jeans. »Oder bekomme ich eine Antwort?«

Er sagte überhaupt nichts, umfasste stattdessen meinen Kopf und zog mich zu sich. Seine Lippen drückten sich auf meine, die sich bereitwillig für ihn öffneten. Unsere Zungen spielten miteinander, mal sanft, mal fordernd oder gierig, aber nie genug voneinander bekommend.

In einer geschmeidigen Bewegung drehte er uns gemeinsam und auf einmal war ich es, der gegen die Wand gedrückt und dessen Hose geöffnet wurde. Langsam rutschte sie gen Boden, gebremst nur von meinen muskulösen Oberschenkeln.

»Ich zeig dir jetzt mal, wie weit ich gehe, um keine Antwort geben zu können.« Er küsste mich noch einmal hart und gierig. Drückte durch den Stoff meines Shirts meine Nippel. Schon längst floss das Blut südwärts und meine Boxershorts wölbte sich.

Wie sehr ich es mittlerweile liebte, wenn Lust und Erregung durch meinen Körper schwappten, Hitze sich ausbreitete und ich es nicht erwarten konnte, was Kai mit mir anstellte.

»Das magst du, nicht wahr?« Er reizte meine Nippel erneut, heizte mich weiter an. Niemals hätte ich gedacht, es wäre möglich, solche Empfindungen in mir freizusetzen, wie ich jedes Mal mit Kai fühlte.

Mein Kopf stieß an die Wand. »Ja«, hauchte ich nur. Kai nutzte die Gelegenheit und küsste meinen Adamsapfel, leckte über ihn hinweg. Auf einmal wurden meine Boxershorts heruntergezogen und ich sah nach unten. Er kniete vor mir, fand meinen Blick und grinste. Meine Füße waren im Stoff der Jeans und Unterhose gefangen. Er umfasste meinen halbsteifen Schwanz und rieb ihn sachte. Wellen von Verlangen strömten durch mich.

»Fuck, Kai, was machst du?«

»Mich am Antworten hindern.« Er ließ mein Glied los und leckte an der Wurzel beginnend über die Länge des Schaftes bis zur Eichel. Umspielte sie mit seinen Lippen, saugte an ihr und zog die Haut zurück.

»Ah«, keuchte ich, schloss die Augen und zuckte mit dem Becken in seine Richtung. Wollte mehr als nur die Spitze in seinem Mund. Es war ein unbeschreibliches Gefühl. Nun nahm er mich zur Hälfte, drückte sachte meine Eier und ich stöhnte laut auf. Wieder stieß ich mit dem Becken zu. Er gewährte es mir und ich gelangte tiefer in seinen Mund.

Meine Hände versuchten Halt an der Wand zu finden, rutschten ab. Die Emotionen überwältigten mich jedes Mal, wenn ich diese Körperlichkeit mit Kai erleben durfte. Ich lernte mich neu kennen und wollte mit jedem Mal mehr, liebte das Gefühl des Schwebens, wenn Kai meinen Körper zum Prickeln brachte und jede Nervenzelle zum Klingeln brachte.

Kai saugte an meinem Schwanz, spielte mit seiner Zunge, seinen Zähnen an der empfindlichen Haut. Ich öffnete meine Augen und sah zu ihm hinunter. Es war schlicht unglaublich, ihn so zu sehen, derjenige zu sein, dem das passierte. Ich musste so lange darauf warten.

»Verdammt«, brachte ich hervor. Kai bewegte seinen Kopf, mit einem leisen Ploppen entließ er mein Glied aus seinem Mund, von dem Speichel tropfte. Er leckte die ersten Lusttropfen ab, seine Lippen gerötet. Er sah so schön wie noch nie aus.

»Du schmeckst gut«, sagte er rau.

Ich biss mir auf die Unterlippe, kochend rauschte das Blut durch meine Adern und meine Knie wurden spätestens jetzt weich.

»Soll ich weitermachen?«

»Gott verdammt, ja«, antwortete ich ihm atemlos, nur gesteuert von der Lust, die durch meinen Körper pulsierte und nach mehr verlangte. Überall kribbelte es, ich stand komplett unter Strom und fühlte mich doch weich wie Wachs.

Er beugte sich wieder vor, leckte sich erneut über meinen Schaft, küsste sich zu meinen Eiern vor und saugte sie nacheinander in den Mund.

»Shit, Kai«, fluchte ich. Ich wollte mich in seinen Haaren festkrallen, um ein wenig Halt zu haben, doch sie waren zu kurz. Kai gluckste um eines meiner Eier und diese Vibration schickte Stromstöße durch mich. Mit Wucht stieß ich mit dem Kopf gegen die Wand, nur mit Mühe konnte ich mich auf den Beinen halten.

Dann wandte sich Kai meinem Schwanz wieder zu. Nahm ihn weit in sich auf, den letzten Rest umfasste er mit seinen Fingern. Gemeinsam mit Mund und Hand wichste er mich. Immer schneller, erhöhte den Druck.

Ich konnte keinen Gedanken mehr fassen, atmete heftiger, schaffte es nicht, ihn vorzuwarnen, als sich meine Eier zusammenzogen und mein Orgasmus mich überrumpelte. Kai zog sich nicht zurück, schluckte alles.

Erst als ich nicht mehr zuckte und meine Arme schlapp an meinem Körper herunterhingen, ließ er mein Glied aus seinem Mund gleiten, richtete sich auf und wischte sich das herausgelaufene Sperma mit seinem T-Shirt vom Kinn.

Ich zog ihn zu einem Kuss zu mir hoch. Schmeckte mich selbst in ihm. Salzig und warm. Seine Härte drückte gegen meine Leiste. Ich wollte ihm dasselbe zurückgeben, öffnete endlich den zweiten Knopf seiner Hose.

»Nicht hier.« Er stoppte mich und führte mich in mein Schlafzimmer. Meine Beine hielten mich, obwohl aus ihnen Wackelpudding geworden war. Kai zog mir das T-Shirt aus und danach sich selbst. Ich legte mich derweil auf das Bett, erholte mich und wappnete mich vor dem, was ich gleich vorhatte.

»Willst du wirklich?«, fragte Kai, legte sich neben mich und streichelte über meine noch empfindliche Haut.

»Ja, ich will es versuchen. Aber ich kann nicht versprechen …«

»Sch«, machte Kai und hielt einen Finger gegen meine Lippen. »Du machst so weit, wie du gehen willst. Und wenn es dir nicht gefällt, ist es auch nicht schlimm.« Er küsste mich erneut. Ich sah zu seinem erigierten Glied, das ich schon so oft in der Hand hatte. Er war so groß und lang, mein Mund erschien mir dagegen so klein. Selbst wenn ich die Zahnbürste weit nach hinten schob, um an die Backenzähne zu kommen, würgte ich. Wie hatte Kai das eben gemacht?

»Hey, Fiete, nicht nachdenken. Mach, was dir gefällt, probier dich aus.« Kai streichelte mir über die Wange, zog das völlig verrutschte Haarband heraus. Die langen Haare schmiegten sich um meinen Hals, kamen auf meinen Schultern zum Liegen. Mit den Fingern durchkämmte er es, was er gerne machte, wenn ich es offen trug.

Ich fasste mir ein Herz, stieg mit einem Bein über ihn, stützte mich mit den Unterarmen neben seinen Schultern ab. Mein Puls raste. Zur Beruhigung küsste ich Kai, holte mir Sicherheit in Dingen, die wir schon Tausende Male getan hatten. Wanderte mit meinen Lippen sein Kinn hinunter und verteilte Schmetterlingsküsse auf seinem Hals, der Brust und knabberte an seinen Nippeln.

Lange hielt ich mich mit ihnen nicht auf, für ihn waren die Spielereien nur halb so erregend wie für mich. Mit den Händen fasste ich nach seinen, rutschte an ihm weiter hinunter, während ich unsere Finger miteinander verschränkte.

Mit der Zunge leckte ich den Linien des V-Muskels entlang bis zu seinem Schaft und auf der anderen Seite wieder hinauf. Das entlockte ihm ein Stöhnen und ich lächelte. Zärtlich saugte ich an einer Stelle, aber nicht stark genug, damit ich kein Mal hinterließ, wobei ich ihm gerne meinen Stempel aufgedrückt hätte. Allerdings würde niemand jemals hiervon erfahren.

»Kruzifix«, brachte er keuchend hervor, sein Körper unter mir zuckte. Ich kam wieder nach oben, lächelte ihn an.

»Ich scheine etwas richtig zu machen.«

»Das machst du immer.« Er zog mich zu sich und küsste mich. Ich löste mich von ihm, küsste ihn knapp über seinem steifen Schwanz. Dann wagte ich mich vor.

Zum ersten Mal durfte ich ein Glied in den Mund nehmen, daran lecken und es schmecken. Die zarte Haut mit meiner Zunge erkunden. Doch statt das alles zu machen, versenkte ich mein Gesicht zwischen dem Schaft und der Eier und sog seinen herben Geruch nach Schweiß, Lust und Mann ein. Rieb dann mit der Nasenspitze an der Wurzel und stupste mit ihr immer wieder den Schaft.

Kai stöhnte leise, seine Hände vergruben sich in meinen Haaren. Unsere Blicke trafen sich. Seine Augen waren lustverhangen und dunkel. Noch während wir uns ansahen, leckte ich an seinem Schaft. Die Haut samtig und weich.

Seine Lippen umspielten ein Lächeln, als ich weitermachte, versuchte nachzuahmen, was er mit mir gemacht hatte.

Immer wieder sah ich zu ihm hoch, fühlte mich ungelenk und kam nicht mal ansatzweise so weit, wie er bei mir und half mit meiner Hand aus.

»Das ist so gut«, sagte Kai leise, sein Daumen streichelte meine Schläfe. Auf einmal hatte ich einen salzigen Geschmack im Mund.

Er begann sachte zu stoßen, hielt sofort inne, sobald ich würgte. Ich saugte an ihm, als ob mein Leben davon abhängen würde. Meine Hand rieb schneller. Als sein Schwanz heftig pulsierte, zog ich mich zurück, war noch nicht bereit zu schlucken.

Stattdessen wichste ich ihn fester. Er kam mir mit heftigen Stößen entgegen. Mit einem Daumen massierte ich ihn zusätzlich am Damm.

»Fuck, Fiete«, rief er und spritzte am ganzen Körper zuckend über seinen Bauch ab. Als sein Glied in meiner Hand schlaff wurde, legte ich mich neben ihn, holte ein Taschentuch hervor und wischte ihn sauber.

»Keine Glanzleistung, ich weiß.«

Kai wandte sich mir zu und lächelte. »Ich fand es toll. Noch nie hat jemand an mir gerochen wie du. Das war geil.«

Hitze schoss mir in den Kopf. »Es war … keine Ahnung, was da über mich gekommen ist. Aber ich wollte wissen, wie du dort riechst.«

»Mach das bitte immer wieder, ja? Mit offenen Haaren.«

Ich grinste. »Notiert.«

Kai breitete seinen Arm aus. »Kuscheln und dann essen?«

Bereitwillig schmiegte ich mich an ihn, mochte diese ruhigen Momente besonders, weil er dann oft ganz er selbst war. Gelöst und entspannt.

»Schon wieder essen? Wir haben doch erst vor Stunden gegessen.«

Er lachte leise. »Tut mir leid, aber ich habe trotzdem Hunger.«

»Dabei hast du doch eben erst Proteine zu dir genommen.«

Nun lachte er schallend los. »Stimmt.«

Nebenan aus dem Wohnzimmer hörte ich das laute Meckern von einem meiner Wellensittiche.

»Glaube, du hast sie in ihrem Schlaf gestört.«

»Hab ich kein Problem mit. Vor allem, weil sie mich morgens um sieben wecken.«

Nun war ich es, der lachte. »Nur im Sommer. Im Winter schlafen sie länger.«

»Na, da besteht Hoffnung«, sagte er trocken und warum auch immer, vollbrachte mein Herz einen kleinen Hüpfer vor Freude. Bis zum Winter dauerte es noch ein paar Monate. Wir hatten erst Anfang August.

Kapitel 14

Kai

Mir brannten die Lungen, die Beine waren kurz davor, die Arbeit zu verweigern und meine Füße klebten mit den Kufen auf dem Eis. Schwer atmend stand ich an der Bande und schnappte mit drei anderen Spielern nach Luft.

Nachdem wir die Linienläufe hinter uns gebracht hatten, liefen wir Bahnen gegeneinander. Die ersten Tage waren immer die Hölle, egal wie gut man sich über den Sommer vorbereitet hatte. Jedes Jahr aufs Neue taten mir die Muskeln und Knochen an Stellen weh, deren Existenz ich regelmäßig wieder vergaß. Diese neunzig Minuten am Vormittag auf dem Eis konnten fucking lang werden.

»Scheiße ist der schon wieder schnell«, stöhnte Jared neben mir, der unseren Lauf über vier Runden klar gewonnen hatte.

Ich blickte auf die Eisfläche, auf der Fiete, Bryan, Elias und Roman gegeneinander antraten. Fiete war in Front und schwebte regelrecht übers Eis. Es war ein Gedicht, ihm beim Laufen zuzusehen.

»Das sieht so geschmeidig und elegant aus trotz der Ausrüstung.« Ich konnte meine Augen nicht von ihm abwenden, auch wenn es ab der dritten Runde bei ihm wie ein Kampf aussah. Dennoch gewann er seinen Lauf. »Die Jungen können sich von ihm noch einiges abschauen. Seht ihr, wie perfekt er die Füße setzt?«

»Kein Wunder, der hat vor einigen Jahren mal mit Eisschnellläufern trainiert«, erwiderte Jason.

Schnaufend kamen sie zu uns an die Seitenbande, stützten sich ab und ließen sich von den Betreuern ihre Getränkeflaschen und einen Proteinriegel reichen.

»Okay Jungs, auslaufen, danach Pause und um vierzehn Uhr treffen wir uns hier wieder«, rief Bailen, einer der Co-Trainer übers Eis.

Fünfzehn Minuten später saßen wir in der Umkleidekabine. Jason neben mir.

»Du bist gut«, sprach er mich an, während er seine Ausrüstung ablegte.

»Danke. Du bist auch nicht schlecht. Wir werden gut zusammenarbeiten und uns bestimmt zu Höchstleistungen anstacheln.«

Jason hielt mir seine Faust entgegen. »Machen wir es dem Trainer schwer, sich für einen von uns entscheiden müssen.«

Grinsend schlug ich ein. »Dafür.«

»Hey Kai, bleibt es beim Haareschneiden nachher?«, rief Roman quer durch den Raum.

»Klar. Ich kann nur keine Farbe machen. Aber ansonsten habe ich alles dabei.«

»Super, meine Freundin wird sich freuen.«

Mit dem Rücken zum Raum gewandt zog ich mich aus. Um mich herum leerte sich die Kabine und die ersten Duschen erklangen aus dem Nebenraum.

»Wirst du mitduschen oder uns vollstinken?« Fiete erschien neben mir, ich zog gerade meine Hose aus. Er stand nackt da, das Handtuch um den Nacken gebunden und ich musste an gestern denken. Vor allem an seinen stolzen Gesichtsausdruck, als er sich weiter gewagt hatte. »Also?«, hakte er nach, als ich keine Antwort gab. »Keiner weiß etwas, niemand wirft dir was vor. Die Uhren stehen auf null, es liegt an dir, wie du sie stellst.«

»Ich komme gleich.«

Fiete lächelte. »Schön.« Er setzte sich auf Jasons Platz.

»Du kannst deswegen trotzdem gehen.«

»Ich warte auf dich, damit du auch wirklich kommst.«

Ich hob die Augenbrauen und grinste schief, was ihm Röte ins Gesicht trieb.

»Du weißt, was ich meine«, sagte er leise und barsch.

»Jupps, sehr gut sogar.«

Er griff nach seinem Handtuch und schlug mich damit.

»Das letzte Mittel der Sprachlosen. Das hast du nicht nötig, Fiete«, zog ich ihn auf, allerdings lag eine Spur Ernst in meinen Worten, die er rausgehört haben musste, denn er sah mich aufmerksam an.

Die Frage formte sich bereits auf seinen Lippen, doch er schien sich anders zu besinnen und schloss den Mund wieder.

Er hätte keine Antwort erhalten. Viel zu oft hatte ich als Kind die Male meiner leiblichen Mutter entdeckt und auf Nachfrage nur Ausreden erhalten. Erst in der Grundschule, nach meinen ersten Raufereien, hatte ich begriffen, woher sie stammten.

»Du hast vollkommen recht«, sagte Fiete und legte sich das Handtuch wieder um den Hals. »Fertig?«

Ich schnappte mir meine Duschsachen. Fiete hielt seinen Kopf zwanghaft oben und blickte an mir vorbei. Er biss sich auf die Lippen und ich grinste.

»Später«, sagte ich nur, drehte mich um und ging zu den Duschen, wackelte übertrieben mit dem Hintern. Bis auf zwei andere, die sich unterhielten, waren wir die einzigen, die noch nicht unter der Dusche standen. Ich hörte hinter mir ein unterdrücktes Schnauben und mein Grinsen wurde breiter.

Roman thronte mit nassen Haaren auf einem Stuhl in der Mitte unserer Kabine. Ein paar Teamkollegen beobachteten uns und flüsterten miteinander.

Ich hatte meinen Koffer mit den Utensilien aus Fietes Auto geholt, der nun geöffnet neben dem Stuhl stand. Wie so häufig, wenn ich einen neuen Kopf vor mir hatte, umkreiste ich ihn, versuchte mir vorzustellen, wie die Person mit welcher Frisur aussehen würde, was zu ihr passte.

Zurzeit hatte Roman einen Pisspottschnitt, der knapp über den Ohren endete.

»Was dagegen, wenn sie kürzer werden?«, fragte ich, kämmte mit den Fingern hinter ihm stehend durch seine Haare. Fand einen kleinen Wirbel, der sich oben rechts versteckte. Mit einer frechen Kurzhaarfrisur würden die Stoppeln natürlich abstehen an der Stelle.

»Nein.«

»Wirklich nicht? Wenn es dir nicht gefällt, kannst du die Haare wachsen lassen.« Ich ging erneut um ihn herum.

Roman grummelte.

»Mach mal«, warf Bryan ein. »Fiete sieht auch wieder annehmlich aus.«

»Hey«, meldete sich der empört zu Wort. »Ich sehe immer gut aus.«

Jupps, vor allem mit geröteten Wangen und verschwitzt, kurz nachdem du gekommen bist.

Fuck, ich sollte solche Gedanken nicht hier haben. Sicherheitshalber sah ich ihn nicht an. Hörte mir dennoch amüsiert an, wie er von den anderen gefoppt wurde aufgrund der nicht vorhandenen Frisur im letzten Jahr.

Roman seufzte. »Also gut, mach, was du denkst.«

»Danke dir.« Ich legte ihm den Umhang um, holte einen Rasierer und begann. Wie so häufig schweigsam auf meine Aufgabe konzentriert. Die Gespräche wurden lauter, ich blendete sie jedoch aus. Haarbüschel segelten zum Boden und meine Vision von Romans Kopf nahm Gestalt an.

»Meine Haare«, rief der auf einmal, als ich von ihm abließ und er auf den Boden sah.

»Das Gefühl kenne ich zu gut«, erwiderte Fiete mitfühlend. »Ich habe gedacht, keine mehr auf dem Kopf zu haben, als Kai sie geschnitten hat.«

»Habe ich denn noch welche auf dem Kopf?«, fragte Roman ängstlich nach und fasste sich auf den Kopf. Grinsend schaltete ich den Rasierer aus.

»Was glaubst du denn?« Ich stellte mich vor ihn und sah ihn mit meinem Kommt-mir-nicht-zu-nahe-Goalie-Blick an.

»Ich sag gar nichts, wenn du mich so ansiehst. Das sieht bedrohlich aus, selbst ohne Ausrüstung.«

In der Kabine brach Gelächter aus.

»Hey, Kai, wenn du gleich fertig bist, bin ich dann dran?«, rief Bryan.

»Mal sehen, wie viel Zeit wir noch haben.« Ich sah auf die Uhr über der Tür. Viel blieb nicht mehr, bevor wir uns wieder umziehen und im Konferenzraum erscheinen mussten. Dort hatten wir die erste Taktik Besprechung. Danach ging es für eine weitere Einheit aufs Eis. Nur um die Zeit dazwischen zu überbrücken, hatte ich Roman angeboten, ihm jetzt schon die Haare zu schneiden.

»Und hinterher?«

»Trainiere ich mit Elias. Habe ich ihm gestern versprochen.«

Der Angesprochene strahlte und wuchs glatt mehrere Zentimeter in die Höhe. Ich hatte nie erlebt, jemandes Idol zu sein, aber anscheinend war ich das für Elias. Stolz schwoll auch meine Brust an.

»Wir können morgen Mittag weitermachen«, sagte ich zu Bryan. »Deine Haare sind kurz, das geht schnell.« Ich widmete mich wieder Romans Kopf, als Egon hereinkam.

»Heiliges Eis, was ist hier los? Wer macht die Sauerei weg?«

»Ich. Du musst mir nur zeigen, wo ich Besen, Handfeger und Schaufel finde.«

Skeptisch blickte Egon mich an.

»Ich bürge für ihn«, rief Fiete lachend. »Mein Badezimmer sah mittlerweile schon öfter so aus.«

»Ich hole die Sachen her, aber wehe, ich finde nachher ein Haar auf dem Boden.«

»Du findest ständig Haare von uns, Egon. Nicht alle sind vom Kopf«, sagte Jason, was lautes Gelächter hervorrief.

Ich lächelte und fuhr durch Romans Haare, die getrocknet waren. Egon verließ selbst lachend den Raum.

»Wenn du nachher geduscht hast, zeige ich dir, wie du sie frisieren kannst. Ist ganz schnell und einfach erledigt.« Ich holte meinen Spiegel hervor und hielt ihm den vor. »Gefallen dir die kurzen Haare?«

Roman drehte seinen Kopf hin und her. »Sieht gut aus. Nicht mehr so langweilig wie vorher.« Die anderen kamen näher und betrachteten ihn ebenfalls. Ich wurde von Anfragen überhäuft, bis ich die Arme hob.

»Also Leute, schön nacheinander. Ich kann euch nicht alle an einem Tag frisieren. Die dringendsten Fälle picke ich mir heraus.«

Solch einen Einstand hatte ich bisher in keiner Mannschaft gehabt. Wobei ich auch nie groß verkündet hatte, Friseur zu sein und ob sie meinen Wiki-Eintrag gelesen hatten, wusste ich ebenso wenig. Ich freute mich jedenfalls sehr über heute, suchte Fietes Blick, der lächelte und mir zu zwinkerte. Gleichzeitig nagten Zweifel an mir, ob ich in einigen Wochen, wenn alle zufrieden waren, wieder alleine in meiner Ecke hockte und nicht mehr gefragt wurde, ob ich mitwollte, wenn sie essen gingen. Das momentane Interesse kam doch eindeutig durch meine Skills als Friseur, aber mochten sie später auch den Menschen Kai?

Ich biss mir auf die Lippen. Egon kam zurück und drückte mir den Besen in die Hand. Roman stand auf, nahm den Umhang ab, räumte den Stuhl beiseite und stellte sich vor einen Spiegel. Dort fasste er sich ständig in die Haare, schob sie hin und her.

»Zwischendurch wirst du für mich Zeit haben, oder?« Egon verschränkte die Arme vor der Brust und beobachtete mich.

»Klar. Ich ziehe dich auch vor, wenn ich meine, es muss sein.« Wir lächelten uns verschwörerisch zu.

Roman drehte sich zu mir. »Danke dir, Kai. Ich muss mich zwar an den Anblick gewöhnen, aber es sieht wirklich gut aus.« Er kam zu mir herüber und nahm mir den Besen aus der Hand. »Wenn du uns schon kostenlos die Haare schneidest, sollten wir den Dreck wegmachen.«

Egon grinste, achtete nun auf Roman und deutete hier und dort hin, wenn er ein Büschel übersah. Ich verräumte meine Sachen.

Uns blieb eine halbe Stunde, bis wir in den Besprechungs-raum mussten. Ich ging zu meinem Platz, Fiete auf den Fersen, der sich neben mir niederließ.

»Vielleicht solltest du mit Jason tauschen«, schlug ich ihm ironisch vor.

»Bloß nicht, schön die Goalies beisammen lassen. An-sonsten gibt es nur unnötig Ärger.« Er lehnte sich vor, die Arme auf seinen Oberschenkeln abgestützt, das Gesicht mir zugewandt. »Das läuft doch gut.«

»Wie hätte es denn laufen sollen? Ich habe nur Haare ge-schnitten.«

Fiete verdrehte die Augen. »Du weißt, was ich meine.«

»Wirst du jetzt jeden Tag hier sitzen und verschiedene Si-tuationen mit mir und dem Team analysieren?«

»Du bist unverbesserlich. Gib doch zu, dass du das ge-nossen hast.«

Das hatte ich tatsächlich. Genauso wie das Essen gestern nach dem Medizincheck. Trotzdem blieb ich vorsichtig, im-mer auf der Hut und vermied es, mich zu früh zu freuen. Fiete legte mir eine Hand auf mein Knie. Eine mittlerweile so vertraute Geste. Allerdings saß hier der Kapitän Fiete, der einem Mitspieler beistand und nicht der Mitbewohner, der Nachhilfe in Sex brauchte.

»Ist erst der zweite Tag hier. Mit der Zeit wirst du merken, wie wenig es uns schert, welcher Ruf einem Spieler voraus-eilt und wir ihn lieber selbst kennenlernen.«

»Sagt der Mann, der mich beim ersten Aufeinandertreffen auseinandernehmen wollte.«

»Ich wollte dir auf den Zahn fühlen.«

»Wie eine Glucke, die ihre Küken beschützen will. Ver-stehe das schon.«

»Ich bin keine Glucke«, rief er aus und setzte sich auf.

Aus mehreren Richtungen, die das gehört hatten, erschollen »Doch«, »Auf jeden Fall bist du das«, »Dafür mögen wir dich, Cap« Rufe.

Ich hob nur meine Augenbrauen.

»Schon gut. Dann bin ich halt eine.« Abwehrend hob er die Hände.

»Eine gut aussehende dazu«, flüsterte ich ihm zu, was ihm wieder Röte ins Gesicht schießen und ihn unglaublich niedlich aussehen ließ.

Kapitel 15

Fiete

*D*ie Vorbereitungswochen flogen an uns vorbei und abends fielen wir müde ins Bett. Selbst meine Tochter sah ich kaum. An einigen Tagen fuhr ich nach dem Training bei ihr vorbei, spielte eine halbe Stunde mit Isa und verabschiedete mich wieder. Kai hatte sie noch gar nicht kennengelernt, da ich immer alleine zu ihr fuhr.

Kai legte sich, wenn wir zu Bett gingen, ganz selbstverständlich zu mir. Ich liebte es, sein kleiner Löffel zu sein, ihn hinter mir zu wissen, wenn seine Arme mich umschlangen und sein Atem über meine Haut strich. Aus irgendeinem Grund schlief ich dabei immer schnell ein. Die Verzögerung mit der Renovierung seines Appartements kam mir sehr recht. Ansonsten wäre Kai längst dort und ich nachts wieder alleine, wovor mir ein wenig graute.

Ich sah mich in meinem Wohnzimmer um, eine Schale mit Nüssen, die ich aß auf dem Schoß. Überall lagen kleine Spuren von Kai herum. Seine Zeitschriften, die er immer nur grob durchblätterte und einen Bruchteil davon las.

Ich griff nach einer. Friseurzeugs, Artikel über Fachwissen, mit dem ich wenig anfangen konnte. Ich warf sie wieder auf den Stapel.

Es war viel zu ruhig ohne Kai in der Wohnung. Niemand da, mit dem ich mich unterhalten konnte. Kai war ohne mich mit Roman losgezogen.

Innerhalb des Teams fügte er sich sehr gut ein. Manchmal kam es vor, dass er mit Jason loszog oder mit Elias länger im Trainingszentrum blieb. Beides freute mich, gleichzeitig wollte ich ihn bei mir zu Hause haben. Ich hatte mich so an seine Anwesenheit gewöhnt, mit ihm zu essen, über das Training und den Tag zu reden, mir seine Eindrücke über die Mannschaft erklären zu lassen.

»Verdammt, ich weiß doch sonst auch, was ich machen kann.« Ruhelos pilgerte ich durch die Wohnung. Selbst die Wellensittiche lenkten mich nicht ab. Dafür räumte ich den Schrank in der Küche für die Flattermänner auf, warf altes Spielzeug fort, saugte die Böden ab und platzierte alles neu.

Als ich damit fertig war, stand ich auf. Holte mir ein Wasser aus dem Kühlschrank. Mein Blick fiel auf unseren Spielplan, der an der Tür hing.

Den nächsten Tag hatten wir einen Ruhetag. Nur noch eine Woche bis zum ersten Ligaspiel.

Wie ging es dann mit Kai und mir weiter? Ich fuhr mir durch die Haare. Dieses ganze Arrangement sollte nur während der Vorbereitungszeit laufen, doch ich wollte nicht aufhören. Wollte Kai bei mir haben. Mir graute davor, wenn das Appartement fertig war und er ausziehen würde. Dann hätte ich jeden Abend diese Ruhe und es endete mit uns. Bei dem Gedanken entstand eine Leere in mir, die ich hasste. Ein kalter Schauder jagte mir den Rücken hinunter.

Einer meiner Wellensittiche zwitscherte auf einmal los und ich schreckte zusammen. Die Flasche in meiner Hand war noch ungeöffnet und ich drehte den Verschluss auf, um endlich zu trinken.

»Meine Güte, Fiete, was ist nur los mit dir?« Verärgert stellte ich die Flasche zurück in den Kühlschrank und ging ins Wohnzimmer. »Wir hatten ein klares Ablaufdatum, jetzt beschwer dich nicht, du hast es vorher gewusst.«

Als ob die Vögel mich verstanden hätten, fiepten sie. Ich trat in die Ecke zu ihnen, hielt meinem Fresssack die Hand hin und der Wellensittich nahm das Angebot an. Jedes Mal war es wieder ein witziges Gefühl, wenn diese winzigen Federbällchen auf meinen Handrücken tapsten. Sie waren so leicht, die Füße so klein.

Er verteilte Liebesbisse auf meiner Haut, die ich mannhaft ertrug, machte es sich danach gemütlich und begann sich zu putzen.

»Ihr seid wenigstens immer da.« Mit dem Zeigefinger kraulte ich den Wellensittich am Hals, was er genüsslich entgegennahm. Er plusterte die Federn auf, legte den Kopf schief und gab mir noch mehr Fläche für meinen Finger. Nach einigen Minuten reichte es ihm, er schüttelte sich, lief zum Rand meiner Hand und flog auf eine Schlafschaukel.

Seufzend ließ ich mich auf mein Sofa fallen, schaltete den Fernseher ein und zappte durch das Programm. Machte Netflix an und fand nichts, was ich gucken wollte.

Genervt von mir selbst stand ich auf, putzte mir die Zähne und zog mir ein Shirt über. Nur mit Boxershorts und dem T-Shirt bekleidet, kehrte ich zurück ins Wohnzimmer. Es begann zu dämmern und die Vögel hatten sich auf ihre Schlafschaukeln zurückgezogen. Leise zwitscherten sie miteinander.

»Wisst ihr was? Ich gebe euch was Ordentliches zum Mitsingen.« Aus meiner Kiste suchte ich die Noten zu einigen Coldplay Stücken heraus. Sie liebten die Band, vor allem wenn ich nicht selbst spielte.

Ich setzte mich ans Klavier und begann die ersten Takte von *Paradise* anzuspielen. Sofort verstummten die Vögel. »So, seid ihr bereit? Ich beginne jetzt.« Zusätzlich sang ich. Es dauerte nicht lange und die Vögel fielen mit ein. Beim zweiten Lied musste ich die kleine Stehlampe neben dem Klavier einschalten, weil es dunkel wurde.

Bei *A Sky Full Of Stars* schloss ich die Augen, spielte und sang aus dem Gedächtnis. Es war das absolute Lieblingslied meiner Wellensittiche und sie fielen sofort nach den ersten Takten mit ein. Laut und nachdrücklich. Für mich gab es seit langem nichts Schöneres bei der Musik als mit meinen Vögeln zu musizieren.

Als die letzten Takte verklangen, klatschte es neben mir laut und ich zuckte heftig zusammen, völlig aus meiner Trance gerissen.

»Whoa, Cap, ich wusste nicht, wie gut du bist. Das ist doch kein Dekostück.« Roman stand neben Kai am Klavier. Über die Musik, meinem Gesang und dem Gezwitscher der Wellensittiche hatte ich nichts anderes wahrgenommen und wurde wieder einmal überrascht von Kai.

In mir ballte sich die Wut zusammen, da er mich nicht vorgewarnt hatte und Roman es mitbekommen hatte.

»Du hättest Bescheid geben können«, motzte ich Kai an, drückte den Deckel heftig auf die Tastatur. Es klapperte laut und die Vögel piepten überrascht.

»Sorry. Ich konnte doch nicht ahnen, dass du musizierst.«

»Du hättest mich unterbrechen können.« Es war kindisch, wie ich mich aufführte, aber ich hatte mir als Erwachsener geschworen, nur noch für mich zu spielen. In der Musik wollte ich unperfekt perfekt sein und nicht ständig danach streben, besser zu werden, mir anhören zu müssen, an welcher Stelle ich Stakkato, Legato oder sonstige musikalische

Artikulation nicht richtig gespielt hatte. Deswegen hörte mein Vater mich überhaupt nicht mehr an einem Instrument. Sehr zu seinem Bedauern.

Roman blickte zwischen uns hin und her, wie bei einem Tennisspiel.

»Geht das immer so bei euch ab? Ich sollte häufiger kommen, das ist voll die coole Realityshow«, sagte er und handelte sich zwei böse Blicke ein. »Außerdem war das viel zu schön zum Unterbrechen.«

»Ich spiele nicht für Publikum.« Es kam giftiger raus als gewollt. Roman hatte das definitiv nicht verdient. Ich stand auf, rollte den Stuhl unter das Klavier. »Tut mir leid.«

Roman winkte ab. »Wieso spielst du nur für dich alleine? Du bist ziemlich gut. Soweit ich das beurteilen kann.«

Er bekam darauf keine Antwort.

»Nochmal, sorry. Beim nächsten Mal klopfe ich laut und deutlich an. Dann kannst du aufhören.« Kai verschränkte die Arme vor der Brust, sein Blick war eine Mischung aus Wut und Unverständnis.

Ich atmete tief durch. »Schon gut. Achte einfach darauf.«

»Ist es in Ordnung, wenn ich jemanden mitbringe, ohne das vorher anzukündigen?«, fragte Kai nun. Sein wütender Gesichtsausdruck von eben war Unsicherheit gewichen, die auch in seiner Stimme widerhallte und meine Wut über die Überraschung verrauchte.

»Natürlich.«

»Wir wollten ein wenig zocken. Willst du mitmachen? Brauchst dich auch nicht anziehen dafür.« Roman grinste und deutete mit dem Kopf auf meine Beine. Fuck, ganz vergessen, wie wenig ich anhatte.

»Fifa«, fügte Kai hinzu.

»Du magst Fußball?« Entsetzt sah ich Kai an.

Er zuckte mit den Schultern. »Warum nicht?«

»Weil es allen anderen Sportarten in Deutschland den Rang abläuft.«

»Ich korrigiere dich nur ungern, aber es ist leider weltweit so. Deswegen kann man ihn trotzdem mögen.«

Ich schnaubte. »Ich mach mit, allerdings Eishockey. Ich habe das neue NHL-Spiel.«

Romans Augen weiteten sich erfreut. »Da bin ich dabei. Tereza hat Mädelsabend bei uns, wir könnten ziemlich lange spielen.« Er rieb sich die Hände und fläzte sich aufs Sofa.

»Ich gehe mir mal 'ne Hose anziehen«, sagte ich und verließ das Wohnzimmer.

»Es ist wirklich in Ordnung, oder?« Kai war mir gefolgt.

»Natürlich. Es ist doch gut, wenn du Freunde findest und was mit den Teamkollegen unternimmst.« Auch wenn ich mich darauf gefreut hatte, mit ihm alleine zu sein, sobald er nach Hause kam. Ich mochte es nicht zugeben, aber ich war enttäuscht. Trotzdem versuchte ich völlig lässig zu klingen.

Wir hätten vielleicht noch Nichtigkeiten im Fernsehen geguckt und darüber gelacht. Dabei gekuschelt oder durch das Fenster die Nachbarn im Haus gegenüber beobachtet, die nie die Jalousien heruntermachten, aber das Licht anließen. Durch die großen Doppelbalkontüren überblickte man einen Großteil ihres Wohnzimmers. Manchmal, wenn sie sich zu streiten schienen, gaben wir den stummen Gesten Wörter an die Hand und führten das Streitgespräch.

»Du wirkst nicht so.«

»Ich bin müde.« Ich griff aus dem Schrank eine Jogginghose und zog sie über.

»Hey, komm schon«, sagte Kai und umfasste sanft mein Handgelenk, zog mich an sich. Natürlich musste mein Herz deswegen schneller schlagen.

Das hier zwischen uns durfte nicht mehr werden, war nur ein verficktes Arrangement. Kai liebte Charly, nicht mich. Außerdem waren wir Teamkollegen. Wenn es herauskam, wollte ich gar nicht wissen, wie sich das auf das Team auswirken würde. Wahrscheinlich wäre ich dieses Mal derjenige, der sich einen neuen Verein suchen musste. Kai war das beste Beispiel, wie wenig es funktionierte, wenn man sich in seinen Mannschaftskollegen verliebte.

»Nicht«, wehrte ich ihn ab. »Roman ist nebenan.« Kai ließ mich wieder los, seufzte dabei leise.

»Ich werde niemanden mehr mitbringen.« Er klang traurig und das schnitt mir ins Herz.

»Nein, das …« Fuck. »Du darfst mit jedem herkommen. Im Moment wohnst du doch hier.«

»Hey, wo bleibt ihr denn? Muss Kai dir erst die Hose nähen?«, erklang Romans Stimme gefährlich nah an meinem Schlafzimmer. Ich trat zwei Schritte zurück, bedauerte es und hasste mich dafür. Irgendetwas war in den letzten fünf Wochen passiert.

»Ich komme«, antwortete Kai. Wandte sich nach etlichen Sekunden ab und ging zu Roman. Es kam mir fast vor, als hätte in Kais Gesicht ebenfalls Enttäuschung gestanden. Energisch schüttelte ich den Kopf und zog die Hose an, schluckte meine eigene Enttäuschung hinunter und setzte mich zu den beiden. Kai hatte die Playstation auf die Kommode gestellt, das Spiel gefunden, eingesteckt und verteilte die Controller.

»Willst du was trinken?«, fragte ich niemand bestimmten, stand auf und holte Wasser und Bier aus der Küche.

»Spielst du wirklich nur für dich?« Roman nahm das Bier von mir entgegen, reichte es an Kai weiter und ergriff die nächste Flasche, die ich ihm hinhielt.

»Jupps.«

»Selbst wenn Kai da ist, setzt du dich nicht ans Klavier?«

»Genau.«

»Was für ein verschwendetes Talent.«

Ich zuckte nur mit den Schultern.

Kai war letzte Nacht ins Bett gekommen, als ich schon eingeschlafen war. Nun umschlangen mich seine Arme und hielten mich fest. Sein Atem streifte meinen Nacken und schickte mir ein Kribbeln durch den Körper.

Roman und Kai hatten eine bewundernswerte Ausdauer bewiesen. Gegen Mitternacht war ich müde geworden und hatte mich ins Bett verzogen. Es war ein toller Abend gewesen und es freute mich so sehr für Kai Freunde zu finden und in der Mannschaft anzukommen. Von daher war es ausgeschlossen, mich in ihn zu verlieben und so unser Mannschaftsgefüge aus dem Tritt zu bringen. Einen schwulen Kapitän zu haben war das eine, einen, der dann noch mit einem Teamkollegen was anfing? Sogar mit dem Starting Goalie? Das war etwas ganz anderes.

Durch das Fenster schien die Sonne herein und erhellte den Raum. Es musste mitten am Vormittag sein, ich war jedoch zu faul, um nach der Uhrzeit zu sehen. Dann hätte ich mich bewegen müssen und das wollte ich nicht. Viel zu gemütlich war es in Kais Armen.

Hoffentlich konnte ich das noch länger genießen und die Handwerker in dem Appartement wurden nie fertig. Die dadurch aufkeimende Enttäuschung drückte ich nieder, bevor sie Besitz von mir ergreifen konnte. Ich sollte besser die Zeit genießen, die mir noch mit Kai blieb.

Aus dem Wohnzimmer klang das gedämpfte Gezwitscher und Gemeckere der Wellensittiche zu uns. Wenn sie noch so aktiv waren, konnte es keine elf Uhr sein. Zu dieser Jahreszeit hielten sie meist dann eine kurze Siesta.

Ich zeichnete mit den Fingerspitzen unsichtbare Kreise und Ecken auf Kais Arme. Leise seufzte ich.

Er regte sich hinter mir. »Wasn?«, fragte er mit rauer Schlafstimme.

»Nix«, antwortete ich ihm leise. Konnte er meine Gedanken lesen?

»Ist aber was«, widersprach er und küsste meinen Nacken. Ich drehte mich auf den Rücken, sah in sein schlaftrunkenes Gesicht. Die Augen noch geschlossen.

»Nein, wirklich nicht. Schlaf weiter. Du musst müde sein.« Mit gekrümmtem Zeigefinger fuhr ich seine Wange entlang.

»Hast geklungen, als ob die Probleme der Welt auf dir liegen.«

Oha, ich hatte doch nur geseufzt. Ich konnte ihm schlecht beichten, wie sehr ich mich vor dem Tag fürchtete, an dem ich wieder alleine aufwachte. Oder im Bad die Dusche nicht mehr teilen musste und wir uns nicht mehr im Spiegel mit einem Zahnpastamund zu lächelten.

So natürlich, normal und trotzdem speziell hatte es sich mit meiner Ex-Frau nie angefühlt. Mein Herz hatte bei ihr keinen Hüpfer gemacht, wenn ihr etwas Besonderes an mir aufgefallen war. Sie hatte es nie geschafft, meine Haut durch eine Berührung zum Prickeln zu bringen. Nicht zu vergessen die Wirkung der hungrigen und gierigen Blicke, wenn Kai mich abends stückchenweise mit seinem Mund, der Zunge oder den Händen auseinandernahm und hinterher wieder zusammensetzte.

»Es ist wegen gestern Abend, oder? Es tut mir leid. Ich werde das nicht mehr machen.« Er sah mich schlaftrunken an, die Traurigkeit in seinen Worten spiegelte sich dennoch in seinen Augen.

»O nein, überhaupt nicht. Wirklich nicht. Ich fand den Abend schön.«

»Das Stören beim Klavierspielen.« Kai drehte sich auf den Rücken und legte einen Arm über seine Augen. »Es ist das, oder? Wobei ich immer noch nicht verstehe, warum es für dich ein Problem ist, vor anderen zu spielen. Du kannst es so gut und hast so eine tolle Stimme.«

Das zauberte mir ein Lächeln auf die Lippen. »Danke dir, aber das ist es auch nicht.« Ich setzte mich auf, zwirbelte eine Haarsträhne durch meine Finger und betrachtete Kai, der so unglaublich schön war. Am liebsten hätte ich ihn geküsst und nie mehr aufgehört. »Keine Ahnung, was los ist. Ich habe über …« *Dich und mich, deinen baldigen Auszug und das Ende unseres, was auch immer sinniert. Wir uns dann nur noch bei Auswärtsspielen so nah sein werden und sich alles in mir dagegen wehrt und dich behalten will.* »… die anstehende Saison und wie wenig ich Isa sehen werde, nachgedacht.«

»Wir haben heute frei. Sei einfach Fiete und nicht Cap, okay?« Er zog mich zu sich und küsste meine Stirn. Die dunklen Gewitterwolken verzogen sich für den Moment. »Ich habe eine viel bessere Idee, worüber du dir den Kopf zerbrechen kannst. Wir hatten schon lange keinen Sex mehr.«

»Training und Alltag sind fordernd.« Ich lachte.

»Allerdings. Deswegen nutzen wir den heutigen Tag und bleiben im Bett.« Er knabberte an meinem Ohr und schickte ein Prickeln durch meinen Körper.

»Das geht nicht. Am Nachmittag hole ich Isa ab und wir gehen in den Tiergarten«, fiel mir rechtzeitig ein. Da würde zwar an einem sonnigen September Sonntag Nachmittag eine Menge los sein, aber meine Tochter liebte es. Ich hatte ihr ein Patentier für ein Jahr gekauft und wir besaßen eine Jahreskarte, denn sogar im Winter zog es sie regelmäßig dorthin.

»Dann bleiben wir nur den halben Tag im Bett.« Er knabberte sich mein Ohr entlang, leckte über die empfindliche Haut dahinter. Sein Mund fand meinen und die anfänglichen harmlosen Küsse wurden intensiver. Unsere Zungen spielten miteinander, drangen in den Mund des anderen ein und waren dann wiederum sehr zärtlich. Unsere Hände begaben sich auf Wanderschaft, schoben Stoff beiseite, wenn er im Weg war. In mir ballte sich ein explosives Gemisch aus Lust, Verlangen, Erregung und Hitze zusammen, das wellenförmig durch meinen Körper strömte.

»Dreh dich um«, bat Kai mich, leckte über meinen Adamsapfel, was er unheimlich gern machte und mich nur weiter anheizte. Ich kam dem Wunsch sofort nach und Kai setzte sich hinter mich, zog mir die Boxershorts aus. »Kannst du bitte die Knie anziehen?«

Auch das tat ich widerspruchslos, vertraute mich ihm an, meinen Körper. Er würde sofort aufhören, wenn ich nicht weiterwollte.

Er strich mit der flachen Hand über meinen Rücken unter mein T-Shirt, danach über meinen Arsch und plötzlich leckte er mir durch meine Arschritze. Ich zuckte zusammen, sah über meine Schulter nach hinten. Kai grinste mich an.

»Na? Wie war das?«

»Feucht«, gab ich zurück und er lachte.

»Warte mal ab, das wird noch besser.« Er streckte seine Zunge raus, zog meine Arschbacken auseinander und leckte über den Muskelring meines Eingangs.

»Fuck«, entfuhr es mir. Es war ein merkwürdiges Gefühl, dort berührt zu werden und dann mit einer Zunge, die sanft darüber leckte. Trotzdem war es erregend.

»Soll ich weiter machen?«, fragte Kai.

»Unbedingt.«

Er lachte, stupste mich mit der Nasenspitze an und begann mich zu lecken, neckte mich mit der Zungenspitze und saugte.

Ich krallte mich im Bettlaken fest, nicht im mindestens darauf gefasst, was das mit mir anstellte. Ich wurde zu Wachs unter ihm, mein Schwanz steinhart und vor Verlangen pulsierend, die Spitze feucht von den ersten Lusttropfen. Am liebsten hätte ich danach gegriffen und mich gewichst, um mir ein wenig Erleichterung zu verschaffen, doch ich verbot es mir selbst. Wollte jeden Augenblick genießen und ihn hinauszögern. Ich stöhnte und keuchte unter Kais Behandlung, war kurz davor zu explodieren.

»Bereit für mehr?«, fragte Kai, sein Daumen streichelte über meinen Eingang, übte leichten Druck aus und brachte mich näher an den Rand.

»Noch mehr?«, stammelte ich nicht sicher, ob ich das aushielt. Gleichzeitig schrie alles in mir ›Ja‹. Ja, ich wollte mehr, wollte wissen, wie es war, wenn er mich …

»Fiete, du denkst schon wieder. Heute werden weder du noch ich gefickt. Höchstens mit Fingern.« Er strich über meine Schenkel. Schwebte ich über dem Bett oder lag ich noch drauf?

Ich schluckte und nickte, nicht fähig zu sprechen.

»Ja, du willst weiter?«

»Ja«, hauchte ich, räusperte mich. Kai lächelte, drückte mir einen Kuss auf den Hintern, es schmatzte laut, dann wurde meine Ritze feucht.

Angespannt bis in die Haarspitzen wartete ich auf den nächsten Schritt.

»Ganz ruhig, Fiete. Lass dich einfach drauf ein.« Kai massierte den Muskelring und ich vergrub mein Gesicht im Kissen. Langsam schob er einen Finger in mich. Im ersten Moment fühlte er sich wie ein Fremdkörper an, der dort nicht hingehörte. Kai drückte vorsichtig tiefer, zog ihn heraus und stieß wieder zu. Immer noch sachte. »Du machst das toll. Wollen wir doch mal sehen, was du dazu sagst.«

Was kam jetzt? Nur Sekunden später krümmte er seinen Finger und strich über die Prostata, was alles zum Explodieren brachte. Dazu kam ein Druck vom Damm außen gegen sie und ich keuchte laut auf.

»Was ... was machst du?«, fragte ich atemlos, mein Schwanz zuckte, bettelte um Berührung.

»Ich massiere dich.«

Ich wand mich nun völlig in meiner Lust, dem Verlangen nach mehr und gleichzeitig dem Wunsch nach Erlösung erlegen. Kai hörte nicht auf, machte unerbittlich weiter. Ich wimmerte, stöhnte, wusste nicht, wohin mit all den Gefühlen, die in mir tobten. Eines lauter als das andere. Dies war eine neue Ebene, die ich erklommen hatte und nie wieder verlassen wollte.

Jede einzelne Nervenzelle in meinen Körper war aktiviert, wollte etwas abhaben von dem Rausch. Ich vibrierte überall.

Hätte Kai meinen Schwanz angefasst, ich wäre sofort gekommen.

»Bitte«, brachte ich irgendwann hervor. Schweiß rann mir den Nacken herunter, verfing sich im Kragen meines T-Shirts.

»Was, Fiete? Was willst du? Was brauchst du?«

»Ich … ah.« War nicht mehr in der Lage, einen Gedanken zu fassen, geschweige denn zu reden.

Da umfasste er meinen Schwanz, der erfreut zuckte. Meine Eier zogen sich zusammen, prall gefüllt bis zum Anschlag.

»Ist es das?« Er begann mich schnell und hart zu wichsen. Das brachte das Fass zum Überlaufen. Ich kam, schrie meine Lust heraus. Kai ließ mich erst los, als ich ganz zusammensackte und meine Beine ausstreckte. Das T-Shirt klebte an mir und ich lag in der Pfütze, die durch meinen heftigen Orgasmus unter mir entstanden war.

Kai legte sich auf mich, sein harter und steifer Schwanz drückte mir gegen den Hintern.

»Das war so geil. Hätte ich gewusst, wie du darauf abgehst …« Er sprach nicht zu Ende, küsste mich auf den Kopf. Ich war zu schwach, um etwas zu sagen, dennoch war ich entspannt, befriedigt und fühlte mich wie ein Puzzle, dem man endlich das letzte Teil eingesetzt hatte.

Kai küsste mich die ganze Zeit sanft auf die Wange, die Schläfe, überall, wohin er gelang, griff nach meinen Händen und verschränkte unsere Finger miteinander.

»Du bist so wunderschön«, flüsterte er und brachte mein Herz damit aus dem Takt und ich schmolz endgültig dahin. Er konnte nicht solche Dinge mit mir anstellen und so was sagen.

Unvermittelt traten mir die Tränen in die Augen und tropften in die Matratze.

»Fiete, was ist los?« Kai rutschte von mir herunter, strich mir die Tränen aus dem Gesicht, die unablässig liefen.

Scheiß Hormone. Daher kam das bestimmt nur.

»Ich …« Ich schluckte, was sollte ich ihm sagen? *Ich habe mich in dich verliebt und will dich nicht mehr missen.* »Es war so intensiv«, sagte ich nach einigen Sekunden, in denen Kai mich nur besorgt ansah und meine Tränen wegwischte. »Das habe ich noch nicht erlebt. Nicht mal der Gewinn der Meisterschaft ist damit zu vergleichen.« Das stimmte sogar, denn dieses hier befand sich in einer ganz anderen Liga, einer sehr viel persönlicheren, die ich niemals mit irgendjemanden außer Kai teilen wollte.

»Ich habe noch nie jemanden gehabt, der wegen Sex geweint hat. Das ist so süß und schön.«

Das brachte mich trotz Tränen zum Lachen. »Du hast nicht mal was davon gehabt.«

»Eine Menge. Es ist so schön, dich zu beobachten, wie du dich auf alles einlässt, dich darauf stürzt, als gäbe es kein Morgen.« Er ergriff meine Hand, streichelte über meine tränennasse Nase, meine Lippen und diese Nähe war so viel intimer als alles, was wir bis jetzt miteinander geteilt hatten. »Wie du mir vertraust.« Er fand meinen Blick, Wärme und Zuneigung standen in seinen Augen. »Das ist … du kannst dir nicht vorstellen, was mir das gibt.«

Statt zu antworten, küsste ich ihn. Ohne den Hunger von vorhin, dafür mit allem, was ich für ihn empfand. Dies war einer der zärtlichsten Küsse, die ich jemals jemandem gegeben hatte, und er erwiderte ihn.

Schweigend schmiegten wir uns aneinander.

»Kann ich nachher mit?«, fragte er nach einer Weile leise.

»Klar. Isa wird dich bestimmt mögen und sich freuen, dir alles zeigen zu können.« Zumindest vermutete ich es. »Mal sehen, wie du dich beim Schweinefüttern anstellst.« Allein bei der Vorstellung gluckste ich, wie der große Goalie sich bückte und kleine Brötchen im Gehege verteilte.

»Beim Schweinefüttern?« Die Skepsis klang bei jeder Silbe mit.

»Wir gehen immer zu den Fütterungszeiten in den Tiergarten, weil die Tierpfleger Kindern erlauben, bei den Schweinen mit reinzugehen und sie beim Füttern zu unterstützen. Sie durfte sogar schon mal mit in den Stall und Ferkel zählen. Die waren erst ein oder zwei Tage alt und brauchten noch die Wärmelampe.«

»Was ist das für ein Tiergarten?«

»Einer, der sich auf die Fahne geschrieben hat, alte vom Aussterben bedrohte Haustierrassen am Leben zu erhalten. Du wirst keine exotischen Tiere zu sehen bekommen, sondern große Hausschweine, die sich im Dreck suhlen, kleine Rinder auf einer riesigen Wiese und jede Menge Ziegen streicheln.«

»Na, das wird lustig«, meinte Kai.

Ich musste schmunzeln. Kai klang nicht überzeugt.

»Garantiert. Isa kennt jedes Tier und wird dir dessen Geschichte erzählen.« Ich grinste frech. »Lass dich drauf ein.«

»Hey, verwende gefälligst nicht meine Waffen gegen mich.« Er kitzelte mich und eine kleine Rauferei entspann sich auf dem Bett, bei der dieser größere Goalie doch glatt seine Überlegenheit, Geschmeidigkeit und Gelenkigkeit ausspielte. Am Ende lagen wir lachend nebeneinander.

»Ich habe Hunger. Wollen wir essen und duschen? Du kannst dich gerne revanchieren.«

»Da sage ich nicht nein. Du machst Frühstück, ich kümmere mich um die Vögel.«

»Die natürlich wieder das beste Gemüse erhalten.«

»Sie sollen gesund und munter bleiben.« Ich holte aus und wollte ihm spielerisch auf die Brust klopfen, doch Kai fing meine Hand ab und drückte mir einen Kuss darauf.

»Schon klar. Immerhin muss ich nicht die ganzen Federn wegsaugen. Ich frage mich ernsthaft, wie die überhaupt noch fliegen können. Über Nacht haben sie garantiert wieder tausend verloren.«

»Das nennt sich Mauser. Ich könnte dir ein Kissen damit stopfen«, erwiderte ich trocken.

»Wie lange willst du damit Zeit verbringen? Bis wir alt, grau und runzelig sind und mit einem Rollator über das Eis gleiten?«

»Wären trotzdem noch besser als die jungen Hüpfer.«

»Garantiert. Na komm, bevor deine armen Piepmätze verhungern.«

Kapitel 16

Kai

*F*iete mit seiner Tochter zu beobachten, war herzerwärmend. Sie bedeutete ihm die Welt, jeder Blick, jede Geste ihr gegenüber drückte es aus. Sie alberten viel herum, Fiete war sich auch nicht zu schade, dabei sein innerstes Kind herauszulassen. Trotzdem wusste Isa sofort, wenn er umschaltete und wieder der fürsorgliche oder strenge Vater war.

»Schau mal, Kai, ein Pfau.« Isa ergriff meine Hand und zog mich zu dem großen Vogel mit den langen Schwanzfedern, die er im Augenblick nicht aufgestellt hatte. »So schön.« Sie ging mit mir sehr nah heran, was den Pfau nicht im mindestens zu ängstigen schien, er drehte sich sogar zu uns um. Er war groß und der Schnabel im Vergleich zu denen von Fietes Vögeln riesig.

»Ja, wundervoll.« Ich lächelte gezwungen, der konnte wenigstens nicht auf meinem Kopf landen. Was rannte der überhaupt hier so frei herum? Mussten die nicht auch hinter Zäune eingesperrt werden?

»Isa, lass mal den Kai los. Er erkennt die Schönheit des Pfaus, auch wenn er ein paar Schritte entfernt ist.«

Isa sah mich großen runden Augen an, was einer Zeichnung in einem Comic gleichkam.

»Hast du Angst?« Ihre kleine Hand umschlossen zwei meiner Finger. »Der ist ganz lieb.«

Ich lächelte. »Das glaube ich dir sofort. Und nein, ich habe keine Angst vor dem Vogel.«

Sie reckte ihren Kopf. In dem Moment wanderte der Pfau zu meiner Erleichterung weiter.

»Wollen wir schauen, was die Esel machen?«, fragte Fiete und nahm seine Tochter an der Hand. Wir schlenderten weiter, überquerten einen kleinen Bach. Mitten auf der Brücke blieb Isa stehen und schaute hinunter.

»Da sind gar keine Fische drin, Papa.«

»Es wäre zu wenig Wasser für sie.«

»Aber im Akarum von Papi sind auch welche und das ist viel kleiner.«

»Papis Aquarium ist tiefer und breiter als dieser Bach. Die können dort durch eine Burg schwimmen, sich unter einem Felsen verstecken und hier hätten die gar nichts.«

Isa schien darüber nachzudenken. »Okay.« Dann ging sie weiter. Fiete sah mich an und zuckte mit den Schultern.

Wir kamen an der Wiese mit den Eseln an. »Das sind vom Aussterben bedrohte Tiere?« Überrascht sah ich mich nach dem Hinweisschild um.

»Ja. Kaum zu glauben, ich weiß.«

»Katalanischer Riesenesel«, las ich von der Informationstafel ab. Das Tier kam näher, blieb allerdings in einigem Abstand zu uns stehen.

»Nicht füttern«, sagte Isa in strengem Tonfall zu mir und erhob zusätzlich mahnend einen Zeigefinger. Ich musste mir ein Grinsen verkneifen.

»Werde ich nicht. Versprochen. Wir wollen nachher noch die Ziegen füttern. Da kann ich doch meine Portion niemand anderem geben.«

Zustimmend nickte Isa. »Gehen wir zu den Schweinen? Die haben bestimmt schon Hunger.« Sie sprang an ihrem Vater hoch und runter.

»Ich schaue mal.« Fiete holte sein Handy hervor. »Jawohl, wir können dorthin gehen. Vielleicht darfst du heute wieder mithelfen.«

Auf dem Weg zu den Schweinen kamen wir an einer kleinen Kuhherde vorbei, bei der mehrere Familien am Zaun standen und den großen massigen Bullen bewunderten. Isa beachtete das überhaupt nicht. Sie ging zielstrebig den Weg entlang.

Neben dem Gehege der Herde befand sich eine Voliere, die an ein kleines Häuschen angebaut war. Das mittlerweile allzu vertraute Zwitschern von Wellensittichen schallte mir entgegen. Ich blieb stehen. Mindestens dreißig der bunten und quirligen Vögel tummelten sich darin.

»Wellis sind auch vom Aussterben bedroht?« Ich sah Fiete mit hochgezogenen Augenbrauen an.

»Was soll ich sagen? Ich helfe gerne dabei, sie davor zu bewahren.«

Ich legte den Kopf leicht schief.

»Sie nehmen entflogene Wellensittiche auf, deren Besitzer nicht mehr ermittelbar sind. Oder auch einsame. Wenn zum Beispiel bei mir nur noch einer übrig wäre und ich keine neuen mehr in den Schwarm integriere, könnte ich den einzelnen Vogel hier auch abgeben, damit er ein schönes Restleben hat.«

»Das klingt gut.«

Wir gingen weiter, da Isa nicht schnell genug zu den Schweinen gelangen konnte. Sie lief über versteckte Wege, die ich nie gesehen hätte. Bei den großen Schweinegehegen angekommen, führte sie mich zu jedem Tier und stellte mich vor. Es war so niedlich anzusehen, wie sie mit ernstem Gesicht dastand und mir genau erklärte, was sie zu fressen bekamen und was auf keinen Fall.

»Wie oft ward ihr schon hier? Dieses Mädchen ist ein Quell an Wissen und sie ist erst vier.«

Fiete grinste. »Jahreskarte. Wir sind oft hier.«

»Da, Papa.« Isa zog an Fietes Pullover und zeigte in eine Richtung. Zwei Tierpfleger kamen auf uns zu. Einer schob eine Schubkarre, der andere trug zwei Eimer.

»Hallo Isa, pünktlich wie immer.« Beide Männer reichten ihr die Hand zur Begrüßung. »Bereit für die Fütterung?«

»Ja!«, rief sie und hüpfte. Ihre Wangen färbten sich rot und sie strahlte über das ganze Gesicht.

»Hallo Fiete. Du hast den neuen Goalie mitgebracht.«

»Ja, er ließ sich nicht abhalten.«

»Sehr gut. Soll sich gleich mal umschauen, für welches Tier er eine Patenschaft übernehmen will.« Der ältere der Tierpfleger hielt mir seine Hand hin. »Rolf und das ist mein Kollege Albert.«

»Hallo, Kai Müller.« Ich begrüßte sie. »Was ist das mit der Tierpatenschaft?«

»Du übernimmst für ein Jahr die Patenschaft für ein Tier. Kostet einhundertzwanzig Euro und hilft dem Tierpark vor allem im Winter, wenn die Besucher nicht so zahlreich vorbeikommen.«

»Ah, eine gute Sache. Ich werde mich mal umsehen.«

»So, Isa, dann komm mal mit.« Rolf nahm das Mädchen an die Hand und gemeinsam gingen sie in eines der Gehege. Fiete stellte sich an den Zaun und schaute stolz dabei zu, wie seine Tochter den Tieren alte Brötchen aus dem Eimer hinwarf.

»Hast du keine Angst um sie?«

»Nein, sie ist in guten Händen.« Fiete sah mich an. »Du etwa?«

»Überhaupt nicht.« Doch überzeugend klang das nicht.

»Was ist das nur mit dir und den Tieren?« Fiete drehte sich zu mir, ein schiefes Lächeln auf den Lippen. Es lud dazu ein, ihn zu küssen, was ich zu gerne gemacht hatte. Nur mit Mühe riss ich meinen Blick von seinen Lippen fort, von denen ich kaum genug bekommen konnte.

»Nichts. Ich mag es nur, wenn Tiere und ich auf Abstand zueinander sind. Angeblich wurde ich als kleines Kind mal von einem Hund gebissen und seitdem ist das wohl so.«

»Das tut mir leid. Aber Isa kümmert sich jetzt um dich und bringt dich den Tieren wieder näher.«

Mein Blick schweifte zu dem Mädchen, das von den Tierpflegern in sicherer Entfernung zu den Schweinen gehalten wurde. Trotzdem sagte sie zu jedem Schwein ein Satz und warf ihm Brötchen zu.

»Sie ist toll.«

»Ja, das einzig Gute, was aus der Verbindung mit Sabrina entstanden ist. Ich hätte ihr Angebot nie annehmen sollen.« Seine Augen verdunkelten sich und ein wehmütiger Zug legte sich um seine Lippen. Ich musste mich zurückhalten, um ihn nicht zu umarmen. »Vielleicht sollte ich es öffentlich machen, meine Geschichte erzählen, so wie Felix es auch tut, anderen dadurch Mut zusprechen.« Fiete fuhr sich mit beiden Händen durch die Haare, bevor er sich wieder seiner Tochter zuwandte.

Das waren völlig neue Töne, mit denen ich nicht gerechnet hatte. Was wurde dann aus uns? Ihm stünden alle Möglichkeiten offen und viele würden ihn ansprechen.

Ich war nicht geoutet, hatte mich allerdings nach Felix' Coming-out auch nie mehr groß bemüht, es zu verstecken.

Aber es hatte auch nie groß Gelegenheiten gegeben, überhaupt etwas verstecken zu müssen.

Sollte Fiete es öffentlich machen, brauchte er keine Angst mehr haben bezüglich seiner Schüchternheit, alle würden ihn ansprechen und jede Unsicherheit verzeihen. Er benötigte meine Hilfe nicht mehr und ich wäre wieder allein. Mein Magen verkrampfte sich und in meinem Herzen stach es schmerzhaft.

Isa kam zurück, bevor ich mit ihm darüber reden konnte.

»Ich hab Luna Brot hingeworfen. Kommen wir bald wieder? Luna kriegt Babys, hat Rolf gesagt. Dann kann ich die zählen.«

»Natürlich.«

Wir verabschiedeten uns von den Tierpflegern und gingen weiter, doch meine Aufmerksamkeit lag nicht mehr bei den Tieren, obwohl ich immer nickte, sobald Isa mir etwas erzählte. Ich kaute auf meinem Gedanken herum. Das mit Fiete und mir könnte bald ein Ende finden.

Wäre es eh in zwei oder drei Wochen, sobald ich in das Appartement zog. Weshalb dann jetzt diese unsinnigen Gedanken?

»Was hältst du davon, wenn wir noch zum Meer fahren und Fischbrötchen essen?«, fragte Fiete seine Tochter, als sie sich von den Miniponys verabschiedete.

»Aber erst Ziegen füttern.«

»Natürlich, wir können die armen Tiere doch nicht vergessen.« Fiete stupste mich an. »Was hältst du davon?«

»Essen ist immer gut.«

»Bist du noch bei uns oder in irgendeinem Traumland? Hast du doch zu wenig Schlaf bekommen?«

»Nein, alles gut.« Ich lächelte Fiete an. Müde war ich nicht, trotz der kurzen Nacht. Roman und ich hatten so viel

Spaß beim Spielen gehabt und komplett die Zeit aus den Augen verloren. Außerdem hatte ich es sehr genossen, auch privat mit meinem Mannschaftskollegen Zeit zu verbringen. Bei den Frosty Falcons war es tatsächlich anders. Andersherum war es am Anfang oft so gewesen und erst später hatten die Ressentiments gegen mich eingesetzt. »Lass uns Ziegen füttern.« Ich schüttelte den Kopf, wollte jetzt nicht darüber nachdenken.

Wir spazierten auf dem Deich. Isa lief immer unter Fietes wachsamen Augen ein paar Schritte vor uns her.

»Du bist so still, seit wir den Tiergarten verlassen haben.« Er stupste mich sanft mit dem Ellenbogen an.

»Immerhin habe ich mein Ziel, dich jeden Tag auf den Deich zu bekommen, für heute erfüllt. Ich warte noch auf deines.«

»Stimmt. Treffen sich 2 Eier: ›Warum bist du so behaart?‹ darauf das andere: ›Klappe! Ich bin eine Kiwi!‹«

Das brachte mich tatsächlich zum Grinsen. »Der ist so mies, dass er schon wieder gut ist. Willst du mit dem Witz andeuten, ich wäre unten …« Mit Blick auf Isa, die sich zu uns umdrehte, stoppte ich mitten im Satz.

»Ich finde, du hast zwei schöne Exemplare. Der Rest stört mich nicht so.«

»Danke dir.« Nun lachte ich tatsächlich.

»So gefällst du mir schon viel besser.« Fiete grinste mich an, doch in seinen Augen lag ein Hauch von Ernst. »Beschäftigt dich etwas?«

Von hinten erklang eine Fahrradklingel. Wir drehten uns beide um. Eine kleine Gruppe näherte sich uns rasant.

»Isa, geh bitte auf den Grünstreifen und bleib da stehen«, rief Fiete, lief schnell die zwei Schritte zu ihr und hielt sie sicherheitshalber an der Schulter fest, während wir die Fahrradfahrer passieren ließen.

»Ich kann das auch«, sagte Isa zu mir. »Wollen wir das mal machen?«

»Sehr gerne. Aber nur, wenn dein Papa mitdarf.«

»Klar.« Das Wort klang viel zu lässig für eine Vierjährige und sie winkte dazu noch mit der Hand ab.

»Das hat sie von ihrer Tante«, flüsterte Fiete mir zu. Isa lief wieder ein paar Schritte vor und sang dabei aus vollem Herzen. Schief und krumm. Das musikalische Talent ihres Vaters hatte sie nicht geerbt.

»Also?«, fragte Fiete.

»Willst du dich wirklich öffentlich outen?« Ich wollte unserer Sexperiment nicht beenden, nur weil er jemanden kennenlernte und mit dem Mann zusammen sein wollte.

»Keine Ahnung, aber seit der Dusche heute beschäftigt mich der Gedanke. Felix Amsel und Tyler Roth, Karl Leister und sein Freund beweisen uns jeden Tag, wie wenig wir uns verstecken müssen.« Er zuckte mit den Schultern. »Es muss kein großes Outing Interview oder so sein, vielleicht gehe ich auch einfach mit einem Date essen, nehme meinen Freund, den es noch nicht gibt, mit zu einer Veranstaltung und es bekommen so alle mit. Ich möchte allerdings anderen Mut machen mit meiner Geschichte. Wir haben alle unser Glück verdient.«

Ich wollte im Moment niemanden daten, der nicht Fiete war. Mit unserer Wohnsituation und dem Arrangement – ein Wort, mit dem ich mich nicht anfreunden konnte – war ich vollkommen zufrieden, brauchte nicht zusätzlich noch die Aufmerksamkeit der Medien. Am Ende kamen ehemalige

Klassenkameraden auf die Idee, meine Geschichte eines Pflegekindes zu verkaufen. Im Grunde hatte ich längst mit der Aufdeckung meiner Kindheit gerechnet. Hin und wieder schwappte die Angst noch hoch, aber nicht mehr so schlimm wie zu Beginn meiner Karriere.

Lieber konzentrierte ich mich zurzeit auf das, was ich hatte und auf das, was ich wollte.

»Hey. Du musst nicht antworten, wenn du nicht möchtest.« Wieder stupste Fiete mich an.

»Schon klar.« Ich seufzte. »Nein, ich habe nie drüber nachgedacht. Sobald sie ein privates Detail wissen, wollen sie mehr und meine Kindheit möchte ich nicht preisgeben. Damals, als ich einen Freund hatte, kam es nicht infrage.«

»Aber was, wenn es mal so weit kommen sollte?«

Bevor ich dazu kam, zu antworten, sprang Fiete nach vorne zu Isa, die auf dem Rasen hockte und die Hand zum Mund führte.

»Nein, Isa, wir haben doch abgemacht, ganz egal, ob du einen Bonbon, ein Brötchen oder Sonstiges auf dem Boden findest, lässt du es liegen.« Er nahm ihr was auch immer aus der Hand.

»Das sieht aber gut aus«, maulte Isa und zog einen Schmollmund.

»Auch wenn es noch essbar aussieht oder eingepackt ist. Nein, Isa. Du kannst es aufheben und in den Mülleimer werfen, aber nicht essen.«

Die beiden erinnerten mich an meine Kindheit. Ich konnte mich zwar kaum an die frühen Jahre mit meinen Erzeugern erinnern und wenn nur mit einem negativen Touch. Nie würde ich jedoch den Neid vergessen, den ich während meiner Schulzeit auf meine Klassenkameraden empfunden hatte, wenn sie über ihre Eltern schimpften.

Die meisten Erinnerungen hatte ich mit meinen Eltern und da waren solche Diskussionen wie zwischen Fiete und Isa ebenfalls an der Tagesordnung.

Trotz der Zurechtweisung ging Fiete liebevoll mit seiner Tochter um und ich kämpfte gegen den altbekannten Neid an. Ich konnte gar nicht mehr zählen, wie oft und wie sehr ich mir das mit meinen Erzeugern gewünscht hatte.

Erneut sah ich mich mit ihm unter einem Baum an einem Spielplatz stehen.

»Pass auf, du kleiner Versager, bald bist du wieder bei uns«, knurrte mein Erzeuger mich an. Mit kalten Augen blickte er auf mich nieder und mein Magen zog sich zusammen. Ich machte mich kleiner in der Hoffnung, ihm so weniger Angriffsfläche zu bieten. »Sie werden bald genug von dir haben, von deinem Geheule. Diese ganzen Psychoarschlöcher können dir nicht helfen.«

Ich mochte nichts sagen. Grob umfasste er meinen Arm, sah sich um, doch meine Mutter und die Jugendamtsmitarbeiterin standen in einiger Entfernung mit dem Rücken zu uns und unterhielten sich. Er verpasste mir eine Ohrfeige, funkelte mich wütend an. Tränen stiegen in meine Augen, die ich krampfhaft versuchte zu unterdrücken. Ich zitterte und wünschte mich weit fort. Wollte mich in meinem Zimmer verkriechen und nie wieder daraus hervorkommen. Dort konnte ich mich unter dem Bett mit meiner Decke verstecken.

»Ich werde noch einen Mann aus dir machen.«

Ungehindert liefen die Tränen hinunter. Ich wollte nicht zu ihnen, wollte bei meinen Eltern bleiben. Mein Erzeuger lachte dreckig und kalt.

»Und jetzt heulst du wie ein kleines Mädchen. So was wie dich habe ich nie gezeugt. Die müssen dich im Krankenhaus verwechselt haben.« Er stieß mich heftig von sich, beugte sich über mich, ein hämisches Grinsen auf den Lippen. »Aus dir wird nie was werden, außer

eine kleine Heulsuse, du kleiner Nichtsnutz. Kannst überhaupt nichts.«

Ich biss mir auf die Lippen, schüttelte energisch den Kopf, um die Erinnerung abzuschütteln. Dieses Arschloch würde keine Macht mehr über mich haben. Seinetwegen würde ich mir den Tag nicht versauen und die alten Schuldgefühle wieder hochkriechen lassen.

Ich straffte die Schultern, holte tief Luft und verschob die Erinnerung in eine kleine Schublade, die ich in den letzten Jahren kaum anrühren musste.

Lieber beobachtete ich Fiete und Isa. So sollte es sein, wie zwischen ihnen. Scham kroch in mir hoch, ob meiner kindischen Gefühle und Gedanken, schließlich war ich ein erwachsener Mann und kein Kind mehr.

Fiete ging mit Isa bis zum nächsten Mülleimer, in den sie das Aufgehobene warf. Isa hüpfte daraufhin auf den Steinen ein Muster, das nur sie kannte. Fiete wartete auf mich, bis ich aufgeschlossen hatte.

Ein Paar kam uns Händchen haltend entgegen und grüßte freundlich, als wir ihnen Platz machten.

»Entschuldige.« Fiete fuhr sich mit den Händen über den Nacken.

»Du musst dich nicht dafür entschuldigen, dass du auf deine Tochter aufpasst. Das geht doch vor.« Ich zwang mich zu einem Lächeln, zu dem mir noch immer nicht zumute war.

»Wo waren wir stehen geblieben?«

Ich sagte nichts darauf, sondern zuckte nur mit den Schultern.

»Ach ja, was, wenn du mal jemanden kennenlernst? Willst du dich weiterhin verstecken?«

Verdammt, er hatte es doch nicht vergessen. »Keine Ahnung. Das werde ich dann sehen. Im Grunde ist es mir egal, was die Leute dazu sagen. Wozu soll ich mir außerdem jetzt über ungelegte Eier Gedanken machen?«

Fiete gluckste. »Mit den Eiern haben wir es heute.«

»Du hast angefangen.« Ich kickte einen Stein beiseite. »Abgesehen davon passt doch gerade alles.«

Fiete erwiderte nichts und ich warf ihm einen schnellen Seitenblick zu. Er wirkte vollkommen normal, trotzdem nahm mein Gedankenkarussell Fahrt auf. Der Gedanke, sich zu outen, kam nicht von ungefähr. Er wollte endlich mehr, nicht nur ein Sexperiment, Arrangement oder was auch immer das zwischen uns war. Was würde dann aus mir werden? Doch einen anderen Zimmerpartner und ein erneuter Vereinswechsel?

Weiter vorne blieb Isa an der Treppe stehen, die zur Fischbude führte. Eine lange Schlange stand davor. Das würde dauern, bis wir unsere Brötchen bekamen.

»Kommt ihr?«, rief Isa uns entgegen.

»Aber was wird, wenn du ausziehst?« Fiete blieb stehen, wandte sich mir zu, sah allerdings immer wieder zu Isa, die ungeduldig auf die erste Stufe hüpfte und zurück. Eine Familie kam ihr entgegen und sie machte Platz.

Ein Stein fiel mir vom Herzen. Er war nicht so weit, wie ich dachte. »Noch bin ich da und wir haben die Auswärtsspiele«, wehrte ich ab. Ich wollte nicht genauer darüber nachdenken, was dann werden würde. Es gefiel mir bei Fiete, abends nicht alleine zu Hause zu sitzen und nur den Fernseher oder ein Telefongespräch mit den Eltern zu haben. Wie er sich auf dem Sofa an mich kuschelte und ich diese Seite von mir hemmungslos ausleben konnte, ohne jemandem auf den Schlips zu treten.

»Papa!«, rief Isa ungeduldig, kam auf uns zugelaufen und zerrte an Fiete. »Ich hab Hunger.«

»Wir kommen, Schatz.« Fiete wandte sich ab und ging mit Isa nach unten. Ich folgte ihnen, stellte mich mit in die Reihe. Isa lief nach vorne und besah sich die Schilder.

»Du könntest mit Felix reden, wie es bei ihm war. Also wie es nach dem Zwangsouting lief und er das mit den Medien gehändelt hat. Unser erstes Spiel ist bei den Kraken am Freitag«, schlug ich Fiete vor.

»Das wäre eine Möglichkeit.« Fiete klang erfreut und mir wurde mulmig. Trotzdem wollte ich nicht als Spielverderber dastehen.

»Schreib ihn an und frag, ob er abends Zeit hat. Wir bleiben doch über Nacht in Krackers, bevor wir weiter nach Schrosen fahren.«

»Willst du nicht mitkommen, wenn er zusagt?«

»Papa, ich will den großen Fisch. Siehst du den? Und Pommes.«

Fiete lächelte seine Tochter an. »Was hältst du davon, wenn du die Pommes bekommst und bei meinem Brötchen mitisst?«

»Will aber mein Eigenes.« Sie stemmte die Hände in die Hüften. Fehlte nur das Stampfen mit dem Fuß.

»Wir sind gleich dran. Dann schauen wir.«

Isa lief wieder zu dem Schild.

»Geh du mal und werde dir klar, was du möchtest. Ich warte im Zimmer auf dich.«

»Nackt?«, fragte er amüsiert.

»Falls du das möchtest.« Ich wackelte mit den Augenbrauen und er lachte. Was hätte ich vor nicht mal einem Jahr dafür gegeben, das mit Charly zu haben. Ein leises Seufzen entwich mir, das Fiete Gott sei Dank entging, da Isa nun unbedingt auf Papas Arm musste, damit sie besser sehen konnte. Somit war auch unser Gespräch beendet, worüber ich nicht allzu traurig war.

Stattdessen schweiften meine Gedanken zu Charly ab, der länger nicht mehr darin aufgetaucht war. Was er wohl gerade machte? Dass er mit der Mannschaft trainierte, hatte ich im *Hockey-Insider* gelesen. Inklusive eines Fotos von ihm, das ihn in voller Montur zeigte. Ich hatte es länger angestarrt, wobei mein Herz sich schmerzhaft zusammengezogen hatte. Doch wenn ich mir jetzt vorstellte, ihn im Arm zu halten, wusste ich nicht mehr, wie sein Körper sich an meinem angefühlt hatte. Das Bild von Fiete schob sich dazwischen, seine harte, durchtrainierte Brust, die schmaler als Charlys war.

»Was willst du?« Fiete stupste mich an.

»Oh, ich muss mal schauen.« Die Auslage sah durchgängig lecker aus und ich hätte alles nehmen können. »Dasselbe wie du.«

Fiete bestellte und kurz darauf saßen wir wie neulich mit meinen Eltern auf derselben Bank auf dem Deich und aßen. Isa fielen ständig die Pommes auf den Boden, die sie aufheben und essen wollte.

»Die sind erst runtergefallen. Die können nicht schmutzig sein«, erklärte sie voller Ernst ihrem Vater. Ich musste ein Grinsen unterdrücken.

Nach dem Essen gingen wir zurück und brachten Isa nach Hause. Kaum hatte ihre Mutter die Haustür geöffnet, erzählte sie ohne Punkt und Komma von ihren Erlebnissen. Sabrina lud uns ein, noch mit reinzukommen, doch Fiete lehnte ab. Stattdessen gab er eine Kurzfassung des Nachmittages und wir verabschiedeten uns.

»Du wirst nach dem Training schlecht mit zu mir kommen können, ohne dass sich ein anderer anschließt oder ich mit zu dir. Es wird auch komisch wirken, wenn die aufbrechen und ich oder du unter einem fadenscheinigen Grund bleiben. Vor allem würden die uns wahrscheinlich irgendwann ausgehen«, sagte Fiete, als wir im Auto saßen, noch bevor er es startete.

»Was? Wovon redest du?« Ich runzelte die Stirn, doch dann ging mir ein Licht auf.

»Na, wenn du in deinem Appartement wohnst und ich möchte …« Er brach ab, umklammerte das Lenkrad und sah stur geradeaus.

»Was willst du?«, hakte ich nach. Ich ignorierte mein plötzlich schneller schlagendes Herz, diesen elendigen, verräterischen Muskel.

»Na ja, das hier zwischen uns. Ich will es noch nicht aufgeben.« Er lief rot an.

»Weshalb?« Eine einfache Frage, die den Rotton vertiefte. Er sah dabei immer so süß aus. »Fiete, warum?«

»Weil …« Er räusperte sich, legte seine Hände in den Schoß und biss sich auf seine Unterlippe. »Ich mag, was wir haben. Endlich kann ich ungehemmt mit jemanden über, na ja, Männer reden. Mich ausprobieren.« Seine Stimme wurde zum Ende hin immer leiser, sodass es schwer wurde, ihn zu verstehen. Trotzdem tat ich es und die Ernüchterung traf mich unvorbereitet.

Von Anfang an standen die Regeln fest. Er wollte Erfahrungen sammeln, es sollte mich daher nicht so treffen und wie tausend Nadelstiche auf meiner Haut anfühlen, dennoch kam ich nicht dagegen an. Ich war und blieb sein Versuchskaninchen. Den bitteren Beigeschmack schluckte ich hinunter.

»Wir haben noch die Auswärtsspiele und können uns heimlich treffen. «

»Findest du nicht, wir verhalten uns hinterhältig gegenüber den anderen?«

»Weil wir Sex haben und es nicht in die Welt hinaus tröten? Die anderen machen dasselbe. Vielleicht nicht miteinander, aber sie erzählen uns doch auch nicht ihre Bettgeschichten.« Ich hätte Fiete schütteln können. Er hatte gewusst, worauf er sich einließ. Warum kam er Wochen später mit dieser Frage um die Ecke? Und weshalb sprach er nun aus, was mir vorhin in ähnlicher Form durch den Kopf gegangen war? Es machte das Ganze real.

»Stimmt schon. Aber wir gehören zum Team.«

»Wenn du so denkst, sollten wir das lassen. Heute Morgen zumindest hattest du noch kein Problem damit.« Enttäuschung stülpte sich wie ein Kokon um mich und zog sich zu. Ich wollte alles andere als das Ende herbeiführen.

Er brummte etwas Unverständliches, ließ den Motor an und fuhr los.

»Wir sind nicht hinterhältig, oder?«

»Kreizkruzefix, nein. Das ist unsere Freizeit. Ich muss mich nicht dafür rechtfertigen, was ich in der mache und schon gar nicht, mit wem ich ins Bett gehe. Wenn wir was aushecken würden, was dem Team schaden könnte, wären wir hinterhältig.« Ich sah aus dem Seitenfenster und versuchte an meine eigenen Worte zu glauben. »Was geht heute in deinem Kopf vor?«

»Keine Ahnung.«

»Willst du aufhören?« Den wütenden Unterton konnte ich nicht unterdrücken. Fiete war heute so undurchschaubar, so wankelmütig. Überhaupt nicht der Mann, den ich sonst kannte. »Dann machen wir das. Wenn nicht, ist es in Ordnung. Denk drüber nach, aber mach es nicht unnötig kompliziert.«

Fiete antwortete nicht darauf, sondern fuhr stumm nach Hause. Mir auch recht, sollte er darüber nachdenken, was er wirklich wollte und womit er umgehen konnte. Lieber jetzt, als wenn wir uns mitten in der Saison befinden würden und es Auswirkungen auf unser Spiel gehabt hätte. Sollte er sich die Zeit nehmen, die er brauchte.

Heute Nacht würde ich nicht bei ihm, sondern in meinem Zimmer schlafen. Vielleicht tat uns ein wenig Abstand gut. Seit Wochen hockten wir fast vierundzwanzig Stunden nur aufeinander. Das konnte auf Dauer nicht gut gehen.

Er fuhr in die Tiefgarage und wortlos nahmen wir den Fahrstuhl nach oben. Durch diesen Abschluss hatte der schöne Tag einen bitteren Beigeschmack erhalten, den ich nicht auskosten wollte.

Statt mich mit ihm ins Wohnzimmer zu setzen, steuerte ich direkt mein Zimmer an, schmiss mich dort auf das Bett und schaltete den Fernseher an.

Kapitel 17

Fiete

Nach einer langen Busfahrt, die wir gefühlt mehr im Stau standen, als das wir fuhren, kamen wir endlich im Hotel an. Unser Sportdirektor Ruben Kliker verteilte in der Lobby die Zimmerkarten. Müde nahm ich die für Kai und mich entgegen. Ich war gespannt, wie es laufen würde, wenn Kai mir nicht aus dem Weg gehen konnte, wie zu Hause.

»Wir sehen uns gleich in einer Stunde im Millennium Falconference Room in der ersten Etage«, rief Ruben laut über unsere Köpfe hinweg, damit alle ihn hörten.

»Was'n das für ein Name?«

»Da ist wohl einer Star Wars Fan.«

»Die haben den Raum so genannt, weil wir ihn nutzen.«

Von allen Seiten erklangen belustigte Stimmen aus dem Team und ich lächelte. Zumindest passte die Stimmung innerhalb der Mannschaft.

»Hoffentlich hat der Besitzer des Hotels die Namen mit dem Franchise abgesprochen«, meinte Kai grinsend.

»Ich habe nicht mal eine Ahnung, was das bedeutet.«

Kai stierte mich an und ich fing seinen Blick auf. »Nicht dein Ernst. Du kennst den Millennium Falcon nicht?«

»Ich habe keine Ahnung.«

Kai und ich gingen zu den Fahrstühlen. »Du bist ein Kulturbanause. Wir werden die Filme zu Hause gucken, damit bei dir eine Bildungslücke geschlossen wird.«

Ich lächelte. Ob das mal wieder eine Chance zum Kuscheln war? Kai hatte mich auf den Geschmack gebracht. Vor Freude begann mein Herz zu springen und einen schnelleren Takt anzuschlagen.

Nur ob wir dabei kuschelten, bezweifelte ich gerade und wie eine kalte Dusche spülte die Ernüchterung über mich hinweg. Seit Sonntag hielt Kai sich so weit wie möglich von mir fern. Meistens verbrachte er die freie Zeit bei einem der Mannschaftskameraden und zockte dort. Langsam bereute ich, meine Gedanken laut ausgesprochen zu haben. Irgendwas musste Kai daran erschreckt haben.

»Welche Zimmernummer?«, fragte er, als wir im Fahrstuhl standen.

»Dreinullzwei«, antwortete ich und er drückte auf den Knopf der dritten Etage. Als wir uns im Zimmer befanden, stellte Kai seinen Koffer auf der Ablage ab und öffnete ihn. Ich blieb vor dem Doppelbett stehen, in dem locker vier erwachsene Menschen Platz gefunden hätten.

Ich blickte mich um. Die Größe des Zimmers war normal, keine Suite, nur das Bett hatte Übergröße. Kai stand noch immer mit dem Rücken zu mir an der Kofferablage, neben dem kleinen doppeltürigen Schrank. Die untergehende Sonne schien ihm in den Nacken, was wie ein verrutschter Heiligenschein wirkte.

Seit Sonntag würde dies die erste Nacht werden, in der wir wieder ein Bett teilten. Ich freute mich darauf. Wir könnten kuscheln, vielleicht sogar knutschen. Sofort kribbelte es in meinem Bauch.

Verdammt, Fiete, nein. Du wirst dich nicht in Kai verlieben! Das wird nie eine Chance haben.

Lange stand ich da, während Kai seine Sachen vom Koffer in den Schrank räumte und starrte auf seinen Rücken. Wie war es wohl, mit Kai in einem Bett zu schlafen, ohne sein kleines Löffelchen zu sein? Ohne seine Berührungen? Das Bett war so groß, da konnte Kai sich garantiert drin verirren und statt mich die Kissen oder die Decke umarmen. Er fehlte mir so sehr.

Ich wollte ihn so unbedingt berühren, seine Haut an meiner spüren. Unwillkürlich trat ich ein paar Schritte zurück, stieß gegen die Lehne des Stuhls, der sich an den Schreibtisch schob. Kai wandte sich nur mit dem Oberkörper zu mir um.

»Stellst du das Zimmer um?« Um seine Lippen zuckte es amüsiert.

»Dachte, bevor wir über den Stuhl stolpern, schiebe ich ihn mal lieber ganz ran.«

»Ah ja.« Er wandte sich wieder seinem Koffer zu. Meine Fresse, was war daran nur so interessant?

Ich stehe hier, bereit mit dir eine Stunde zu kuscheln, bevor wir zur Besprechung müssen. Jetzt nimm mich endlich!

Einem Impuls folgend, stieß ich mich vom Stuhl ab, durchquerte den Raum mit drei großen Schritten und presste mich an Kais Rücken. Mit meinen Armen umschlang ich ihn und meine Hände presste ich auf seine Brust, fächerte die Finger auf, um noch mehr von ihm zu spüren. Mein Kopf ruhte halb auf seinem Nacken, halb zwischen seinen Schulterblättern. Sein unverkennbarer Geruch nach herbem Deo und einfach Kai stieg mir in die Nase.

»Holla, was ist denn mit dir los?« Kai hielt inne, seine Muskeln hörten auf zu arbeiten. Nur sein Herz pochte unter meiner Hand schneller.

»Ich vermisse das. Vermisse dich.«

»Aber ich bin doch hier.«

»In meinem Bett.«

»Wir schlafen heute dort gemeinsam.« Er zeigte auf ebendieses.

»Du weißt, was ich meine.« Ich küsste ihn ganz zart auf seinen Nacken. Eine Gänsehaut bildete sich unter meinen Lippen. Noch einmal küsste ich ihn dort, dieses Mal fester, lächelte dabei.

Seine Hände legten sich über meine.

»Was ist mit deiner Hinterhältigkeitstheorie gegenüber der Mannschaft? Hast du darüber nachgedacht?«

»Ach, keine Ahnung, was am Sonntag mit mir los war.« Eine glatte Lüge. Es war ein Grund, dabei wollte ich nur von ihm hören, wie sehr er das zwischen uns ebenso genoss und nicht beenden wollte.

Verdammt! So musste es für Kai im letzten Jahr mit Charly gewesen sein. Es tat mir so leid für ihn. Was musste er gelitten haben.

Er drehte sich in meinen Armen, sah auf mich hinunter und lächelte. »Ein bisschen Zeit hätten wir noch.«

»Wofür?«, fragte ich und rieb mit der Nase über sein Kinn. Seine kaum sichtbaren Bartstoppeln, die schon wieder durch die Haut brachen, kratzten über meine Haut.

»Eine Runde kuscheln und knutschen?«

»Wie zwei Teenies, die sich nicht weiter vorwagen?«

»Wie zwei erwachsene Männer, die das beide sehr mögen. Erzähl mir nicht, du hast keinen Gefallen daran gefunden. Dafür hast du das in den letzten Wochen viel zu gerne auf der Couch gemacht.«

Ich grinste breit, in meinem Bauch kribbelte es und die Schmetterlinge tanzten. Verdammt, Fuck, Mist!

»Wusste ich es doch.« Kai drängte mich zum Bett, schubste mich darauf und kam mir hinterher gekrabbelt, als ich nach hinten rutschte.

Als unsere Münder nach fast einer Woche endlich aufeinandertrafen, rastete die Welt für diesen Augenblick an der richtigen Stelle ein. Ich nahm, was ich bekam. Mein ganzes Gerede von jemanden Kennenlernen und was ich noch alles am Sonntag gesabbelt hatte, nur um mir einen Schutzwall aufzubauen, zerbröselte wie ein zu trockener Kuchen.

Noch war Kai hier, noch küsste und umarmte er mich, niemand anderen und darauf kam es jetzt an.

»Bleibt ruhig. Es ist das erste Spiel der Saison und wir bekommen unsere Chance«, sagte ich in der Kabine in der Pause zwischen dem zweiten und letzten Drittel. Mir lief der Schweiß den Rücken hinab und ich trank einen Schluck Wasser.

»Die Kraken haben ihre Form vom letzten Jahr konserviert. Scheiße sind die gut«, rief Bryan in den Raum. Zustimmendes Gemurmel folgte aus allen Richtungen.

»Wir sind auf Augenhöhe«, erwiderte der Coach. »Ihr spielt ein fantastisches Spiel. Und ja, natürlich haben die Kraken Chancen. Aber vergesst nicht, wir hätten auch schon mindestens sechs Tore haben können.« Er wandte sich an Kai. »Du machst einen hervorragenden Job, Kai. Weiter so.«

Er ging zum Fernseher an der Wand, besprach mit uns das zweite Drittel.

»Schaut euch diesen Angriff von uns an. Der war super. Da kriegen wir sie. Anton und seine Reihe haben sich eiskalt von uns ausspielen lassen.« Er stoppte die Aufnahme. »Mit Kornelius haben sie einen ebenso guten Goalie im Tor wie wir. Aber lasst euch davon nicht einschüchtern.« Er sprach weiter, erklärte und zeigte uns Wege, wie wir die Kraken knacken konnten. Wir hörten aufmerksam zu, während wir Apfelecken, Bananen oder Energieriegel aßen, die unsere Betreuer für uns bereitgestellt hatten.

»Also Falcons, lasst uns rausgehen und dieses Spiel gewinnen«, rief ich, kurz bevor wir raus mussten. Die anderen klopften zustimmend mit ihren Stöcken auf den Boden.

Die Kraken betraten vor uns das Eis nach der Pause, dann folgten wir ihnen. Kai schlug mit mir ein, lächelte mir durch seinen Gesichtsschutz zu. Ich nahm gegenüber von Sandro Gellermann meinen Platz beim Bully ein.

Der Referee stellte sich zwischen uns, die Scheibe in der Hand. Ich starrte auf sie, ließ mich nicht von Gellers stählernem Blick einschüchtern. Dann fiel der Puck und ich gewann das Bully, passte aus dem Kreis, Bryan erwischte die Scheibe und nach einigen Schritten schoss er sie zu mir.

Ich gab den Puck weiter an Kevin. Wir drangen in unsere Angriffszone durch, die Verteidiger Roman und Justin hinter uns. Kevin schoss die Scheibe zu Justin, der sich in direkter Linie frei zum Tor befand. Dieser holte aus noch während der Puck zu ihm auf dem Weg war und zog mit einem Schlagschuss ab.

Aber Konny wollte offenbar mit einem Shutout in die Saison starten. Er hielt den Puck auf, den Rebound schnappte sich Bryan im Slot und mit einem Wrist Shot hob er die Scheibe an, die dieses Mal genau im Fanghandschuh landete.

Frustriert warf ich den Kopf in den Nacken und gab einen leisen Schrei von mir. Dann konzentrierte ich mich wieder auf das Spiel.

Wir wechselten schnell und warteten darauf, erneut aufs Eis zu können. Ich hasste es, auf der Bank zu hocken und nur zugucken zu können, statt selbst mit einzugreifen.

Wobei die Jungs dort draußen einen guten Job erledigten. Sie reizten die Kraken, jagten ihnen die Scheibe ab und schossen immer öfter auf das vermaledeite Tor. Irgendwann musste der Puck doch mal hinter dem Goalie im Netz landen.

Nun griffen die Kraken an. Jared kämpfte mit Anton von den Kraken an der gegenüberliegenden Bande in unserer Verteidigungszone um den Puck. Ibrahim eilte hinzu, crashte in Jared, der sich genau zu dem Zeitpunkt wegdrehte und die Scheibe zu Matteo passte. Er war nicht auf Ibrahim vorbereitet, fiel bei dem Check aufs Eis und schrie laut auf, als er das Eis berührte. Selbst die Zuschauer in der letzten Reihe ganz oben mussten das gehört haben.

Die Zeit schien still zu stehen, als Jared nicht sofort aufstand, stattdessen mit schmerzverzerrtem Gesicht auf dem Würfel in der Mitte der Arena erschien.

Scheiße, das war ernst. Wir sprangen alle von der Bank auf und stützten uns auf die Bande. Kai glitt von seinem Tor zu Ibrahim, riss sich seinen Handschuh und den Fanghandschuh von den Händen, pfefferte sie von sich und schob seine Maske hoch.

Shit! Kai durfte sich keine unnötige Strafe einfangen.

Unser Arzt war bei Jared angekommen. Ich versuchte, so viel wie möglich zu erkennen, hinter uns liefen die Trainer auf und ab, besprachen sich. Mein Herz raste. Wir konnten Jared nicht verlieren. Er war zu wichtig für unsere Mannschaft.

Kai schubste Ibrahim nun übers Eis. Der gestikulierte entschuldigend. Ich musste da raus, bevor er handgreiflich wurde. Wir brauchten unseren Goalie auf dem Eis und nicht auf der Strafbank.

Ich tauschte einen Blick mit dem Coach, der mir zunickte und sprang auf das Eis. Lief so schnell wie möglich zu Kai. Ibrahim hatte in der Zwischenzeit seine Handschuhe ausgezogen, um sich gegen Kai verteidigen zu können.

»Was glaubst du Pisser überhaupt, was du da gemacht hast?« Kai klang so wütend, wie ich ihn noch nie erlebt hatte. Ich kam endlich bei ihnen an, stellte mich zwischen Kai und Ibrahim, als mich ein Kinnhaken in vollem Lauf traf. Mein Kopf wurde zur Seite geschleudert und Schmerz explodierte in meinem Kiefer, Tränen traten mir abrupt in die Augen. Ich ruderte mit den Händen, verlor das Gleichgewicht, weil ich nicht auf einen solchen Schlag eingestellt gewesen war und prallte mit der Seite auf das Eis.

»Kreizkruzefix.« Kai sah mich mit vor Schreck geweiteten Augen an, bevor er selbst auf die Knie sank. Ich setzte mich auf, bewegte meinen Kiefer, wobei mir der Schmerz erneut die Tränen in die Augen trieb. »Fiete, Cap, es tut mir leid, ich habe dich nicht kommen sehen.«

»Fuck, Kai, was soll der Scheiß? Ibrahim wollte nur einen normalen Check machen. Er konnte doch nicht ahnen, was in der nächsten Sekunde passiert.« Ich umfasste meinen Kiefer. Von der anderen Seite sah ich zwei Männer mit einer Trage kommen, die neben dem Arzt und Jared zum Stehen kamen.

»Tut mir leid, ich habe nur Jared am Boden liegen sehen, der vor Schmerz gebrüllt hat.«

»Verdammt, dann lass die Verteidiger sich prügeln, aber misch dich nicht ein als unser Goalie. Wir brauchen dich im Tor.« Ich bewegte meinen Kiefer vorsichtig von links nach rechts und es wurde besser.

»Alles gut?« Ibrahim beugte sich zu mir, sah mich prüfend an. »Brauchst du einen Arzt?«

»Alles gut, danke dir.«

»Ha, ich habe zu danken. Das schien ein ordentlicher Kinnhaken gewesen zu sein.«

»Allerdings.«

»Sorry.« Kai streckte mir die Hand hin, zog sie im nächsten Moment zurück und drehte sich um. Jared wurde vom Eis getragen.

»Shit, Jared direkt im ersten Spiel zu verlieren. Das scheint schwerwiegend zu sein«, murmelte er.

»Ja.« Ich sah Jared und dem Arzt hinterher.

»Tut mir wirklich leid für ihn. Ich wusste doch nicht, dass er …«« Ibrahim deutete in ihre Richtung.

»Schon gut. Das ist Eishockey. Wir wissen alle, was da passieren kann«, beruhigte ich Ibrahim, stellte mich auf die Kufen und hielt ihm die Hand hin.

»Sorry.« Niedergeschlagen fuhr er davon, sammelte seine Sachen auf. Von den Rängen erklangen von den heimischen Kraken Fans laute Buhrufe. Ich konnte sie sogar verstehen. Unsere hingegen jubelten, als Jared von der Bahre winkte. Die Spieler klopften mit den Schlägern auf das Eis oder den Boden. Ich wollte ihm folgen, wissen, wie es ihm ging und was passiert war. Doch mein Platz war jetzt hier. Um Jared kümmerten sich der Doc und Bailen, unser Co-Trainer, der ihnen folgte.

Ibrahim gesellte sich zu seiner Mannschaft, die ihm auf die Schulter klopften. Anton sprach mit ihm, umfasste seinen Helm und er nickte. Felix nickte mir zu, was ich erwiderte.

Ich glitt zu Kai. Mein Kiefer pochte noch, aber es war aushaltbar. Nichts, was mich vom Spielen abhalten könnte.

In zwei Minuten hatte ich wahrscheinlich vergessen, dort überhaupt einen Schmerz gespürt zu haben.

»Hey, Kai, spiel so weiter wie bisher und wir gewinnen. Für Jared.«

Er setzte seinen Helm auf. Schweiß rann ihm an den Schläfen hinunter.

»Ich komm klar. Wir müssen ein Spiel gewinnen, jetzt mach endlich den Bully.« Kai trank noch einen Schluck, dann zog er sich seinen Handschuh und Fanghandschuh an. Er wirkte wieder wie der unüberwindbare Goalie. Hatte seinen typischen Blick aufgesetzt, der jeden, der ihn nicht kannte, sofort in Angst und Schrecken versetzen würde.

Lächelnd drehte ich einen Kreis um sein Tor und begab mich dann zum Bully.

Die Kraken hatten gewechselt, ebenso wie wir und nun stand ich wieder Stanni, Sandro und Felix gegenüber, der nachher einem Essen mit mir zugestimmt hatte.

Das Spiel wurde zäh. Nach Jareds Abgang konnten wir uns nicht mehr konzentrieren und es war Kai zu verdanken, dass es noch immer null zu null stand.

Selbst ich als Kapitän bekam meinen Scheiß nicht zusammen, zog die anderen mit. Fuck, ich musste Jared und seinen Schrei aus meinen Gedanken verbannen.

Kurz vor Ende schafften die Kraken es und schossen ein Tor. Fast hätte ich mitgejubelt, nur weil wir nicht mehr in die Verlängerung mussten und das Spiel in einer Minute endete.

Selbstverständlich versuchten wir trotzdem, den Ausgleich zu erzielen. Was wären wir für ein Team, wenn es einem anderen den Sieg schenkte? Außerdem war es das erste Spiel der Saison. Da wollte man mit gestärkter Brust hervorgehen, sich gegenseitig auf die Schultern klopfen und Selbstbewusstsein tanken.

Aber der Abpfiff kam ohne ein weiteres Tor, wir klatschten mit den Kraken ab und mit gesenkten Köpfen schlichen wir in die Kabine. Es war still, ganz anders als noch zur Pause. Die feiernden Fans hörten wir bis hierhin. Bei uns wurde keine Musik angestellt, nicht geredet, nicht mal geflüstert. Alle setzten sich auf ihren Platz, fixierten mit ihren Blicken die kleinen Wasserpfützen auf den Boden, zwei warfen ihre Tapes an die Wand.

Unser Coach betrat die Kabine, gefolgt von den Betreuern, unserem Athletiktrainer und den Co-Trainern, der Jubel der feiernden Heimfans wurde lauter, bis die Tür ins Schloss fiel, was die Kraken sich verdient hatten. Ich stand auf.

»Was ist mit Jared? Wie geht's ihm?«

Coach seufzte. »Er ist ins Krankenhaus gebracht worden. Sie wollen ein MRT machen, aber es ist wahrscheinlich ein Kreuzbandriss und somit fällt er länger aus.«

Ein kollektives Stöhnen ging durch die Kabine. Für Jared war die Saison gelaufen. Mit viel Glück könnte er es bis zu den Playoffs schaffen, sollten wir sie erreichen. Was unser erklärtes Ziel war.

»Trinkt und esst etwas, geht auf die Ergometer und ab ins Hotel, Jungs. Morgen wird weitergearbeitet.« Coach sah sich in der Kabine um, sein Blick verweilte für einige Sekunden bei jedem von uns.

Ich rechnete es ihm hoch an, dass er uns jetzt keine motivierende Ansprache hielt, die niemand hören wollte oder uns zurechtwies, wie wir nach Jareds Unfall unseren Shit nicht zusammenbekommen hatten, sondern auseinandergefallen waren, regelrecht kopflos gespielt hatten.

Nein, stattdessen gab er uns diesen Abend, damit wir die Nachricht über Jared verdauen konnten. Er war nicht irgendein Spieler, er war der beste Center nach mir und ungemein wichtig für diese Mannschaft.

»Ihr habt den Coach gehört«, sagte Roman, griff nach einer Wasserflasche und trank.

»Coach!«, rief Matteo, als dieser Anstalten machte, die Umkleidekabine zu verlassen. »In welches Krankenhaus wurde er gebracht?«

Das hätte ich fragen sollen. Ich war der Kapitän, auch wenn Roman und Matteo meine Assistenz-Kapitäne waren, solange ich mich im Raum befand, sollte ich die Aufgaben übernehmen, die sie gerade übernommen hatten.

»Es gibt hier nur eines. Aber fahrt ins Hotel. Ihr werdet doch nicht mehr vorgelassen.«

»Das werden wir sehen.« Ich straffte meine Schultern. Draußen auf dem Flur vor unserer Kabine wurde es laut. Die Kraken schienen genug mit ihren Fans gefeiert zu haben.

Ein feines Lächeln erschien auf Coach Sebastians Lippen. »Wer kann schon eine Horde Eishockeyspieler aufhalten?«

Neue Energie schien durch unser Team zu fluten. Wir zogen uns aus, einige setzten sich im Nebenraum auf die Ergometer. Ich band meine Schlittschuhe auf, als Kai auf einmal an meiner Seite erschien.

»Was ist mit Felix?«

Ich zuckte mit den Schultern. »Dem werde ich gleich absagen. Er wird Verständnis haben, war doch selbst vorletzte Saison verletzt und weiß, wie es ist.«

»Hey Goalie, du hast uns heute den Arsch gerettet, aber kann ich trotzdem eben an meinen Platz?« Roman baute sich vor uns auf.

»Ja, das habe ich.« Kai stand auf, stemmte seine Hände in die Taille und sah auf den stämmigeren Verteidiger hinab.

»Ihr habt euren Job am Ende nicht mehr gut hinbekommen.«

Roman wollte bereits zu einer Erwiderung ansetzen, aber Kai ließ ihn nicht zu Wort kommen.

»Allerdings habe ich mich auch nicht mit Ruhm bekleckert, als ich mich fast mit Ibrahim geprügelt habe. Wir müssen lernen, mit solchen Situationen umzugehen und nicht aus der Fassung zu geraten.«

Ich fasste mir ans Kinn, das nicht mehr wehtat.

»Hast 'nen ordentlichen linken Schlag«, rief Jason herüber.

»Den ich nicht noch mal ausprobieren muss.«

Kai verzog das Gesicht. »Tut mir echt leid, Cap.«

»Besser ich als Ibrahim. Das hätte dir garantiert eine Zeitstrafe eingebracht. Wahrscheinlich sogar fünf Minuten.«

Kai verzog sich auf seinen Platz und ich zog meine Ausrüstung aus. In Schlappen ging ich zur Umkleidekabine der Kraken. Laute Musik und Stimmen drangen durch die geschlossene Tür auf den Flur.

»Hey, kann ich was für dich tun?«, sprach mich Tyler an, der mir entgegenkam.

»Ich wollte kurz mit Felix reden.«

»Du willst euer Essen absagen?«

»Ja. Wir wollen ins Krankenhaus zu Jared.«

»Alles klar. Ich gebe ihm Bescheid. Da habe ich ihn doch früher zu Hause als gedacht.« Tyler lächelte. »Ich hoffe, es ist keine schlimme Verletzung.«

Als ob ich ihm etwas sagen würde. »Warten wir ab.«

Die Tür zur Umkleidekabine öffnete sich und Felix kam nur in Thermounterwäsche und Schlappen bekleidet heraus.

»Hey, ich wollte gerade zu dir«, sprach er mich an und lächelte zu Ty. Sie waren jetzt schon so lange zusammen und trotzdem schien es, als ob ihre Augen Herzchenform annahmen, sobald sie sich ansahen.

»Und ich absagen.«

»Wünsch Jared alles Gute von uns. Ibrahim wollte ihn nicht verletzen.«

»Danke dir. Richte ich ihm aus und Ibrahim soll sich keine Gedanken machen, es war ein unglücklicher Check. Das ist Eishockey, Unfälle passieren.«

Felix nickte. »Tja, Ty, sieht so aus, als ob du mich doch schneller zu Hause hast als gedacht.« Er grinste ihn teuflisch an, ein anderer Begriff fiel mir dafür nicht ein. Wie gerne hätte ich dasselbe wie die beiden mit Kai. Ich sog scharf die Luft ein und schüttelte den Kopf.

Fiete, Herrgottnocheins, hör auf solche Dinge zu denken!

»Tja, da werde ich mich wohl mal besser vorbereiten.«

»Okay, ich lasse euch denn mal alleine, ehe ihr hier übereinander herfallt und ich Zeuge werde.« Ich drehte mich um und setzte mich in Bewegung, als Felix mich von hinten am Oberarm stoppte und mich umrundete.

»Warte. Sollen wir die Tage telefonieren? Ist nicht dasselbe, aber ich kann dir da genauso gut zuhören.«

Ich fuhr mir mit der Hand über den Kopf. Meine Haare waren noch feucht vom Schweiß.

»Gerne. Ich wollte eh nur von dir wissen, na ja, wie es war, als du geoutet wurdest. Was da alles auf dich einprasselte und du sagst immer …« Ich brach ab, blickte auf die gemusterten Bodenfliesen.

»Denkst du drüber nach?«

Ich nickte, sah auf und direkt in Felix' Gesicht. Die Frage, ob ich schwul, bi oder was auch immer war, ließ er weg.

»Es war hart.« Felix verschränkte die Arme vor der Brust und verlagerte das Gewicht von einem auf das andere Bein.

»Und leicht zugleich. Die Mannschaft wusste damals schon Bescheid, ich war nur noch nicht bereit für die Öffentlichkeit. Vor allem wollten Ty und ich kein großes Trara drum machen. Lass uns die Tage in Ruhe drüber sprechen und nicht hier zwischen Tür und Angel.« Er packte mich an den Schultern, drückte fest zu. »Mach es zu deinen Konditionen. Fang mit deinem näheren Umfeld an, dem Team, Freunden, wer auch immer dir wichtig ist, auf die kommt es an.«

Eine Gruppe Helfer lief an uns vorbei und grüßte uns freundlich.

»Die wissen alle schon länger Bescheid.« Ich biss mir auf die Lippe. »Hattest du keine Angst, nach dem es raus war?«

Ein trockenes Lachen entfuhr Felix. »Ich war wütend. Richtig scheiß wütend und hatte mich mit einem der Teamkollegen angelegt, weil ich ihn beschuldigt habe. Im Vorfeld hatte ich mit einem anderen Zoff in der Kabine, in der mir mein Outing rausgerutscht ist. So hat es die Mannschaft erfahren.« Er grinste schief und hinter mir hörte ich Tyler schnaufen.

»Ich ruf dich die Tage an, sobald ich wieder zu Hause bin.«

»Mach das.« Er umarmte mich fest. »Es wird vielleicht nicht leicht werden, aber es wird dir hinterher sehr viel besser gehen.« Felix ließ mich los und lächelte mir aufmunternd zu. »Ich habe es bis jetzt noch keinen Moment bereut, trotz der Hater, aber die gibt es immer. Nur spiele ich für sie jetzt mies, weil ich schwul bin und nicht, weil ich ein mieser Spieler bei den Kraken bin.« Er zuckte mit den Schultern. »Die darfst du schlicht nicht beachten, genauso, wie du es hoffentlich jetzt schon machst, außer es wird richtig übel mit Morddrohungen. Dann zeig sie an.«

»Ja, ich habe mir so was schon gedacht.«

»Wenn du es wirklich willst, können wir gerne gemeinsam eine Strategie erarbeiten. Eure Presseabteilung hilft da bestimmt auch.«

Die Tür zur Kabine flog hinter uns auf, die Musik wurde lauter und auf einmal lief die Mannschaft der Kraken an uns vorbei.

»Na los, Felix, wir wollen noch mal aufs Eis. Die Hardcore Fans sind noch da.« Stanni kam neben uns zum Stehen.

»Ich komme.« Felix lächelte mir entschuldigend zu. »Wir reden, sobald du Zeit hast.«

»Danke dir.« Wir verabschiedeten uns und Felix wurde vom Strom der Spieler mitgerissen.

Kapitel 18

Kai

*W*ir wurden vom Krankenhauspersonal ohne Diskussion durchgelassen. Sie schienen es zu kennen, denn eine Schwester brachte uns schmunzelnd in einen Warteraum. Selbst unser Busfahrer kam nach, nachdem er einen Parkplatz gefunden hatte. Coach befand sich bei Jared ebenso wie Bailen.

Wir durften nicht zu ihm. Bailen war nur kurz bei uns gewesen, um uns zu beruhigen. Jared lag auf einem normalen Zimmer und würde morgen mit einem Krankentransport in unser Krankenhaus gebracht werden, während wir weiter in den Süden fuhren für unser nächstes Auswärtsspiel.

»Hast du mit Felix gesprochen?«, flüsterte ich Fiete zu, neben dem ich saß.

»Nur kurz. Wir wollen kommende Woche telefonieren.«

»Und?«

Fiete schüttelte den Kopf. »Nicht hier.«

»Was nicht hier?«, fragte Roman auf Fietes anderer Seite.

»Nichts Wichtiges.« Fiete winkte ab.

»Habt ihr etwa Geheimnisse vor uns? Ist die Center-Goalie WG jetzt was Besseres?«, rief Bryan von meiner anderen Seite, der sich vorgebeugt hatte.

Ich verdrehte die Augen, natürlich musste das irgendwann passieren. Hoffentlich hatten sie nichts mitbekommen oder Fiete und ich uns verraten. Dafür könnten sie nun etwas ahnen, so rot wie Fietes Wangen wurden.

»Wir haben keine Geheimnisse. Ich habe vorhin noch mit Felix Amsel gesprochen. Das ist alles.«

»Warum sprichst du mit Felix und nicht mit Sandro?« Dieses Mal kam die Frage von Kevin.

»Felix ist dazu ebenso berechtigt wie Roman oder Matteo in unserem Team. Ibrahim tut es wirklich leid.«

Allgemeines Nicken. Keiner trug es dem Gegenspieler nach, es hätte jedem von uns passieren können. Ich war erst mal erleichtert, sie nahmen Fiete die Ausrede ab.

»War das wirklich alles?« Roman meldete sich zu Wort.

»Kreizkruzefix - himmeherrgott - sakramt«, rief ich aus. »Cap hat es doch eben erklärt. Reicht das nicht?«

Um Fietes Mundwinkel zuckte es.

»Ist schon gut.« Abwehrend hob Roman die Hände. »Ich meine nur. Hätte doch sein können …« Roman beendete seinen Satz nicht, sondern biss sich auf die Unterlippe.

»Was?«, fragte nun Justin.

Ich schloss die Augen und atmete aus. Was wollte Roman sagen? Ahnte er etwas? Kurz stockte mir der Atem, es brachte jedoch nichts, wenn ich jetzt Panik bekam. Dann wusste jeder auf einen Schlag Bescheid. Garantiert.

Fiete setzte sich neben mir aufrecht hin, verschränkte die Arme vor der Brust. Wie gern hätte ich ihm beruhigend eine Hand auf den Oberschenkel gelegt oder ihm anderweitig gezeigt, dass ich ihm beistand. Das hätte allerdings nur weitere Fragen aufgeworfen.

»Nichts.« Roman nahm dieselbe Haltung an wie Cap. Justin schien mit der Antwort nicht zufrieden zu sein, wurde allerdings von Jason in die Seite geboxt, als dieser mitbekam, wie Justin sich weiter vorbeugte.

»Okay, wie wäre es, wenn Cap, Roman und ich mal schauen, wie es Jared geht?« Matteo stand auf und Roman und Fiete folgten ihm.

»Warum hat Cap mit Felix gesprochen? Wirklich nur wegen Jared oder will er sich öffentlich outen? Braucht er Hilfe?«, fragte Bryan mich.

»Woher soll ich das wissen?« Garantiert würde ich ihnen nichts erzählen, was Fiete vorbehalten war. Trotzdem tat es gut zu wissen, wie sie alle hinter ihm standen.

»Ihr wohnt zusammen, teilt euch ein Hotelzimmer. Willst du mir erzählen, ihr redet nicht miteinander?«

»Das reicht jetzt.« Roger, unser Goalie-Trainer mischte sich ein. »Fiete hat euch alles gesagt, was wichtig ist.« Er schüttelte den Kopf. »Himmel, ich weiß nicht, warum ich mir immer noch den Haufen Klatschweiber antue.« Er stand auf und verließ den Raum.

Ich grinste. Roger sprach nicht oft, meistens nur mit uns Goalies und vermittelte seinen reichen Schatz an Wissen an uns. Wenn er allerdings mal etwas sagte, hörten sofort alle darauf.

Stille breitete sich zwischen uns aus. Hin und wieder flüsterten ein oder zwei Spieler miteinander. Aber wir alle sehnten das Bett herbei nach dem anstrengenden Match.

Nach einer Weile betrat Coach das Wartezimmer, gefolgt von Fiete, Roman und Matteo.

»Jared geht es so weit gut. Er hat keine Schmerzen. Morgen wird dann mit den Ärzten in unserem Krankenhaus entschieden, wie es weitergeht, es sieht jedoch alles nach einer Operation aus.«

Einige stöhnten.

»Wir fahren jetzt zurück ins Hotel. Zu Jared darf heute keiner mehr. Ich werde morgen mit Bailen noch einmal herkommen, bevor wir uns nach Schrosen aufmachen.«

Als Fiete und ich endlich im Bett lagen, erzählte er mir vom Gespräch mit Felix.

»Sie wissen es, oder?« Er sprach leise, vergrub sein Gesicht in meiner Halsbeuge. Ich kämmte mit den Fingern durch seine Haare, die ich erst am Tag vor unserer Abfahrt ein weiteres Mal geschnitten hatte.

»Ich weiß es nicht. So wie es bei Bryan klang, vermuten sie eher, du möchtest dich öffentlich outen.«

»Wirklich?« Fiete hob den Kopf und sah mich ungläubig an. »Natürlich tun sie das. Ich bin schwul, Felix ist schwul und jeder in der Liga weiß von seinem Angebot, queeren Spielern zu helfen.« Er seufzte leise, bettete seinen Kopf wieder in meiner Halsbeuge. »Mir geht Romans Satz nicht mehr aus dem Kopf.«

Ich seufzte. »Mir auch nicht.«

Fiete schnaubte. »Wäre es so schlimm, wenn das mit uns rauskommen würde?« Er war kaum zu verstehen.

»Meinst du das ernst? Das Ganze hier ist doch nur ein Arrangement.« Das Wort mochte ich noch immer nicht. Ich musste meinen angewiderten Ton angesichts des Wortes unterdrücken. Fiete bekam das hoffentlich nicht mit. »Außerdem, wie soll das laufen? Was glaubst du, wie das in der Mannschaft ankommt? Der Neue fickt den Kapitän und will so eine bessere Position ergattern? Oder sie bekommen Angst, wir könnten es vor ihren Augen treiben, oder was weiß ich.«

Fiete setzte sich auf und drehte sich zu mir. »Du fickst mich doch überhaupt nicht oder ich dich. Wenn es mal wenigstens so wäre.« Er verschränkte die Arme vor der Brust. »Darüber hinaus bist du der Goalie, die wichtigste Person auf dem Eis. Wie solltest du dich da hochschlafen?«

»Was weiß ich, was die daraus machen.« Ich drehte mich mit dem Rücken zu Fiete.

»O nein, das machst du nicht. Du entziehst dich nicht diesem Gespräch.«

Ich blieb stumm und bewegte mich nicht.

»Kai, rede mit mir.« Er klang wütend. Wahrscheinlich zu Recht.

Ich konnte trotzdem nicht dieses Gespräch führen. Einmal im Leben wollte ich dazu gehören und nicht erneut zu dem Aussätzigen werden, sollten die anderen ein Problem mit uns haben. Nicht Fiete wäre derjenige, der ausgeschlossen werden würde, sondern ich. Ich wollte mit ihnen feiern oder so wie heute Niederlagen überstehen. Ich schluckte die herannahende altbekannte Einsamkeit hinunter.

»Du weißt warum. Wir lieben uns nicht, sind nicht mal verliebt, ich bin nur dein Versuchskaninchen.« Das laut auszusprechen, tat erstaunlich weh in meiner Seele, was mich kalt erwischte. Dieses Mal konnte ich den abschätzigen Ton am Ende nicht ganz unterdrücken.

»Stimmt. Du hast recht. Ich hatte es kurzfristig vergessen.«

Täuschte ich mich, oder klang da Enttäuschung mit durch? Und wie zum Henker konnte ihm so was elementar Wichtiges entfallen? Zum Hinterfragen fehlte mir die Kraft.

Kurz darauf raschelte es hinter mir, meine Matratze sank ein, als Fiete sich anscheinend von mir entfernte, denn als es still wurde, lag er nicht hinter mir, umgab seine Wärme mich nicht. Ich biss mir auf die Lippen. Wie konnte er mir fehlen, wenn er sich doch neben mir befand?

»Gute Nacht«, murmelte ich.

»Schlaf gut.«

Ich vergrub meine Nase in Fietes Haaren, sog den Duft nach Minze auf und schlang meine Arme fester um ihn. Er bewegte sich leicht, ruckelte sich zurecht und legte einen Arm auf meinen.

»Morgen«, murmelte ich in seine Haare, die mein Gesicht kitzelten.

»Morgen, du elender Kuschelbär. Nicht mal ein Streit hält dich ab.«

Wie konnte er nur schon so früh nach dem Aufwachen vollständige Sätze bilden, die sogar Sinn ergaben?

»Wusste nicht, dass wir streiten.« Das Gespräch von gestern Abend vergrub ich tief in mir. Seine Fingerspitzen zeichneten Kreise auf meinem Unterarm, während er nur grummelte. »Wir sind nicht zusammen, warum sollten sie etwas über uns wissen? Das bringt nur unnötige Unruhe ins Team. Es ist gut, wie es ist.« Fuck, sogar ich bekam vollständige Sätze auf die Reihe und mochte sie überhaupt nicht.

Ich löste mich aus der Umarmung und rutschte auf meine Seite des Bettes. Dabei starrte ich an die Decke, die im Dunkeln lag. Draußen begann es erst zu dämmern. Viel zu früh, um bereits wach zu sein.

Das lief hier alles in eine Richtung, die ich überhaupt nicht wollte. Was war auf einmal mit Fiete los?

»Fiete, müssen wir reden?« Ich wandte mich ihm zu, erkannte seine Silhouette in der Dämmerung. »Hat sich für dich etwas geändert?« Es lief mir eiskalt den Rücken hinunter, als seine Worte von gestern Abend in mir nachklangen. War ich mehr für ihn als ein Versuchskaninchen geworden? Entwickelte er Gefühle für mich? Das wäre …

»Worüber sollten wir denn reden?« Er klang leise, müde, vorsichtig. Ich konnte die Stimmlage überhaupt nicht einordnen.

»Zum Beispiel, ob sich gefühlsmäßig bei dir etwas geändert hat? Dann sollten wir das beenden, bevor es zu schlimm für dich wird.« Alles in mir wehrte sich gegen die Worte. Wollte sie nicht aussprechen und trotzdem musste ich ihm diese Rückzugstür öffnen. So weh es mir tat.

Er setzte sich auf, sah mich nicht an. Selbst im Dämmerlicht war sein Profil wunderschön.

»Stell dir vor, ich mag dich. Das ist das Einzige, das sich geändert hat. Es soll Menschen geben, die andere mögen, auch wenn diese es nicht glauben können.«

Ich rieb mir übers Gesicht. Es war zu früh für diese Art von Gespräch. Ich richtete mich ebenfalls auf, rutschte zurück und lehnte mich gegen das Kopfteil.

Fiete wirkte angespannt bis in die Haarspitzen. Seine Schultern hochgezogen, die Knie an die Brust gezogen, die Arme darum geschlungen.

Das sich ausbreitende Schweigen zwischen uns wurde unangenehmer. Das erste Mal. Bisher konnten wir miteinander schweigen, aber dieses Mal musste ich etwas sagen, egal was, Hauptsache es herrschte keine Stille.

»Du magst mich nur?«, fragte ich wenig intelligent.

Fiete drehte sich zu mir um, nahm dieselbe Haltung wie eben ein. »Was willst du hören, Kai? Dass ich mich unsterblich in dich verliebt habe? Würde das deinem Ego guttun, Cutter?«

»Autsch.« Das tat weh, traf mich wie gestern Abend seine Worte. »Ich gehe mal lieber unter die Dusche.«

»Ja, verschwinde, bevor du unangenehme Gespräche führen musst.« Er klang herablassend, wütend und das brachte mein Blut ebenfalls zum Brodeln. Mein Puls beschleunigte sich.

»Weißt du, du warst derjenige, der mir lang und breit erklärt hat, er käme damit zurecht. Jetzt mach das auch. Ich werde dem Team nichts sagen. Ich weiß nicht mal, woher du diese elendige fixe Idee hast. Im Gegensatz zu dir bin ich der Neue und muss mir erst mein Standing erarbeiten.« Ich trat die Decke von mir und stand auf. Die Blase drückte und ich fühlte mich schmutzig, wollte mich duschen, obwohl das überhaupt nicht nötig war.

»Du hast recht. Es geht das Team nichts an.« Fiete folgte mir ins Bad.

»Kann ich nicht mal alleine pissen, oder was?« Ich zog meine Unterhose runter, stellte mich an die Toilette und erleichterte mich. Fiete blieb in der Tür stehen, beobachtete mich und sagte nichts. Ich zog meine Unterhose ganz aus, ignorierte ihn, stieg in die Dusche und schloss die Tür hinter mir. Kaum prasselte das heiße Wasser auf mich nieder, traf mich ein Lufthauch. »Was wird das hier, Fiete? Wirst du mir jetzt den ganzen Tag hinterherrennen und mit mir reden wollen? Akzeptierst du nicht, wenn ich Raum fordere?«

Er umschlang mich von hinten. Jedes Mal, wenn er das tat, wurde mir warm ums Herz und ich schmolz dahin. Nur weil er mich umarmte.

»Ich will mich vertragen. Tut mir leid, aber gestern Abend hatte ich einen schwachen Moment. Die Vorstellung, jemanden als meinen Freund zu bezeichnen, war so übermächtig.«

Ich drehte mich in seinen Armen. »Aber der Mann bin nicht ich.« Die Worte klangen vollkommen falsch aus meinem Mund und ich hätte sie so gerne zurückgenommen. Das hier hatte ich mir im letzten Jahr so sehr mit Charly gewünscht. Wieder tat es mir im Herzen weh.

Nun erfüllten sich meine Wünsche auf merkwürdige und heimliche Weise mit Fiete und ich stieß ihn von mir, nur weil es unecht war und nicht sein durfte. Warum nur war das Leben so scheiße und konnte nicht einmal leicht sein? Wieso machten wir Menschen es uns nur so schwer?

»Ich weiß.« Er küsste mich. »Es war nur eine schöne Vorstellung.«

»Irgendwann kommt derjenige, der sich für dich entscheidet.« *Obwohl ich das gerne für dich sein würde.* Dieser Gedanke sprang mich an und es lief mir trotz des warmen Wassers von oben kalt den Rücken hinunter. Verdammt, warum schleichen sich solche Sätze immer häufiger in mein Hirn? Ich musste sie streichen, löschen. Mir ständig vor Augen führen, wohin die Sache mit Charly geführt hatte.

»Ob dem allerdings kuscheln und Knutschen auf dem Sofa ebenso gefällt wie dir?«

Trotz meiner miesen Stimmung musste ich schmunzeln. »Was soll ich sagen, ich habe Nachholbedarf.«

Fiete brach in Lachen aus. »Was ist dann mit mir?«

»Liegt an dir. Du hättest mehrfach die Chance gehabt. Keine Ahnung, wie oft die anderen versucht haben, dich zu verkuppeln und du hast nicht zugegriffen.« Seine Haare klebten ihm mittlerweile am Hals.

»Du weißt genau warum.«

»Bei mir hast du doch ein Wort herausbekommen.«

»Und habe ewig viele Anläufe dafür benötigt. Ich kannte dich, wir haben Eishockey gegeneinander gespielt und auf dem Sofa rumgemacht. Das war was anderes.« Er drückte mich enger an sich. Das heiße Wasser prasselte an uns hinunter und bildete einen See zu unseren Füßen, weil ich auf dem Abfluss stand.

»Vielleicht solltest du dem Auserkorenen einen Zettel rüberschieben, auf dem steht: Bock? Dann komm mit. Gesprochen wird hinterher.« Ich drückte ihm grinsend einen Kuss auf den Scheitel. Die Situation wirkte so bizarr auf mich. Wir standen nackt, eng umschlungen in der Dusche am frühen Morgen, küssten uns und sprachen darüber, wie Fiete jemand anderen kennenlernen konnte.

Fiete lachte leise. »Eine gute Idee, dann hätten wir das Wichtigste hinter uns.« Er seufzte. »Wir haben uns, bis einer jemand anderen findet.« Fiete blickte mich prüfend und gleichzeitig unsicher an. »Oder?«

Ich lächelte auf ihn hinab und nickte. Charlys Bild tauchte vor meinen Augen auf. Er würde es bei mir nicht werden und ich seufzte, während mir das Herz schwer wurde. Fiete löste sich von mir, griff nach dem Duschgel und seifte sich ein.

»So schlimm bin ich nicht«, sagte er trocken. »Bin mir sicher, es gibt schlechtere Männer.«

Das brachte mich nun zum Lachen. »Du bist ganz in Ordnung.«

Eine halbe Stunde später betraten wir den Millennium Falconference Room, in dem das Frühstück für uns bereitstand. Direkt im Anschluss würde Coach uns garantiert den Arsch grillen, denn die Leinwand für den Beamer war schon ausgefahren.

Viele waren noch nicht da. Roman und Matteo, die sich ein Zimmer teilten, wirkten nicht ausgeschlafen. Ich setzte mich zu ihnen, während Fiete zum Frühstücksbuffet ging.

»Habt ihr die Bar gestern noch unsicher gemacht?«

»Nope, wir sind das Spiel durchgegangen. Vor allem das letzte Drittel und haben überlegt, wie wir so auseinanderfallen konnten.«

Das schlechte Gewissen überflutete mich. Das hätten Fiete und ich machen und nicht eine miese Diskussion über das Outen unserer nicht vorhandenen Beziehung führen sollen.

Jason, unser zweiter Goalie, setzte sich mit einem Teller mit Rührei, einem Brötchen und Belag zu uns. Ich schenkte in die Tasse des freien Platzes neben mir Kaffee und goss Milch hinzu. Genauso wie Fiete es mochte. Der kam gerade an den Tisch und stellte mir ein Kännchen mit Tee, aus dem ein Beutel hing, hin und legte sein Handy dazu, auf dem ein Timer lief. In meinem Bauch kribbelte es vor Freude über diese kleine Geste.

»Gestern war scheiße. Bis zu Jareds Verletzung waren wir voll dabei, wir konnten mit den Kraken mithalten und das Spiel befand sich auf Augenhöhe«, sagte Jason. Stach mit seiner Gabel ins Rührei und schob sie sich in den Mund.

»So was passiert. Wichtig ist, was wir daraus lernen.« Fiete stand noch neben mir.

»Und wie?«, fragte Matteo.

»Indem wir an uns glauben. Verletzungen werden immer wieder geschehen. Kai könnte etwas passieren oder dir, Roman. Genauso gut könnte es Noah oder Bryan treffen.« Fiete legte mir eine Hand auf die Schulter. »Das darf uns aber nicht aus unserem Spiel hauen, sondern wir müssen so weiterspielen, als ob nichts geschehen wäre.«

»Amen!« Bryan trat an den Tisch. »Ich hoffe schwer, dass ich keine Verletzung abbekommen werde.«

Der Handywecker piepte und ich stellte den Alarm aus, zog den Teebeutel aus dem Kännchen und reichte Fiete sein Handy. Der griff nach seinem Kaffee und trank ein Schluck.

»War ja nur ein Beispiel.«

»Du hast gerade die halbe Mannschaft verletzt«, erwiderte ich grinsend.

Fiete seufzte theatralisch. »Ich hole Essen.« Er stellte seine Tasse ab und ich goss mir Tee ein. Bryan folgte ihm.

Bailen und Roger betraten den Konferenzsaal, wünschten laut guten Morgen und setzten sich an einen Tisch.

»Mit Jared haben wir einen der besten Stürmer unserer Mannschaft verloren.« Jason schmierte Butter auf sein Brötchen und legte eine Scheibe Käse darauf. »Das ist nicht mal eben so.«

Matteo und Roman nickten. Bryan kam mit einem bunten Teller zurück, auf dem das Frühstücksbuffet einmal rauf und wieder runter lag.

»Wie hast du das alles drauf bekommen?« Ich betrachtete das Kunstwerk aus aufeinandergestapelten Essen auf seinem Teller.

»Im Gegensatz zu Cap muss ich nur für mich sorgen.« Er deutete mit dem Kinn in Richtung Buffet, das sich in meinem Rücken befand. Doch bevor ich mich umdrehen konnte, stand auf einmal ein Teller vor mir mit Müsli, Obst und Joghurt.

»Nach Zimt und Nüssen musst du selbst fragen.« Fiete setzte sich neben mich, stellte sein Frühstück vor sich ab. Erneut breitete sich Wärme in mir aus, gleichzeitig wurde mir mulmig zumute. Sein merkwürdiges Verhalten kam mir wieder in den Sinn. War da doch mehr, als er zugeben wollte?

Ich fing Romans Blick auf, der die Augenbrauen hochzog. Ich zuckte mit den Schultern.

»Sagt mal, läuft das jetzt immer so? Ihr bringt euch gegenseitig Frühstück, schenkt euch Kaffee ein und brüht Tee auf? Das ist außerordentlich süß, Cap, wie du unseren Goalie verwöhnst. Willst du ihn so halten?« Jason biss von seinem Brötchen ab. »Was ist mit mir? Ich bin auch ein Goalie, warum bekomme ich nicht die extra Kapitänsaufmerksamkeit? Muss ich erst bei euch einziehen?«

»Meine Güte, wir leben nur zusammen.« Fiete erstarrte neben mir. »Ich meine natürlich, wir wohnen in einer WG. Da lernt man sich halt kennen.«

Roman lehnte sich zurück, schob seinen leeren Teller von sich und verschränkte die Arme vor der Brust.

»Ihr lebt zusammen?« Um seine Mundwinkel zuckte es und mir stockte das Herz. Fieberhaft überlegte ich, was ich sagen könnte, ohne die Lage zu verschlimmern. »Ist ja interessant, was man alles beim Frühstück erfährt.«

»Ihr wisst doch von unserer WG«, warf ich ein und trank einen Schluck Tee.

»Guten Morgen, Jungs. Seid ihr schon fertig mit Frühstück?« Unser Coach erschien aus dem Nichts. Er schien extra einen Kurs belegt zu haben, wie man sich trotz seiner Größe lautlos anschleichen konnte.

»Nein.« Bryan schob sich Gemüse in den Mund. »Hast du schon was von Jared gehört?«

»Ich fahre gleich hin. Bailen, Roger und Pierre werden die Nachbesprechung mit euch halten.«

Ich griff nach dem Löffel, der im Müsli steckte und rührte alles um. Coach Meyer hatte uns im richtigen Moment unterbrochen, aber so, wie ich Roman einschätzte, waren wir noch nicht aus dem Schneider. Sobald Coach an den nächsten Tisch mit den jüngeren Spielern ging, würde er nachhaken.

»Grüß bitte Jared von uns. Wir kommen ihn besuchen und er soll uns auf dem Laufenden halten«, bat Fiete.

»Richte ich ihm aus.« Coach nickte uns zu und ging einen Tisch weiter.

»Ich will nichts mehr hören, was auch nur ansatzweise irgendwelche Witze enthält, die etwas mit Kais und meiner Wohnsituation zu tun haben. Die ändert sich übrigens demnächst.« Fiete setzte sich betont lässig hin und schnitt sein Brötchen entzwei.

Gekicher breitete sich am Tisch aus.

»Wir nehmen euch doch nur hoch«, sagte Roman.

Fiete und ich schnaubten zur selben Zeit, sahen uns an und lachten schallend. Wir mussten in Zukunft trotzdem vorsichtiger sein.

Kapitel 19

Fiete

»**W**ir müssen wirklich aufpassen, was wir sagen. Glaube, Roman ahnt was«, sagte Kai und gähnte, als wir Sonntagnacht gegen drei in meiner Wohnung ankamen. »Er hat im Bus wieder so komische Andeutungen gemacht.« Einen Teil der Nacht hatten wir im Bus geschlafen, das war jedoch nur halb so gemütlich wie ein richtiges Bett.

»Hm.« Ich war nicht mehr in der Lage, normale Sätze zu formulieren, wollte nur weiterschlafen. Das Spiel gegen die Schrosener Pinguine war hart gewesen, in die Verlängerung gegangen und erst im Penalty von uns gewonnen worden. Dank Bryan. Ich wollte mich nicht mit Roman auseinandersetzen oder über unser Verhalten. Hatte schlicht keine Kraft mehr dazu. »Ich guck schnell nach den Wellis.« Ich rollte den Koffer ins Schlafzimmer, ließ meine Jacke an Ort und Stelle fallen, schlüpfte aus meinen Schuhen und ging leise ins Wohnzimmer. Die zwei kleinen Nachtlichter, die in ihrer Ecke glühten, funktionierten. Rasch zählte ich die schlafenden Vögel durch. Alle da.

Ich schlurfte ins Schlafzimmer, ließ mich aufs Bett fallen, in dem Kai bereits lag. Ausgezogen. Er rüttelte an mir.

»Was?«

»Ausziehen.«

»Wird überbewertet.«

»Setz dich hin.«

Grummelnd kam ich dem Wunsch nach und wurde von Kai ausgezogen.

»Komm her.« Er zog mich in eine Umarmung und deckte uns mit dem Bettbezug zu. »Brauchen mal eine richtige Decke. Nachts wird's kalt.«

»Hm.« Ich kuschelte mich an Kais warme Brust, das reichte mir. Mit einem letzten Seufzer schlief ich ein.

Ich wachte von einem konstanten Klopfen auf. Dem folgte ein Räuspern.

»Wasn?« Es kam mehr wie ein Brummen heraus.

»Das frage ich mich auch«, erklang eine weibliche Stimme. Schlagartig wurde ich wach und setzte mich auf. Kais Arm, der über mir lag, rutschte beiseite und er regte sich endlich.

»Mama. Was machst du hier?« Ich stieß Kai an, der sich ebenfalls schnell aufsetzte und den Bettüberzug über sich zog. Wie gerne würde ich jetzt in einem Loch versinken. »Warum kommst du einfach ins Schlafzimmer?«

»Streng genommen stehe ich davor. Ihr habt vergessen, die Tür zu schließen.«

Ich sah zu Kai, der zu glühen schien, so rot war er geworden, selbst an den Ohren. Ich schluckte.

»Was … was machst du hier?« Mein Herz raste und wir brauchten bestimmt gleich einen Krankenwagen, denn es wurde immer schneller. Das konnte nicht gesund sein.

»Ich wusste nicht, wann du wieder zurück bist und wollte mich um deine Wellis kümmern. Sabrina und Isa sind krank, deswegen haben sie mich gestern darum gebeten.«

Meine Mutter wirkte überhaupt nicht geschockt, Kai in meinem Bett vorzufinden. Tatsächlich zuckten ihre Mundwinkel und in ihren Augen blitzte es amüsiert.

»Ich fand es höflicher, mich bemerkbar zu machen, wenn ihr schon mit offener Tür schlafen müsst. Du bist der neue Goalie Kai Müller, richtig?« Sie lächelte und winkte ihm zu. Sofern es überhaupt möglich war, wurde er noch röter.

»Ja, hallo, Frau Ackermann.«

»Interessante Art meines Sohnes, sich um Neulinge in der Mannschaft zu kümmern. Ich gehe dann mal zu den Vögeln. In der Zwischenzeit hast du Gelegenheit, dir eine Ausrede auszudenken. Das Ganze ist garantiert nicht das, wonach es aussieht, oder?« Meine Mutter grinste, schloss die Tür und ich sank zurück auf die Matratze.

»Fuck, Shit, Scheiße, verdammt.«

»Willst du noch ein paar bayerische Flüche von mir? Ich könnte auch einige der amerikanischen Spieler anfügen«, erwiderte Kai und fiel neben mich. »Sie war überhaupt nicht überrascht, mich hier vorzufinden.«

Ich blickte Kai an. »Ja.« Unwillig kratzte ich mich am Kinn. Da musste ich erst erwachsen werden, um von meiner Mutter mit jemandem im Bett erwischt zu werden. Diese ganze Situation war einfach nur peinlich. »Weißt du, ich habe mich nie wirklich bei meinen Eltern geoutet. Das war nicht nötig. Meine Mutter hatte nach der Trennung von Sabrina etwas in die Richtung angedeutet und ich nicht widersprochen. Damit war für sie alles klar. Aber sie tat gerade so, als ob es das Normalste der Welt wäre, dich in meinem Bett vorzufinden.«

»Allerdings.« Kai streichelte mich. »Wir müssen das klarstellen.«

»Was soll ich ihr denn jetzt sagen? Sie glaubt uns doch nie, dass wir nicht zusammen sind.« Ich stand auf, holte mir eine Jogginghose aus dem Schrank und schlüpfte in ein Longarmshirt. Dann ging ich ins Wohnzimmer.

Die Vögel flogen durch die Gegend, zwitscherten und spielten miteinander. Meine Mutter sammelte die tönernen Blumenuntertöpfe mit dem Futter ein, die verteilt auf Brettern in der Vogelecke standen.

In meinen Ohren rauschte es, zusätzlich hämmerte mein Puls unter meiner Haut, als ich mich zu ihr stellte. Das genaue Gegenteil meiner Wellensittiche.

»Na sieh an, es gibt dich also noch. Ich hatte schon Zweifel, ob wir in derselben Stadt wohnen. Hast dich seit Wochen nicht mehr gemeldet.« Sie ging in die Küche.

»Es tut mir leid. Aber es war so viel los.«

Sie leerte die Untertöpfe in den Mülleimer, leise rieselten die übrigen Körner und leeren Spelzen hinein.

»Da hat man natürlich keine Zeit, mal das Telefon in die Hand zu nehmen, seine Eltern anzurufen und Bescheid zu geben, dass man einen Freund hat.« Sie wandte sich mir zu.

Ich schluckte, sah auf den Boden, auf dem ein paar Körner gelandet waren. Aus dem Wohnzimmer erklang das laute Gemeckere eines Vogels.

»Kai ist nicht mein Freund.«

Sie sah mich liebevoll an. »Ach, Fiete. Ich wünsche dir so sehr dein persönliches Glück. Mit dem Nachbarsjungen in deiner Jugend hat es nicht geklappt, dabei hast du ihn so offensichtlich angehimmelt, dein Nachbar hier war leider auch nicht der Richtige.« Sie stellte den letzten Unterteller auf der Spülablage ab. »Von dem, was Sabrina und auch Isa

257

von Kai erzählt haben, und wie du in seiner Gegenwart anscheinend strahlst, dachte ich, er wäre endlich derjenige welcher.«

In meinem Hals bildete sich ein Kloß. Wenn sie nur wüsste, wie sehr ich mir das selbst wünschte.

»Komm her, Fiete.« Meine Mutter zog mich in eine feste Umarmung. »Erzähl mir, was es mit Kai auf sich hat.«

»Also …«, stammelte ich. Die ganze Wahrheit konnte ich ihr nicht beichten. Ich hatte selbst daran zu knabbern, wie ich mit meinen Gefühlen Kai gegenüber umgehen sollte. Ich biss auf meine Unterlippe. »Wir sind nicht zusammen. Ehrlich gesagt, habe ich keine Ahnung, was es ist.« Hitze stieg in mir auf. Nun war ich wohl derjenige, der glühte. »Ich … ähm, lebe aus, was ich mir jahrelang nicht gegönnt habe.« Sie musste nicht wissen, wie schüchtern ich wirklich war und wie wenig ich mich traute, Männer anzusprechen.

Meine Mutter runzelte die Stirn. »Aber ihr schlaft in einem Bett, eng umschlungen. Das sieht für mich nicht wie ausleben aus.«

Ich fuhr mir mit der Hand durch den Nacken. *Für mich auch nicht mehr, aber für Kai würde es wohl nie mehr werden*, schrie es laut in mir.

»Wir sind nicht zusammen. Kai zieht demnächst in sein Appartement, dann ist es vorbei.«

Meine Mutter blieb für einen Moment still. »Es ist eure Sache, ich werde mich da nicht einmischen.« Sie drehte sich zum Waschbecken um und ließ das Wasser laufen, um die Untertöpfe abzuwaschen, bevor sie sie erneut befüllte. »Du siehst übrigens sehr gut aus mit der neuen Frisur. Wer hat dich dazu gebracht, endlich zum Friseur zu gehen?« Sie griff nach dem Handtuch und trocknete die Schalen ab.

»Kai. Er ist Friseur.«

»Aha.« Dieses eine kleine Wort sagte mehr aus als jedes vorher. Ich hörte genau die Frage heraus: Und du behauptest, dich nur auszuleben?

»Hast du noch Zeit für einen Kaffee?« Ich ging zur Kaffeemaschine, stellte sie an, füllte Bohnen und Wasser hinein. Danach befüllte ich den Wasserkocher und machte ihn an.

»Für einen Kaffee habe ich Zeit, bevor ich ins Büro muss.«

»Danke, Mama.«

Sie lächelte, ging zum Schrank mit dem Vogelfutter hinüber und befüllte die Untertöpfe.

»Ist die Luft rein?« Kai schob seinen Kopf durch die Schiebetür.

»Komm rein. Vielen Dank für die Frisur.« Meine Mutter deutete vage in meine Richtung und Kai lachte. Dann streckte sie ihm die Hand hin. »Ich bin Erika. Schön dich kennenzulernen.«

Kai ergriff sie. »Freut mich.« Wieder überzog eine leichte Röte sein Gesicht und ich grinste. Er sah damit zu süß aus. Natürlich musste mein Herz deswegen völlig in Entzücken geraten und die Schmetterlinge in meinem Bauch Freudentänze absolvieren. Ich war sowas von verloren. Keine Ahnung, wie ich die Zeit ohne Kai in meiner Nähe schaffen sollte. Die Wohnung würde zu leer, kalt und verlassen sein.

»So, ich bin fertig.« Ich hockte auf meinen Knien vor der Wellensittichecke, neben mir ein voller Müllsack und ein Eimer mit schmutzigem Putzwasser.

»Bis nächste Woche, wenn die Vögel wieder alles vollgeschissen haben und du von vorne anfängst.« Kai lag auf dem Sofa, las und tippte auf seinem Handy. »Hör mal zu: Die Frosty Falcons aus Dullerstorf kamen schwer in die ersten zwei Spiele, geschuldet der frühen Verletzung von Jared Knowles. Dennoch kann man über die am besten frisierte Mannschaft der Liga sagen, dass sie auch in diesem Jahr Ambitionen zeigen, ganz oben wieder mit zu spielen. Gegen die Schrosener Pinguine haben sie eindrucksvoll darauf hingewiesen, aus welchem Holz sie geschnitzt sind und ihr Kampfgeist hat sie mit zwei Punkten belohnt. Mit einem Treffer in der letzten Spielminute haben sie sich in die Verlängerung gerettet.«

Kai blickte auf und grinste. »Jetzt kommt der beste Teil: Aber der neue Goalie Kai Müller scheint so gut wie noch nie in einem neuen Team zu funktionieren und zeigte uns Paraden, die fast schon unmenschlich anmuteten. Ihr Kapitän Fiete Ackermann bewies einmal mehr, weshalb er sein Amt innehat und hat sein Team auf dem Eis zu Höchstleistungen angespornt. Sie haben den zweiten Atem bekommen, nachdem die Frosty Falcons sich zum Ende des letzten Drittels nur noch müde und erschöpft über das Eis geschleppt haben.«

Erneut blickte Kai zu mir. »Ha, sogar du wirst erwähnt.«

Ich schnaubte nur, generell versuchte ich es zu vermeiden, Artikel zu lesen, in denen die Mannschaft und speziell ich erwähnt wurden. Sie konnten einen auch lähmen.

Kai senkte den Blick und fuhr fort. »Wir sind gespannt, wie es weitergeht im Norden mit den Dullerstorfer Frosty Falcons. Wie immer werden wir vom *Hockey-Insider* dranbleiben.«

»Du liest weiterhin den Schrott? Ich verstehe es nicht.«

Ich erhob mich, schnappte mir den Eimer, um das Wasser in die Toilette zu gießen, blieb allerdings vor der Tür stehen.

»Das habe ich geschrieben und werde es gleich verschicken. Was sagst du?«

Ich kniff die Augen zusammen. »Du sendest ernsthaft Texte an die größte Gossipseite, die nur Scheiße schreibt?« Kopfschüttelnd verließ ich das Wohnzimmer, ging ins Bad und schüttete das Wasser in die Toilette.

Kai folgte mir. »Immerhin bekommen sie so ausnahmsweise mal seriöse Berichte und nicht nur den Gossip.«

»Beste frisierte Mannschaft der Liga«, erwiderte ich nur ironisch. »Warum schreibst du nicht, wer dafür verantwortlich ist?« Ich rempelte Kai an, als ich aus dem Bad ging.

»Wo liegt bitte dein Problem? Ich kompromittiere niemanden, sondern berichte nur, was wahr ist. Außerdem kann sich jeder halbwegs internetfähige Mensch zusammenreimen, wer für die Frisuren zuständig ist. Es steht in meinem Wikipediaartikel.«

»Wikipedia«, sagte ich nur verächtlich. »Ich habe kein Problem, ich verstehe nur nicht, weshalb du den Scheiß überhaupt mitmachst und diese Seite unterstützt.« Ich pfefferte den Eimer in die Rumpelkammer mit den restlichen Putzsachen.

»Ich kann nichts dafür, dass deine Mutter uns heute erwischt hat.«

Mit blieb der Mund offenstehen. »Darum geht es mir doch gar nicht.«

»Ach nein? Du bist seitdem nur grantig und machst mich wegen jeder Scheiße an. Ich räume meine Schuhe nicht weg, ich soll meine schmutzige Wäsche direkt sortiert in die Wäschekörbe schmeißen, ich hänge sie falsch auf. Hat das etwa nichts mit deiner Mutter zu tun?«

Schnaubend wandte ich mich ab und ging ins Wohnzimmer, um den Müllsack wegzubringen. Er hatte so recht. Es war peinlich gewesen und nun glaubte sie wahrscheinlich zusätzlich mit Kai und mir könnte eine Beziehung entstehen. Sie interpretierte immer zu viel in solche Situationen. Es würde jedoch nie geschehen, denn Kais Herz hing an Charly.

»Hey.« Kai hielt mich auf, umfasste meinen Arm, als ich in der Tür zum Wohnzimmer stand. »Es ist doch gut gelaufen.« Er stellte sich vor mich.

Gott sei Dank klingelte es an der Tür und erlöste mich.

»Die Jungs sind da.« Ich öffnete ihnen und blieb in der Tür stehen, bis sie oben ankamen.

»Moin Cap. Kommst du mit ins Krankenhaus? Hast nichts im Gruppenchat geschrieben.« Jason schlug mit mir zur Begrüßung ein.

»Nein, ich fahre später, bin erst bei einem anderen Krankenlager. Meine Ex-Frau und Tochter liegen flach.«

»Uh, wie ärgerlich. Steck dich nicht an, wir brauchen dich.« Er ging an mir vorbei in die Wohnung. Dann begrüßte ich Roman, Bryan und Matteo.

Sie liefen alle ins Wohnzimmer und unterhielten sich mit Kai. Foppten sich und lachten. Kai mitten unter ihnen. Er klang glücklich, so ganz anders, als es aus seinen Erzählungen über seine Zeiten bei den anderen Teams herausgeklungen hatte. Der niedergeschlagene Ton war verschwunden, was mich wirklich freute.

Die fünf kamen aus dem Wohnzimmer.

»Ist dort dein Zimmer?«, fragte Roman und zeigte auf die Tür neben meinem Schlafzimmer.

»Genau. Komm, ich geb dir das Spiel.« Sie betraten das Zimmer.

»Bist bestimmt froh, wenn du bald wieder alles für dich hast«, sprach Bryan mich an.

»Keine Sorge, Cap, solltest du Kai vermissen, ich ziehe gerne hier ein. Dann kannst du dich um den nächsten Goalie kümmern.« Jason grinste, während Bryan und Matteo glucksten. Mir stieg Hitze in die Wangen. Wenn die wüssten.

»Cap, der Goalie-Flüsterer«, sagte Matteo und lachte lauthals los.

»Ihr seid so lustig.« Ich verschränkte die Arme vor der Brust, konnte mir allerdings ein Schmunzeln nicht verkneifen.

»Dafür liebst du uns.« Bryan legte einen Arm um meine Schultern, gerade als Roman und Kai aus seinem Zimmer kamen. »Habt ihr alles? Wir sollten hier verschwinden, bevor Kai aus der Wohnung gekickt wird, damit Jason einziehen kann.«

»Will ich den Hintergrund wissen?«, fragte Roman und runzelte die Stirn.

»Na hör mal, hast du mitbekommen, wie Kai die letzten beiden Spiele gehalten hat? Das muss an der guten Pflege von Cap liegen. Ich will das auch«, erwiderte Jason empört, was uns anderen zum Lachen brachte.

»Sag der kleinen Isa alles Gute von mir. Wir brauchen unseren größten Fan am Freitag gesund.« Jason schlug mit mir ein, als sie sich auf den Weg machten.

»Ich richte es ihr aus.«

»Von allen, ja?« Roman verabschiedete sich ebenfalls.

»Bis später. Hoffentlich dann besser gelaunt«, raunte Kai mir zu, als er an mir vorbeiging, seine Jacke griff und die Tür von außen schloss.

Auf einmal herrschte Ruhe, sah man mal von den Wellensittichen ab, die im Wohnzimmer tobten, zwitscherten oder meckerten. Ich sollte mich wieder daran gewöhnen, alleine in der Wohnung zu sein, so schwer es mir auch fiel, Kai gehen zu lassen.

Kapitel 20

Kai

Die Hälfte des Teams hatte sich bereits in Jareds Einzelzimmer an seinem Krankenbett eingefunden, als wir es betraten. Mit all den Männern, die an der Wand lehnten, auf dem Boden saßen oder einen der drei Stühle ergattern konnten, wirkte der Raum klaustrophobisch auf mich.

»Hey, du siehst genauso scheiße aus, wie du dich wahrscheinlich fühlst«, rief Roman, als wir uns zum Bett vorgearbeitet hatten, um Jared zu begrüßen.

»Was habe ich deine immer so aufmunternde Art vermisst in den letzten Tagen.« Jared schlug mit ihm ein, bevor dieser Platz für uns anderen machte.

»Hey, wie lief die OP gestern?«, fragte ich ihn. Roman hatte nicht unrecht mit seinem Ausspruch. Jared war blass und hatte Augenringe.

Der zuckte mit Schultern. »Laut den Ärzten ist alles gut gelaufen und ab nächster Woche beginnen wir mit den ersten Bewegungsübungen.«

»Klingt gut.« Ich ging zur Fensterbank und lehnte mich dagegen. Wir kamen auf das gestrige Spiel zu sprechen, das sich Jared auf seinem Tablet angesehen hatte.

»Scheiße man, Kai, wo hast du nur gelernt, dich so zu bewegen? Waren geile Saves dabei.«

»Ich fand am besten, als du dich auf die Scheibe geschmissen hast.« Matteo grinste.

»Na ja, ich zeige gerne vollen Körpereinsatz. Aber beim nächsten Mal dürft ihr meinetwegen weniger in unserer Hälfte und mehr in der Angriffszone spielen.«

Allgemeines Gelächter brach aus.

»Du solltest vielleicht öfter deinen Ärger-nicht-den-Goalie-Blick auspacken, dann passiert das auch«, schlug Bryan vor.

»Noch öfter? Soll ich euch nur böse anstarren?« Ich setzte meinen Blick auf, als genau in diesem Moment die Tür aufging und eine junge, blonde Krankenschwester das Zimmer betrat.

»Whoa, was ist das denn hier los? Sie sollen sich ausruhen und nicht das komplette Team einladen.«

Die Jungs machten ihr Platz, während sie direkt zum Bett ging. Jared wurde tiefrot.

»Das ist nur die halbe Mannschaft. Wir bestehen aus zweiundzwanzig Spielern.«

»Dann hoffe ich schwer für Sie und dieses Zimmer, dass nicht alle kommen werden.« Sie machte eine Eintragung in das Krankenblatt. »Ansonsten alles gut? Brauchen Sie noch Wasser?«

»Ich habe alles, danke.«

Kaum hatte die Schwester das Zimmer verlassen, brachen einige der Jungs in Wohoo-Rufen aus.

»Ah, der liebe Jared hat sich verliebt. Wie niedlich.« Matteo zwinkerte ihm zu.

»Hör auf«, erwiderte Jared und verzog das Gesicht. »Ich kenne sie doch gar nicht.«

»Das könntest du aber.« Ich lächelte. »Sobald du hier raus bist, kannst du sie um ein Date bitten.«

»Sagt derjenige, der als ewiger Single gilt.« Jared verschränkte die Arme vor der Brust.

»Ich genieße das Leben.«

»Na los, sag schon, bist du jedes Mal wegen einer Liebschaft gewechselt, die du nicht loswurdest?«, fragte Jason, stellte sich neben mich und stupste mich an. Es klang scherzhaft, trotzdem trieb es mir Hitze den Nacken hinauf bis in den Kopf.

»Oha, der immer coole Goalie wird rot«, rief Bryan. »Aber nein, ich denke eher, er wollte seinen Ruf als komplizierter Goalie vertiefen.«

»Und? Bin ich das?«

»Du bist wie Jason, ein typischer Goalie mit seinen seltsamen Macken«, sagte Matteo, ignorierte Jasons empörtes Schnauben und wandte sich Jared zu. »Wie lange musst du denn hierbleiben?«

Ich war Matteo dankbar für den Themenwechsel.

»Wenn ich Glück habe, komme ich schon bald raus.«

»Und dann bittest du die süße Schwester um ein Date?« Bryan wackelte mit den Augenbrauen und bekam dafür einen Ellbogencheck von Matteo.

In dem Moment klopfte es an der Tür und ein riesiger Blumenstrauß mit Beinen betrat das Zimmer.

»Seit wann können Blumen laufen?« Jason kicherte neben mir. Der Strauß wurde nach unten gesenkt und Fietes Gesicht kam zum Vorschein.

»Hey, Cap.« Jared lächelte, während die anderen wieder einen kleinen Gang bildeten.

»Hallo Jared. Wusste nicht, ob du Lieblingsblumen hast, deswegen habe ich einen bunten Strauß binden lassen.«

»Dachte, man schenkt nur Frauen Blumen und nicht Männern.«

Cap sah Roman böse an. »Natürlich nicht.«

»Ich freue mich auf jeden Fall. Auf dem Tisch müsste eine Vase stehen.« Jared zeigte geradeaus zu Bryan und Matteo, die davorstanden. »Wie geht's deiner Familie?«

Warum auch immer, gab mir die Frage einen Stich. Aber sie war legitim. Isa gehörte nun mal zu Fiete genauso wie Sabrina als ihre Mutter.

»Die sind nur am Husten und Niesen. Sollte innerhalb der nächsten Tage wieder besser sein.«

Einige der Jungs rückten von ihm ab, worüber ich herzhaft lachte. Kopfschüttelnd ging er zum Tisch.

»Ich bin keine Bazillenschleuder.«

»Wir haben wichtige Spiele vor der Brust. Reicht, wenn du dann erkältet bist.«

Er stellte die Blumen in die Vase und ließ sie weiterreichen, bis sie am Waschbecken ankam, Roman Wasser hineinlaufen ließ und sie zurückgereicht wurde.

Das Gespräch wandte sich den bevorstehenden Spielen zu. Das nächste hatten wir am Donnerstag zu Hause, bevor es am Sonntag wieder in den Süden nach Domhau ging zu meinem alten Verein. Je öfter ich daran dachte, desto mulmiger wurde mir. Ob Charly etwas sagen würde, weil ich ihn überall geblockt hatte? Würde er überhaupt mit mir reden?

»Kai.« Jason stieß mich an.

»Was?« Ich sah auf.

»Fährst du gleich mit mir nach Hause?«, fragte Fiete.

»Ja.«

»Dachte, du kommst noch mit zu mir? Wir wollten doch das neue Spiel ausprobieren«, rief Roman über die anderen Gespräche.

»Sorry, morgen nach dem Training, aber ich bin echt geschafft von der langen Heimfahrt und der kurzen Nacht.«

Er grinste. »Will ich wissen, warum die Nacht so kurz war?«

»Meine Mutter ist vorbeigekommen, um die Vögel zu füttern.«

»Oh.« Roman zog das kleine Wort in die Länge und unterschwellig klang der ultimative Lustkiller heraus. Ich kniff die Augen zusammen. Der ahnte doch garantiert etwas.

»Dann lass uns los. Ich muss am Tiergeschäft vorbei.« Fiete und ich verabschiedeten uns von den anderen.

»Jared, ruf mich an, wenn du etwas brauchst, verstanden?«, sagte Fiete, als wir bereits an der Tür standen. Ganz der strenge und gleichzeitig fürsorgliche Kapitän.

»Jawohl, Cap.« Jared hob die Hand salutierend an die Stirn. »Hilfst du mir auch, wenn ich auf Toilette muss?«

»Ich halte zur Not sogar deinen Schwanz.«

Lautes Lachen der anderen erklang und Fiete und ich verließen das Zimmer.

»Roman weiß Bescheid.« Ich schob die Hände in die Hosentaschen.

Fiete blieb abrupt stehen. »Was?« Keuchend sog er Luft ein und starrte mich mit aufgerissen Augen an. Sein Brustkorb hob und senkte sich schnell und sein Gesicht wurde aschfahl. »Er weiß Bescheid? Hat er etwas zu dir gesagt?«

»Nein, aber seine Andeutungen sind doch eindeutig, oder?« Ich trat beiseite, um eine Schwester durchzulassen. Fiete strich sich durch seine Haare, blieb beim Haarband hängen und zupfte beim Rausziehen der Finger eine Strähne mit hinaus.

»Er deutet es also weiterhin nur an.« Fiete schien wieder ruhiger zu atmen. »Dann weiß er nichts.«

»Nichtsdestotrotz sollten wir aufhören. Was, wenn es herauskommt und wir damit die Dynamik der Mannschaft völlig aus dem Takt bringen? Die ersten beiden Spiele waren hart und wir sind noch auf der Suche nach unserem Rhythmus.« *Außerdem sollen sie mir vertrauen und nicht das Gefühl bekommen, belogen zu werden.*

»Das hast du neulich abgetan, als ich es hervorgebracht habe.«

Ich sah mich um, Jareds Zimmer befand sich nur um die Ecke und jederzeit könnte einer der anderen Spieler auf uns treffen. Also packte ich Fiete am Oberarm und zog ihn mit mir, bis wir im Parkhaus vor seinem Auto standen. Er schloss es auf und wir setzten uns hinein.

»Ich habe drüber nachgedacht und will nicht das Vertrauen der Mannschaft verlieren. Du kennst doch den Ausspruch *Never fuck the company.*«

Fiete blieb ruhig, seine Hände umklammerten dennoch das Lenkrad.

»Glaubst du wirklich, es hätte solch eine Auswirkung?«

Fast hätte ich die Frage überhört, so leise sprach er. »Es würde die Stimmung in der Kabine ändern und du weißt das. Wir …« Ich stockte, schluckte, hasste die nächsten Worte, bevor ich sie überhaupt ausgesprochen hatte. »Wir sind nicht mal ein Paar, sondern gehen nur miteinander ins Bett. In so einer Testosteron gesteuerten Kabine käme das bestimmt nicht gut an, so egal ihnen die sexuelle Orientierung der Mitspieler ist. Nur sobald es körperlich wird, denken sie vielleicht, wir nehmen sie ebenfalls unter die Lupe.« Was für eine gequirlte Scheiße gab ich da von mir? Ich kannte die Männer mittlerweile, sie würden das niemals denken. Trotzdem könnte es die Mannschaft in Mitleidenschaft ziehen, weil wir sie wochenlang angelogen hatten. Oder schlimmer, wie würden wir damit umgehen, wenn wir uns streiten würden? Könnten wir uns wie zwei Erwachsene verhalten und das Privatleben vor der Kabine lassen?

»Ich telefoniere nachher mit Felix und …«

»Du wirst ihm nichts von uns erzählen«, unterbrach ich Fiete barsch.

»Das habe ich nicht vor. Ich würde mich nur gerne mal mit ihm austauschen.« Er rieb sich übers Gesicht. »Vielleicht wird es Zeit für ein öffentliches Outing und …« Er starrte aufs Lenkrad, seine Schultern sackten nach unten.

»Und was?« Langsam drehte ich mich ihm zu. Mein Herz schlug schneller und in meinem Magen entstand ein großer Knoten. Verdammt, was geschah hier nur? »Hoffst du so angesprochen zu werden und jemanden kennenzulernen?«

Er nickte nur.

»Deswegen solltest du es nicht machen.«

»Ich weiß. Nur du willst es beenden und … und ich möchte nicht alleine bleiben. Ich möchte irgendwann eine echte Beziehung, mit allem, was dazu gehört.« Er sah auf und fand meinen Blick. Leise Hoffnung stand darin und ich konnte nicht anders, drückte meine Lippen auf seine. Küsste ihn, hungrig nach mehr, gierig nach diesem Mann, der sich mir so vertrauensvoll hingab, obwohl er nur Erfahrungen mit mir sammeln wollte.

Abrupt unterbrach ich den Kuss. Es war der völlig falsche Weg und wir könnten gesehen werden.

»Tut mir leid. Das wollte ich nicht.« Ich zog mich zurück, fuhr langsam mit der Zunge über meine Lippen, kostete Fietes Geschmack aus, der noch an ihnen haftete und wollte so viel mehr. »Wir sollten vorsichtiger sein oder am besten ganz aufhören.« So bitter die Worte auch auf meiner Zunge schmeckten und so falsch es sich in mir anfühlte.

Fiete sah mich bittend an. »Ich will noch nicht. Ich …«
Er brach ab, ich hakte nicht nach, wollte nicht hören, dass
er nicht fertig mit Experimentieren war.

»Lass uns nach Hause fahren. Ich will mich vor den
Fernseher hauen.« Das würde ich in meinem Zimmer machen. Wie mies konnte man sich selbst gegenüber sein und
denselben Fehler zweimal begehen? Wenn ich nicht begann,
Abstand von Fiete zu halten, würde ich mich heftig in ihn
verlieben. Mein Herz würde innerhalb kürzester Zeit erneut
brechen, wenn er mit mir fertig war und jemand anderen
fand.

Ein dicker Kloß schnürte mir den Hals zu und ich sah
aus dem Seitenfenster. Fiete startete schweigend den Wagen
und fuhr los.

Einige Tage später sah ich mich in der Kabine um. Es war
merkwürdig, wieder zurück an alter Wirkungsstätte zu sein,
dazu in der Gästekabine und nicht der Heimkabine zu stehen. Roman hatte mich, seit wir aus dem Bus ausgestiegen
waren, an die Hand genommen, damit ich den richtigen Weg
nahm und nicht aus Versehen in der falschen Kabine landete.
Es rief nur ein Kopfschütteln bei mir hervor, Fiete beobachtete das grinsend und ich ließ mich brav hier reinführen.

Einen der alten Teamkollegen hatte ich bisher nicht getroffen und ich hoffte, es würde so bleiben, bis wir das Eis
betraten. Vor allem wollte ich Charly auf keinen Fall früher
über den Weg laufen als nötig. Allein bei dem Gedanken
daran beschleunigte mein Herz.

Die Männer packten ihre Taschen aus, legten sich Tape
für die Kellen ihrer Schläger bereit, unterhielten sich und

begannen ihre Pre-Game Rituale. Sobald ich mich umgezogen hatte, würde ich mich in eine Ecke setzen und meine eigene Version einer Meditation beginnen, um mich in meinen Goalie-Space zu bringen.

Aus meiner Tasche holte ich den Falken heraus, den meine Eltern mir geschenkt hatten. Er begleitete mich mittlerweile zu den Auswärtsspielen.

»Darf ich ihn anstupsen?«, fragte Jason, wie er es die letzten beiden Spiele bereits getan hatte.

»Klar, hol dir unser Siegesglück.« Wir Sportler waren so schrecklich abergläubisch. Juli von den Krackersner Kraken hatte immer einen Teddy dabei, den er auf das Netz zu seinem Getränk legte. Vielleicht waren wir Goalies doch so merkwürdig, wie uns nachgesagt wurde.

Fünfzehn Minuten später saß ich in einer Ecke, schloss die Augen und blendete den Krach der anderen aus. Sie fokussierten sich alle auf ihre Weise auf das Spiel, Spannung lag in der Luft. Einige begannen zum Aufwärmen Fußball zu spielen, andere setzten sich auf ein Ergometer.

Meine Arme ruhten auf meinen Oberschenkeln und ich atmete tief und kontrolliert ein, suchte nach dem Punkt in mir, der den unerschrockenen, unbesiegbaren Goalie hervorholte. Ich sah das Eis vor mir, Spieler ohne Gesicht auf mich zukommen, die antäuschten und abzogen, aber ich hielt jede einzelne Scheibe davon ab, an mir vorbeizukommen. Bis auf einmal Charly auf mich zukam, mich angrinste und …

»Kreizkruzefix - himmeherrgott - sakramt - mileckstamarsch, du Pfannakuacha, du windiga!« Ich sprang auf. Ein Ball hatte mich am Kopf getroffen. »Welcher Arsch war das?« Von null auf hundert kochte das Blut in mir hoch und Hitze durchströmte mich. Mit geballten Fäusten stand ich vor meinen Teamkollegen.

Roman kam einen Schritt auf mich zu, blieb aber sofort stehen, als ich ein Knurren von mir gab.

»Tut mir leid, mir ist der Ball vom Fuß gerutscht.« Er versuchte sich an einem Lächeln, aber das verging ihm, als ich noch grimmiger dreinsah.

»Geht gefälligst auf den Flur zum Ballspielen. Die Kabine ist eh zu klein!«, brüllte ich ihn an und ließ meiner Wut freien Lauf. Ich war nicht nur sauer auf die Jungs, sondern besonders auf mich, weil ich mich nicht von Charly frei machen konnte.

»Entschuldige«, murmelten mehrere.

»Wer hat den Goalie geärgert?«, erklang in dem Moment Fietes Stimme von der Tür aus. Roman hob den Arm. »Ihr wisst doch, dass wir Kai nicht stören, wenn er in seiner Meditation ist.« Fiete kam zu mir, nicht abgeschreckt von meinem Gesichtsausdruck und sammelte den Ball ein. »Geht nach draußen.« Er warf Roman den Ball zu, der ihn auffing und sich umdrehte. In dem Moment betrat Coach die Umkleidekabine.

»Warum sieht unser Goalie wie ein wild gewordenes Karibu aus, der soeben angefahren wurde?«

»Ich möchte gar nicht wissen, woher du das weißt«, murmelte Roman, trotzdem gut hörbar in der mucksmäuschenstillen Kabine. »Ich bin dafür verantwortlich. Mir ist der Ball falsch vom Fuß abgeprallt und genau gegen Kais Kopf, während er meditiert hat«, fügte er lauter an und wirkte zerknirscht.

Coach holte tief Luft. »Neue Regel. Kein Ballspielen in der Kabine, in welcher Art auch immer, wenn der Goalie sich vorbereitet.«

Aus allen Ecken kam ein »Ja, Coach« und einige der Spieler verkrümelten sich nach draußen in den Gang. Coach ging weiter in das kleine Büro, das an die Kabine angeschlossen war.

»Kommst du klar?«, fragte Fiete und stellte sich vor mich. Andere sahen noch immer zu mir. Ich atmete mehrfach tief ein, bis die Wut langsam verrauchte.

Sie haben das nicht aus Absicht gemacht, denk einfach an das Spiel später.

Wie ein Mantra betete ich das in Gedanken vor mir her.

»Ja. Ich muss nur …« Den Satz führte ich nicht zu Ende aus. Fiete nickte, sagte nichts weiter. Erst gestern Abend im Bett hatte er mich gefragt, wie es mir damit ging, Charly wiederzusehen, und ich hatte ihm ehrlich geantwortet.

Je näher der Zeitpunkt rückte, desto mehr befiel mich die Angst, nicht über ihn hinweg zu sein und alle Gefühle für ihn kämen wieder so heftig wie am letzten Tag unserer Begegnung zurück. Ich hatte so Sorge davor, sofort zu erstarren, sobald ich auf Charly traf oder völlig vergaß, meiner Aufgabe als Goalie nachzukommen.

Fiete hatte mich gehalten und ruhig auf mich eingesprochen, mich getröstet und was von Muskelgedächtnis und automatisierter Reaktion aufgrund des Trainings gemurmelt.

Sachte stupste Fiete mich an, holte mich zurück in die Kabine. Jason und Matteo lachten über irgendetwas. Kevin stieg von einem Ergometer und dehnte sich.

Dann beugte sich Fiete zu mir vor. »Willst du heute aussetzen? Ich gehe mit dir zum Coach.« Er sprach in Flüsterton zu mir.

»Nein, das wäre unprofessionell. Ich werde gegen die Steelers spielen. Ein halbes Jahr sollte genügen, um mich darauf vorzubereiten.« Ich drehte mich um und setzte mich wieder in die Ecke. Doch dieses Mal brauchte ich ewig, bis ich ruhiger wurde, alles Unwichtige im Kopf in meine Schubladen verräumt hatte und endlich meinen Goalie-Space fand.

Schon als ich den ersten Fuß zum Aufwärmen knapp eine Stunde später auf das Eis setzte, fühlte es sich absolut merkwürdig an. Die Unterbrechung meiner Meditation trug nicht dazu bei, diesen Nachmittag besser zu machen. Rechnete ich nun den Faktor Wiedersehen mit Charly hinzu, konnte dies nur ein verkorkstes Spiel werden.

Energisch schüttelte ich den Kopf.

Bloß nicht so ein Scheiß denken, dann ist das Spiel schon vorbei, bevor es überhaupt begonnen hatte.

Trotzdem fühlte es sich anders an als sonst, wenn ich eine ehemalige Wirkungsstätte betrat.

»Hey, ist das Eis stumpf?«, fragte ich Jason, der neben mir glitt.

»Nö, das ist gut.«

Ich nahm ein wenig Anlauf, vermied es tunlichst, zur anderen Hälfte zu sehen, auf der die Steelers zur Begrüßung ihrer Fans vor uns das Eis betreten hatten und sich warm machten. Meine Runde, die ich zurzeit drehte, fühlte sich ewig an. Egal, wie schnell ich die Füße voreinander setzte, ich kam nicht vorwärts, die Kufen schienen am Eis festzufrieren und das Eis doch stumpf zu sein.

Fiete fuhr auf einmal neben mir. »Hey, schau mal, glaube, da will jemand mit dir reden.«

Ich sah zur Mittellinie, an der Charly stand. Ich atmete tief ein, wappnete mich. Mein Puls stieg an, als ich ihm näherkam.

Auf einmal schob sich wieder die Erinnerung vor mein inneres Auge, wie sein Körper sich morgens beim Aufwachen an mich geschmiegt, ich ihn fester umarmt hatte, bis ihm klar geworden war, wer da hinter ihm lag und er sich zurückgezogen hatte. Es tat erstaunlicherweise nicht mehr weh, fühlte sich allerdings wie ein Abschied an.

»Hi«, begrüßte er mich und hielt mir die behandschuhte Hand hin. Ich schlug ein. Fuck, er sah immer noch so gut aus. Seine Lippen schrien erneut »Küss mich«, seine blauen Augen musterten mich warm. Unter dem Helm lugten seine blonden Haare hervor, durch die ich so gerne mal gefasst und sie frisiert hätte.

»Hey.«

»Schicker neuer Helm.«

Ich klappte ihn zurück. »War nötig. Jetzt, da ich am Meer lebe, waren die Berge und Stahl nicht mehr richtig.«

»Die Wellen mit dem spritzenden Eis gefallen mir. Dazu der große Falke, schon cool.«

»Danke.« Ich lächelte. Dann standen wir uns sprachlos gegenüber. Einige der alten Kollegen nickten mir zu oder hoben die Hand zum Gruß, als sie an uns vorbeifuhren. Die Stille zwischen uns begann peinlich zu werden, doch mein Kopf war leer. Nichts, worüber ich mit ihm hätte sprechen können.

»Gutes Spiel.«

»Euch auch.« Charly skatete davon, schnappte sich einen Puck und lief auf das Tor zu. Ich drehte mich um und fuhr zu Jason. Gemeinsam dehnten wir uns auf dem Eis, während die anderen Kreise um uns zogen, immer eine Scheibe mit sich führend. Ich stand zuerst auf und begab mich zum Tor. Fühlte in mich hinein, ließ die Begegnung mit Charly Revue passieren, erlaubte mir einen Blick zu ihm.

Es war nur noch eine dumpfe Erinnerung an den Herz-schmerz da. Charly sah wirklich gut aus, dennoch fehlte das Herzklopfen, das Prickeln im Bauch, wenn ich ihm gegen-überstand. Was hatte ich an ihm gefunden? Es hatte nur dieses halbe Jahr gebraucht, um mein zerschmettertes Herz wieder zusammenzusetzen. Oder war es schlicht der Um-stand, von ihm nicht angeschrien zu werden, wenn wir morgens eng umschlungen aufgewacht waren?

Erneut schüttelte ich den Kopf. Ich war in ihn verliebt gewesen. Das war jedoch vergangen. Ein Gewicht hob sich von mir und ich lächelte.

Fiete kam auf mich zu, als ich in Position stand, platzier-te einen Wristshot auf mich, den ich hielt. Er kam auf mich zu, umfuhr schnell mein Tor und blieb in einer abrupten Be-wegung vor mir stehen. Dabei bespritzte er mich mit Eis.

»Danke auch.« Ich schmiss ihm den Puck an seinen Stock.

»Und? All…«

»Wenn du jetzt fragst, ob alles gut ist, wirst du auf alle sexuellen Tätigkeiten auf unbestimmte Zeit verzichten.« Ich war nah an ihn herangeglitten und raunte ihm das drohend ins Ohr. Er hob abwehrend beide Hände, in der einen noch den Stock.

Natürlich konnte ich mich nicht fernhalten von ihm und war nach der einen Nacht in meinem Zimmer wieder zu ihm ins Bett gekrochen, hatte mich nach seiner Nähe ge-sehnt. Seinem Körper, den ich umschlingen konnte. Es war wie eine Sucht, wie ein langer Faden, der aufgewickelt wurde und mich zu ihm zog.

»Ich werde ganz ruhig sein.« Ein letzter prüfender Blick von ihm landete auf mir und ich streckte ihm die Zunge heraus, bevor er in die sich bildende Reihe an der Bande glitt, aus der gleich alle nacheinander ihre Schüsse auf mich abfeuerten. Immer wieder sah ich an ihnen vorbei zur anderen Hälfte. Suchte Charly unter den Läufern.

Dann kam Fiete auf mich zu und unwillkürlich musste ich lächeln, statt meinen Du-kommst-nicht-an-mir-vorbei-Goalie-Blick aufzusetzen. Und ja, in meiner Vorstellung klang das genauso furchteinflößend wie bei Gandalf, mit ebenso viel Feuer. Ich reckte meinen Stock wie der Zauberer in die Höhe, bevor ich ihn nach unten stieß und jede Scheibe verbrannte, die auch nur in meine Nähe kam.

In diesem Moment klickte es in mir, etwas war anders, noch furchteinflößender und trotzdem so schön. Ich wollte die ganze Welt umarmen. Zum ersten Mal seit Tagen ließ ich die aufkeimenden Gefühle zu Fiete zu, unterdrückte sie nicht, hinterfragte sie nicht und blendete die mögliche Katastrophe in der Kabine aus, sollte das doch jemals mit uns herauskommen.

Fiete starrte mich mit festem Blick an, kam auf mich zugeglitten, täuschte mehrfach an, zog allerdings nicht ab. Hinter ihm entdeckte ich den Rücken von Charly, der auf der anderen Seite an der Reihe war.

Charly hatte sich nie um mich bemüht, wir hatten nur über Eishockey oder seine Familie gesprochen. Es ging immer nur um ihn. Fiete hingegen fragte mich über mich aus, gab mir das Gefühl, etwas Kostbares, Wertvolles zu sein. Ob bewusst oder unbewusst? Ich wusste es nicht.

Dieses Mal bekam Fiete leider seinen Slapshot an mir vorbei und ich knirschte mit den Zähnen.

»Was ist los, großer Goalie. Du lächelst doch sonst nicht, wenn wir Penalties üben zum Warm machen.«

»Mir ist gerade etwas klar geworden und nein, ich werde nicht mit dir darüber reden.«

Fiete nickte und fuhr davon. Aber garantiert würde er nachhaken, sobald wir unter uns waren. Dieser Kerl war der festen Überzeugung, über alles reden zu müssen.

Nur das konnte ich ihm nicht sagen. Ich war sein Versuchskaninchen. Heute Abend zum letzten Mal. Heute Abend würde ich mich von ihm ficken lassen und danach musste Schluss sein. Ganz egal, wie sehr es mich immer wieder zu ihm zog. Ganz egal, wie sehr es in meiner Brust schmerzen würde, in wie viele Splitter mein Herz brechen und wie sehr ich ihn vermissen würde.

Ein Kloß bildete sich in meinem Hals, Tränen sammelten sich hinter meinen Lidern. Das hier war schlimmer als das mit Charly, denn mit Fiete lief alles intimer, tiefer ab. Er kannte meine Geheimnisse.

»Kreizkruzefix«, rief ich und hämmerte gegen die Rohre des Tors. Die nächste Scheibe landete im Netz und Matteo grinste mich frech an.

»Hoffentlich bist du beim Spiel aufmerksamer.«

Jason skatete auf mich zu. »Ich bin dran.«

Erleichtert überließ ich ihm das Tor und machte mich weiter warm.

Wie es mit mir weitergehen sollte, wenn ich das mit Fiete nicht in Griff bekommen würde, wollte ich mir nicht ausmalen. Meine normale Taktik, mich vom Team fernzuhalten, würde er nicht zulassen. Dafür kannte er mich mittlerweile zu gut und auch das Team würde Fragen stellen, was auf einmal los wäre. Verdammt, dieser ganze Wechsel artete in einer Katastrophe aus. Angst kroch in mir hoch, die ich zu unterdrücken versuchte. Erneut schloss ich die Augen, atmete tief ein und aus, öffnete Schubladen, wollte meine überflüssigen Gedanken, die ich nicht brauchte, verschieben. Was mir nur mäßig gelang.

»Zieh den Kopf aus deinem Arsch und konzentrier dich auf das Spiel«, flüsterte mir Roman in forderndem Ton zu, als ich die Augen wieder öffnete. Er hatte sich also neben mich gehockt, als ich gerade geatmet hatte. »Wir brauchen dich in unserem Team. Denk nicht darüber nach, was du hättest haben können oder haben kannst.«

Wenn der wüsste, worüber ich tatsächlich nachgedacht hatte. Ich nickte nur. Fokussierte mich auf das vor uns liegende Spiel, suchte meinen Goalie-Space. Wie jeder wollte ich immer nur eines: Gewinnen. Das Ganze fiel mir heute jedoch so unendlich schwer. Mein Körper fühlte sich träge an, als ob er verarbeiten musste, was mein Kopf in den letzten zehn Minuten begriffen hatte.

Wieso konnte ich nicht mal ohne Schwierigkeiten durchs Leben gehen? Weshalb bekam ich ständig irgendwelche Stolpersteine in den Weg gelegt und musste kämpfen?

Müdigkeit breitete sich in mir aus, die ich zurzeit nicht gebrauchen konnte. Schon gar nicht so kurz vor Spielbeginn. Heute würde es ein hartes Spiel werden, nicht nur gegen die Steelers, auch gegen mich, um konzentriert und fokussiert zu bleiben.

Kapitel 21

Fiete

*D*ie Tür fiel hinter Kai ins Schloss und er ließ noch auf der Stelle seine Tasche auf den Boden fallen.

»Ich hoffe, du hast im Bus geschlafen.« Kai nahm mir meine Tasche ab, die neben seiner landete.

»Wie hätte man bei dem Krach, den wir veranstaltet haben, schlafen können?« Ich gähnte, es war mitten in der Nacht und wir waren etwas über neun Stunden im Bus unterwegs gewesen. Kai umarmte mich von hinten und drängte mich ins Schlafzimmer.

»Ich habe noch etwas vor mit dir.« Wie so häufig, wenn er das machte, knabberte er an meinem Ohr und ich neigte den Kopf, damit er besser drankam. »Den Sieg über die Steelers feiern.« Er küsste meinen Nacken. »Und Charly.«

Ich löste mich aus seiner Umarmung und drehte mich um. Plötzlich hellwach. Da schwang ein Unterton mit, der mehr verhieß.

»Und Charly?«

Kai grinste. »Jupps.«

»Bist du etwa …?«

»Ich habe keine Ahnung, warum ich mal was für ihn empfunden habe«, unterbrach er mich. Fuck, check mich in die

Bande, damit ich wieder klardenken konnte, aber es keimte Hoffnung in mir auf. Vielleicht konnte doch mehr zwischen uns entstehen. Ich wagte nicht nachzufragen, aus Angst seine gute Laune zu verderben. Dabei hatte er während des Spiels so angespannt gewirkt, als hätte er nicht nur auf dem Eis, sondern auch mit sich selbst einen Kampf ausgefochten. Sein Blick war grimmiger als sonst gewesen und er hatte zwei Tore kassiert, die er an anderen Tagen gehalten hätte. Wir hatten Gott sei Dank eines mehr als die Steelers geschossen.

Ich verbannte die Gedanken an das Spiel. Das war jetzt nicht wichtig. Einzig Kai vor mir zählte und die Möglichkeit, mit ihm etwas zu bekommen, was ich noch nie hatte. Eine echte Beziehung mit allem, was dazu gehörte.

»Was hast du vor mit mir?« Ich zog ihn an mich, küsste ihn gierig, ging rückwärts in Richtung meines Schlafzimmers, stieß allerdings gegen die Wand. »Autsch.«

»Fast.« Kai griff neben mir zum Türgriff und öffnete die Tür. Dann schob er mich hinein. Wir brachen wahrscheinlich alle Rekorde im Ausziehen, denn so schnell lag ich noch nie nackt auf dem Bett, mein Schwanz in Habachtstellung. Ich griff danach und streichelte ihn.

»Was hältst du davon, mich zu ficken?«

Verdammt. Nun war ich endgültig hart und glühte. »Sehr viel. Auch wenn ich es anders ausdrücken würde.«

»Ja? Wie denn?«

Ich legte mich richtig aufs Bett, während Kai hinter mir her kam und sich zwischen mich kniete. Mit den Händen streichelte er mit den Fingerspitzen meine Beine hinauf und ich konnte mich nur auf das Kribbeln konzentrieren, das von dort ausging, die Lust, die in mir wuchs.

»Sag schon, wie?« Nun küsste er meinen Schwanz auf die Spitze, nippte mit der Zungenspitze in die kleine Spalte.

»Miteinander schlafen?« Ich stützte mich auf die Ellenbogen, sah Kai dabei zu, wie er meinen Schaft nach unten leckte.

»Das klingt so brav.«

»Das andere so billig und unpersönlich.«

Der Satz entlockte ihm ein Lächeln. »Was hältst du davon, wenn ich dir zeige, wie man sich vorbereitet? Praktisch an mir selbst.«

»Du willst es so schnell? Keine Spielereien im Vorfeld?« Ich beugte mich vor. »Keine Knutscherei?« Dann griff ich ihm unter die Schultern und zog ihn auf mich. Seine bernsteinfarbenen Augen blickten mich so warm und wenn ich es nicht besser wüsste liebevoll an, wie noch nie.

Keiner von uns sprach ein Wort. Sekundenlang lagen wir so da, hielten uns an den Blicken fest. Ich fühlte mich ihm emotional so nah wie noch nie. Es schien, als wäre er ganz bei mir. Als schenkte er sich mir für diesen einen Augenblick und ich mich ihm. Es war so … magisch.

Dann legten sich Kais Lippen auf meine und er küsste mich zart. Zärtlich umstrich seine Zunge meinen Mund und ich öffnete ihn. Dies war kein gieriger, hungriger Kuss, wie wir sie sonst immer tauschten, wenn wir miteinander Sex hatten. Noch nie hatte sich ein Kuss so intim angefühlt, wie ein Versprechen.

Ich umfasste Kais Gesicht, während unsere Zungen einen Tanz aufführten, strich mit den Daumen über seine Wange und mein Herz hüpfte in einem wilden Rhythmus dazu.

Kai löste sich von mir und verteilte kleine leichte Schmetterlingsküsse auf meinem Gesicht, dem Hals und der Schulter. Kaum fühlbar und doch reagierte mein Körper mit einem Prickeln, das sich von den Haarspitzen bis zu den

Zehen zog. Vollkommen elektrisiert lag ich da. Das war anders als sonst, so viel liebevoller.

»Küss mich wieder«, bat ich ihn und er lachte leise. Sein Körper vibrierte dabei auf meinem und sandte Wellen aus Freude und Lust durch mich hindurch.

»Das mache ich doch schon die ganze Zeit.«

»Nicht immer auf den Mund.«

»Du bist ein kleines Kussmonster.«

Nun war ich es, der lachte, kam aber zu keiner Erwiderung, da Kai meinem Wunsch nachkam. Dieses Mal fordernder und die Erregung in mir nahm zu. Die Berührung von Kais Körper allein reichte nicht mehr. Ich wollte spüren, was er empfand, wollte ihm so nah sein wie möglich und wäre in ihn gekrabbelt, hätte ich es gekonnt. Ich verzehrte mich nach ihm.

»Darf ich weiter nach unten?«, fragte Kai gegen meine Lippen.

»Unbedingt.« Oder lieber nicht. Je schneller Kai machte, desto eher würde das hier vorbei und der besondere Moment zerstört sein.

Oder hatte sich doch etwas geändert? Wieder keimte die Hoffnung in mir auf, wuchs ein wenig in die Höhe.

Kai küsste und leckte sich seinen Weg, kannte meine Schwachstellen und kostete sie aus. Mein Körper vibrierte und ich war auf dem besten Weg zu fliegen, als ich den Spieß umdrehte und Kai Töne entlockte, die tief aus seiner Kehle stammten und mich anheizten.

»Was muss ich machen?«, fragte ich mit einem Finger um seinen Eingang gleitend. Ich hatte mich bisher erst einmal daran gewagt und ein wenig am Rimmen versucht.

»Warte.« Kai griff zu meinem Nachttisch, holte die Gleitcreme heraus und schmiss mir ein Kondom zu. »Mach einfach, was du schon getan hast. Nach einer Weile einen zweiten und dritten Finger und dehne mich vorsichtig. Probiere dich aus. Ich sage es dir, sollte es unangenehm werden.«

Langsam tastete ich mich vor, beobachtete dabei Kai, der entspannt und locker da lag, mir zulächelte und seine Beine festhielt. Hin und wieder kam mir der Gedanke: Jugend forscht. Nur hatte ich den Punkt lange überschritten. Sachte bewegte ich mich in ihm, suchte seinen Glückspunkt, so wie er es neulich bei mir getan hatte.

»Mehr.« Kai stöhnte und keuchte, wand sich. Offensichtlich hatte ich ihn gefunden und schien alles richtig zu machen. Fasziniert beobachtete ich ihn. Zum ersten Mal ließ er los, gab sich hin. Zudem hatte er zum ersten Mal geäußert, was er wollte und nicht mich gefragt. »Mehr, ich bin so weit.«

Ich hielt inne. »Du meinst …« O du meine Güte, ich sollte jetzt weitermachen? Was, wenn ich es doch nicht richtig gemacht hatte und ihm wehtat? Ich hatte davon gelesen.

»Fiete, Schatz, sieh mich an.«

Schatz? Er hatte mich Schatz genannt? Shit, Fuck, verdammt. Das brachte mein elendiges Herz endgültig aus dem Tritt. Ich sah auf.

»Du wirst es genau richtig machen, gerade weil du vorsichtig sein wirst.« Kai schenkte mir so viel Vertrauen, sah mich so unglaublich liebevoll an. Ich war überfordert damit, blickte zwischen seinem Arsch und seinem Gesicht hin und her. Dies war nicht der Kai, den ich kannte. Hier lag eine völlig neue Version von ihm vor mir, die ich nicht mehr hergeben und für immer bei mir haben wollte. Verdammt, jetzt verliebte ich mich noch mehr in ihn. Es ging nicht mal um die Handlung, sondern rein um die Gefühle, die mich überforderten.

Kai setzte sich auf, streichelte meine Wange. »Hey, es ist alles in Ordnung. Du machst alles richtig.«

Ich schluckte und nickte nur. Dann drückte ich meine Lippen auf seine, legte all meine Liebe für ihn in den Kuss, in der Hoffnung, er würde es spüren. Ich konnte nicht reden, konnte es ihm nicht sagen, aus Angst alles zu zerstören, was wir bisher hatten. Scheiß auf das Körperliche, wenn ich diesen Mann haben konnte.

Kai löste sich von mir, umfasste mein Gesicht, strich mit den Daumen zärtlich über meine Nase, meine Lippen und küsste mich erneut.

Es hatte sich etwas zwischen uns geändert, nur konnte ich noch nicht fassen, was es war. Kai beendete den Kuss. »Ich helfe dir.« Er zog mir das Kondom über und legte sich erneut hin, zog seine Knie an seine Brust und hielt sie fest. »Ich bin bereit für dich.«

»Ich auch für dich.« Ich fuhr mir durch die Haare, beugte mich über Kai und küsste ihn. Millimeterweise schob ich mich in ihn, wollte jede Sekunde genießen, hielt ständig an und betrachtete ihn.

»Scheiße ist das eng«, entfuhr es mir, als mir alles zu viel wurde. Kai lachte, was den Bann ein wenig brach, trotzdem nichts von der Intensität meiner Gefühle nahm. »Hoffentlich auch gut.«

»O ja.« Das war es wirklich. Ich legte mich auf Kai, stützte mich noch mit den Unterarmen neben seinem Kopf ab, küsste ihn und begann mich zu bewegen.

An meiner Schwanzspitze entwickelte sich eine Art Ziehen und baute in mir meinen Orgasmus schneller auf, als ich wollte. Kai kam mir so gut es ging entgegen. Ich atmete immer heftiger und schneller, Schweiß bildete sich zwischen unseren Körpern.

Mit geschlossenen Augen lag Kai da, wirkte völlig entrückt und so wunderschön. Ich änderte meine Position, um mehr von ihm sehen zu können und mehr durch Zufall als gewollt traf ich seinen Glückspunkt. Laut stöhnte Kai, ein Lächeln auf seinen Lippen.

Ich konnte nicht mehr an mich halten. Wollte mehr und es doch nicht beenden, zwang mich langsamer zu machen. Wir würden hinterher in unseren Alltag zurückkehren und diese intime, intensive Stimmung würde garantiert verschwinden, zu einer Erinnerung verblassen, die ich unbedingt behalten wollte.

Trotzdem wurde ich schneller, mein ganzer Körper angespannt bis in die Nervenspitzen, mit einer Hand fasste ich zwischen uns, wichste Kais Schwanz.

»Das ist … ich«, stammelte Kai und spritzte zwischen uns ab. Er überrumpelte mich, sein Muskelring zog sich um mich zusammen und das gab mir den Rest. Mit einem leisen Schrei kam ich ebenfalls. Danach brach ich auf Kai zusammen. Der umschlang mich fest mit seinen Armen und küsste mich auf die Schläfe.

So harrten wir minutenlang aus. Ich genoss Kais Nähe, wollte uns in einen Kokon hüllen. Die Außenwelt für immer aussperren und nur noch Kai und mich in unserer eigenen kleinen Blase haben.

Kai zog das Zopfband aus meinem garantiert komplett zerstörten Bun. Seufzend rollte ich von ihm, entfernte das Kondom und säuberte uns. Bis jetzt hatten wir noch nicht miteinander gesprochen, nur sanfte Küsse geteilt und uns gestreichelt.

Ich kuschelte mich an ihn. »Weshalb haben wir damit so lange gewartet?«, fragte ich irgendwann. Dies war nicht nur Sex gewesen, sondern so viel mehr.

»Ich … es …«

»Hey, ich bin es, Kai. Du kannst mit mir reden.« Ich küsste ihn. Das könnte ich ununterbrochen machen. Warum konnte man sich davon nicht ernähren?

Kai grinste. »Du solltest wissen, dass ich nicht bei jedem Bottom bin. Dadurch ist man verletzlicher, finde ich, gibt ein Stück von sich her und es braucht für mich unglaublich viel Vertrauen. Ich war noch nicht bereit dafür. Sowohl als Top als auch als Bottom.«

Und prompt setzten die Schmetterlinge in meinem Bauch zu Kunstflügen an. Die Pflanze der Hoffnung wuchs erneut ein paar Zentimeter. Konnte Kai den schnellen Rhythmus meines Herzens unter seinen Fingern spüren?

Wenn überhaupt möglich, schmiegte ich mich noch enger an ihn und der übermächtige Wunsch von dieser unendlichen Nähe überkam mich erneut. Wollte jeden Millimeter meines Rückens mit seiner Vorderseite in Kontakt bringen. Er griff nach meinen Händen, verschränkte unsere Finger miteinander und umschlang mich mit meinen und seinen Armen.

»Danke für das schöne Geschenk.« Mir fiel nichts Besseres ein, was ich ihm sonst sagen könnte. Dies schien ein großer Schritt für ihn gewesen zu sein.

Kai grummelte hinter mir etwas Unverständliches, was mich zum Grinsen brachte. Manchmal konnte er einfach nicht damit umgehen, wenn man ihm ein Kompliment machte. Ich führte seine Hand an meine Lippen und drückte einen Kuss darauf.

»Lass uns schlafen.« Kai gähnte herzhaft.

»Das ist mal eine brauchbare Idee. Gute Nacht.«

Es dauerte nicht lange, bis seine Atemzüge in einem ruhigen und regelmäßigen Rhythmus meine Haare streiften, ebenso gleichmäßig hob und senkte sich seine Brust an meinem Rücken.

»Ich liebe dich, Kai Müller«, flüsterte ich in die Dunkelheit des Zimmers.

Kapitel 22

Kai

»**H**erzlich willkommen in deiner neuen Wohnung, Kai.« Unser Sportdirektor Ruben Kliker führte mich durch das überraschend große Appartement. Ich hatte mit 60m² gerechnet, aber nicht mit einer Größe, die Fietes Wohnung gleichkam.

»Stromanbieter, Telefon und Internet bist du selbst für zuständig, wie es im Vertrag steht. Die Miete wird demnächst direkt mit deinem Gehalt verrechnet.«

Ruben und ich standen am Mittwoch nach unserem Sieg über die Steelers im Wohnzimmer meines neuen Heims. Er hatte mich nach dem Training heute eingesammelt und ich war ihm hinterhergefahren.

Fiete hatte noch in einer Besprechung mit Coach Meyer gesessen und es nicht mitbekommen. Was auch besser war. Ich wollte mit ihm zu Hause darüber sprechen.

Nein, nicht zu Hause, bei ihm. Dies hier war jetzt mein Heim. Zumindest würde es das werden, sobald ich meine Klamotten hier verteilt hatte.

Fiete. Ich stockte, drehte mich im Kreis und sah doch nichts wirklich. Wie würde er wohl reagieren, wenn ich bei ihm auszog? Mein Vorsatz, unser Arrangement zu beenden, hatte sich in dem Moment in Luft aufgelöst, als er mir Sonntagnacht seine Liebe gestanden hatte. Ich war fast eingeschlafen, seine Worte jedoch hatten mich die halbe Nacht wachgehalten. Längst hätte ich ihm beichten sollen, dass ich es wusste, mit ihm darüber reden sollen, konnte mich allerdings nicht dazu durchringen. Zum ersten Mal seit Jahren konnte ich mir vorstellen, wieder einen Freund zu haben.

Ich blieb vor der Fensterfront mit den zwei Terrassentüren stehen, die eine ganze Seite einnahm. In der Ferne konnte ich das Meer schimmern sehen, auf den halbüberdachten Balkon prasselte der Regen. Seit zwei Tagen zog der Herbst in Dullerstorf ein und zeigte sich von seiner hässlichen Seite. Zu den Bindfäden, die vom Himmel fielen, gesellten sich Sturm und Kälte.

Ich drehte mich um. In einer Nische befand sich eine hochmoderne Küche mit allem, was das Herz begehrte. Ein Koch hätte seine wahre Freude daran. Davor stand ein Esstisch für sechs Personen. Ich sah Jason, Bryan, Roman, Fiete und mich dort sitzen und essen.

Leise seufzte ich, strich über das Regal, das als Raumtrenner gedacht war und in das ich nichts reinzupacken hatte. Vielleicht ließ ich meine Mutter Deko kaufen. Die hatte ein Händchen dafür. An das Regal schloss sich ein großes Ecksofa in U-Form an, auf dem ich in Zukunft allein und einsam sitzen würde. Kein Kuscheln mehr mit Fiete, kein Kopfeinziehen, weil einer seiner Vögel angeflogen kam und sich auf seiner Schulter niederließ.

Ein dicker Kloß machte sich in meinem Hals breit und ich schluckte ihn hinunter.

Jetzt hör schon auf, du hast es doch so gewollt!

Ich blickte zum großen Fernseher an der gegenüberliegenden Wand der Couch. Roman, Jason und Bryan würden begeistert sein, wenn sie ihn sahen. Hier konnten wir in Ruhe spielen, ohne Frauen, Kinder und Vögel und ich wäre nicht ganz so alleine.

»Die Wohnung ist so toll.« Ich öffnete eine der Terrassentüren und ließ die kalte und frische Luft herein.

»Schön. Brauchst du Hilfe beim Einzug?«

Ich drehte mich zu Ruben um. »Nein, danke. Ich habe nicht so viel Sachen.«

»Dann haben wir alles, oder? Hier ist der Stromzählerstand, damit du deinem Anbieter den durchgeben kannst.« Er reichte mir einen Zettel, verabschiedete sich von mir und verschwand.

Ich wanderte durch die Räume. In meinem Schlafzimmer setzte ich mich auf das Bett und bewegte mich auf und ab. Die Matratze war schön hart, das Zimmer in neutralem Weiß gehalten. Im Spiegel des Schrankes gegenüber betrachtete ich mich. Maximal eine halbe Stunde würde das Packen meiner Sachen dauern. Einige hatte ich gar nicht ausgepackt. Innerhalb von zwei Stunden könnte ich hier wohnen und die erste Nacht hier schlafen. Damit wäre auch das Arrangement zwischen Fiete und mir beendet und wir würden uns nur noch auf Auswärtsspielen ein Zimmer teilen.

Seufzend legte ich mich rücklings auf die Matratze. Ich könnte Fiete auch sagen, was ich für ihn empfand und wir könnten eine heimliche Beziehung führen. Höchstwahrscheinlich könnte ich bei ihm wohnen bleiben. Offiziell natürlich hier. Aber wie lange konnten wir die Scharade aufrechterhalten? Irgendwann kam alles heraus. Ich schüttelte den Kopf.

Nein, ich zog hier ein und die Sache zwischen uns musste enden. Wir hatten unsere Teamkollegen lange genug angelogen und jetzt, da ich sie alle näher kannte, wollte ich so nicht weitermachen. Zudem waren wir erwachsen genung, um damit umgehen zu können.

Ich raffte mich auf, verließ das Appartement und fuhr nach Hause. Nein, Kreizkruzefix, zu Fiete.

Als ich die Wohnung betrat, begrüßte mich fröhliches Vogelgezwitscher aus dem Wohnzimmer, begleitet vom Klavier. Ich schlüpfte aus meinen Schuhen, hängte die Jacke auf und ging hinein.

Fiete sah zu mir auf und lächelte, hörte jedoch nicht mit Spielen auf.

»Hey, wo kommst du her?«

Wahrheit sagen oder nicht? Er sah so glücklich aus und das wollte ich nicht zerstören. Jedes Mal, wenn das Gespräch auf meinen Auszug zu sprechen kam, verdunkelte sich sein Gesicht und sein Lächeln wirkte gezwungen.

»Ich bin auf den Parkplatz am Leuchtturm gefahren und habe den Wellen zu gesehen.« Das war zumindest die halbe Wahrheit.

Er spielte weiter, leise. Eine Melodie, die ich kannte, allerdings nicht zu greifen bekam. Ein ruhiges Rockliebeslied. Einer seiner Wellensittiche lief auf dem Klavier auf und ab, wippte mit dem Kopf und zwitscherte am lautesten.

»Bei dem Wetter?« Er betrachtete mich, während seine Finger weiter über die Tastatur glitten. »Du bist ganz trocken.«

Ich zuckte mit den Schultern. »Bin im Auto sitzen geblieben.« Ich deutete mit dem Kopf auf ihn. »Du brichst gar nicht ab, obwohl ich da bin.«

»Du magst das doch, oder?«

Verdammt, wie sollte ich ausziehen, wenn er mir so entgegenkam? Ich konnte ihm heute nichts sagen und alles in mir bettelte darum, hierbleiben zu dürfen. Fietes Wohnung fühlte sich nach zu Hause an, bei Fiete war ich geborgen und gewollt. Ich biss mir auf die Lippen.

»Nenn mir dein Lieblingslied.« Seine Finger flogen zielsicher über die Tasten, als er das Lied wechselte und nun zu Bohemian Rhaspody von Queen überging.

»Runaway Train von Soul Asylum.«

Fiete hielt inne. »Das kann ich leider nicht.« Er holte sein Handy hervor.

»Nicht schlimm. Spiel einfach weiter, was du möchtest.«

Seine Finger flogen über das Display und für einen Moment herrschte Stille bis auf das Zwitschern der Vögel. Nur der unermüdliche, klavierliebende Wellensittich gab meckernde Laute von sich. Ich konnte ihn so gut verstehen und gab ihm im Geiste recht.

»Ich habe die Noten bestellt. Mit ein wenig Übung werde ich es bald spielen können.«

Shit, Fuck, ich würde nie ausziehen können, wenn er weiterhin solche tollen Sachen machte. Mein Herz pochte viel zu schnell unter meiner Brust und in meinem Körper breiteten sich jede Menge Flatterlinge aus. Ich beugte mich zu ihm hinunter und küsste ihn. Hart und fordernd. Wollte ein letztes Mal mit ihm ins Bett.

So kam ich dennoch nie von ihm los. Aber ich musste uns wenigstens einen Abschied gönnen.

»Ich will dich. In mir. Jetzt.« Ich zog ihn von seinem Stuhl hoch und ins Schlafzimmer. Zwischen uns entspannte sich ein Spiel aus rauer und sanfter Zärtlichkeit, wir zerlegten uns gegenseitig in unsere einzelnen Atome, nur um uns dann wieder zusammenzusetzen. Unsere Küsse waren von unbändiger Begierde oder liebevoller Zuwendung. Zwischen uns herrschte eine Hitze, die das Eis in der Halle zum Schmelzen hätte bringen können.

Wir kannten uns mittlerweile so gut, wussten, wie wir auf den anderen reagierten, und das schuf eine Verbindung zwischen uns, die mir immer mehr Angst machte. Fiete schaffte es, mich vergessen zu lassen, wer ich war und mich ihm hinzugeben, die Außenwelt auszuschalten und nur für uns zu leben.

Dies war nicht nur Sex, Fiete liebte mich mit allem, was er zu geben hatte und ich nahm es dankbar an. Hatte überhaupt jemals irgendjemand mich so geliebt wie Fiete hier und jetzt?

Schwer atmend lagen wir hinterher nebeneinander und hielten uns an den Händen. Wie konnte ich dieses Gefühl der absoluten Geborgenheit, des Geliebtwerdens und der tiefen Befriedigung nur konservieren?

»Das war …« Fiete sprach nicht weiter, musste er auch nicht. Dies war was ganz Besonderes gewesen. Eine Nähe, die ich so noch nie empfunden hatte, ein Teil von einem Ganzen zu sein. Hier gehörte ich hin und nirgends anders.

»Ja«, flüsterte ich aus Angst, etwas zu zerstören, wenn ich lauter wurde.

Er drehte sich, lag nun halb auf mir, halb an mich gekuschelt und küsste meine Brust, auf der der Schweiß und mein Sperma trockneten. Ich kämmte durch seine Haare, die mal wieder einen Schnitt verdienten.

So lagen wir längere Zeit da, sprachen leise über unsere Kindheit und die Schulzeit. Ich erzählte ihm, wie es zum endgültigen Bruch mit meinen biologischen Eltern gekommen und weshalb ich bei meinen Pflegeeltern gelandet war. Von vielen Therapiestunden und meiner Patientenakte, die ich seit meiner Profikarriere mit mir herumtrug. Er hörte zu, drückte mich, wenn ich zu stocken begann, aber unterbrach mich nicht.

Fiete wiederum berichtete von Urlauben in den Bergen, wie er von seinem Vater immer als Vorzeigeschüler in der Musikschule inszeniert wurde und wie sehr er es gehasst hatte, alleine auf der Bühne zu stehen und den Anfang zu gestalten. Hinterher jeden Fehler aufgetischt bekommen hatte, obwohl er es doch in den Proben fehlerfrei geschafft hatte.

»Das ist der Grund, weshalb du nur noch für dich spielst, oder?«, fragte ich, als er in seiner Erzählung stockte. Er nickte, schluckte schwer.

»Ich wurde ständig ins Rampenlicht gezogen, dabei wollte ich es nicht.« Er rieb sich über seine geschlossenen Lider. »Bei meinem letzten Auftritt mit meinem Vater war ich so gelähmt vor Angst, dass ich die Klarinette an den Mund geführt, aber nicht mehr spielen konnte.« Leise seufzte er, sprach jedoch nicht weiter.

»Was ist danach passiert?« Sanft strich ich über seine Wange.

Fiete setzte sich auf. »Es gab einen riesengroßen Krach mit meinem Vater. Wir haben die gesamte Nachbarschaft zusammen geschrien. Irgendwann hat sich meine Mutter eingemischt und ein Machtwort gesprochen.« Mit seiner Zunge fuhr er sich über seine Lippen. »Mein Vater hat mir in seiner Wut so unsagbar schreckliche Dinge an den Kopf geworfen. Ich hätte ihn blamiert, er könnte sich jetzt nirgends mehr sehen lassen. Ich konnte irgendwann nur noch dastehen und weinen.«

Ich setzte mich auch auf, entsetzt über seine Erzählung und zog ihn in eine Umarmung, drückte ihn fest an mich. Wollte ihn so unbedingt im Nachhinein davor beschützen.

»O mein Gott, wie ist dein Verhältnis zu deinem Vater jetzt?« Ständig hatte ich gedacht, sein Verhältnis zu seinen

Eltern war so viel besser, ohne Probleme behaftet. Die perfekte Beziehung schien es jedoch nicht zu geben.

Fiete stellte die Nachttischlampe an, da es draußen dunkel wurde. »Sehr gut, wir haben uns schon vor Jahren ausgesprochen und vergeben. Er ist unheimlich stolz auf mich und wie weit ich es im Eishockey gebracht habe. Es hat seine Zeit gebraucht, doch irgendwann hat er eingesehen, dass ich im Mannschaftssport besser aufgehoben bin als auf einer Bühne.« Fiete löste sich von mir und küsste meine Brust. Wir sanken wieder auf die Matratze und kuschelten uns aneinander. »Dort habe ich mir mein Selbstvertrauen geholt, war einer unter vielen und nicht der Vorzeigestar, der alles perfekt machte.«

»Ja, das kommt mir in etwa bekannt vor. Nur war ich kein kommender Musikstar, sondern nur ein Junge, der sich alleine fühlte. Beim Sport war ich jemand, konnte was und das wurde anerkannt. Bis heute.«

»Du bist auch so jemand, weißt du? Ein besonderer Mensch mit einem unglaublichen Einfühlungsvermögen.«

Hitze und Tränen stiegen in mir auf. Ich konnte hier nicht ausziehen und Fiete verlassen, wollte bleiben und ihn für immer halten.

Mein Magen knurrte in diesem Moment vernehmlich und Fiete grinste. Im Wohnzimmer mussten die Vögel sich in ihre Schlafschaukeln zurückgezogen haben, denn es erklang kein Laut aus dem Raum.

Ich lachte leise, die ernste Stimmung von eben war verflogen und machte einer Leichtigkeit Platz, die bei mir von meinem bevorstehenden Auszug getrübt wurde.

»Wir sollten mal etwas essen.«

»Aber dann müssen wir aufstehen.« Fiete seufzte theatralisch.

»Aufstehen oder ich kitzel dich.«

»Wehe.«

Ehe er sich versah, lag er auf dem Rücken, ich hockte über ihm im Vierfüßlerstand.

»So kann ich nicht mal im Ansatz aufstehen.« Er grinste schief, legte seine Hände um meinen Nacken und zog mich zu sich herunter. »Aber habe ich kein Problem mit.«

»Das hättest du wohl gerne.« Ich tauchte unter seinen Armen hindurch und kitzelte ihn.

»Hey«, beschwerte er sich. Wir rangelten miteinander auf dem Bett. Bettdecke und Kissen landeten auf dem Boden. Erst mein erneut knurrender Magen erinnerte uns ans Essen.

»Na gut, bevor du vom Fleisch fällst und unser Goalie nicht mehr stark genug ist, essen wir halt etwas.«

***

Roger, unser Goalie-Coach, ging mit mir am Tablet einige meiner Paraden der letzten zehn Minuten durch, die wir mit Penaltyschießen verbracht hatten. Immer wieder spulte er zurück, deutete auf etwas, erklärte und zeigte. Jason stand auf Rogers anderer Seite und hörte aufmerksam zu. Ich versuchte es zumindest, denn mein Blick schweifte mehr zu Fiete, der Schüsse aufs Tor übte.

»Hörst du zu oder interessiert es dich nicht, wie du besser werden kannst? Am Ende willst du ein Stürmer werden.«

Ich zuckte zusammen. »Sorry, Roger. Ich bin da.«

»Gut. Du gehst zu früh in die Knie. Bleib so lange wie möglich auf den Beinen. Dann bist du flexibler und bekommst weniger oben rein.« Er deutete auf mehrere Stellen im laufenden Video.

Zustimmend nickte ich. Wir gingen noch einige Situationen durch und übten das Besprochene. Danach trainierten wir wie schon die gesamte Woche Spielzüge gegen die Mannschaften am morgigen Freitag und Sonntag ein.

Erschöpft, aber mit gutem Gefühl folgte ich den anderen am Ende des Trainings in die Kabine, um zu duschen. Es waren zwei Heimspiele, worüber wir uns alle freuten. Am Sonntag sogar schon am frühen Nachmittag, sodass meine Eltern mich und Fiete abends zum Essen eingeladen hatten.

»Hey Kai, schneidest du mir noch die Haare? Ich will gut aussehen für die Fans«, rief Kevin durch die Kabine, während wir uns alle auszogen.

»Nope, erst am Dienstag. Wir rücken nicht von den Terminen ab.« Ich schnürte meine Schlittschuhe auf, guckte zu Fiete, der sich mit Noah und Bryan unterhielt und dabei mit den Händen gestikulierte. Garantiert gingen sie noch einmal die Spielzüge durch. Zwischendurch traf sein Blick auf meinen und ich musste unwillkürlich lächeln, was er erwiderte. Die Kabine leerte sich, während nebenan die ersten Duschen zu rauschen begannen.

»Fiete, komm nachher noch in mein Büro, bitte«, rief Coach von der Tür aus.

»Alles klar«, antwortete Fiete, sah danach wieder zu mir und zuckte mit den Schultern. Ich hob die Augenbrauen an. Da musste ich mir wohl eine andere Gelegenheit suchen, um nach Hause zu kommen. Wenn Fiete zum Coach ins Büro gerufen wurde, dauerte es länger, was auch immer sie dort besprachen, Fiete gab es nie preis. Gemeinsam gingen wir zu den Duschen.

»Schade, dachte, wir könnten noch an den Deich. Der Regen und der Sturm haben mal aufgehört und es scheint die Sonne.«

»Können wir hinterher. Dauert heute bestimmt nicht lange mit dem Coach.« Fiete stupste mich mit seiner nackten Schulter an, was mir ein Kribbeln durch den Körper schickte. »Außerdem musst du deinem Versprechen endlich mal wieder nachkommen, nachdem du es die letzten Wochen hast schleifen lassen.«

»Ich kann nichts dafür. Du bist derjenige mit den ewig vielen Verpflichtungen als Kapitän, Vater und überhaupt.«

Wir stellten uns unter die Duschen.

»Kai, wir fahren gleich zu Jared, kommst du mit?«, fragte Roman mich.

»Nein, ich warte auf meine Mitfahrgelegenheit.«

»Dann kannst du mir die Haare schneiden.« Kevin drehte seine Dusche ab und ging zu seinem Handtuch.

»Auf keinen Fall.«

»Außerdem bringt das Unglück, wenn man von seinen Ritualen abweicht«, erwiderte Matteo neben mir.

»Du kannst ruhig mitfahren, wenn du möchtest«, meinte Fiete von der anderen Seite.

»Schon gut. Ich warte auf dich und wir fahren zum Deich.« Ich musste mal raus an die frische Luft, nachdem wir tagelang nur zwischen der Wohnung und der Trainingshalle hin und her gependelt waren. Außerdem suchte ich noch nach einer günstigen Gelegenheit, Fiete von meinem bevorstehenden Auszug zu erzählen. Jedes Mal, wenn ich daran dachte, zog es mir den Magen zusammen und es fühlte sich an, als ob dort nur noch ein zermatschter Klumpen wäre.

Anderthalb Stunden später standen Fiete und ich endlich auf dem Deich. Die Sonne hatte sich hinter aufgetürmten

Wolken über dem Meer versteckt. Auch der Wind frischte wieder auf und eine steife Brise wehte uns entgegen. Nur wenige Menschen waren unterwegs, meistens nur Leute, die mit ihren Hunden Gassi gingen.

»Ist es nicht herrlich?«, fragte Fiete und streckte genießerisch sein Gesicht dem Wind entgegen. »Ich liebe diese Zeit.«

»Es ist kalt, windig und regnet ständig. Ich habe dieses Wetter schon während meiner Kindheit nicht gemocht.«

»Aber Stürme sind so herrlich und zeigen uns, wie klein und schwach wir Menschen im Grunde sind. Sie bringen mich immer wieder auf den Boden der Tatsachen zurück.«

»Und trotzdem schaffen wir es, die Natur zu zerstören«, erwiderte ich trocken.

»Ja, leider.«

Ich schob meine Hände in die Taschen. Schon wieder zögerte ich den Augenblick der Wahrheit hinaus. Doch jedes verfickte Mal, wenn ich es sagen wollte, wurde mir schlecht und eine innere Stimme hallte mit der immer wiederkehrenden Frage zurück: Willst du das wirklich?

Wir wichen einer Frau mit einem Dackel aus, der bei uns stehen blieb und an uns schnupperte. Die Frau murmelte etwas Unverständliches und zog ihren Hund weiter.

»Ich habe gestern die Schlüssel für das Appartement bekommen«, platzte ich heraus, als wir wieder für uns waren.

»Du … was?« Fiete blieb stehen.

»Ich stand nicht hier auf dem Parkplatz, sondern war mit Ruben in der Wohnung.«

Fiete kniff seine Augen zusammen und seine Lippen wurden zu einem Strich. »Du hast mich angelogen? Warum?« Er sprach sehr ruhig, zu ruhig für meinen Geschmack und mir wurde schlecht.

»Keine Ahnung. Du hast so glücklich ausgesehen und das Klavierspiel nicht unterbrochen. Dazu noch die Noten für mein Lieblingslied bestellt.« Ich fuhr mir über meine Stoppelhaare auf dem Kopf.»Da hast du gedacht: Was solls, lügen wir ihn an statt die Wahrheit zu sagen?« Eine steile Falte bildete sich zwischen Fietes Augen und in seiner Stimme klang unterdrückte Wut mit. »Hattest du Angst, ich könnte nicht damit umgehen? Dein Auszug war abzusehen.« Er verschränkte die Arme vor der Brust.

Ich schluckte. »Schon klar, aber ich wollte die Stimmung nicht drücken.«

Sein Gesicht verdüsterte sich noch mehr. »War das gestern ein Abschiedsfick?« Er drehte sich von mir weg. »Ich habe gedacht, die letzten Male hätte etwas bedeutet, da herrscht eine besondere Verbindung zwischen uns und …« Fiete brach ab, dann wandte er sich mir erneut zu, blickte mich kalt an. Mir lief ein Schauder über den Rücken. Mit diesem ruhigen Fiete konnte ich nicht umgehen, so kalt und distanziert, so wütend hatte ich ihn noch nie erlebt. Außerdem war ich es gewohnt, angeschrien, psychisch unter Druck gesetzt zu werden, dies war anders, kannte ich nicht und das machte es unheimlicher, beängstigender für mich.

»Nein, natürlich nicht. Ich konnte es gestern einfach nicht sagen und die Stimmung zwischen uns verändern.«

»Und? Was hat sich geändert?« Rote Flecken bildeten sich an Fietes Hals und im Gesicht. Er konnte in der Kabine schon mal laut werden, wenn ihm etwas gegen den Strich ging, aber dies hier, diese ruhige Wut war viel verletzender, als wenn er getobt hätte.

»Ich musste es doch irgendwann sagen und nicht einfach so meine Sachen packen und gehen. Das muss auch nicht heute oder morgen passieren.«

»Ach nein, wann denn? Nächsten Monat oder was?«

»Fiete, bitte. Ich wollte dich nicht anlügen, nur die Stimmung nicht vermiesen.« Ich wand mich unter seinem kalten Blick, der Distanziertheit, die er ausstrahlte. Dabei wollte ich ihn nur in den Arm nehmen und nie wieder loslassen. Für immer neben ihm im Bett liegen, ihn halten und lieben dürfen.

»Aber das hast du und danach …« Erneut beendete er seinen Satz nicht, sondern fuhr sich mit den Händen durch seine Haare, ruinierte seinen Zopf und zupfte dabei Strähnen aus dem Haarband, die ihm ins Gesicht wehten. Meine Hand zuckte bereits, um sie ihm hinter die Ohren zu streichen, doch ich hielt noch rechtzeitig inne.

Fiete schüttelte den Kopf. »Lass uns gehen, du musst packen.« Damit ging er den Deich zurück zum Auto, wich einem älteren Herrn aus, der ihm mit seinem Hund entgegenkam. Mit offenem Mund ließ er mich stehen.

»Das war es? Mehr hast du nicht dazu zu sagen?«, rief ich ihm hinterher. Der ältere Mann starrte mich überrascht an, beschleunigte seine Schritte und ging an mir vorbei. Langsam wurde ich auch wütend. Fiete blieb stehen, sah über seine Schulter zu mir.

»Was soll ich denn sagen? Wir wussten doch beide, dass es so kommen würde.«

»Neulich wolltest du dem Team von uns erzählen und jetzt kannst du es gar nicht erwarten, mich loszuwerden?«

Fiete blieb stehen, drehte sich zu mir um. »Du hast es vielleicht noch nicht bemerkt, aber ich bin nicht derjenige, der mich angelogen hat und danach mit mir ins Bett gegangen ist.«

»Verdammt, Fiete, ehrlich jetzt? Daran hältst du dich fest? Es war doch nicht mal eine richtige Lüge. Ich habe tatsächlich das Meer gesehen, allerdings aus einem Wohnzimmer und nicht vom Parkplatz. Das ist kindisch und lächerlich, was du hier abziehst.«

Er kam auf mich zugestürmt, piekte mit einem Finger gegen meine Brust, was einen kleinen stechenden Schmerz auslöste.

»Ich habe gedacht, es könnte mehr werden zwischen uns, nicht nur ein wenig miteinander ins Bett gehen. Hatte die komische Vorstellung als Paar von uns, vor allem nachdem du mir vertraust und wir über viele Dinge gesprochen haben, über die du und ich sonst mit keinem reden.«

Das erwischte mich eiskalt. »Fiete.« Ich zog ihn an mich, konnte nicht anders, weil ich ihn unbedingt ganz nah bei mir haben musste. Er krallte sich an meiner Jacke fest, vergrub sein Gesicht an meiner Schulter. Sein Körper bebte an meinem. »Ich mag dich doch auch. Aber wie soll das gehen? Was ist, wenn es auf einmal nicht mehr funktioniert? Wie sollen wir in einem Team spielen, ohne die anderen mit unserem Mist mit runterzuziehen?«

»Wer sagt, dass es dazu kommt?«, murmelte er in den Stoff meiner Jacke.

»Es gibt nun mal keine Garantie.«

»Wir könnten erst mit den Trainern und der Geschäftsleitung sprechen. Warum sollten wir nicht dasselbe Glück verdienen wie alle anderen auch?«

Ich seufzte. »Natürlich verdienen wir das.«

»Roman scheint es sowieso zu ahnen und seinen Kommentaren nach zu schließen, hat er kein Problem damit.«

Ein Kloß bildete sich in meinem Hals. »Ich kann das nicht und mir am Ende doch ein neues Team suchen müssen, weil es mit uns nicht funkltioniert. Zum ersten Mal bin ich voll integriert, habe Freunde, die mich zu sich einladen und hocke nicht alleine in einer Bude. Wurde nicht nach den ersten Nächten auswärts verstoßen und unter den Teamkollegen herumgereicht, weil niemand mehr mit mir in einem Zimmer schlafen wollte.«

Fiete löste sich aus meinen Armen. »Also willst du es nicht mal versuchen, sondern feige den Schwanz einziehen, weil es unter Umständen nicht klappen könnte und schiebst die Mannschaft vor?«

Ich schreckte zurück. Er hatte den Nagel auf den Kopf getroffen und ich schämte mich dafür. Kam allerdings auch nicht dagegen an. Stattdessen trat ich einige Schritte zurück und starrte auf den Boden. Ich wollte nicht verlieren, was ich zurzeit hatte, inklusive Fiete. Es war zum junge Hunde melken und ich sah keinen Ausweg, als das mit Fiete zu beenden, bevor die Mannschaft noch etwas mitbekam.

»Alles klar.« Fiete sah mich traurig und enttäuscht an. »Ich werde weiterhin bei Auswärtsspielen mit dir das Zimmer teilen, aber auf ein Twin-Bed-Room bestehen.« Nun klang er beherrscht. »Wir sollten fahren, damit du deine Wohnung beziehen kannst.«

Mir rutschte das Herz in die Hose. Das hatte ich absolut und zu hundert Prozent verbockt, aber es war genau das, was ich wollte. Keine Beziehung mit einem Mannschafts-kollegen, so weh es tat und mir das Herz erneut in Stücke zerriss, Fiete so zu sehen, ihm nie mehr körperlich nahe sein zu können, ihn zu küssen oder schlicht mit ihm zu kuscheln. Ich verfluchte mich innerlich, mich jemals auf das Sexperiment eingelassen zu haben. Das hatte nur in die Hose gehen können.

Ich schloss die Augen, der Wind wehte mir um die Ohren und ich holte einmal tief Luft, dann folgte ich Fiete.

Schweigend fuhren wir zu ihm. Kaum hatten wir die Wohnung betreten, Schuhe und Jacken ausgezogen, ging er ins Wohnzimmer. Ich folgte ihm langsam, als er mir schon mit meinen Teedosen entgegenkam.

»Hier, die kannst du einpacken.« Er drückte sie mir in die Hände, drehte um und suchte meine drei Zeitschriften von der Couch und dem Tisch zusammen, legte sie obenauf.

»Was machst du?« Als ob ich das nicht wüsste.

»Packen. Jetzt kommt uns dein kleiner Hausstand zugute.« Er schob mich aus dem Wohnzimmer in das Gästezimmer. Dort riss er den Kleiderschrank auf.

»Fiete, lass das.« Als ich die Dosen auf den Nachttisch stellen wollte, rutschten mir die Zeitschriften herunter und hinter das Möbel. Scheiß drauf, die waren nicht so wichtig. Fiete hingegen hatte angefangen, meine Klamotten aus dem Schrank zu greifen und warf sie auf das Bett. »Was soll das so plötzlich?«

»Wenn wir das beenden, will ich es richtig machen.« Wieder die kalte und distanzierte Stimme. Ich hatte ihn auf ganzer Ebene enttäuscht und verletzt. Als er die nächste Ladung Kleidung auf das Bett warf, griff ich nach seinem Handgelenk. Er befreite sich und schrie mich an. »Du willst es doch! Jetzt zieh gefälligst in deine Wohnung!«

»Fiete, es tut mir leid.« Dies war alles nur sein Schutzwall. Er war ebenso verletzt wie ich und ich hatte nicht die Eier in der Hose dagegen anzugehen.

Seine Mundwinkel zitterten, als er mich ansah. »Du hast mich benutzt. Glaubst du etwa, ich bin so blauäugig, nicht zu erkennen, warum du mich dich hast ficken lassen nach dem Spiel gegen die Steelers?« Er klang so verletzt. Es tat mir so unbeschreiblich in der Seele weh. »Ich war dein Charly Ersatz. Du magst mich? Vertraust mir? Na ganz toll, den anderen liebst du. Willst ihn doch immer noch.« Er stürmte aus dem Zimmer und ließ mich sprachlos zurück.

War Fiete eifersüchtig? Er gab mir keine Chance, ihm zu folgen, denn er kam mit der letzten Teedose ins Zimmer gestürmt.

»Pack deine Sachen und geh endlich.« In seinen Augen schimmerte es sehr verdächtig, trotzdem blickte er mich entschlossen an. Es war ganz egal, was ich jetzt sagen würde, seine Entscheidung stand, unsere private Verbindung komplett zu kappen.

Ich musste es trotzdem versuchen. »Fiete, können wir nicht noch einmal drüber reden? Bitte.« Ein flehender Unterton lag in meiner Stimme.

»Ich wüsste nicht, worüber. Du willst nicht, in Ordnung. Ich akzeptiere das, aber ich muss dich nicht länger in meiner Wohnung dulden. Es wird hart genug, dich jeden Tag beim Training und bei den Spielen zu sehen. Tu uns also den Gefallen und geh.«

Geschlagen nickte ich. Für ein paar Stunden hatte ich mir selbst ausgemalt, eine richtige Beziehung zu führen. Doch Fiete war und blieb nun einmal mein Teamkamerad, so sehr ich auch von einer Zukunft mit ihm träumte.

»Wenn du nichts dagegen hast, rufe ich ein paar der Jungs an und frage, ob sie mir helfen können. Dann geht es schneller.«

»Mach, was du nicht lassen kannst.« Fiete verließ das Zimmer. Einige Sekunden später hörte ich die Tür seines Schlafzimmers zuschlagen. Ich sank auf das Bett und barg das Gesicht in meinen Händen.

Angst vor dem Kommenden und Trauer um das, was wir nie würden haben können, machte sich in mir breit. Wie würde es nun zwischen uns weitergehen? Hoffentlich konnten wir unseren Bruch vor den anderen verbergen und vielleicht, sobald einige Zeit ins Land gezogen war Freunde werden. Nur wie sollte ich mir jemals wieder ein Zimmer mit ihm teilen? Es stach wie tausend Nadelstiche in meinem Herzen.

Ich schluckte die aufkeimenden Tränen hinunter, holte mein Handy hervor und schrieb Roman und Jason an, ob sie mir helfen könnten. Dann erhob ich mich schwerfällig.

Mein ganzer Körper fühlte sich an, als ob er gegen den Auszug rebellieren wollte. In meinem Magen lag ein Bleiklumpen und meine Beine bewegten sich wie nach einem der Trainingstage in der ersten Höllenwoche nach dem Sommer. Alles in mir wehrte sich gegen diesen Schritt, der dennoch unausweichlich war.

Kapitel 23

Fiete

Kai rumorte nebenan, während ich gegen den Schmerz in mir anzukämpfen versuchte. Ich hatte ihn verloren. Ihm vorhin gesagt, was ich empfand, was ich mir wünschte und war auf ganzer Linie gescheitert.

Es war, als würde sich ein Draht um mein Herz legen, der sich schmerzhaft zuzog, hineinschnitt. Es blutete aus und Kälte breitete sich in mir aus. Hinter meinen Lidern drückten die ungeweinten Tränen, die ich noch zurückhalten konnte.

Ich lag auf meinem Bett, das nach ihm, nach uns roch und starrte an die Decke. Natürlich war sein Auszug zwangsläufig auf uns zugekommen, trotzdem passierte es jetzt früher als gedacht. Ich war nicht darauf vorbereitet, dabei dachte ich, ich wäre es gewesen.

Mit der Faust hieb ich auf die Matratze ein. »Fuck, fuck, fuck!« Letzte Woche hieß es noch, es würde dauern, der Maler wäre krank, jetzt musste er doch früher gehen.

Die Klingel ertönte. Kais Unterstützung. Da sollte ich wieder aus meinem Loch hervorgekrochen kommen und so tun, als ob nichts wäre. Ansonsten würden sie sofort Verdacht schöpfen. Doch mein Körper regte sich nicht, wollte liegen bleiben, so sehr ich auch versuchte, ihn zu überreden aufzustehen.

Romans und Jasons Stimmen drangen durch die geschlossene Tür. Sie begrüßten Kai, der fröhlich klang, was mir einen Stich in das schon zerbröselte Herz gab. Viele kleine Nadelstiche gesellten sich dazu.

»Wo ist Cap?« Roman schien direkt vor meiner Tür zu stehen.

»Der hat sich hingelegt. Hat Kopfschmerzen bekommen. Anscheinend nicht genügend getrunken beim Training.«

Dieser elendige Mistkerl von Kai Müller hatte auch noch eine gute Ausrede, weshalb ich nicht helfen konnte und gab mir so mehr Schonfrist.

Ein Schluchzen entrang sich meiner Kehle, und ich presste meine Hand auf den Mund, damit kein Ton hinausdrang. Die Tränen konnte ich nicht weiter zurückdrängen. Ungehindert liefen sie mir über die Wangen. Ich rollte auf die Seite und krümmte mich in Embryonalhaltung zusammen.

»Shit. Cap achtet viel zu sehr auf uns als auf sich.«

Die Stimmen wurden leiser, sodass ich kein Gespräch mehr ausmachen konnte.

Keine Ahnung, wie lange ich da lag, es konnte nicht länger als eine halbe Stunde gewesen sein. Hin und wieder hatte ich Gelächter gehört, die Jungs hatten Kai ob seiner wenigen Sachen gefoppt.

Meine Tränen waren versiegt, die Augen brannten und Dunkelheit war eingezogen, als es an der Tür klopfte. Sie öffnete sich einen Spalt und ein Lichtstrahl drang herein.

»Fiete?«, fragte Kai leise, schlüpfte ins Zimmer und kam zu mir. Nur schemenhaft konnte ich ihn erkennen. Ich antwortete nicht. Kai setzte sich auf das Bett, strich über meinen Arm. »Wir sind fertig und fahren jetzt ins Appartement.«

Ich legte mich auf den Rücken. Immerhin konnte Kai mein Gesicht nicht sehen, worüber ich sehr froh war.

»Okay.« Das kam ziemlich krächzend hervor.

»Du willst zwar alles zwischen uns beenden, aber darf ich dich ein letztes Mal küssen? Sozusagen ein Abschiedskuss, bevor wir vielleicht irgendwann Freunde werden?«

Ich sollte Nein sagen, mich nicht noch mehr Qual aussetzen, aber ich konnte nicht. Wollte seine Lippen so unbedingt auf meinen spüren, die Wärme, die von ihnen ausging, mit denen er sowohl zart als auch fordernd und gierig küssen konnte.

Ohne eine Antwort griff ich nach seinem Kopf und zog ihn zu mir. Ein letztes Mal konnte ich ihn schmecken, spielten unsere Zungen miteinander, dann löste er sich von mir.

»Wir sehen uns morgen früh.« Mit einer Fingerspitze fuhr er zärtlich über meine Wange. »Wenn wir in einem anderen Universum wären, würde es anders ausgehen, aber wir sind in der hiesigen Realität«, flüsterte Kai.

»Im Fraueneishockey und Fußball funktioniert es auch. Warum nicht bei uns?«, flüsterte ich.

»Weil wir Männer naive, machomäßige Arschlöcher sind, die noch nicht damit umgehen können.« Kai küsste mich erneut. Eine Berührung, die viel zu schnell vorbei war. Dann stand er auf und verließ mein Zimmer. Einige Sekunden später schloss sich die Wohnungstür und ich war alleine.

Von meinem knurrenden und vor Hunger nagenden Magen wachte ich am nächsten Morgen auf. Anscheinend war ich irgendwann in meinen Sachen eingeschlafen, in denen ich mich nicht mehr wohlfühlte und sie schnell loswerden wollte. Ich schüttelte mich und pellte mich aus ihnen, bis ich nur in Unterhose auf dem Bett saß.

Es war dunkel draußen und ich griff nach meinem Handy. Es war erst kurz nach fünf, im Wohnzimmer schliefen die Federbällchen noch.

Abrupt setzte ich mich auf. Shit, ich hatte die Wellensittiche gestern vergessen. Ich sprang aus dem Bett und riss im Dunkeln eine Jogginghose und ein T-Shirt aus dem Schrank.

Im Wohnzimmer schaltete ich eine Stehlampe ein, was mir zwei oder drei empörte Fieplaute einbrachte.

»Sorry, ihr kleinen Federbällchen.« Ich sammelte das verteilte und mittlerweile eingetrocknete Gemüse ein und warf es weg. Dann schaltete ich die Lampe wieder aus und setzte mich in die Küche. In der Nacht hatte der Regen erneut eingesetzt und prasselte gegen die Fenster.

Ich hatte vor dem Treffen mit Kai heute sehr viel Respekt und Angst. Hatte ich überreagiert? Kai wollte den Auszug hinauszögern, ich konnte jedoch nicht mehr mit ihm zusammenwohnen, ohne ihn nicht mehr anfassen oder küssen zu können.

Freunde werden. Trocken lachte ich auf. Das konnte ich mir beim besten Willen nicht vorstellen.

Wieder meldete sich mein Magen und nahm mir mein ausgefallenes Abendbrot übel.

Ich drückte mich hoch, schaltete das Licht in der Küche an. Heute stand der Kaffee nicht bereit und keiner bereitete mir mein Müsli zu. Kai saß nicht mit seiner Tasse Tee am Tisch und sah irgendwelche Folgen von Shopping Queen oder ein sonstiges Trash-TV Format. Oder noch schlimmer: scrollte sich durch die letzten Berichte des *Hockey-Insiders*.

Die Einsamkeit, die sich in mir breitmachte, während ich mir einen Kaffee kochte und die Zutaten für ein Müsli zusammensuchte, wurde fast greifbar. Sie breitete sich in mir aus und war nur schwer zu ertragen. Ein alter, bekannter Gefährte, den ich früher ignorieren konnte. Ich hatte nur das Zusammenleben mit Sabrina gekannt, das aus gegenseitigem Respekt bestand. Erst mit Kai hatte ich erlebt, wie es sein konnte, mit jemandem zusammenzuleben, mit dem sich alles so richtig anfühlte.

Erneut brannten die Tränen hinter meinen Lidern, doch ich versuchte sie zu unterdrücken. Ich wollte nicht wieder weinen. Am Ende sahen sie es mir im Team an und das war das letzte, was ich brauchte.

Ich ließ mir heute mit allem mehr Zeit, bis ich mich ins Auto setzte und zum Training fuhr. Überraschenderweise war ich nicht der Erste. Roman stand neben meinem Platz und grinste breit.

»Als dein Assistenzkapitän sorge ich mal für deinen geregelten Flüssigkeitshaushalt, Cap.«

Mit gerunzelter Stirn ging ich zu meinem Platz. Roman hatte in mein Fach sechs Flaschen Wasser und dieselbe Anzahl eines isotonischen Getränks gestellt.

Ich schüttelte den Kopf und lachte. Eine willkommene Ablenkung und die Gelegenheit für mich, die Schwere, die seit gestern Abend auf mir lastete, abzuschütteln und mich auf das Wichtige, nämlich das Spiel heute zu konzentrieren.

»Danke dir.«

Roman griff nach einer Flasche Wasser, schraubte sie auf und hielt sie mir hin. »Hier.«

Ich griff danach und unter Romans strengem Blick nahm ich kleinere Schlucke. Die anderen Spieler trudelten ein. Egon schob einen Wagen mit Obst hinein.

Als Kai in die Umkleide kam und guten Morgen wünschte, stand ich mit dem Rücken zum Raum. Kurz versteifte ich mich. Allein bei seiner Stimme war der dumpfe Schmerz erneut präsent. Wie sollte das nur mit uns in einer Mannschaft funktionieren?

»Wie war die erste Nacht in deiner neuen Bude?«, rief Jason ihm zu.

»Neue Bude? Bist du deswegen später als Cap hier?« Bryan streifte seine Schulterpolster über.

»Die Nacht war gut, nur das Frühstück fiel sehr spärlich aus und ja, ich habe gestern mein Appartement bezogen.«

»Und du glaubst nicht, wie wenig Kram der Kerl hat.« Roman schaltete sich in das Gespräch mit ein. »Nur ein paar Kartons und Koffer, keine Möbel, Bücher oder sonstige Sachen. Der hat wirklich nur Kleidung, ein paar Zeitschriften und seine Hockeysachen.«

»Bei meinen Eltern habe ich noch Pokale und Medaillen auf dem Boden liegen. Vielleicht hole ich sie jetzt mal ab.«

»Unser Goalie lebt im Minimalismus. Sollte ich mal meiner Freundin von erzählen.« Kevin lachte.

Ich drehte mich um, fand Kais Blick. Mein Herz zog sich zusammen und in meinem Magen entstand ein Klumpen. Schnell sah ich fort.

»Hier Cap, trink noch was.« Roman klopfte mit der angebrochenen Flasche Wasser gegen meinen Brustkorb.

»Was wäre ich nur ohne dich?« Ich zwang mich zu einem Lächeln.

»Und die dicken Kartoffeln, wie meine Mutter jetzt sagen würde.« Roman lachte. »Wie würde es dir da schlecht gehen.«

»Gut, wollen wir dann mal?« Matteo klatschte in die Hände. »Na los Leute, Training und einstimmen auf heute Abend. Wir wollen drei Punkte.«

Wir wollten sie nicht nur, wir brauchten drei Punkte. Im Moment standen wir im Mittelfeld der Tabelle. Wenn wir die Playoffs erreichen wollten, um die Meisterschaft zu gewinnen, benötigten wir jeden Zähler. Ehe man sich versah, war es Ende der Saison und man musste extra Runden drehen, um überhaupt in die Endspiele der Playoffs zu kommen.

Während des ganzen Vormittags vermied ich den Kontakt zu Kai. Setzte mich beim Mittagessen bewusst an den Tisch mit den jungen Spielern. Gott sei Dank fiel das nicht weiter auf, da ich oft woanders saß. Die Mannschaftskollegen mochten es, da ich niemanden bevorzugte.

Aber es war so schwer, Kais ständige Präsenz zu spüren, ihn lachen und scherzen zu hören mit den anderen.

Die Teambesprechung zu dem Spiel gegen die Wanheimer Tigers nach dem Mittagessen zog sich ewig hin. Direkt nachdem Coach uns die startenden Spieler genannt hatte, konnte ich gar nicht schnell genug aus dem Raum herauskommen. In der Umkleide klopfte ich noch wie immer dreimal auf das Holz meines Faches, schnappte mir meine Sachen und verschwand nach Hause.

Dort holte ich ausgerechnet die bestellten Noten für Kais Lieblingslied aus dem Briefkasten und die Schwere war wieder da.

»Arschloch!«, rief ich, als ich in der Küche stand, während ich den Umschlag mit den Noten über den Mülleimer hielt. Aus dem Wohnzimmer hörte ich die Vögel piepen, die es nicht gewohnt waren, wenn ich lauter wurde. »Ach Scheiße.« Mit dem Umschlag in der Hand ging ich zu meiner Kiste mit den Notenbüchern neben dem Klavier. Ich las mir den Text durch und erneut kamen mir die Tränen. Fuck, auch wenn es um verschwundene Kinder ging, manche Textstellen konnte ich zurzeit so gut nachempfinden.

Nun liefen mir doch Tränen über die Wangen. »Verdammtes Arschloch«, murmelte ich, schniefte und verstaute die Noten in der Kiste.

Das Spiel war eine einzige Katastrophe. Ich schwang mich über die Bande und setzte mich auf die Bank, trank einige Schlucke Wasser. Die Fans standen trotzdem hinter uns und feuerten uns an. Sie hätten uns ausbuhen sollen, verdient hätten wir es. Wir lagen zur Hälfte des ersten Drittels bereits mit zwei zu null hinten und die Wanheimer Tigers rannten unablässig gegen unser Tor an. Jason zauberte einige gute Paraden aufs Eis, ansonsten hätte die Tigers viel höher geführt.

Aber so sehr ich versuchte, das Team anzuführen, mit gutem Kampfgeist voranzugehen, ich schaffte es nicht. Versagte auf ganzer Linie und konnte meinen Kopf nicht ausschalten. Das Schlimmste daran, ich zog die restliche Mannschaft mit. Schon beim Betreten der Arena vorhin war mir meine Tasche von der Schulter gerutscht, weil ein Riemen gerissen war. Dann hatte ich mein neues Tape für die Kelle an meinem Stock zu Hause vergessen und nun dieses Desaster.

»Ackermann!« Bailen stand hinter mir auf der Bank. »Was machst du für eine Scheiße? Du verhaust Pässe, die du sonst im Schlaf schießt. Zieh deinen Kopf aus dem Arsch und fang endlich an zu spielen.«

»Ja, Coach.« Wenn das mal nur so einfach wäre. Ich schielte zu Kai, der auf der Bank saß und konzentriert dem Spiel folgte. Hin und wieder das Gesicht verzog, wenn einer unserer Kollegen erneut Scheiße baute. Es musste für ihn eine absolute Qual sein, heute geschont zu werden bei diesem schrecklichen Spiel.

Die Wut auf ihn war vorhin in der Kabine aufs Neue aufgeflackert, als wir aufeinandergetroffen waren. Wie ein Feuerball hatte sie sich in meinem Bauch gebildet und schien mich seitdem von innen her zu verbrennen. Gleichzeitig tat es so schrecklich weh, ihm nah zu sein und doch gefühlte Meilen zwischen uns zu haben.

»Fiete, Bryan und Kevin, ihr geht raus.« Coach Meyer tippte mir auf die Schulter und natürlich, als ich mich über die Bande schwang, rutschte ich auf dem Eis weg und fiel hin. Ich atmete tief durch, stellte mich ruckzuck auf die Kufen und glitt auf meine Position beim Bully in unserer Verteidigerzone.

Dann war das erste Drittel endlich vorüber und wir stampften in die Kabine. Ich griff nach einer Banane, die Egon uns bereitgestellt hatte.

»Kann mir mal einer erklären, was für einen verdammten Scheiß ihr da macht?« Kai baute sich neben dem Tisch in der Mitte des Raumes auf.

Ich kniff meine Augen zusammen, pfefferte meinen Stock und die Handschuhe von mir, ohne darauf zu achten, wohin und trat auf ihn zu. Der Feuerball in mir explodierte.

»Scheiß? Echt jetzt? Und das von dir, der nicht mal spielt, sondern auf der Bank sitzt?«

Kai kam näher, die Ader auf seiner Stirn trat hervor. »Der Coach macht die Aufstellungen, nicht ich, ansonsten stünde ich im Tor und würde mich dieses Spiel nicht schonen.«

»Das gibt dir trotzdem nicht das Recht, uns hier und jetzt zurechtzuweisen!«, donnerte ich los. Ging einen Schritt auf ihn zu. Es fehlte nicht mehr viel und wir würden aufeinanderprallen.

»Willst du damit andeuten, dass es mir das Recht abspricht, euch darauf hinzuweisen, endlich euren Kopf aus dem Arsch zu ziehen und zu spielen?« Kai lief hochrot an und atmete schwer.

»Du stehst nicht auf dem Eis, bist heute nur Ersatzspieler, also halt deine Schnauze!«

»Dann kann ich ja gehen, wenn dir meine Meinung so wenig wert ist!« Ein Stück Verletztheit schwang in seiner Stimme mit, die ich ignorierte. Um uns herum erstarb jedes Gespräch und garantiert lagen die Blicke aller auf uns. Kai drehte sich um, sein Körper bebte. Nach ein paar Schritten blieb er stehen und wandte sich mir wieder zu. Sein Gesicht immer noch hochrot. »Du bist so ein riesen Arschloch, Fiete. Wenn ich gewusst hätte, was das wird, hätte ich nie …«

»Was? Was hättest du nie?« Ich wusste es genau.

Er starrte mich an. Verletzt und wütend. Er strich sich über seinen Kopf. Den Mund zu einem Strich verzogen. »Weißt du was, vergiss es. Du verstehst es sowieso nicht.«

»O ja, im Ausredensuchen, bist du ganz groß. Keine Eier in der Hose, um mal etwas zu riskieren. Um zu sagen, was du wirklich denkst.« Wäre meine Stimme ein Messer gewesen, er hätte jetzt eine riesige Wunde quer durchs Gesicht. »Es gibt immer Wege, wenn man will.« Ich baute mich vor Kai auf. Alle anderen um uns herum wichen zurück.

»Oder du brennst aus und schafft es nicht bis zum Ende.«

»Aber du versuchst nicht mal, den Anfang zu machen.« Völlig untypisch für mich schubste ich Kai von mir fort. Normalerweise beschränkte ich die Kämpfe auf das Eis mit dem Gegner und das auch eher selten. Doch jetzt musste ich meiner Wut Luft machen.

»Was ist hier los? Sind wir im Kindergarten oder mitten in einem wichtigen Eishockeyspiel?« Coach Meyers Stimme schallte durch die Umkleide und schon stand er neben uns. »Geht's euch noch gut? Da draußen bekommt ihr es nicht auf die Reihe und hier prügelt ihr euch beinahe?«

Ich kniff die Lippen zusammen und trat drei Schritte zurück. Kai tat es mir gleich, den Blickkontakt unterbrachen wir keine Sekunde. Stattdessen sah er mich ebenso kalt an, wie ich ihn.

»Ackermann, du sitzt für den Rest des Spiels auf der Bank.«

»Was?« Ich wirbelte zum Coach herum. Entgeistert sah ich ihn an.

»Morgen früh vor dem Training will ich euch beide in meinem Büro sprechen.« Coach deutete erst auf mich und dann auf Kai, bevor er sich von uns wegdrehte. Ich wollte ihm folgen, mit ihm argumentieren, aber jemand hielt mich zurück.

Ich schob die Hand von mir herunter und ging zu meinem Platz. In mir tobte ein Sturm und ich wollte auf irgendwas einschlagen. Stattdessen griff ich meinen Handschuh und warf ihn an die Wand über die Tür.

»Fuck!«

»Es reicht, Fiete!«, rief Matteo, der sich vor mir aufbaute und Bailen zuvorkam. Natürlich hatte unser Co-Trainer die Aktion mitbekommen. Ich konnte von Glück reden, wenn ich nicht suspendiert wurde. »Keine Ahnung, was zwischen euch passiert ist, aber du hilfst uns gerade nicht weiter.« Er stieß mich gegen die Bank vor meinem Platz. Ich verlor den Halt und setzte mich hart auf meinen Hosenboden. Immerhin hatte ich noch meinen Schutz an und landete weich.

»Genug, wir haben keine Zeit.« Bailen schaltete den Fernseher an und Coach Meyer stellte sich daneben. Er beachtete mich nicht, genauso wie die anderen.

Ich kochte, hatte noch immer das Bedürfnis auf etwas einzuschlagen und wusste nicht wohin mit der Wut. Vor allem mittlerweile auf mich, weil ich mich wie ein kleines Kind aufführte, das nicht bekam, was es haben wollte.

Rein rational betrachtet hatte Coach Meyer recht. Ein Kapitän handelte nicht wie ich und jeder musste seine privaten Probleme vor der Kabine lassen, doch meines saß mir schräg gegenüber und hatte einen ebenso grimmigen Gesichtsausdruck aufgesetzt wie ich.

Ich hörte dem Coach nur mit halbem Ohr zu, vermied jedweden Blick zu Kai. Wie zum Teufel waren wir nur hier gelandet?

Was für eine rhetorische Frage. Ich musste unbedingt mein Sexleben ausleben und Kai war für mich der einfachste Weg gewesen. Er hatte mich von Anfang an gewarnt, aber ich hatte nur vor Augen, Erfahrungen zu sammeln.

Nie wieder würde ich den Mut aufbringen, jemanden anzusprechen. Schon gar keinen Fremden. Ich würde einsam und alleine sterben. Ich beugte mich vor, barg meinen Kopf in den Händen und war ein einziger Haufen Elend. Roman stupste mich mehrfach an, bevor ich mich wieder aufrichtete.

Die Pause endete viel zu schnell, wobei das für mich für den Rest des Spiels unerheblich war. Ich saß auf der Bank und konnte nicht eingreifen. Allerdings hätte das heute auch keinen Unterschied gemacht. Wahrscheinlich war das Team ohne mich sogar besser dran.

Natürlich blieb mir der Platz außen neben Kai, der mich kein Stück beachtete. Ich biss die Zähne aufeinander, bevor mir noch ein mieser Kommentar rausrutschte und verfolgte das Spiel auf dem Eis.

Es wurde besser, wir schossen sogar ein Tor, trotzdem spielten die Tigers sehr viel schneller und geschmeidiger als wir strauchelnden Falcons. Frosty passte heute verdammt gut zu uns, denn wir wirkten auf dem Eis, als ob wir eingefroren wären und bewegten uns behäbig und kamen nicht vorwärts. Immerhin hielt Jason für die nächsten Drittel das Tor zu, sodass das Spiel zwei zu eins endete.

Geschlagen schlichen wir in unsere Kabine, zwei Spieler wurden zu Interviews gerufen. In der Umkleide selbst war es leise, alle saßen mit hängenden Köpfen auf ihren Plätzen. Es wurde keine Musik gespielt. Nur das Rascheln von Verpackungen, wenn jemand einen Müsliriegel öffnete, war zu hören.

»Was auch immer heute los war, das wiederholt sich hoffentlich nicht.« Matteo durchbrach nach einer Weile die Stille. Einige schauten zu mir und dann zu Kai, doch keiner sprach den Streit an.

Coach betrat die Kabine, blieb in der Mitte stehen und blickte sich um.

»Das war heute absoluter Bockmist, den ihr da zusammengespielt habt. Lauft euch aus, esst und morgen reden wir darüber«, sagte er ruhig. Dafür mochte ich unseren Coach. Er wurde nach so einem Spiel nie laut, sondern gab uns die Zeit, es zu verarbeiten und erst am nächsten Tag riss er uns den Arsch auf.

»Ihr habt es gehört. Na los, ihr müsst eure Energiespeicher aufladen.« Ich stand auf und zog mir das Trikot über den Kopf. Andere folgten meinem Beispiel.

Drei Stunden später lag ich endlich in meinem Bett. In Dauerschleife liefen die zwei Minuten mit Kai in der Kabine ab.

Ich seufzte. Morgen war ein neuer Tag. Morgen konnte ich es besser machen und mich wieder wie ein Erwachsener und nicht wie ein sitzengelassenes Arschloch aufführen.

Kapitel 24

Kai

Ich klopfte mit den Fingern auf dem Lenkrad herum und blickte auf Fietes Auto. Natürlich war er da, wahrscheinlich saß er sogar bereits bei Coach im Büro und erklärte seine Sicht der Dinge.

Was sollte ich Coach Meyer nur sagen? Wir haben uns wie Kinder benommen und vor der gesamten Mannschaft einen privaten Streit ausgefochten, der dort nicht hingehörte.

Ich ließ meinen Kopf auf das Lenkrad sinken. Wieso nur hatte ich mich darauf eingelassen? Ich hätte mich an meinen Grundsatz *Never fuck the company* halten sollen. Aber nein, die Aussicht, einfach mal der sein zu können, der ich war, war zu verlockend gewesen.

Es klopfte an mein Fenster und ich zuckte heftig zusammen. Matteo drückte sich fast die Nase an meiner Scheibe platt, als ich aufsah.

»Coach wird dir schon nicht den Kopf abreißen«, rief er.

Ich atmete tief ein, und als er einen Schritt zurücktrat, öffnete ich die Tür. Wenn er nur wüsste.

»Wie gut, dass der festgewachsen ist, nicht wahr?« Ich stieg aus und holte meine Tasche vom Rücksitz. Matteo lachte.

»Ach, keine Sorge, ihr bekommt einen Anschiss, wahrscheinlich eine Geldstrafe, weil ihr euch mitten im Spiel gefetzt und eure Sachen nicht vorher geklärt habt.« Matteo blickte mich von der Seite an. »Worum ging es überhaupt? Auf jeden Fall nicht um das Spiel, oder?«

Matteo schien nicht nur wegen seines guten Aussehens zum Assistenzkapitän gewählt worden sein. Innerlich verfluchte ich mich mal wieder. Sie wussten garantiert alle Bescheid.

»Ist egal. Ändern können wir es jetzt auch nicht mehr.«

»Falls du über den wahren Grund reden möchtest, ich bin verschwiegen. Aber du ziehst nicht umsonst einen Tag vor einem Spiel bei Fiete aus. Das hätte nun wirklich bis Montag warten können.« Er klopfte mir auf die Schulter.

In der Umkleide herrschte das bekannte Chaos. Der Bass der Musik wummerte und Roman stellte sie leiser. Matteo und ich waren die letzten. Nach einem gemurmelten »Hallo« ging ich in meine Ecke, nickte Fiete nur zu, der es mit einer knappen Kopfbewegung erwiderte. Was würde er dem Coach sagen?

Ich legte meine Tasche auf meinen Platz, zog die Jacke aus und hängte sie an einen Haken. Egon hatte wie immer alles für das Training bereitgestellt. Ich sollte ihm noch schnell meine Schlittschuhe zum Schleifen bringen.

Als ich auf den Flur trat, hörte ich Egon aus dem Technikraum fluchen.

»Guten Morgen, Egon.«

Er stand vor den Bildschirmen, auf denen die Bilder der Überwachungskameras aufgezeichnet wurden. »Moin Kai. Siehst du das? Erst letzte Woche habe ich dem Hausmeister Bescheid gegeben, jetzt sind die Tore schon wieder defekt. Da kommen gerade vier Leute durch das Fußgängertor auf den Parkplatz.« Er deutete schnaubend auf einen Monitor. Sofort erkannte ich zumindest zwei Gestalten, obwohl sie sehr viel älter geworden waren. Ich erstarrte, mein Herzschlag beschleunigte sich und mir brach der Schweiß aus.

»Ich kenne sie«, presste ich hervor. Egon sah mich überrascht an.

»Alles in Ordnung? Du bist so blass.«

»Wenig Schlaf.« Ich strich über mein Gesicht, atmete tief durch. »Könntest du dich um meine Schlittschuhe kümmern? Ich schicke die Leute vom Grundstück.« Fordernd hielt ich Egon die Schlittschuhe entgegen. »Das sind Fans«, schob ich noch hinterher.

»Bist du dir sicher?«, fragte Egon besorgt und runzelte die Stirn, nahm allerdings die Schlittschuhe entgegen.

»Das geht schon klar. Sie wollen bestimmt nur ein Autogramm und ein Selfie. Ich bin gleich wieder da.« Ohne einen weiteren Einwand abzuwarten, verließ ich den Raum, das Trainingscenter und lief auf den Parkplatz. Die vier Leute kamen mir bereits entgegen.

So viele Jahren waren vergangen, seit ich das Arschloch das letzte Mal gesehen hatte. Mittlerweile war ich erwachsen und konnte mich behaupten, war nicht mehr das kleine eingeschüchterte Kind, das in vielen Therapiestunden über die Jahre und durch das Eishockey gelernt hatte, seinen Mann zu stehen.

Das Arschloch kann mir nichts mehr anhaben.

Ich rieb meine Hände an der Hose trocken, straffte meine Schultern und atmete mehrfach tief ein.

Er ist nur ein kleiner Wurm, der keine Macht mehr über mich hat.

Trotzdem kam ich mir wie ein Tier auf dem letzten Weg zur Schlachtbank vor.

Als ich stehen blieb und den Kopf hob, sah ich direkt in die kalten Augen meines Erzeugers, die fast dieselbe Farbe wie meine hatten. Ein kalter Schauder lief mir über den Rücken. Erneut ratterte ich in Gedanken mein Mantra hinunter. Es war das eine, es zu wissen, das andere ihm jetzt tatsächlich gegenüberzustehen.

»Sieh mal einer an, wen es noch gibt.« Seine Stimme klang höhnisch, rauchig, kein Wunder, zog er doch direkt wieder an seiner Zigarette. Den Rauch blies er mir ins Gesicht. Sofort spannte ich mich an. Das hatte er schon früher ständig gemacht und mich ausgelacht, wenn ich gehustet hatte. Jetzt unterdrückte ich den Drang und erwiderte den kalten Blick.

Er war alt geworden, Falten durchzogen sein Gesicht und seine schulterlangen Haare waren grau und stumpf, dabei so fettig. Seine zwei Kumpanen, die links und rechts neben ihm standen, sahen nicht besser aus. Ich blickte über seine Schulter und entdeckte meine Mutter.»Was willst du?«, fragte ich ihn kalt und ließ meinen Blick an ihm hinabgleiten. Alles an ihm wirkte heruntergekommen. Die Jacke fleckig und mit Brandlöchern übersät. Aus dem einst starken Mann war ein schmaler Hänfling geworden.

Mein Blick fiel auf die Hände und das Bild meiner Mutter, übersät mit blauen Flecken, schwebte vor meinen Augen. Höchstwahrscheinlich konnte er mit den Fäusten noch genauso zuschlagen wie früher. Wieder wagte ich einen kurzen Blick über die Schulter. Meine Mutter sah verhärmt aus, das Kinn zierte ein dunkler Fleck. Ihre Haare waren ebenfalls ergraut und kurz geschnitten. Bei ihrem Anblick zog sich mir alles zusammen. Wie gerne würde ich sie greifen und von hier wegschleifen.

Ich verschränkte die Arme vor der Brust, ignorierte seine Kumpanen. »Also, sag schon, was willst du? Hast lang genug gebraucht, um mich zu finden.« Ich legte so viel Gleichgültigkeit wie möglich in meine Stimme.

»Komm schon, begrüßt man so seinen Vater und seine Mutter?« Er trat einen Schritt beiseite, zwang seinen Kumpan ebenfalls zur Seite. Meine Mutter war komplett zu sehen. Sie war dürr, zitterte und das Lächeln wirkte unecht, gezwungen.

»Hallo Kai.« Sie lächelte schüchtern und hob die Hand. Ich schwankte zwischen Mitleid und Verachtung, weil sie immer noch bei dem Arschloch von Erzeuger blieb, der sie eindeutig weiterhin schlug. Einer meiner Therapeuten hatte mir das Phänomen von Co-Abhängigkeit erklärt, trotzdem konnte ich sie nicht verstehen.

In mir loderte ein Feuer auf meinen Erzeuger auf, der sie misshandelte, sie kontrollierte und sogar den Mut bewies, sie mir so gegenüberzutreten zu lassen.

Ich biss die Zähne zusammen, bis sie knirschten. Das höhnische Lächeln auf dem Gesicht meines Vaters nahm zu.

»Verschwinde. Ich will dich nie wieder sehen. Du bist weder mein Vater noch ist sie meine Mutter. Ich habe Eltern«, presste ich zwischen den Zähnen hervor.

Mein Erzeuger kniff die Augen zusammen, eine Hand ballte sich zur Faust und er trat einen Schritt auf mich zu. Fast wäre ich zurückgetreten, konnte mich jedoch noch davon abhalten und wich nicht aus. Er konnte mir nichts mehr anhaben, wir waren gleich groß und ich musste nicht mehr zu ihm aufsehen. Allerdings war ich inzwischen stärker, trainierter und jünger, zudem nicht vom Alkohol gezeichnet. Ich brauchte wahrlich keine Angst mehr vor diesem Mann zu haben und ihm in irgendeiner Weise Macht über mich geben.

»Du wirst uns jetzt begrüßen, verstanden? Danach wirst du dir gefälligst anhören, was ich dir zu sagen habe. Wir sind deine Eltern und nicht die Arschlöcher, zu denen dich die Versager vom Amt geschickt haben.« Er schnippte die Kippe fort, die in einer Pfütze landete und leise zischend verglomm.

»Was willst du machen, wenn ich mich weigere?« Ehe ich mich versah, schloss er die Lücke zwischen uns, griff nach meinem Shirt und zog mich näher an sich. Einen Arm presste er gegen mein Schlüsselbein, knapp unterhalb meines Halses. Ich war völlig überrumpelt und brauchte einen Moment, um mich zu sammeln.

»Jetzt hör mal zu, du Loser. Ohne mich wärst du nicht hier, du bist mir was schuldig«, schnauzte er mich an. Der Geruch von Zigarettenrauch, gemischt mit säuerlichem Mundgeruch traf mich und ich atmete nur durch den Mund, um den ekligen Gestank nicht riechen zu müssen.

Ich kämpfte meine aufkommende Angst nieder.

Er kann mir gar nichts anhaben, ich bin nicht mehr der kleine Junge.

Betont sanft lächelte ihn an. »Ich bin dir gar nichts schuldig. Das Einzige, was du geschafft hast, ist, dein Sperma in meine biologische Mutter zu schießen. Sogar das ist mir ein Rätsel, weil du sonst nichts auf die Reihe bekommst.«

Seine Halsschlagader trat hervor und pulsierte stark unter seiner Haut.

»Du wirst uns Geld geben, damit wir die Kneipe in unserer Gartenanlage renovieren können. Verstanden?«

Unsere Blicke duellierten sich.

»Was sonst? Wirst du mich schlagen? Denkst du wirklich, du kannst mich damit überzeugen? Ist das noch immer dein Totschlagargument, weil du bis heute nicht gelernt hast, dich mit Worten zu wehren?« Seine Augen verengten sich und der Druck auf mein Schlüsselbein erhöhte sich.

Doch das hielt mich nicht auf. »Du bist so erbärmlich.« Nun lächelte ich breit. »Warum tauchst du überhaupt erst jetzt auf, wenn du glaubst, ich wäre reich?«

»Halt die Schnauze verstanden? Gib mir das Geld und komm gefälligst zur Neueröffnung. Sie wollen dich alle sehen.« Sein Gesicht lief rot an, im Hintergrund nickten seine Kumpanen. Meine Mutter zuckte zusammen.

Langsam dämmerte mir, warum er mich erst jetzt aufsuchte. »Du wusstest bis zum All-Star-Game im Fernsehen nicht, dass ich Profi Sportler bin.« Mein Blick fiel zu meiner Mutter, die eingeschüchtert dastand und keinen Mucks von sich gab. »Hat er geglaubt, wenn ich dich sehe, gebe ich nach? Wirst du sie statt mich verprügeln, wenn ich Nein sage, damit ich nachgebe, Arschloch?« Ich riss mich von ihm los und zog mein Shirt herunter. Unvermittelt traf mich ein Schlag am Kinn, der meinen Kopf zur Seite schleuderte.

Ich schnaubte, als ich mich wieder gefangen hatte. »Wenn du meinst, ich schlage zurück, hast du dich geirrt. Du hast keine Macht mehr über mich. Ich bin besser als du.«

Seine Kieferknochen mahlten hörbar aufeinander und seine Halsschlagader stand garantiert kurz vor der Explosion, so sehr stach sie hervor. Ebenso wie die an der Stirn.

»Gib mir das Geld«, fauchte er.

»Nein.« Ich wappnete mich und spannte meinen Körper an, wie ich es gelernt hatte. Das Blut rauschte schnell und heiß durch mich und trotz meiner Wut blieb ich innerlich ruhig. Nur meine Hände ballte ich zu Fäusten.

Der nächste Schlag traf mich in den Bauch. Er war kraftvoller, als ich es ihm zugetraut hatte und mir entwich die Luft aus den Lungen. Ich krümmte mich, kam aber nicht weit, da ich gegen den Körper meines Erzeugers stieß. Seine Jacke stank nach Schweiß, Dreck und Zigaretten.

»Doch nicht so stark wie gedacht. Wollen mal sehen, ab wann du nachgibst.« Er trat zwei Schritte zurück, noch bevor ich mich jedoch aufraffen und zu einem Gegenschlag ausholen konnte, denn zusammenschlagen lassen wollte ich mich nicht, wurde ich von links und rechts gegriffen. Meine Arme wurden im Schraubstock nach hinten und oben gebogen. Ich stöhnte vor Schmerzen, versuchte trotzdem mich zu wehren, kam allerdings nicht weit. Diese zwei Halunken waren ebenfalls stärker, als ich gedacht hätte.

»Du elendiger Wichser, traust dich nicht, mit mir alleine zu kämpfen«, stieß ich hervor und ruckelte, konnte mich jedoch nicht aus der Umklammerung befreien, ohne mir eine Schulter auszukugeln.

»Gib uns das Geld, komme zur Neueröffnung und wir lassen dich in Ruhe.« Mein Erzeuger verschränkte die Arme vor der Brust.

»Du bekommst nichts von mir. Nie mehr.«

Mich trafen mehrere Hiebe gegen die Brust, erneut das Kinn und in den Bauch. Brennender Schmerz breitete sich in meinem Körper aus und wäre ich nicht gehalten worden, hätte ich mich gekrümmt

»Bitte, hör auf.« Meine Mutter weinte im Hintergrund.

»Sobald er das Geld rausrückt.« Er schlug weiter zu.

»Darauf kannst du lange warten«, presste ich abgehackt hervor. Die Schläge kamen schneller, unkontrollierter und ich konnte mich kaum noch auf den Beinen halten, war nur damit beschäftigt, nicht zu fallen.

Jetzt schlug er auch in die Seiten, die Nierengegenden. Ich hatte seine Kraft und Schnelligkeit unterschätzt. Alles bestand nur aus Schmerz und ich schloss die Augen. Konzentrierte mich auf meine Atmung, sackte immer weiter in mich zusammen.

Dann traf er mich zwischen den Beinen. Unkontrollierter heftiger Schmerz wie ein Blitzeinschlag, schlimmer als alles davor, durchfuhr mich, raubte mir die Luft und ich brüllte auf. Fiel auf die Erde und krümmte mich in Embryonalstellung zusammen. Gelächter drang an meine Ohren, die schrillen Schreie meiner Mutter wurden lauter, Tritte trafen mich an mehreren Stellen zugleich und um mich herum wurde es schwarz.

Kapitel 25

Fiete

»**F**iete, du musst kommen.« Egon stürmte in die Umkleide, blass und erschrocken sah er hektisch zu mir. Ich spannte mich sofort an und blickte mich in der Kabine um. Einige waren bereits fertig umgezogen, andere tapten noch ihre Kelle. Nur Kai fehlte und in mir zog sich alles zusammen.

»Was ist los, Egon?«, fragte ich alarmiert.

»Kai, er hat mir seine Schlittschuhe gebracht, er wollte sich um Fans auf dem Parkplatz kümmern.« Egons Augen wurde größer, angsterfüllt. »Sie schlagen ihn zusammen«, flüsterte er nun. »Ihr müsst ihm sofort helfen.«

Roman, Matteo, Justin, Jason und einige andere sprangen auf. Ich lief los, nach draußen, gefolgt von den Teamkollegen. Angst breitete sich in mir aus, die ich vehement niederkämpfte.

Auf dem Parkplatz entdeckte ich sie. Kai, der auf dem Boden lag und sich nicht regte, drei Männer standen um ihn herum, traten auf ihn ein. Einer von ihnen in seiner Größe.

So schnell ich konnte, lief ich auf die Szenerie zu. »Aufhören«, rief ich, als wir bereits da waren. Eine Frau stand im Hintergrund, schrie und weinte.

Die Männer hielten inne, sahen uns entgegen. Sie setzten sich in Bewegung und liefen davon.

Ein paar der Jungs sprinteten hinterher, ich blieb bei Kai stehen. Mein Magen drehte sich und mir wurde schlecht. Eisige Kälte ergriff meinen Körper, die meine Füße auf dem Boden gefrieren ließen.

Angst griff nun mit riesigen Klauen nach mir, als ich auf den Körper auf den Boden starrte. Dann regte sich Kai, stieß dabei einen schmerzerfüllten Laut aus wie ein waidwundes Tier. Leben kehrte in mich zurück und ich hockte mich neben Kai.

Vor mir entstand ein Tumult, es wurde geschrien, geflucht und dann kamen Matteo, Roman und die anderen mit den drei Männern zurück, die sich heftig wehrten. Einer von ihnen sah Kai ähnlich und sofort erkannte ich, wen ich vor mir hatte.

Ich stand auf, trat vor ihn, holte aus und verpasste dem Arschloch von Erzeuger einen ordentlichen Kinnhaken.

»Wie widerlich kann man sein?« Ich warf ihm das abfällig an den Kopf, musste mich zurückhalten, um nicht weiter auf ihn einzuschlagen.

Er stöhnte, und in seinen Augen stand Überraschung.

»Bekommst wohl nicht oft Gegenwehr«, sagte ich höhnisch, holte erneut aus und boxte mit aller Kraft in seinen Magen. Seine Augen weiteten sich und er schnappte nach Luft, während er sich nach vorne beugte. »Tut weh, oder? Sei froh, dass ich nicht richtig zusammenschlage.«

»Fiete, das reicht«, ermahnte mich Roman streng. Jemand hielt mich zurück, als ich einen letzten Schlag landen wollte. »Kümmere dich um Kai.«

»Ich habe die Polizei und den Doc gerufen.« Egon kam auf uns zugelaufen.

Der Knoten im Magen von eben trat wieder schmerzhaft hervor und ich kniete mich neben Kai. Ich wollte ihn anfassen, ihn aus seinem Delirium holen, traute mich allerdings nicht. Nur hin und wieder stöhnte er verhalten, seine Lider blieben allerdings verschlossen. Blut sickerte aus seiner Nase. Ein Auge war zugeschwollen. Behutsam strich ich über seine Haarstoppel.

»Ich bin hier. Es wird wieder alles gut«, flüsterte ich, besorgt ließ ich meinen Blick über seinen Körper schweifen. Was, wenn ich ihn anlog? Wenn nicht alles gut werden würde?

»Fiete?« Kais Stimme war nicht mehr als ein Krächzen, kaum verständlich. Er tastete mit einer Hand nach mir und ich ergriff sie.

»Ich bin hier. Es tut mir so leid.« Selten hatte ich mich so hilflos wie jetzt gefühlt. Wenn ich gekonnt hätte, hätte ich ihm seine Schmerzen abgenommen. Ihn so zu sehen und nichts machen zu können, war die reinste Qual. Mein Herz zog sich zusammen und weinte bittere Tränen. Der Katastrophenmodus, der mich eben noch einfach hatte handeln lassen, löste sich auf und ich war ganz bei Kai.

»Kei… Keine …« Kai versuchte zu reden, was ihm sichtbar schwerfiel.

»Sshh, ganz ruhig. Der Arzt ist sofort da.« Ich beugte mich vor, strich behutsam über seine blutverschmierte Wange. Plötzlich kniete der Arzt neben mir.

»Fiete, geh bitte zur Seite«, sagte er sanft zu mir. Ich nickte und rutschte beiseite, behielt Kai dabei im Auge. Der Doc begann seine Untersuchung, sprach leise mit sich. Nachdem er Kai auf den Rücken gedreht hatte, was dieser mit Stöhnen begleitete, musste ich mich zurückhalten, um den Doc nicht wegzustoßen und Kai mit meinem eigenen Körper zu beschützen. Nun tastete er den Unterkörper ab, begann am Oberbauch.

»Ruft einen RTW, Kai muss sofort ins Krankenhaus«, sagte der Doc ruhig. Er sah weiter nach unten und ich folgte seinem Blick. Auf Kais Hose hatte sich ein dunkler Fleck gebildet.

Wieder ergriff mich die Angst und jetzt, da das Adrenalin meinen Körper verließ, spürte ich die nasse Kälte und zitterte. Ich schlang die Arme um meinen Oberkörper. Jemand legte mir die Hände auf die Schultern.

»Keine Angst, Fiete, er wird wieder gesund«, drang Coachs Stimme von hinten zu mir.

»Was, wenn nicht?«, flüsterte ich, wollte nicht, dass Kai mich hörte, falls er überhaupt dazu in der Lage war. Ein Polizeiauto hielt bei uns und ein Beamter und eine Beamtin stiegen aus. Egon begrüßte sie, sprach auf sie ein, doch ich hörte nicht zu, konzentrierte mich stattdessen auf Kai. Doc war mit dem Abtasten bei Kais unterem Bauch angekommen. Er stöhnte unter den Berührungen, wand sich. Als Doc die Stirn runzelte, stockte mein Herz.

»Ist der RTW gerufen?«, rief ich, meine Stimme klang seltsam schrill.

»Habe ich, ist gleich da«, antwortete Matteo. Coach drückte meine Schultern.

»Fiete, du musst mit den Polizisten sprechen.«

Es kostete mich eine Menge Überwindung, den Blick von Kai zu lösen, aufzustehen und mich darum zu kümmern.

Die Beamten standen jetzt bei den drei Männern und der Frau. Roman, Matteo und die anderen ließen sie los. Kalte, stürmische Wut auf sie und was sie Kai angetan hatten, loderte erneut in mir hoch und ich knirschte mit den Zähnen.

»Sie waren das. Diese Arschlöcher haben ihn zusammengeschlagen. Als ich dazu kam, lag Kai auf dem Boden, trotzdem traten sie weiter auf ihn ein.«

»Der Versager hat das verdient. Hat keinen Mumm und ist ganz der Schlappschwanz geblieben wie als Kind. Hat sich nicht gewehrt.« Kais Erzeuger spuckte neben sich auf die Straße.

»Du widerliches Stück Dreck, er hatte keine Chance, sich zu wehren!« Ich ging auf ihn los, doch Hände griffen mich von hinten und hielten mich davon ab, erneut meine Fäuste in ihn zu rammen.

»Ganz ruhig, Herr Ackermann. Dazu kommen wir gleich.« Der Polizist sah zu seiner Kollegin. »Du Herrn Ackermann und ich die beiden Kumpanen? Verstärkung ist gerufen.« Sie stimmte zu und die Polizistin nahm mich beiseite.

Sirenen ertönten von der Straße, die schnell näherkamen. Während die Beamtin sich von mir schildern ließ, was ich gesehen hatte und was passiert war, fuhr der RTW vor. Direkt darauf folgte ein kleinerer Wagen, aus dem der Notarzt ausstieg. Die zwei Sanitäter und der Arzt liefen sofort zu Kai. Krank vor Sorge wollte ich ihnen hinterherlaufen, die Beamtin allerdings hielt mich zurück.

»Lassen Sie die Leute ihre Arbeit machen«, sagte sie beruhigend zu mir.

»Entschuldigen Sie, aber ich muss dahin«, sagte ich zu ihr und drängte mich durch meine Mitspieler, die einen Spalier gebildet hatten für die Rettungskräfte. Der Notarzt und Doc sprachen leise miteinander.

Dann untersuchte der Notarzt Kai ebenfalls. Sie sahen alle so ernst aus. Kai lag mit geschlossenen Augen da, seine Brust bewegte sich flach auf und ab. Die Sanitäter liefen zum RTW und holten eine Trage. Der Notarzt öffnete seinen Koffer, packte eine Spritze und ein Fläschchen aus und verabreichte ihm ein Schmerzmittel.

»Das wird, keine Sorge«, flüsterte Roman neben mir und legte einen Arm um meine Schultern. »Kai ist robust und ein Goalie. Die halten fliegende Pucks auf.«

Kai wurde auf die Trage gelegt und in den RTW gebracht.

»Ich fahre mit«, sagte ich sofort und wollte schon den Sanitätern hinterlaufen, als Coach mich aufhielt.

»Roger fährt mit. Du musst mit der Polizei sprechen und dich anziehen.«

»Aber …«

»Kai ist in guten Händen. Roger fährt mit.« Coach sah mich mitfühlend, aber bestimmt an. Der Goalie-Coach lief an uns vorbei und kletterte mit in den RTW. Coach Meyer klatschte in die Hände.

»Na los, alles nach drinnen und umziehen«, rief er in die Runde. »Möchten Sie mit reinkommen?« Coach wandte sich an die Polizistin, mit der ich gesprochen hatte und die neben mir stand. Ich hatte sie nicht einmal kommen hören. Die guckte zu ihrem Kollegen.

»Ja, lassen Sie uns drin weitersprechen. Moment.« Die Beamtin ging zu ihrem Kollegen. Sie besprachen etwas, das ich nicht hören konnte. Sie nickte mehrfach, dann holte sie Handschellen hervor und sie legten sie den Mistkerlen an.

Coach tippte mich gegen den Oberarm und ich folgte ihm zurück ins Trainingszentrum und in die Kantine.

In der Kantine setzte die Polizistin sich zu mir, fragte mich zur Tat aus. Wobei ich nicht viel beitragen konnte.

»Gut, wir benötigen das alles schriftlich und natürlich auch die Aussage von Kai Müller. Sein Vater wird vorläufig festgenommen und der Staatsanwalt wird alles weitere in die Wege leiten. Jetzt möchte ich noch mit dem Betreuer sprechen, der Kai Müller rausgerufen hat.«

»Ich hole ihn.« Schwerfällig erhob ich mich. Mein Körper fühlte sich an, als ob er aus Blei bestand. Ich wollte so unbedingt ins Krankenhaus und erfahren, wie es Kai ging.

»Herr Ackermann, Sie sollten heute noch zu uns auf die Dienststelle kommen, um die Anzeige zu unterschreiben.«

»Mach ich.« Auf jeden Fall würde ich das machen. Der Drecksack sollte nicht ungeschoren davonkommen.

Wir fuhren in Fahrgemeinschaften ins Krankenhaus und bevölkerten ein komplettes Wartezimmer. An Training dachte zurzeit niemand, jeder wollte nur Neuigkeiten von Kai hören. Vergessen war das desaströse gestrige Spiel.

Alles roch nach Desinfektionsmittel, die mir normalerweise nichts ausmachten, aber heute wurde mir schlecht davon. Meine Gedanken kreisten um Kai. Immer wieder sah ich ihn regungslos am Boden liegen. Ich stand an der Tür, hielt nach jemand Bekanntem Ausschau, musste mich davon abhalten, jeden einzelnen Raum nach Kai abzusuchen.

Endlich kam Roger den Gang entlang und stieß zu uns. »Er wird jetzt operiert. Sie wissen nicht, wie lange es dauert. Die Schwester meinte, wir sollten fahren, sie geben uns Bescheid, sobald Kai aus dem OP kommt.«

»Was hat er?«, fragte ich Roger und hielt den Atem an. Operationen waren nie etwas Gutes.

»Es wurde mir nicht gesagt, weil ich kein Angehöriger bin, allerdings ist da wohl Blut im Bauchraum und wenn ich richtig gelauscht habe, sind die Hoden gequetscht.«

Ein lautes Zischen hallte im gesamten Raum wider, als Roger endete. Blut im Bauch, das klang gar nicht gut. Überhaupt nicht gut.

Meiner Kehle entrang sich ein gequälter Laut und ich begann auf und ab zu laufen. Roman warf mir einen mitleidigen Blick zu, alle anderen blickten stumm vor sich hin. Coach Meyer befand sich mit den übrigen Trainern in einer Ecke. Keiner machte Anstalten, das Krankenhaus zu verlassen. Kai gehörte zur Mannschaft, natürlich blieben wir hier.

Plötzlich hielt ich inne. Was, wenn er starb und wir uns nicht aussprechen konnten? Wir hatten uns im Streit getrennt, weil ich es nicht länger hatte ertragen können, ihn bei mir zu haben und doch nicht anfassen zu dürfen. Am liebsten wäre ich in den OP-Saal gestürmt, hätte seine Hand gehalten.

Matteo stand auf einmal neben mir. »Es wird alles gut, Fiete. Er wird es schaffen. Hab keine Angst, so ein Goalie ist zäh. Kai ist zäh.«

Ich nickte Matteo dankbar zu, trotzdem nahmen seine Worte mir die Angst um Kai nicht.

»Wer war das denn jetzt? Seine Eltern sehen doch ganz anders aus«, fragte Kevin unvermittelt und setzte sich auf. Fast alle sahen zu mir. Ich atmete tief ein. Es stand mir nicht zu, Kais Privatleben vor ihnen auszubreiten, wenn er es offensichtlich nicht wollte.

»Sein biologischer Vater«, antwortete Jason plötzlich anstatt meiner und ich wandte mich ihm überrascht zu. »Seine Eltern sind nur seine Pflegeeltern.«

Kai sprach also nicht nur mit mir über seine Kindheit. Einerseits freute es mich, da er anscheinend mehr Vertraute hatte, andererseits breitete sich die Enttäuschung in mir aus, da ich mich für den Einzigen gehalten hatte, mit dem er darüber gesprochen hatte. Trotzdem hätte Jason den Mund halten sollen, es hätte Kai zugestanden, das zu erklären.

»O nein, seine Eltern!« Ich schlug die Hand vor den Mund. »Hat jemand ihnen Bescheid gegeben?« Ich sah zu Coach, der den Kopf schüttelte. Er schien von der Info, dass Kai bei Pflegeeltern aufgewachsen war, ebenso erstaunt wie jeder andere auch. Ich holte mein Handy hervor, starrte es an. Ich hatte ihre Nummer überhaupt nicht. Kais Smartphone lag in seinem Fach im Umkleideraum, was mir allerdings auch nichts gebracht hätte, weil ich es nicht entsperren konnte.

»Was für Arschlöcher. Warum haben sie das nur getan?«, fragte Roman leise.

»Er wird es uns schon sagen, sobald er dazu in der Lage ist«, erwiderte Jason.

Würde er das jemals wieder? Ein dicker Mantel aus Schuldgefühlen legte sich auf meine Schultern, wollte mich niederdrücken.

»Wieso wussten wir nichts von seinen Pflegeeltern?«

Die Mitspieler unterhielten sich leise, doch ihre Worte drangen kaum zu mir durch.

Wie kam ich an die Nummer? Wieder begann ich auf und ab zu laufen.

»Fiete, du musst runterkommen«, sagte nun Egon in die neu entstandene Stille.

»Ich muss seine Eltern anrufen.«

»Die sind doch selbstständig, kannst du die Nummer nicht über ihre Firma im Internet herausfinden?«, fragte Jason.

»Natürlich. Danke dir.« Hektisch tippte ich auf dem Display herum. Das Telefon rutschte mir aus der Hand und ich bückte mich, um es aufzuheben. Ich musste endlich meinen Scheiß zusammenbekommen.

Zwei Minuten später hielt ich mir das tutende Telefon ans Ohr. Kais Mutter meldete sich. Ihre Stimme zu hören und ihr sagen zu müssen, was ihrem Sohn geschehen war, war fast ein Ding der Unmöglichkeit. Sie stand so hinter Kai, supportete ihn, wo es nur ging. Als sie ihren Begrüßungsspruch beendete, war ich nicht fähig, etwas zu sagen. Ihre Welt würde mit nur einem Satz einstürzen.

»Hallo?«, fragte sie nach einigen Sekunden, in denen ich nichts sagte. Coach beobachtete mich, streckte bereits seine Hand aus, um das Telefonat entgegenzunehmen. »Hallo?«

»Hier ist Fiete«, erwiderte ich mit erstickter Stimme und fasste mir in die Haare. Wusste nicht, wie ich weitermachen sollte und verstummte.

»Was ist passiert?«, fragte sie sofort. »Wo ist Kai? Weshalb rufst du um diese Uhrzeit an?« Mit jeder Frage wurde sie drängender. »Fiete, rede mit mir.«

»Kai wurde von seinem Erzeuger zusammengeschlagen. Er ist im Krankenhaus und wird gerade operiert. Ihr solltet kommen.«

Am anderen Ende erklang ein unterdrücktes Schluchzen. »Wir sind auf dem Weg.« Sie legte auf.

»Sie kommen«, murmelte ich zu niemand Bestimmtem. Es herrschte weiterhin gedrückte Stille. Nur meine Schritte, die auf dem Linoleumboden quietschten, waren zu hören. Leise Stimmen auf dem Gang. Hin und wieder trat jemand in die Tür, aber sobald sie sahen, wie voll es war, gingen sie weiter. Die Uhr über der Tür schien sich in Schneckentempo vorwärts zu bewegen und uns zu verhöhnen.

»Wie lange dauert das denn?«, fragte ich entnervt, verschränkte meine Hände am Hinterkopf.

»Sie sind bestimmt bald fertig«, entgegnete Roger ruhig. Jemand besorgte Kaltgetränke und Kaffee und stellte alles auf den kleinen Tisch in der Ecke, doch kaum einer griff zu.

»Diese Arschlöcher, woher wissen die das schon wieder!«, rief plötzlich Kevin in den Raum. Ich blieb stehen und sah stirnrunzelnd zu ihm.

»Wer weiß was?«, hakte Matteo nach.

»Der *Hockey-Insider*«, spie Kevin aus. Er sah sich um. »Hat einer von euch den Arschlöchern einen Tipp gegeben?«

Überall nur Kopfschütteln.

»War bestimmt einer der Schaulustigen, die Egon und der Hausmeister am Tor vom Parkplatz abgefangen haben. Die sind doch dem Krankenwagen und der Polizei gefolgt.« Roman verdrehte die Augen. Mir drehte sich der Magen um. Das hatte ich überhaupt nicht mitbekommen.

»Was steht genau im Artikel?«, fragte ich Kevin.

Der räusperte sich, tippte auf seinem Handy herum. »Wie wir aus sicherer Quelle wissen, muss sich heute Vormittag auf dem Trainingsgelände der Dullerstorfer Frosty Falcons ein Unfall ereignet haben. Was genau passiert ist, konnte uns bisher nicht mitgeteilt werden. Es wurden jedenfalls drei Polizeiwagen und ein Krankenwagen dort gesehen. Die Mannschaft, Verantwortliche und Betreuer standen ebenfalls auf dem Parkplatz und wirkten betroffen. Wer ins Krankenhaus eingeliefert wurde, können wir zum jetzigen Zeitpunkt noch nicht mitteilen, werden aber wie immer dranbleiben.« Kevin stoppte. »Recht kurzer Artikel.«

»Die Schweine«, sagte ich nur, einige stimmten mir zu. »Statt abzuwarten, bis wir was bekanntgeben oder sich erst an unsere Pressestelle zu wenden, hauen sie so einen Artikel raus und heizen die Mengen an.« Wut ballte sich in mir zusammen und vertrieb für kurze Zeit die Sorge um Kai.

»Ich gebe Maren Bescheid, wobei sie das bestimmt in der Pressestelle schon mitbekommen haben.« Coach Meyer hielt sich sein Handy ans Ohr und sprach kurz darauf leise hinein.

Einige regten sich über den Artikel auf, ich schob ihn beiseite, hatte keine Kraft mich mit dem Schmierblatt auseinanderzusetzen. Meine Gedanken wanderten wieder zu Kai und der Operation und tigerte im Raum herum.

Irgendwann betraten Kais Eltern den Warteraum, begleitet von einer Krankenschwester.

»Wie geht's ihm?«, fragte Rabea sofort statt einer Begrüßung. Sorgenfalten überzogen ihre Stirn und zum ersten Mal erlebte ich sie nicht lächelnd. Bodo stand hinter ihr, legte ihr einen Arm um die Schultern.

»Er wird noch operiert, uns wird nichts mitgeteilt, weil wir nicht seine nächsten Angehörigen sind.« Coach Meyer war zu uns getreten und reichte Rabea und Bodo die Hand.

»Ich gehe einen Arzt suchen.« Bodo umfasste Rabeas Ellbogen und gemeinsam gingen sie zur Tür. Ich lief ihnen hinterher, in der Hoffnung, mehr zu erfahren und meine innere Unruhe so ein wenig unter Kontrolle zu bekommen. An dem Glaskasten in der Mitte der Station, hinter dem sich die Schwestern und Ärzte aufhielten, blieben sie stehen und ich stellte mich hinter sie.

»Entschuldigen Sie bitte, ich bin der Vater von Kai Müller, der gerade operiert wird. Gibt es jemanden, der mir sagen kann, was mit unserem Sohn ist?« Er klang nicht, als ob er sich abwimmeln lassen würde. Einer der Ärzte, der sich in einem Gespräch mit einer der Krankenschwester befand, drehte sich zu uns um. Er schien kurz zu überlegen.

»Der zusammengeschlagene Spieler«, flüsterte ihm die Kollegin zu. Sein Gesicht hellte sich auf.

»Hallo Herr Müller, Frau Müller. Kommen Sie mit.« Er deutete auf den Gang und wollte vorausgehen, als Kais Vater ihn aufhielt.

»Wir heißen nicht Müller, sondern Borgmann. Kai ist unser Pflegesohn.«

»Sie haben ihn nicht adoptiert?«

»Nein, ist das wichtig?«, fragte Rabea.

»Nun, dann gelten Sie nicht als seine nächsten Angehörigen und ich darf Ihnen nichts mitteilen.«

Rabeas Schultern hoben und senkten sich, während sie mehrfach tief einatmete, dann trat sie auf den zwei Köpfe größeren Mann zu.

»Wollen Sie mir etwa sagen, dass mein Sohn nicht mein Sohn ist, nur weil es kein offizielles Dokument gibt? Sie würden also dem Mann und der Frau, denen er weggenommen wurde, alles erzählen? Dieses Arschloch von biologischem Vater ist sogar schuld an seinem Zustand!« Ihre Stimme bebte vor Wut und wurde mit jedem Wort lauter. »Wir waren diejenigen, die ihn mit drei aufgenommen haben und nachts an seinem Bett saßen, wenn er Albträume hatte. Die ihn gepflegt haben, wenn er krank war oder ihn aufgefangen haben, wenn er vor Scham im Boden versinken wollte, weil er mit zwölf noch ins Bett gemacht hat und es nicht schaffte, rechtzeitig aufzuwachen.«

Sie wurde immer größer, während der Arzt vor ihr in sich zusammensackte und ein Gesicht machte, als ob er in einen sehr sauren Apfel gebissen hatte.

»Ich habe ihn zu jeder seiner Therapiestunden begleitet, ihn gehalten, wenn er geweint hat und war für ihn da, wenn seine Dämonen ihn zu überwältigen drohten. Ich war diejenige, die sich als erste anhörte, was er alles von dem Mann ertragen musste, den sie als nächsten Angehörigen betiteln.«

Rabea holte Luft und schüttelte Bodos Hand ab. »Kai ist mein Sohn, Elternschaft ist mehr als nur dieselbe DNA. Wollen Sie mir etwa erklären, ich wäre deswegen weniger Mutter?« Sie stemmte die Hände in die Taille. »Jetzt erzählen Sie mir endlich, was mit meinem Sohn ist oder ich stürme den OP-Saal. Und glauben Sie mir, ich schaffe das.« Sie schrie den Arzt an, der immer mehr schrumpfte.

Mehrere Türen öffneten sich, Schwestern und Pfleger bleiben stehen und ich würde jede Wette eingehen, wenn ich mich umdrehen würde, meine Teamkollegen zu sehen.

»Kommen Sie mit«, sagte der Arzt kleinlaut und mit hochrotem Gesicht, drehte sich auf dem Absatz um und steuerte eine offene Tür im Flur an.

»Der junge Mann hier kommt mit. Das ist der Partner meines Sohnes.« Mit festem Griff umfasste sie mein Handgelenk, während mir Hitze ins Gesicht schoss. Hoffentlich hatte das keiner gehört, denn Kai und ich waren vieles, aber bestimmt kein Paar. So sehr ich mir das auch wünschte.

»Ich bin nicht …«

»Natürlich. Ich habe euch miteinander erlebt und glaube mir, ich weiß, wie Kai aussieht, wenn er verliebt ist. Außerdem ist jetzt nicht der richtige Zeitpunkt, den Stand eurer Beziehung zu diskutieren.« Mit einer Bestimmtheit, die keinen Widerspruch duldete, schmetterte sie meinen Versuch ab, alles abzustreiten. Wusste sie schon von Kais neuer Wohnungssituation und unserem daraus resultierenden Streit? Wir folgten dem Arzt in ein dunkles Büro ohne Fenster, dafür mit demselben kalten Licht wie auf dem Flur ausgestattet. Auf dem Schreibtisch standen drei Bildschirme in einem Halbkreis. Der perfekte Platz für einen Arzt, um sich bei einem unangenehmen Patientengespräch dahinter verstecken zu können.

Der Arzt schloss hinter uns die Tür und kam direkt zum Punkt. »Herr Müller hat eine gerissene Milz, Hämatome am ganzen Körper und eine Gehirnerschütterung schließen wir zurzeit auch nicht aus. Zudem wurden seine Testikel gequetscht.« Er hielt inne, schob seine Hände in die Taschen seines Kittels. »Das Schlimmste ist die gerissene Milz, die in den Bauchraum geblutet hat. Aber er ist rechtzeitig eingeliefert worden, sodass wir das Problem in den Griff bekommen werden.«

Bei der Aufzählung der Verletzungen wurde mir schlecht und ich fasste nach der Lehne eines Stuhles. Eine gerissene Milz, Blut im Bauchraum und wer weiß, was sie noch alles feststellten, jetzt, da er vor ihnen auf dem OP-Tisch lag.

»Herrn Müller kommt seine Fitness zugute. Wir gehen von einer vollständigen Gesundung aus, sollte nicht während der OP noch mehr gefunden werden. Allerdings verliert er seine Milz, was keine Einschränkungen in seinem Alltag bedeutet. Nur wird es etwas dauern, bis er wieder trainieren oder ein Spiel bestreiten kann.«

»Danke, Herr Doktor«, sagte Kais Vater.

»Sobald wir mehr wissen, geben wir Ihnen Bescheid. Es kann allerdings noch dauern. Sie sollten nach Hause fahren und sich ausruhen.«

»Wir bleiben«, erwiderte Bodo. »Danke, Herr Doktor.«

»Er wird wieder gesund«, flüsterte Rabea mit fester Stimme. »Das ist die Hauptsache.«

Wir gingen zu den anderen ins Wartezimmer und Kais Vater wiederholte die Worte des Arztes.

»Hey Cap, trink was.« Roman hielt mir eine Flasche Wasser hin. »Das wirst du brauchen, außerdem kannst du derzeit keine Kopfschmerzen gebrauchen.« Ein Lächeln zeichnete sich auf seinen Lippen ab, während er mir auffordernd das

Wasser vors Gesicht hielt. Ich griff danach und trank einen Schluck.

Nach einer Weile, in der die Uhr weiterhin dahin schlich, kam ein älterer Arzt in den Warteraum und sah sich innerhalb von wenigen Sekunden von uns umstellt.

Unsicher sah er sich um. »Herr und Frau Müller?«, sprach er dann Kais Eltern an. Dieses Mal nickten sie nur. »Können wir woanders reden?«

»Sie können gerne alles in dieser Runde teilen. Dies sind Kais Freunde«, antwortete Bodo.

Der Arzt blickte um sich und fuhr sich über das Gesicht. »Ihr Sohn hat die Operation sehr gut überstanden und liegt jetzt im Aufwachraum. Wir haben die Milz entfernt und konnten alle Blutungen stoppen. In einigen Wochen sollte er wieder beim Training dabei sein können. Alles weitere besprechen wir mit Ihrem Sohn, sobald er ansprechbar ist.« Ein erleichtertes Seufzen ging durch unsere Reihen. »Sobald er auf seinem Zimmer ist, dürfen Sie zu ihm. Vor Montag sollten Sie auch die Einzigen bleiben. Herr Müller braucht jetzt Ruhe nach der anstrengenden Operation.« Den letzten Satz betonte er besonders und blickte erneut, dieses Mal streng in die Runde.

»Danke Ihnen, Doktor.« Coach klatschte in die Hände. »Da wir Bescheid wissen, können wir zurück ins Trainingscenter gehen und uns auf das morgige Spiel vorbereiten.« Murren setzte ein, aber die meisten suchten ihre Sachen zusammen, Matteo und Roman wiesen mehrfach darauf hin, den Raum sauber zu hinterlassen.

»Ich rufe euch heute Abend an. Kann ich deine Nummer haben?« Ich wandte mich an Rabea, bei der sich die Sorgenfalten gelegt hatten. »Sagt Kai, dass wir am Montag hier sind.«

347

»Auf jeden Fall.« Rabea umarmte mich ebenso wie Bodo. Dann verließen wir das Krankenhaus. Auch wenn ich viel lieber dortgeblieben wäre, um auf Kai aufpassen zu können.

Kapitel 26

Kai

M ein Zimmer war an diesem Montagnachmittag gerappelt voll mit meinen Teamkollegen. Selbst Elias, der als Ersatzgoalie aus der zweiten Liga geholt worden war, stand dabei und Jared saß mit seinem Gehfuß und den Krücken auf einem Stuhl in der Nähe des Bettes.

Nur einer fehlte. Fiete. Obwohl es nicht sein sollte, knabberte sein Fernbleiben an mir und hinterließ eine tiefe Traurigkeit in meinem Inneren. Nur, weil ich nicht über meinen Schatten springen wollte und ich konnte ihn verstehen..

Ich unterdrückte ein Lachen, als mir das letzte Match in Erinnerung kam. Fiete hatte es natürlich persönlich genommen und während eines Spiels völlig versagt. Genau das, wovor ich ihn gewarnt hatte. So konnte es jedenfalls nicht weitergehen. Das Gespräch mit dem Coach stand auch noch aus. Hoffentlich konnten wir das auf die Reihe bekommen. Ich wollte den Verein und alles hier nicht aufgeben, wollte nicht mehr alleine dastehen.

»Hey, Kai, hypnotisierst du die Tür?«

»Was?«, fragte ich abwesend und grinste schief. Bloß nicht die Enttäuschung über das Fehlen eines bestimmten jemands anmerken lassen. Da öffnete sich die Tür und meine Eltern betraten das Zimmer.

»Holla, was ist denn hier los?«, fragte meine Mutter und lächelte. »Volles Haus. Ihr konntet es anscheinend nicht erwarten.« Sie kam auf mich zu und küsste mich auf die Wange. »Wie geht es dir?«

»Genauso beschissen wie heute Morgen.«

»Kai, hör auf. Das wird wieder besser«, rügte mein Vater mich. Meine Mutter sah sich um.

»Wo ist denn Fiete?«, fragte sie.

»Der wollte noch etwas besorgen, bevor er kommt«, erwiderte Kevin. »Wollte aber mit uns hier ankommen.« Er zuckte mit den Schultern.

Seine Aussage brachte doch glatt mein geschundenes Herz dazu, schneller zu schlagen. Er würde also kommen. Irgendwann und sich nicht drücken. Ein Lächeln stahl sich auf meine Lippen.

Die Männer begannen über das gestrige Spiel zu sprechen, das sie nach dem mehr als desaströsen am Freitag gewonnen hatten. Gott sei Dank hatte sich unser Streit und mein Krankenhausaufenthalt nicht weiter auf sie ausgewirkt.

»Warum seid ihr alle hier?«, fragte ich völlig unvermittelt in die Runde und unterbrach ihr Gespräch. Einige Augenpaare sahen mich ungläubig an.

»Dein Ernst? Wir sind zwar für meinen Geschmack in letzter Zeit viel zu oft im Krankenhaus, aber du gehörst zum Team. Selbstverständlich sind wir hier, um dich zu unterstützen«, sagte Bryan nach einigen Sekunden. Das trieb mir die Tränen in die Augen und ich schluckte ein paar Mal.

»Ich gehörte noch nie wirklich dazu«, murmelte ich und schlug mir auf den Mund. Sofort gab ich einen erstickten Schmerzenslaut von mir, da ich meine malträtierte Lippe vergessen hatte.

»Was?«, fragte meine Mutter. »Wie kommst du denn darauf? Du hast immer uns an deiner Seite.« Sie griff gleichzeitig nach meiner Hand und der meines Vaters. Mir lag die Frage auf der Zunge, ob ich das wirklich tat, verschluckte sie allerdings. Denn seit Samstag saßen sie beinah ununterbrochen an meinem Bett.

»Weil …« *Meine Sachen in Kartons verpackt auf dem Boden liegen, mein Zimmer nicht mehr meines ist, ihr nach meinem sechzehnten Lebensjahr überlegt habt, ein weiteres Pflegekind aufzunehmen und ich nie von euch adoptiert worden bin.*

Das konnte ich nicht laut aussprechen. Es klang wie ein Vorwurf, der nicht berechtigt war und hier vor den Teamkameraden auch nicht hingehörte. Es schnürte mir trotzdem die Kehle zu.

»Was hältst du von einer Erwachsenenadoption?«, fragte mein Vater plötzlich und ich starrte ihn an. Schlagartig war es still im Zimmer. »Wir hätten das längst machen sollen. Als du noch ein Pflegekind warst, haben deine Eltern immer ihr Veto eingelegt, aber als du achtzehn wurdest, hätten wir dich fragen sollen.« Mein Vater lächelte mich mit warmen Augen an und der Kloß in meinem Hals wurde immer dicker. Vor Angst keinen Ton herausbringen zu können, schwieg ich.

»Nun sag endlich Ja!«, rief Matteo. »Die Spannung ist ja kaum auszuhalten.«

Das brach das Eis und ich lachte, was mir sofort Schmerz in meinen Unterleib schickte.

»Natürlich will ich das.«

»Kai Borgmann«, sagte Roman leise. »Ja, klingt gut.« Er kam näher, beugte sich zu mir. »Keine Sorge, wir wissen über die Gründe deiner ständigen Wechsel Bescheid und glauben nicht, dass du uns«, er deutete Gänsefüßchen in der Luft an, »umdrehst.« Die anderen nickten zustimmend. »Solltest du nicht mehr mit Fiete in einem Zimmer schlafen wollen, bin ich gerne dein kleiner Löffel.« Er grinste. »Scherz beiseite. Ich habe keine Ahnung, was da nachts passiert, wenn du mit jemanden im Doppelbett liegst, aber ich glaube dir, wenn du sagst, es geschieht unterbewusst. Wir haben ebenfalls kein Problem mit deiner Sexualität. Dann müssten wir auch eines mit Fiete haben. Und noch weniger haben wir Angst, etwas abgeschaut zu bekommen. So schön sind wir nun alle nicht und einen knackigen Arsch hat jeder von uns.«

»Okay«, sagte ich nur. Dieser Kloß in meinem Hals wurde immer dicker. Ein Wort mehr und ich wäre in Tränen ausgebrochen. Nun war ich also auch offiziell geoutet.

»Die anderen Teams wussten schlicht nicht, was sie an dir haben«, fügte Bryan noch an.

»Woher wisst ihr das alles?« Mit viel Mühe brachte ich diesen Satz heraus, ohne zu weinen. Es rührte mich so sehr. Niemals hätte ich diesen Männern, die so hart und emotionslos auf dem Eis sein konnten, diese unglaubliche Empathie zugetraut.

Noah grinste. »Ich habe schon mit einigen aus deinen alten Mannschaften gespielt. Hier und da ein Anruf oder nach einem Spiel einen trinken gehen und zack, erfährt man eine Menge. Nun bist du im richtigen Team. Wobei auch in anderen Vereinen seit Felix' Outing ein Umdenken statt-findet. Es wird bei den Vereinen mehr auf queere Spieler sensibilisiert. Habe sogar aus Wanheim gehört, dass sie keine Spieler mehr nehmen, die damit ein Problem haben.« Er stockte. »Garantiert wäre dein Bedürfnis nach Nähe oder was auch immer es ist, dort kein Ding geworden. Wahrscheinlich auch bei den Steelers nicht. Da war was anderes, oder?«

Ich lächelte. »Es ist nicht wichtig, was dort geschehen ist. Danke euch für euer Verständnis.«

Meine Mutter drückte meine Hand, als es an der Tür klopfte und sie sich öffnete. Fiete streckte seinen Kopf herein, bevor der restliche Körper folgte. Er hatte meinen Lieblingssweater an, der eng an seinem Oberkörper lag und ihn so schön zur Geltung brachte. Das Blau stand ihm außerdem verdammt gut. Er hatte eine Hand hinter dem Rücken versteckt.

»O nein, hast du wieder Blumen besorgt?«, fragte Jason mit hochgezogenen Augenbrauen. »Du hättest besser Schokolade mitbringen sollen. Die bräuchte unser Goalie dringender. Er hat nur noch einen Hoden.«

»Jason!«, rief ich nach Luft schnappend und riss meinen Blick von Fiete los.

»Was? Wenn wir das wissen, kann Cap das auch erfahren.« Jason grinste frech, während Matteo ihm eine Kopfnuss verpasste. »Außerdem hätte Cap es früher oder später entdeckt.«

»Aber das hätte Kai ihm sagen sollen und nicht wir. Und wie kommst du überhaupt auf die Idee, Cap würde diese Regionen inspizieren?« Mit hochgezogenen Augenbrauen sah Jason Matteo an. Die Frage »Echt jetzt?« stand ihm regelrecht ins Gesicht geschrieben. Ich runzelte die Stirn. Ahnte etwa die gesamte Mannschaft, was zwischen Fiete und mir gelaufen war? Ich schüttelte den Kopf und wandte mich wieder Fiete zu.

»Ich komme später, weil ich einen ganz besonderen Strauß besorgt habe. War nicht einfach und erst im dritten Laden zu finden.« Lächelnd zog Fiete seine Hand nach vorne und zum Vorschein kam ein Bund Möhren mit Grün dran. Ich brach in lautes Lachen aus, als Fiete mir den lustigsten Strauß der Welt auf das Bett legte. Ein Stechen im Bauch ließ mich allerdings sofort aufhören.

»Möhren?«, fragte mein Vater.

»Ein Insider«, sagte ich nur und untersuchte das Gemüse. »Wirklich sehr gut.«

»Ne? Finde ich auch.«

»Können wir endlich darüber reden, was das zwischen euch ist und nicht so tun, als ob wir nichts bemerken?«, platzte Roman heraus. »Meine Andeutungen habt ihr geflissentlich überhört.«

Ich erstarrte, sofern das im Bett möglich war. Fiete sah aus wie ein Reh im Scheinwerferlicht, dabei war er es gewesen, der eine Beziehung führen und das der Mannschaft mitteilen wollte. Um uns herum herrschte betretenes Schweigen. Als ich in die Runde blickte, vermieden die meisten meinen Blick und sahen woandershin.

»Also, seid ihr ein Paar und habt euren Privatkram in die Mannschaft getragen?« Roman verschränkte die Arme vor der Brust. Ich wandte mich Fiete zu, der die Lippen zusammenkniff und auf den Boden starrte. Erneut schweifte mein Blick durch die Runde. Matteo deutete ein Lächeln an und zuckte mit den Schultern. Sie wussten es alle und hatten offensichtlich nur auf uns und unser Outing gewartet. Jetzt waren sie zurecht auf unseren Streit sauer und wer weiß auf was noch. Ein schlechtes Gewissen machte sich in mir breit. Wieder guckte ich zu Fiete, der sichtbar schluckte, als sein Adamsapfel auf und ab hüpfte.

»Wir sind kein Paar«, sagte Fiete endlich, der sich anscheinend gefangen hatte. »Es tut mir leid, was am Samstag passiert ist. Das wird nicht wieder vorkommen, ich war zu frustriert, dass ich nichts auf die Reihe bekommen habe und euch mitgezogen habe. Kais Ausbruch in der Pause hat mir die Gelegenheit gegeben, mich abzureagieren, aber das war kindisch und nicht richtig. Entschuldigt bitte.«

»Danke dir, Cap«, erwiderte Matteo und runzelte gleichzeitig die Stirn.

Obwohl Fiete genau das aussprach, was ich wollte, klang es völlig falsch in meinen Ohren.

»Wie Fiete sagt, wir sind kein Paar«, sagte ich leise.

»Glaubt ihr wirklich, wir haben nicht mitbekommen, wie ihr euch angesehen habt? Eure Augen haben Herzchenform angenommen oder die Sache beim Frühstück, wenn ihr euch gegenseitig etwas hergerichtet, Kaffee und Tee eingeschenkt habt. Ich mache das nicht mit meinem Zimmerkollegen.« Matteo verschränkte die Arme vor der Brust.

Mein Puls beschleunigte seine Arbeit, gleichzeitig setzte eine totale mentale Müdigkeit ein. So vieles geschah gerade gleichzeitig und ich hatte keine Ahnung, in welche Richtung dies alles lief. Ich fühlte mich wie bei einem Tennisspiel, bei dem ich nur von links nach rechts gucken konnte und erst dazu kam, alles zu verarbeiten, sobald der Ballwechsel beendet war.

»Warum nicht?«, fragte Bryan Matteo und erntete nur einen bösen Blick.

»Das sind eure Beweise für eine mögliche Beziehung zwischen uns? Es könnte an der WG-Lösung gelegen haben? Dort bereitet schließlich Kai auch immer das Frühstück zu.« Fiete versuchte es nicht direkt abzustreiten, doch er hielt trotzdem dagegen. Meine Eltern sahen ihn mit zusammengekniffenen Augen an, behielten allerdings beide ihre Meinung für sich.

»Kreizkruzefix - himmeherrgott - sakramt - mileckstamarsch, du Pfannakuacha, du windiga!« Ich atmete tief ein, Schmerzen breiteten sich in meinem Körper aus ob meiner heftigen Reaktion. Fietes und mein Blick trafen sich und in seinen Augen schimmerte die Unsicherheit. »Wir haben miteinander geschlafen, ja. Aber wir sind kein Paar. Ich wollte es nicht, hatte zu viel Schiss, was das mit der Teamdynamik machen würde und ich war ….« Mitten im Satz stoppte ich. Nicht Vergangenheit. »Bin nicht bereit, mir wieder einen neuen Verein zu suchen. Ich fühle mich hier wohl, habe zum ersten Mal Anschluss gefunden, ohne mit der Zeit misstrauisch beäugt zu werden.«

Stille breitete sich aus.

»Ihr hättet mit uns sprechen können. Glaubt ihr wirklich, wir sind solche Arschlöcher, die damit ein Problem haben? Mensch, Fiete, uns war von Anfang an scheiß egal, mit wem du ins Bett gestiegen bist. Spätestens nach Felix hätte euch das doch klar sein können«, entgegnete Roman sanft.

»Das war anders als bei Felix. Er ist geoutet worden und mit keinem Teamkollegen zusammen«, sagte ich leise.

»Ihr solltet euch darüber klar werden, was ihr wollt und Kai, du bist unser Goalie, solange ihr beiden euren Scheiß geklärt bekommt, bist du auch unser Cap, Fiete. Unseren privaten Scheiß lassen wir vor der Kabine, um spielen zu können. Das ist nicht immer möglich, aber redet mit uns und schreit euch nicht während eines Spieles an.« Matteo lächelte erst mich, dann Fiete an.

Meine Mutter sah zu mir und lächelte. »Gut Jungs, lassen wir die beiden mal alleine, damit sie miteinander reden können. Ich glaube, wir haben den beiden genug zum Nachdenken mitgegeben.« Meine Mutter scheuchte alle auf, worüber ich sehr dankbar war. Ich brauchte einige ruhige Minuten, um alles verarbeiten zu können. Innerhalb einer Stunde bekam ich endlich meinen größten Wunsch erfüllt und wurde demnächst adoptiert und das Team wusste über alles Bescheid. Kopfschmerzen kündigten sich an und ich nahm eine Schmerztablette von meinem Nachttisch.

»Eine Sache noch.« Jared blieb mitten im Zimmer stehen. »Wir brauchen eine weitere Teamregel. Kein Geknutsche, Geschmuse oder sonstiger Pärchenkram in der Kabine während des Trainings, des Spiels oder sonstigen öffentlichen Verpflichtungen und wir das nicht haben können. Wenn wir privat unterwegs sind, ist mir das egal. Dann kann ich meine zurzeit noch imaginäre Freundin auch mitnehmen und dasselbe machen.«

Unvermittelt lächelte ich. Jared, der ewige Single, der sich mit seinen Eroberungen ständig in der Kabine brüstete.

»Kann ich mit leben. Weitere neue Teamregel: Wir reden nicht mehr in allen Einzelheiten über unser Sexleben«, entgegnete ich.

»Ha, das wird schwer. Vor allem, wenn ich den jungen Spielern doch beibringen will, was zählt.« Jared legte Elias einen Arm um die Schultern, der betreten dreinsah.

»Mach das in deiner Freizeit«, sagte Fiete.

»Nun aber raus hier. Ruf mich an, Kai.« Meine Mutter drückte mir erneut einen Kuss auf die Wange, Fiete an sich und ehe wir uns versahen, waren wir alleine. Die Stille dehnte sich zwischen uns aus und ich rutschte leicht im Bett hin und her.

Fiete setzte sich auf einen frei gewordenen Stuhl. »Hast du noch weitere Ausreden, weshalb es nicht möglich ist zwischen uns?«, fragte er schlicht.

Was sollte ich darauf antworten? »Du hast dir völlig umsonst so viele Gedanken gemacht und Ängste ausgestanden. Sie mögen dich alle.«

Ich fuhr mir über das Gesicht. Auf einmal müde und erschöpft.

»Wobei ich nicht mal genau weiß, ob du überhaupt mehr für mich empfindest. Aber um es ganz deutlich zu sagen, ich habe mich in dich verliebt.« Fietes Stimme klang klar und er zögerte keine Sekunde. »Ich weiß noch nicht, wie es innerhalb der Mannschaft funktionieren könnte, aber ich schätze, wenn wir uns so wie die letzten Wochen verhalten, geht das vollkommen in Ordnung.«

Ich griff nach dem Blister auf meinem Nachttisch und drückte mir eine weitere Schmerztablette heraus, spülte sie mit Wasser hinunter, während Fiete geduldig wartete.

Mein Herz schlug wie wild in meiner Brust. Fiete wusste ganz genau, was er wollte, das Team hatte unmissverständlich erklärt, wie wenig Probleme sie mit uns als Paar hätten. Und trotzdem lag ich hier und plagte mich mit Zweifeln herum. Nicht an uns, Fiete und mir als Paar, sondern ob wir es auf Dauer wirklich schaffen könnten.

Zu oft stand ich nach einiger Zeit alleine da. Natürlich lag es auch zu einem Großteil an mir, keine Frage. Ich hätte mehr mit den ehemaligen Teamkameraden machen müssen, vielleicht mehr mit ihnen über mein Bedürfnis nach körperlicher Nähe reden sollen, genauso über meine Vergangenheit als Pflegekind.

Ich seufzte. Wenn ich eine Beziehung wollte, sollte ich mich endlich trauen und hineinspringen. Fiete saß hier, bot mir das alles an, was ich mir wünschte, bei ihm konnte ich mich fallen lassen, bekam ihn serviert auf dem schönsten Puck, den ich je übers Eis hatte gleiten sehen.

Fiete griff nach meiner Hand, strich mit dem Daumen über meinen Handrücken. »Ich glaube, du empfindest dasselbe wie ich.«

Ich nickte nur, unfähig zu sprechen. Wenn ich jetzt zusagte, gab es kein Zurück. Im Grunde war es nichts anderes, als sich einem Puck, der mit 180 Sachen auf einen zuflog, entgegenzustellen. Du weißt nie, was geschieht, wenn er dich trifft. Ich könnte von der Scheibe verletzt werden oder sie fliegt an mir vorbei ins Netz oder ich fange sie, es gibt schlicht keine Garantie für ein gutes Ende.

»Es ist schwer, wenn man verliebt ist, das aber nicht erwidert wird. Glaub mir«, sagte ich endlich leise. Warum fing ich gerade damit an?

Fietes Gesicht verdüsterte sich und in seinen Augen stand Enttäuschung. Er ließ meine Hand los und lehnte sich im Stuhl zurück. Ich holte tief Luft.

»Aber das wirst du nicht erleben müssen.« Ich fuhr mit der Zunge über meine Lippen, sah neue Hoffnung in seinen Augen glimmen. »Ich kann mich nicht immer hinter meinen Ausreden verstecken.« Noch einmal holte ich tief Luft, mein Puls schraubte sich in atemberaubende Höhen. »Also lass es uns versuchen.«

»Meinst du das ernst?« Fiete sprang auf und setzte sich vorsichtig auf mein Bett.

»Todernst.«

»Kann ich dich endlich küssen?« Er beugte sich vor, seine Nase berührte meine, sein Atem strich über meine Haut und bescherte mir eine Gänsehaut.

»Ich kann es nicht erwarten.«

Seine Lippen legten sich auf meine, sanft küsste er mich. Wie hatte ich die Küsse von ihm vermisst, die Nähe, die wir hatten und die ich so leichtfertig weggeworfen hatte. Ich umfasste sein Gesicht, fuhr mit dem Daumen seine Wangen entlang.

»Oh, ich wollte nicht stören«, erklang Coachs Stimme und Fiete fuhr in die Höhe. Er wurde knallrot, wobei ich wahrscheinlich nicht besser aussah, so wie Hitze mir in die Wangen schoss. Ich hatte nicht gehört, wie die Tür geöffnet wurde, geschweige denn ein Klopfen.

»Coach!«, rief Fiete überrascht mit einem leichten Zittern in der Stimme. Der stand in der Tür und drehte sich halb wieder raus, schien sich dann anders zu entscheiden und schloss die Tür von innen.

»Nun gut, wenn wir schon mal unter uns sind, können wir auch reden, wenn du dich dazu in der Lage fühlst, Kai.«

Ich nickte nur und mir rutschte das Herz in die Hose. Coach zog sich einen Stuhl heran und setzte sich. »Wie geht es dir?«

»Wie nach einem der anstrengendsten Spiele, das ich je hatte.«

»Wieso haben sie das nur gemacht? Was wollte dein Vater von dir?«

Fiete setzte sich wieder zu mir aufs Bett. »Das will ich auch wissen.«

Ich seufzte. »Erstens, er ist nicht mein Vater, sondern nur mein Erzeuger. Zweitens wollten sie Geld von mir, das ich ihnen nicht geben wollte.«

»Solche Arschlöcher. Dein Vater ist so ein feiges Stück Dreck, konnte sich dir nicht alleine in den Weg stellen. Nein, hat seine Handlanger mitgebracht, damit du dich erst gar nicht wehren kannst«, knurrte Fiete und sein Gesicht verfinsterte sich. Rasch legte ich ihm eine Hand auf seinen Oberschenkel und er beruhigte sich wieder.

»Wie ich gehört habe, hast du ihm einige eingeschenkt.«

Fiete grinste. »Einer musste das tun.«

Coach schüttelte nur den Kopf. »Du hast uns einen gewaltigen Schrecken eingejagt.«

»Er wird dich hoffentlich nie wieder belästigen«, sagte Fiete. »Dein Erzeuger sitzt jetzt im Gefängnis oder Untersuchungshaft oder wie auch immer das heißt. Er wird dir nicht mehr zu nahekommen.«

»Gut.« Coach nickte zustimmend. »Können wir über euch reden? Den kindischen Streit während eines Spieles und wie ihr das in Zukunft verhindern wollt? Und natürlich über das, was ich eben gesehen habe.«

Erneut beschleunigte sich mein Herzschlag. Coach Meyer wirkte zwar nicht, als ob er ein Problem damit hätte, doch man wusste nie.

Fiete wiederholte indes, was er bereits den Jungs vorhin gesagt hatte. »Es tut mir leid, Coach. Das wird nicht mehr vorkommen. Ich habe meinen privaten Kram über das Team und Eishockey gestellt. Ich verspreche, Kai und ich bekommen das hin.«

»Versprochen. Es war einfach kindisch von uns«, fügte ich noch an.

Er sah zwischen uns hin und her. »Dass da was zwischen euch lief, war unübersehbar. Aber es hatte bis Freitag keine Auswirkungen auf das Team oder euer Spiel gehabt. Ich will keine privaten Animositäten in der Umkleide. Wenn ihr euch streitet, macht das zu Hause. Ansonsten werde ich Konsequenzen ziehen«, sagte Coach ernst zu uns. Wie die aussahen, musste ich nicht nachfragen. Ich würde mir einen neuen Verein suchen müssen. »Ihr werdet mit den Jungs sprechen und die PR-Leute müssen ebenfalls Bescheid wissen. Natürlich sagen wir in der Öffentlichkeit nichts, wenn ihr es nicht wollt. Trotzdem sollte der Verein vorbereitet sein, wenn etwas passiert oder nach draußen dringt.«

Fiete und ich stimmten beide zu. Es gab so viel zu bedenken. Wieso konnte es nicht so normal sein wie bei den heterosexuellen Mitspielern?

»Weil es nun mal noch nicht normal ist«, erwiderte Coach. Ich schlug mir die Hand vor den Mund und gab einen Schmerzenslaut von mir, als ich meine malträtierte Lippe traf. Da hatte ich doch glatt meinen Gedanken laut ausgesprochen.

Wir besprachen noch einiges. Unser Coach hatte eine klare Vorstellung und musste schon länger darüber nachgedacht haben.

»Gut, ich lass euch Turteltauben mal alleine. Wenn du etwas brauchst, Kai, ruf mich an. Wobei, ruf besser deine Mutter an, die kann dir das wahrscheinlich schneller und eindrucksvoller beschaffen.« Er lächelte freundlich, während ich über seinen letzten Einwurf die Stirn runzelte. »Wir sehen uns morgen, Fiete.« Coach verließ das Zimmer.

»Was meinte der Coach mit meiner Mutter?«

Fiete schüttelte den Kopf und zuckte mit den Schultern. Er sah völlig unschuldig drein.

»Eventuell spielt er auf die Situation an, als deine Mutter einen der Stationsärzte zusammengeschissen hat, weil er sie als deine Pflegemutter als nicht direkte Angehörige eingeordnet hat und ihr nicht mitteilen wollte, was mit dir war. Da wurdest du noch operiert.«

Ich riss die Augen auf. »Das hat sie getan?«

»Ja.« Fiete lächelte. »Wie eine Löwenmama.«

Ich griff nach Fietes Hand. »Sie wollen mich adoptieren.« Auf einmal schossen mir die Tränen in die Augen. »Sie wollen meine rechtmäßigen Eltern werden.«

Fiete nickte. »Das ist schön.« Er beugte sich zu mir und küsste meine Nasenspitze. Draußen ging die Sonne unter und Regen prasselte gegen das Fenster, aber das konnte alles nichts an meinem Hochgefühl ändern. Nun mussten Fiete und ich uns nur noch darüber klar werden, ob und wie wir unsere Beziehung publik machen wollten.

Beziehung. Bei dem Wort lächelte ich und Wärme durchströmte mich.

»Es ist wirklich wahr, oder? Ich träume nicht?« Ich drückte seine Hand.

»Alles. Ich bin vollkommen echt, du liegst nicht im Delirium, hast keine Narkose mehr intus und wir sind ganz offiziell ein Paar.« Er führte meinen Handrücken an seinen Mund und küsste ihn.

Wir quatschten über Nonsens, lachten leise miteinander. Die Zeit flog dahin, doch davon hatte ich in den kommenden Wochen sowieso genug.

Für ein paar Sekunden schloss ich die Augen, ließ mich von Fietes Nähe und der Wärme seiner Hand einlullen. So erschöpft und müde hatte ich mich schon lange nicht mehr gefühlt, trotzdem floss ein Glücksgefühl durch meine Adern und ließ mich über der Erde schweben.

Kapitel 27

Fiete

*a*m Mittwochnachmittag holte ich Kai nach dem Training im Krankenhaus ab. Seine Eltern konnten leider nicht kommen, da sie sich um einen wichtigen Auftrag kümmern mussten.

»Bevor wir zur Wohnung fahren, können wir am Deich halten?«, fragte Kai, als wir im Auto saßen.

»Klar, aber solltest du nicht besser sofort nach Hause? Du kannst doch noch gar nicht richtig laufen.« Ich konnte die Besorgnis nicht aus meiner Stimme raushalten.

»Ich kann laufen. Trage schließlich jetzt das elendige Suspensorium nicht nur auf der Eisfläche«, grummelte er. »Bitte.« Er sah mich mit flehendem Blick an. Zog mich zu sich und küsste mich. Ich verdrehte die Augen. Wie konnte ich da widerstehen?

»Aber nicht lange.«

»Versprochen.«

Ich startete den Wagen und fuhr los.

»Können wir vorher noch kurz am Trainingszentrum vorbei?«

»Wieso? Du hast doch alles, was du brauchst.«

»Ich will das Eis riechen.«

Ich konnte mir ein Schmunzeln nicht verkneifen. »Einmal Eishockeyspieler, immer Eishockeyspieler.«

Kai grinste nur, aber ich tat ihm den Gefallen und wir hielten am Trainingszentrum. Auf dem Parkplatz blieb er stehen, blickte zu der Stelle, an der ihn sein Erzeuger niedergeschlagen hatte und schauderte.

»Er wird nicht mehr hier auftauchen.«

»Wahrscheinlich muss ich vor Gericht aussagen. Dann sehe ich ihn wieder.«

Ich stellte mich hinter ihn, zog ihn an mich und hielt ihn fest. Sein Körper lehnte steif an meinem und unter meiner Hand fühlte ich trotz der Stofflagen sein Herz rasen. »Ich werde da sein. Wir stehen das gemeinsam durch.«

»Ich Nuss hätte mich wehren sollen.«

»Keine Nuss. Wie hättest du dich denn wehren sollen?«

»Schon bei den ersten Schlägen, nun falle ich ewig aus. Muss mich ständig impfen lassen, weil die Milz die Arbeit nicht mehr machen kann und neue Ausdauer aufbauen. Darf erst langsam wieder mit dem Leistungssport anfangen.«

Ich küsste ihn auf den Hinterkopf, was mich für eine Sekunde überwältigte, da ich es ohne Angst aufzufliegen machen konnte. »Du hast doch nicht wissen können, was geschieht.«

»Ich hätte es wissen müssen. Er ist ein Schläger und Säufer und liebt es, Macht über andere zu haben.« Trotz seiner bitteren Worte wich die Anspannung aus seinem Körper und er lehnte sich mehr in meine Umarmung. »Lass uns reingehen.« Er löste sich und öffnete die Tür, schlug danach direkt die Richtung zur Eisfläche ein.

Schon von weitem hörte ich das rhythmische Schlagen eines Balles gegen die Wand. Als wir in die Halle kamen, erkannte ich Elias, wie er mit einem Tennisball trainierte und ihn auffing. Immer von rechts nach links an die Wand warf und wieder von vorne begann, nie auf einer Stelle stehenblieb.

»Man kann auch zu viel trainieren, das weißt du, oder?«, rief Kai ihm entgegen und Elias zuckte zusammen. Der Ball hüpfte davon.

»Ich mach nicht so viel länger, aber wenn ich zum Einsatz komme, will ich alle überzeugen.«

Ich grinste. Elias brannte für das Spiel und platzte vor Stolz, als zweiter Goalie geholt worden zu sein.

»Trotzdem, sei vorsichtig«, sagte Kai noch einmal mahnend. »Wir hatten das Thema schon Anfang der Saison.« Dann wandte Kai sich der Eisfläche zu und sog die kalte Luft in die Lungen. Elisas sammelte seinen Tennisball ein, verabschiedete sich und verließ die Eishalle. »Gibt es einen schöneren Ort als diesen hier?«

»Ich könnte dir spontan einen nennen«, antwortete ich ihm grinsend. »Ist weich, warm und lädt zu Spielchen ein.« Kai stieß einen Ellbogen spielerisch gegen meine Rippen.

»Gut, vielleicht ist das der zweitschönste Ort.«

»Hey!«, rief ich empört aus.

»Komm schon, als ob du diese glänzende Fläche, die uns zu Höchstleistungen antreibt, nicht genauso liebst.«

Ich wiegte den Kopf hin und her. »Na gut. Hast recht. Es gibt nichts über einen richtig tollen Sieg.« Ich sah mich wieder den Pokal vor zwei Jahren in die Höhe stemmen. Keiner hatte nach unserer regulären Saison damit gerechnet. Das machte das Ganze noch einmal besonders.

Erneut bekam ich Kais Ellenbogen gegen die Rippen.

»Hey, hör auf damit.«

»Du hast schon wieder diesen entrückten Ausdruck im Gesicht. Ich will endlich einen Pokal in die Höhe stemmen.«

»Wirst du. Am Ende dieser Saison.«

»Lieber am Ende der nächsten. Dann habe ich wenigstens einen Anteil daran«, murmelte er mit einem bitteren Unterton.

»Hast du jetzt schon. Du hast einige Spiele absolviert und uns vor Niederlagen gerettet. Elias ist dank deiner Hilfe vor der Saison ein ganzes Stückchen gewachsen und kann uns helfen. Und du bist weiterhin hier und beginnst nächste Woche mit deiner Reha. Du hast keine Ahnung, wie wichtig die Präsenz eines Goalies ist, auch wenn er nicht auf dem Eis steht.«

Er seufzte. »Kommt in die Playoffs und ich kann vielleicht wieder spielen. Wenn nicht eine der bösen Bakterien, gegen die meine fehlende Milz früher gekämpft hat und gegen die ich geimpft wurde, mich vorher niederstreckt. Die haben alle ziemlich angsteinflößende Namen.«

Ich lachte leise. Viel mehr Angst schien er eher vor Spritzen zu haben. Gestern wurde ihm eine gesetzt, während ich dabei war. Ich musste mich sehr zusammenreißen, um nicht zu lachen, als ich neben ihm gesessen und er weggeschaut hatte, als der Arzt ihn geimpft hatte. Dabei wurde meine Hand beinahe zerquetscht, die er gehalten hatte.

»So, lass uns zum Deich fahren und danach lege ich mich artig aufs Sofa, ertrage deine Wellis, während ich mir die neue Folge Shopping Queen ansehe.«

»Meine Federbällchen sind total lieb, knuffig und überhaupt muss man sie nicht ertragen«, entgegnete ich empört, während wir die Eishalle verließen und zu meinem Auto gingen.

»Schon gut.« Kai zögerte einen Moment, sah zu mir hinüber und sprach weiter. »Ich habe sie tatsächlich vermisst. Es war viel zu ruhig in der anderen Wohnung.«

Ich grinste breit. Dies war die perfekte Gelegenheit, ihm die Frage zu stellen, die mir seit drei Tagen auf der Zunge lag. Mein Herz hämmerte in der Brust.

»In den letzten Tagen habe ich … also, was hältst du davon …« Ich kratzte mich am Kinn.

Meine Güte, Fiete, es ist doch nur eine einzige Frage und du hast sie bereits einmal gestellt.

»Was?«, fragte Kai, um seine Mundwinkel zuckte es. Ahnte er, was kam? Garantiert, und ich stammelte mir einen ab, wie ein kleines Kind, das vor dem Weihnachtsmann stand und ihm erklären musste, ob es auch artig gewesen war.

»Na sag schon«, forderte Kai mich auf und blieb an der Tür nach draußen stehen, die Klinke in der Hand. Ich sah mich um, wir waren mutterseelenallein, nur aus dem Wäscheraum drang das leise Drehen der großen Industriemaschinen mit unseren Trainingssachen.

»Willst du wieder bei mir einziehen?« Ich schoss den Satz in einem Atemzug hinaus. Dieses Mal war es definitiv anders als beim letzten Mal. »Im Grunde genommen haben wir bereits zusammengewohnt und wissen, dass es funktioniert. Die nächsten Tage verbringst du sowieso bei mir, damit du unter Beobachtung bist.«

Kai griente. »Findest du noch mehr Rechtfertigungen, weshalb es gut wäre, wenn wir wieder zusammenwohnen?«

Ich stupste Kai liebevoll an. »Arsch. Sag mir lieber, was du davon hältst.«

»Ich bin sehr dafür. Einer muss auf deine ordentliche Versorgung achten, wenn du dich nur um deine Wellis kümmerst.« Kai zog mich näher und küsste mich. »Außerdem sollten wir unbedingt endlich unsere Versprechen wahr machen. Ich entführe dich definitiv öfter auf den Deich und du bringst mich zum Lachen.«

»Wir arbeiten dran. Zum Deich fahren wir schon. Aber wenn wir nicht endlich rausgehen und losfahren, wird das nichts.« Ich legte meine Hand auf Kais und drückte die Klinke hinunter, was ihn zum Lachen brachte. Mission completed.

Eine halbe Stunde später kamen wir zu Hause an und Kai fiel müde auf das Sofa. Die Wellis zwitscherten leise und hielten sich in der Nähe ihrer Schlafplätze auf, da es draußen dunkel wurde. Ich schaltete die Stehlampe an, damit wir nicht gleich im Dunkeln saßen.

»Wenn du magst, bring ich nach dem Training deine Sachen aus der Wohnung mit.«

»Das wäre schön«, entgegnete Kai müde und gähnte. »Aber ich kann das auch mit meinen Eltern machen. Die kümmern sich doch ab morgen um mich, wenn ihr unbedingt auf Auswärtsspiele fahren müsst. Jetzt reichen erst mal die Sachen, die ich im Krankenhaus hatte.«

Ausgerechnet jetzt keine Heimspiele zu haben, passte mir nicht in den Kram. Lieber wäre ich hiergeblieben, um mich um Kai zu kümmern. Doch ich konnte die Mannschaft nicht im Stich lassen.

»Du sollst dich ausruhen und keine Kartons schleppen.«

»Das macht mein Vater und ich erkläre ihm, wohin das alles soll.« Er lächelte, streckte die Hand nach mir aus, aber ich schüttelte den Kopf.

»Ich hab was für dich vorbereitet. Eine kleine Überraschung.« Aus dem Schlafzimmer holte ich meine Gitarre, die ich am Sonntag bei meinen Eltern abgeholt hatte. Dann griff ich aus der Kiste mit den Notenbüchern die Blätter mit *Runaway Train* hervor.

»Die letzten Tage habe ich mit meinem Vater ein bestimmtes Lied geübt.« Ich schob meinen Klaviersessel bis zum Sofa, legte die Noten darauf zurecht und setzte mich an Kais Beine. Der sah mir aufmerksam entgegen, ein Lächeln umspielte seine Lippen.

»Hat er dich direkt verpflichtet, wieder auf der Bühne zu spielen?«

»Er hat es zumindest versucht, aber du wirst das einzige Publikum bleiben, dem ich etwas vorspiele. Und natürlich die Wellis. Achte nicht auf Fehler, okay? Ich bin noch nicht perfekt.«

Meine Finger fuhren über die Saiten, schlugen einzelne an, dann räusperte ich mich, spielte die ersten Takte des Liedes an. Kai blieb stumm, ließ mich machen und als ich mich sicher fühlte, begann ich von vorne, guckte auf die Notenblätter, damit ich den Text ablesen konnte.

Zwischendurch riskierte ich einen Blick zu Kai, der mich mit schimmernden Augen beobachtete. Als die letzten Takte verklungen waren und ich mit den Fingern auf den Saiten verharrte, richtete er sich auf und küsste mich. Erleichterung durchfuhr mich. Ich wollte es so schön wie möglich für ihn spielen und singen und das schien mir gelungen zu sein.

»Das war so toll. Vielen Dank.« Er strich zärtlich mit dem Daumen über meine Lippen. »Würde es dir etwas ausmachen, es erneut zu spielen?«

Ich lächelte. »Überhaupt nicht.«

Noch dreimal spielte ich das Lied für ihn. Am Ende konnte ich es fast auswendig. Danach bestellten wir uns etwas zu essen, kuschelten uns auf der Couch zusammen und schauten Shopping Queen. Wobei ich mehr auf Kai achtete als auf den Fernseher.

Dieser Mann war meine Zukunft, auch nach dem Eishockey und ich konnte es nicht erwarten, jeden einzelnen Tag mit ihm zu erleben.

»Kai«, sagte ich völlig unvermittelt.

»Hm.«

»Ich will uns nicht verstecken. Aber ich will auch kein großes Brimborium um uns machen. Allerdings, wenn wir so vorgehen wie der Trainer der Kraken, wird ständig ein neuer Artikel im *Hockey-Insider* auftauchen, was das nun zwischen uns ist.«

Kai pausierte Shopping Queen, drehte sich in meiner Umarmung, sodass er mich ansehen konnte.

»Bist du dir sicher? Einen Aufstand wird es so oder so geben, weil schwule offen lebende Profisportler sehr rar sind und ein Paar innerhalb eines Teams im Männer-Eishockey? Eine noch größere Rarität.«

»Ich bin mir sicher. Wenn wir das hier machen, dann richtig. Kein Versteckspiel.«

»Was hältst du davon, wenn ich einen Artikel für den *Hockey-Insider* schreibe, so wie es Karl Leister gemacht hat. Aber dieses Mal kommen wir den Medien zuvor. Mit der PR-Abteilung organisieren wir ein Interview mit einer großen Zeitung und für mehr stehen wir nicht zur Verfügung. Bitten um den Schutz unserer Privatsphäre. So haben wir was gemacht, aber das ganz große Brimborium ausgelassen.«

»Hoffentlich funktioniert das. Felix wurde wochenlang verfolgt, nach seinem unfreiwilligen Outing hat er erzählt.«

»Aber wir kommen denen zuvor in unserem Fall. Wobei wir trotzdem für einen Aufruhr sorgen würden.«

Ich seufzte. Wahrscheinlich konnte ich einen Journalisten Auflauf im Trainingszentrum nicht verhindern. »Wir sind das erste offizielle Paar in einer Männermannschaft. Natürlich werden die Medien sich darauf stürzen.«

»Wir reden mit der PR-Abteilung. Die sind die Profis. Außerdem haben wir uns.«

Ich strich Kai über seinen Kopf und lächelte. Seine Haare waren in der letzten Zeit über drei Millimeter hinausgewachsen und es gefiel mir.

»Gehen wir es an. Wir haben uns, die Mannschaft und die Coaches. Egon wird uns mit allem verteidigen, was ihm zur Verfügung steht. Wenn wir Glück haben, sind wir eine Woche Gesprächsstoff, bevor sich die Welt einer anderen Katastrophe zuwendet. Und wir sind keine Fußballer, sondern nur Eishockeyspieler.«

»Wir machen unseren Sport in Deutschland noch berühmt und schwule Paare innerhalb einer Mannschaft salonfähig.«

»Bestimmt.« Kai reckte sich und küsste meine Nasenspitze. »Sollte es zu viel werden, verstecken wir uns hier in der Wohnung. Wir haben die Wellis, deine Tochter kann uns hier besuchen und irgendwer versorgt uns mit Essen.«

Ich lachte. »Gute Idee und trotzdem können wir Vorbilder für andere sein.« Eine Frage rumorte noch in mir, die ich mir bis jetzt aufgehoben hatte. »Was ist mit deiner Geschichte? Wenn du deinen Nachnamen änderst, fällt das jedem auf und auch dort werden die Journalisten sich drauf stürzen.«

Kai versteifte sich in meiner Umarmung. »Ich weiß es nicht. Das habe ich bisher von mir geschoben.«

»Du könntest anderen Mut machen, die dasselbe wie du durchmachen.« Sanft strich ich über seine Oberarme. Er nickte nur. »Ich wäre da, würde dir beistehen. Die ganze Mannschaft wird das.«

»Ich werde nicht drum herumkommen, oder?«

»Wenn du deinen Namen auf dem Trikot tragen willst, nicht. Jeder kommt sofort darauf, dass wir nicht geheiratet haben. Borgmann und Ackermann sind definitiv nicht dasselbe.«

Kai seufzte. »Also besprechen wir das auch mit der PR-Abteilung.« Er klang traurig, dann straffte er seine Schultern. »Aber lieber mache ich das öffentlich, als wenn irgendwer aus meiner Schulzeit es mitbekommt und mir meine Geschichte stiehlt und sie falsch erzählt. Oder noch schlimmer, mein Erzeuger aus dem Gefängnis sich meldet und seine Sicht der Dinge schildert.«

»Wirst du das mit den randalierenden Fans klarstellen? Es ist zurzeit eine Notlüge, um dich zu schützen.«

»Auch das werde ich machen.« Ein Beben durchzog seinen Körper.

»Wir werden es durchstehen. Vielleicht können wir auch irgendwann deine leibliche Mutter besuchen.« Die Frau war zurzeit in einem Frauenhaus untergekommen.

Kai drehte sich erneut in der Umarmung und sah mich unsicher an. »Ich weiß nicht, ob ich jemals wieder Kontakt zu ihr möchte.« Ein weiterer Schauer durchzog Kai. »Wirst du … wirst du mich auslachen, wenn ich ab nächster Woche unseren Teampsychologen aufsuche?«

In Kai schien seit dem Vorfall einiges wieder freigesetzt worden zu sein und ich begrüßte seine Entscheidung sehr. So sehr er sich über die Adoption freute, er hatte viele ruhige Momente, in denen er entrückt wirkte, traurig und völlig in eine andere Welt getaucht zu sein schien. Das hatte er vor dem Überfall nicht gehabt und ich hatte mir bereits Sorgen darüber gemacht.

»Nein, ich finde dich sehr mutig. Das ist bestimmt keine einfache Entscheidung für dich. Wenn du Hilfe brauchst, bin ich da.« Ich drückte ihm einen Kuss auf die Stirn. Um die einziehende drückende Stimmung zu brechen, zeigte ich auf den Fernseher. »Nun guck endlich dein Shopping Queen weiter.«

Kai lachte leise und sah mich erleichtert an. Er küsste mich flüchtig und kuschelte sich wieder in meine Umarmung. Die Wellis zwitscherten leise, wenn sie Guidos Stimme hörten. Ich lächelte. Eishockey, Kai und Isa, was brauchte ich mehr zum Leben?

Danksagung

Wir sind am Ende der Game Time - Reihe angekommen. Wer vielleicht, geht es doch irgendwann noch einmal weiter, aber erstmal heißt es Abschied.

Selbstverständlich möchte ich wie jedes Mal meiner Lektorin danken. Dank ihr, ist diese Geschichte so gut geworden. Fiete und Kai waren für mich besondere Charaktere.

Wen ich auch beim letzten Mal nicht vergessen möchte, ist meine Eishockey-Fee, die mich regelmäßig zu Eishockey-Spielen mitnimmt und jede Spielszene unter die die Lupe nimmt.

Zum Schluss gebührt natürlich auch dir, liebe Leserin/lieber Leser mein Dank und ich hoffe, dir hat die Geschichte gefallen.

Solltest du noch nicht genug haben von Fiete und Kai haben, kannst du dich gerne zu meinem Newsletter unter www.nellabeinen.de/newsletter anmelden. Dort wartet ein Bonuskapitel auf dich.

Meine weitere Werke

Romance

Reihe Kochlöffel, Trecker und Beziehungskiste:
56 Punkte zum Glück
Sammelband mit 7 Kurzgeschichten

Reihe Die Farben des Lebens:
Und dann passierte das Leben
Reise in die Vergangenheit - Neues von Tobias & Florian (Kurzgeschichte)

Einzelbände
Das Leben ist so einfach
Wie ein Kuss alles veränderte
Muschelherzen
Verletzte Liebe

Reihe Game Time:
Game Time - Winning the Game
Game Time - Changing the Game
Game Time - Loving the Game

Krimi

Todesengel - Der erste Fall von Oliver Ratke
Betrogen - Ein Fall für Sieg und Röber

Cozy Grusel

Der Weihnachtsfluch von Callum Hall
James Redfield - Im Bann des Fluches (Kurzgeschichte)

Neuer Lesestoff
Offroad: Seven Days
von Elisa Schwarz

In sieben Tagen durch sieben Länder – eine Garantie für Action, Spaß und Abenteuer!

Genau das erwartet Mathias bei der diesjährigen Rallye, auf die er sich mit seinen Freunden monatelang vorbereitet hat. Für mehr Adrenalinschub als nötig sowie unerwartetes Herzklopfen sorgt dabei ein Mann aus einem anderen Team. Tjare wirkt arrogant und geheimnisvoll zu gleichen Teilen und stellt Mathias mitten im Startfeld vor eine Herausforderung: »Gib dir dieses Jahr mehr Mühe.«

Zwischen Steinwüstenstaub und Lagerfeueridylle erwarten dich spannende Szenen, cosy Moments und ein halbes Coming-out, während Hoffnung, Freude und Enttäuschung die Gefühle der jungen Männer durcheinanderwirbeln.

New Adult Roman.

Offroad: Seven Nights
von Elisa Schwarz

In sieben Tagen durch sieben Länder – eine Garantie für Action, Spaß und Abenteuer!

Mit Sicherheit auch eine Garantie dafür, bei der Rallye erneut auf Mathias zu treffen. Einen offenherzigen, empathischen Typ, der Tjare tief berührt hat und dem er alles Glück der Welt wünscht. Nur nicht mit ihm, denn eine Beziehung zu einem Mann ist undenkbar. Erst die aberwitzige Idee seines besten Freundes bringt Tjare ins Wanken. »Du könntest mit Mathias ein Fahrerteam bilden und gemeinsam bei der nächsten Rallye starten.«

Zwischen Schlammlawinen und Zeltromantik erwarten dich riskante Szenen, spicy Moments sowie tiefgehende Gefühle. Begleitet die beiden jungen Männer auf dem Pfad der Selbstfindung über Bergkämme bis in den Atlantik hinein.

New Adult Roman.